# 데드볼

# 데드 볼

## 제5·6회 타임리프 소설 공모전 수상 작품집

손장훈 김아직 장아미 이세형 연여름 김상원 배희원 정용제

황금가지

# 목차

제5회 타임리프 소설 공모전 대상 수상작

# 데드볼

손장훈

## 1.

'가장 좋아하는 시간은?'이라는 질문을 받으면 선우는 밤 9시라고 대답할 것이다. '가장 좋아하는 장소는?'이라는 질문을 받으면 잠실 야구장이라고 할 것이다. 한마디로 선우는 밤 9시의 잠실 야구장을 가장 좋아한다. 왜냐하면 단 한 번도 그 시간 그 장소에 서 본 적이 없기 때문이다.

"스트라이크."

2군 경기장에서는 심판의 목소리도 맥이 빠져 보인다. 노 볼 투 스트라이크. 긴장감이라고는 전혀 없는 카운트다. 압도적으로 유리한 상황인 투수에게서도 그다지 고양감이 보이지 않는다. 그러나 선우는 있는 힘껏 배트를 그러쥐었다. 나이는 들었지만 힘에는 자신이 있다. 2군은 물론 1군에서도 순수한 힘으로 그와 비견될 수 있는 선수는 그리 없다. 맞히기만 하면 무조건 넘긴다. 이건 단순히 선우 자신뿐만 아니라 코칭스태프와 야구 관계자들의 공통적인 견해이기도 했다. 이 견해가 데뷔하고 10년째 이어지고 있다는 점이 문제이긴 했지만. 투수는 공을 던졌다. 직구다. 선우는 배트를 힘껏 뻗었다.

깡!

마른 소리와 함께 힘차게 날아간 공은 담장을 넘어간다. 그러나 파울이다. 꽤 매서운 타구였는데도 투수는 움찔하지조차 않는다. 얼굴에 떠오른 지루한 표정은 '그럼 그렇지.'라고 말하고 있었다.

'상대는 나를 우습게 보고 있지. 유리한 카운트에서 굳이 변화구를 써서 힘을 빼지 않을 거야. 다음도 직구다!'

선우는 투수가 셋업 포지션을 취할 때부터 힘을 잔뜩 넣었다. 사실 그 정도로 하지 않으면 선우의 반사 신경으로는 속구에 대처하기 힘들다. 공이 날아온다.

'직구다!'

이번에는 배트에 제대로 맞힐 자신이 있었……지만, 문제는 던진 공이 직구가 아니었다. 제대로 떨어지지조차 않는 어설픈 포크였다. 하지만 직구를 상정하고 휘두른 배트는 속절없이 헛돌고…….

"스트라이크 아웃!"

선우는 아웃 당했다. 아직 1군 무대도 밟아 보지 못했는데 이번으로 벌써 1만 번째 아웃이다. 나이 30에 2군에서 열 번 휘둘러 그중 겨우 한 번 맞힌다는 건 누가 봐도 심각했다. 선우는 힘없이 더그아웃으로 돌아왔다.

"진지하게 생각해 봐."

다음 타자를 지켜보던 2군 감독님이 툭하니 그렇게 말했다. 은퇴를 말하는 것이었다.

**2.**

"아빠!"

선우가 집에 들어오자 여덟 살 딸아이가 쪼르르 달려왔다. 점포 정리 때 대량으로 사들인 분홍색 잠옷은 때가 탔는지 적갈색으로 보인다. 딸아이가 볼에 키스를 하자 춘장 냄새가 강하게 풍겨 온다.

"우리 공주님. 오늘도 짜장면 먹었어?"

"응. 오늘은 군만두는 안 먹었어. 왔는데 안 먹었어. 기름 안 좋으니까 안 먹었어."

"그래. 그래. 잘했어요."

근황 보고를 마친 딸은 다시 「타요」를 보러 엄마 스마트폰을 향해 쪼르르 달려간다. 선우도 아내를 향해 말을 걸었다. 아내가 먼저 인사를 하거나 말을 걸어온 적은 요 몇 년간 한 번도 없다.

"다녀왔어."

"응. 수고했어."

선우는 비난하는 것처럼 들리지 않게 주의하면서 은근슬쩍 말을 꺼냈다.

"지혜, 짜장면 먹었더라?"

하지만 아내는 선우가 무슨 말을 할지 이미 다 알고 있었다.

"마트 마치고 오면 시간이 없는데 어떻게 해."

"애가 배달 음식에 맛 들이면 안 좋으니까 하는 말이잖아."

"누구는 몰라? 그럴듯한 거 먹이려면 그것도 다 돈인데."

바로 맞받아치려고 했다.

'1군이 좋아요. 연봉 두 배 인상.'

하필이면 그때 뉴스 기사가 머릿속에 떠올랐다.

'6호 메이저리거 탄생하나. 천재 유격수, 주사위는 던져졌다!'

누구나 다 하는 것 같은데 자신만 못 해내는 것 같은 화려함.

"그리고 나는 일 안 해? 왜 내가 애를 학대하는 것처럼 이야기해?"

입만 열리고 말은 나오지 않았다. 입을 몇 번 달싹거리고 공연히 마루를 이리저리 왔다 갔다 한 뒤 선우는 배트를 들고 현관으로 향했다.

"어디 가?"

"스윙 연습 좀 하러."

'오랜만에 들어왔으면 애나 봐. 어차피 2군에서 올라가지도 못할 거 연습은 무슨 연습이야.'

마지막 대사는 아내의 입에서 나온 게 아니다. 선우가 상상한 것이다. 그런데 그저 상상일 뿐인 그 말이 너무나도 선명하게 귓가에 메아리쳤다. 나쁜 생각을 쫓아 버리려고 배트를 휘두르고 또 휘두른다. 그냥 휘두르는 게 다가 아니다. 자세가 중요하다. 체중을 확실히 실어야 한다. 영 점 몇 초 만에 쇄도해 오는 볼을 쳐야 하는데 신경 쓸 건 필요 이상으로 많다. 절박한 집중력을 불쾌한 하얀 연기가 방해한다. 자정이 가까워지니 어느새 근처에 슬슬 교복 입은 양아치들이 나타나기 시작한다. 체격이나 힘에는 자신이 있으니 담배나 뻑뻑 피워 대는 어린 녀석들에게 한마디 못 해 줄 것도 없다. 손에는 방망이까지 있다. 그런데 그 양아치들이 야구 점퍼를 입고 있었다. 그 등짝에 이름 석 자가 새겨져 있다. 작년 혜성같이 데뷔한 이래 2년 연속 20승을 올리고 류현진의 뒤를 이을 후계자로 불리는 '괴물 신인'의 이름이다. 그걸 본 순간 선우는 자신이 얼마나 초라한 인간인지 떠올렸다. 저 양아치들이 이런 말을 하면 어떡하는가?

'아저씨 뭐야?'

그 질문에 차마 '야구 선수'라고 할 용기가 나지 않는 선우였다. 한참을 망설이다가 연습마저 그만두고 등을 돌렸다. 집에 들어오면 당연히 불은 전부 꺼져 있……을 줄 알았는데 딸의 방에서 빛이 새어 나오고 있었다.

"딸, 뭐 해? 왜 아직도 안 자?"

혹시 자고 있는데 깨울까 봐 아주 조용한 목소리로 말을 걸었는데 딸은 진짜로 깨어 있었다. 딸은 '쉿!' 하며 눈을 동그랗게 뜬 채 검지를 입에 가져다 댄다.

"이 시간에 스마트폰 보는 거 알면 엄마한테 혼나요."

"엄마한테 혼날 짓은 하지 말아야지. 스마트폰 이리 내."

"싫어요."

"어허. 어서 자야지. 그래야 내일 친구들하고 만나서 또 놀지."

"10분, 아니 5분만 더 할게요."

"안 돼."

어린 딸이 어찌나 간절한지 선우는 마음이 안 좋았다. 게임이나 유튜브만 아니면 그냥 보게 해 줄까 싶어 스마트폰 화면을 들여다본다. 포털 사이트의 스포츠 뉴스다. 그것도 '야구' 코너다.

"딸, 야구 뉴스 알고 싶어?"

"네."

"아빠한테 물어봐. 아빠가 어지간한 건 다 알거든."

딸이 아직 그런 걸 물어볼 나이가 아니란 건 알고 있다. 그래도 선우는 유명 선수 누구가 연예인 누구와 몰래 사귀는지 등 아는 건 모조리 말해 줄 준비가 되어 있었다. 딸은 기대감에 가득 찬 선우를 앞에 두고 한참을 우물거리다가 물었다.

"아빠는 왜 텔레비전에 안 나와요?"

**3.**

다음 날 오후 2시 선우는 배트를 쥔 채 타석에 서 있었다. 요즘의 성적을 생각하면 아무도 보는 사람 없는 이 2군 타석도 위태위태하다.

'아빠는 왜 텔레비전에 안 나와요?'

그러면 안 된다는 걸 알면서도 타석에서 자꾸 딴생각이 든다. 딸아이의 목소리다.

'신이시여. 단 한 번만이라도 좋아요. 딸 앞에서 텔레비전에 나올 수 있게 해 주세요.'

그사이 공이 포수의 미트 안으로 들어왔다. 쉬운 공인데 놓쳤다.

"스트라이크!"

심판의 호령이 야속하게 울려 퍼진다.

'잠실 구장으로 보내 달라고요!'

딴생각이 자꾸 든다. 카운트도 기억이 나지 않는다. 큰일이다. 크게 벗어나는 공에 무작정 휘둘렀다.

"스트라이크 아웃!"

그렇게 선우의 타석이 끝났다. 2루와 3루까지 나가 있던 주자들도 선우 때문에 득점을 올리지 못한 채 터덜터덜 벤치로 귀환했다.

"정신 안 차릴래?"

당연한 일이지만 선우는 감독한테 혼났다. 한바탕 혼난 뒤 코치가 부드럽게 어깨를 두들겨 주었다. 하지만 어제 감독이 말했던 '은퇴'라는 단어가 선우의 머릿속에서 떠나지 않았다.

'쫓겨나지 않게 해 달라고 빌어야 했던 거야?'

너무 비참했다. 하지만 더 끔찍한 건 상대 팀에서 투수를 교체했다는 것이다. 겨우 3회 만에 마운드에 올라온 새 투수는 대단히 어리다. 재작년 1라운더 출신이다. 화제의 '괴물 신인'처럼 불꽃 강속구를 던지지만 '괴물 신인'과는 다르게 지독한 제구 난조에 데드볼 남발로 2군을 전전했다. 하지만 아무리 아직 피지 못한 녀석이라고 해도 그의 강속구는 2군 타자들에게는 악몽이었다.

'어떤 공이 날아오든 상관없어. 반드시, 반드시 안타를 치고 만다!'

파앙! 생각과 동시에 가공할 만한 소리를 내며 공이 포수의 미트에 꽂혔다.

“스트라이크!”

선우는 손도 대지 못했다.

‘……반드시 출루하고야 만다.’

구속을 보고 목표를 낮추었다. 멋진 모습보다는 일단 생명 연장이다. 2군 자리라도 지켜야 한다. 부담감을 떨쳐 버려야 한다고 선우는 스스로에게 주문을 걸었다.

‘이 녀석은 제구력이 엉망. 볼넷을 노려서…….’

팡! 생각을 채 정리하지도 못했는데 뭔가 획 날아왔다. 폭탄 터지는 소리가 났다.

“스트라이크!”

놀리듯이 다시 직구가 정확하게 들어온다. 벌써 투 스트라이크. 하나만 더 제대로 들어오면 아무것도 못 해 보고 아웃이다.

‘괜찮아. 괜찮아. 카운트에 여유가 생겼으니까 하나 변화구로 빼겠지.’

지금 포수는 지나치게 신중해 2군에 있는 선수다. 연속해서 세 개를 직구로 요구할 가능성은 대단히 낮다. 이번에야말로 다소 느린 변화구가 올 것이다. 틀림없다.

‘그때 번트를 대고 달린다.’

힘에 자신이 있지만 포기한다. 그 덩치로 뭐 하는 거냐고 비웃음을 당해도 좋다. 신인 선수의 부족한 경험과 허술한 2군 수비, 그리고 살짝 늘어져 있는 낮 경기의 분위기를 노려 보기로 했다. 선우는 몸을 잔뜩 숙이고 배트를 낮춘다. 지금 동작으로 배터리가 알아차렸을지도 모른다. 하지만 알아차린들 어쩌겠는가. 나름 유망주 취급 받는 녀석이 2군의 별볼일없는 아저씨를 상대로 승부를 어렵게 걸려고 하지는 않을 것이다.

'잘 봐…… 공을 잘 봐야 해…… 아무리 빠르더라도 보일 거야…….'

선우는 이 순간 그 어느 때보다 그 누구보다 집중하고 있다고 스스로 생각했지만 그보다도 더 집중했어야 했다. 제구력 없는 애송이 투수가 던지는 강속구다. 공이 그의 배트나 포수의 미트 대신 그의 관자놀이를 직격할 가능성을 떠올렸어야 했다.

'억!'

소리도 나지 않았다. 아주 잠깐 야구공의 실밥이 보였던 것 같다. 눈 바로 앞에서. 그리고 곧 관자놀이에서 무언가 부서지는 소리가 났다. 솔직히 그 이후는 어떻게 되었는지 기억이 나지 않는다. 몸이 무너졌던 것도 같다. 뭔가 사람들이 외치는 소리가 들렸던 것도 같다. 암흑 속에서 한없이 가라앉는 감각이 느껴졌다. 너무 무서워서 이대로 죽는가 싶었던 순간 어깨에 감촉이 느껴졌다.

"뭐 해! 네 타석이잖아!"

"네?"

타격 코치가 성난 얼굴로 선우의 어깨를 두드리고 있었다. 선우가 서 있는 곳은 대기 타석이었다.

'난 분명 공에 맞아서, 쓰러졌는데?'

얼떨결에 다리를 움직이려는 순간 휘청했다.

"뭐야, 괜찮아?"

인스트럭터의 질문에 오히려 선우가 묻고 싶었다.

'제, 제가 괜찮은 건가요?'

하지만 말이 한마디도 밖으로 나오지 않았다. 선우는 취한 듯 비틀거리는 걸음걸이로 걸어갔다. 타석에 들어서서 방금 전 야구공이 강타했던 부근을 만졌다. 선우 자신이 만지고 있는데도 마치 다른 누군가가 만지고 있는 듯한 이물감이 들었다. 야구공에 직격당한 헬멧은 멀쩡한 것이 이상했다. 쓰러져 있는 사이 누군가 갈아입혀 준 것인가. 선우는 아무것도 기억이 나지 않았다. 1만 번 넘게 들어선 타석이 마치 헛것을 보는 것처럼 느껴졌다. 평소 같으면 투수에게 바로 향했을 선우의 시선이 지금은 그보다 살짝 위를 향한다. 파란 하늘. 그리고 비어 있는 관중석, 그리고 스코어보드. 자신의 이름 옆에 불이 들어와 있었다.

'말도 안 돼.'

불과 몇 분 전, 공에 맞기 직전 본 광경과 똑같았다. 다만 스트라이크, 볼, 어떤 칸에도 불이 들어와 있지 않았다. 카운트는 깨끗하다. 즉, 투수는 첫 구조차 던지지 않았다는 것이다.

'이건 꿈인가?'

그렇게 생각하면 이해가 갔다. 선우는 머리에 공을 맞아 지금 응급차에 실려 가고 있다. 이건 그 안에 누워서 꾸는 꿈이다. 아마 옆에서는 불쌍한 구조대원들이 심장 제세동기를 선우의 가슴에 붙였다 떼어 냈다, 선우의 귀에 '들리세요?'를 외치며 난리를 피우고 있겠지.

'난 정말로 잘못되는 걸까. 그러면 우리 가족은 어떻게 되는

거지.'

"스트라이크!"

꿈은 현실과 똑같았다, 투수의 첫 구는 강력한 직구였다. 이 꿈이 죽기 직전 보는 주마등이라면 다음 공도 직구가 들어올 것이다. 구속 140킬로미터 후반에 바깥으로 살짝 빠지는 직구. 선우는 그 공이 어디를 언제쯤 통과할지 알 것 같은 기분이 들었다.

'잠깐! 이게 주마등이라고?'

데드볼의 영향으로 멍했던 머리가 확 깨어났다. 소름이 돋았다. 아직은 죽을 수 없다, 갈망이 노도와 같이 밀려왔다. 이게 주마등이라면 똑같은 일이 벌어지지 않도록 하면 깨어날 수 있지 않을까. 선우가 매달릴 지푸라기는 그것밖에 없었다. 과거에서 2구째는 가만히 기다리다가 스트라이크를 먹었다. 그렇다면 기다리지 않는다. 공이 날아왔던 위치나 타이밍은 이미 알고 있다. 선우의 몸은 이제껏 본 적 없을 정도로 유연하게, 자연스럽게, 그리고 무엇보다 절박하게 움직였다.

깡!

생전 처음 듣는 청명한 소리가 들렸다. 투수의 휘둥그레진 눈과 벌어진 입이 보였다. 선우는 날아가는 공을 보았다. 공은 뻗고 또 뻗어서 담장을 직격했다. 2루타였다. 내 타구가 저렇게 시원하게 구장을 갈라놓은 적이 도대체 언제였던가, 선우는 멍하니 생각했다. 그런데 주마등을 깨뜨렸는데 현실로 돌아가지 않는다. 대신 선우는 본능적으로 2루에 도착해 있었다. 주루 코치가 다가오는 게 보였다.

"오랜만에 잘했다. 야, 야, 인마!"

선우의 기억은 거기까지였다. 눈이 감겼고 그대로 쓰러졌다. 정신을 차렸을 때는 병원이었다.

"정신이 드냐?"

눈에 들어온 건 익숙한 얼굴이었다. 2군 밥만 함께 10년을 먹은 3루수 형이었다.

"형님, 죄송합니다."

어지러운 걸 참고 먼저 사과부터 했다.

"쓰러져 놓고 뭘 죄송하냐. 왜 갑자기 쓰러지고 그래. 어디 아픈 데 있냐?"

"아, 네……."

대답하려는 순간 위화감을 느꼈다. '어디 아픈 데 있냐?'니? 3루수 형의 얼굴에는 놀리려는 기색은 없었다. 데드볼을 맞고 쓰러지는 걸 보지 못했단 말인가?

"머리는 어떻다고 해요? 의사가?"

"머리? 그냥 기절한 건데 머리는 왜? 어지럽냐? 현기증 나?"

말하는 두 명이 서로 전혀 공감대를 형성하지 못하고 있었다.

"아니요. 그게 아니라."

"그나저나 나도 그렇지만 너도 운 없는 애다. 아주 오랜만에 장타를 쳤는데. 나 참."

"네?"

'내가, 장타를 쳤다고?'

물론 치긴 했다. 야구로 밥 먹고산 후 처음 때려 본, 담장을 직격하는 큼지막한 2루타. 하지만 그건…….

'현실이 아니라 주마등이었을 텐데?'

설마 아직도 주마등을 보는 중인가. 여긴 저승이고 3루수 형이 저승사자인가.

"너 정말 괜찮아?"

"형…… 저 머리에 공 맞지 않았어요?"

"무슨 진짜로 머리에 공 맞은 소릴 하냐. 오랜만에 장타 치니까 정신이 혼미해?"

그때 간호사가 다가왔다.

"어디 더 편찮으신 데 있어요? 의사 선생님 불러 드릴까요?"

"아, 아니요. 괜찮습니다."

아직도 머리가 지끈거렸지만 대답은 무의식적으로 나왔다. 아무리 2군 시합이라고 해도 나이도 많고 타율도 저조한 선수가 결장까지 할 수는 없었다. 그리고 반드시 확인해 보고 싶은 게 있었다. 병상에서 내려오는 순간 머리가 핑 돌며 다리가 후들거렸지만 이를 악물고 버텼다.

"너 정말로 괜찮은 것 맞지?"

그 말에 무의식적으로 관자놀이를 만져 본다. 역시나…… 멀쩡했다.

"아악!"

그런데 만지는 순간 감전된 것 같은 통증이 온몸을 달린다.

"야, 괜찮은 거 맞냐고."

"그럼요."

통증은 사라지지도 가라앉지도 않고 관자놀이 주위를 계속 맴돈다. 솔직히 선우 자신도 괜찮은지 확신이 없었다.

**4.**

그날 밤, 선우는 기록실에 부탁해 시합 영상을 확인해 보았다. 찜찜해서 참을 수가 없었다. 분명 날아오는 공에 머리를 맞고 쓰러졌고 그것 때문에 지금도 관자놀이가 쪼개질 듯이 아프다. 그런데 다른 사람들 모두 마치 아무 일도 없었던 것처럼 선우를 대했다. 통증만 있을 뿐 상처도 없었다. 정말 데드볼은 없었고 그 주마등도 모두 선우의 착각이었던 걸까? 환각이 보인다면 정말 큰일이다. 계속 느껴지는 이석증과 어지럼증을 참고 눈앞의 영상에 집중했다. 투수가 공을 던지는 게 보였다. 원 스트라이크. 선우는 다음 공도 스트라이크로 놓치고 세 번째 공에 머리를 맞고 쓰러져야 한다. 그러나 투수가 공을 던진 순간…….

깡!

선우의 배트가 돌아갔고 공은 아주 힘차게 쭉쭉 뻗어 나갔다. 혹시 담장을 넘어가지 않을까 기대가 될 정도로 호쾌한 타구였다. 공은 쫓아가던 중견수의 키를 넘어갔다. 2루타. 선우는 이 타구를 자신이 만들어 냈다는 것을 믿을 수 없었다.

'이 정도 속구를 보고 쳐내서 2루타로 만들었다고?'

도저히 믿어지지 않아서 선우는 화면을 몇 번이고 다시 보았다. 처음에는 알아차리지 못했다. 그러나 계속 쳐다보니 조금씩 기이한 광경이 눈에 들어왔다. 선우의 몸이 나타났다 사라졌다

하고 있었다. 텔레비전에 노이즈가 낀 것과 비슷했다. 다만 화면 전체가 아니라 선우의 몸만 사라질 듯 흐려졌다가 다시 나타났다를 반복하고 있었다. 그 흔들림은 정말 미세해서 선우처럼 집중해서 찾지 않으면 알 수 없었다. 설령 우연찮게 발견한다 하더라도 기계 오류 정도로 넘어가기 딱 좋았다. 그 기이한 장면을 몇 번을 돌려 보았다. 그 결과 선우가 알아낸 건 자신은 오늘 데드볼 같은 건 맞은 적 없고 오히려 강속구를 정확하게 배트 중심에 맞혀 몇 개월, 아니 몇 년 만인지 모를 호쾌한 2루타를 만들어 냈다는 것이다.

'도대체 뭐였던 거야…….'

의문을 품는 순간에도 관자놀이에는 칼로 쑤시는 듯한 통증이 이어지고 있었다.

**5.**

"어제 2루타는 아주 좋았다고! 그 느낌 아직 기억하고 있지?"

그래서 다음 날 시합에서 타석에 들어서기 전 코치에게 그런 말을 들었을 때 선우는 난감했다. 지금 가진 느낌이라고는 공에 맞았던 부분의 통증뿐이다.

'그 느낌…….'

떠올릴 사이도 없이 이전 타순의 타자가 땅볼을 치고 아웃이 되었다. 배트를 쥐고 투수를 마주한 그 순간까지도 전혀 칠 거라는 생각이 들지 않았다.

"이봐. 제대로 서."

심판이 주의를 줬다. 생각에 잠기다 보니 타석에서 완전히 벗어나 스트라이크 존을 절반 가까이 몸으로 가리고 있었다.

"아, 죄송합니다."

선우가 자세를 다시 잡자마자 투수가 첫 구를 던졌다. 구종은 커터. 타자인 선우 쪽으로 바짝 붙었다. 너무 붙었다. 공이 몸으로 날아오는데도 선우는 피하지 않았다. 왜 그랬는지는 선우 스스로도 알 수 없었다. 손등을 강타한 공이 눈 위로 튀어 올랐다. 손등에 칼을 꽂은 것 같은 통증이 느껴졌다.

"억!"

그저 코르크와 고무를 흰 가죽으로 두른 손바닥 크기의 물건에 맞았을 뿐인데 고기 절단기로 손목을 뿌리부터 잘라 낸 것 같았다. 통증이 잽싼 벌레처럼 팔을 타고 올라오는 게 느껴졌다. 어떻게 할 사이도 없었다. 그건 머릿속을 파고들었다. 맞은 곳은 손인데 머릿속이 그야말로 난리가 났다. 어디선가 등장한 가위가 뇌를 한가운데서 뚝 잘라 내어 뇌수들을 이리저리 춤추게 만드는 기분이 들었다. 탁해졌던 눈앞이 한 번 빙글 도나 싶더니 환하게 하얀 빛이 덮여 오는 순간…….

"이봐. 제대로 서."

아까 들었던 목소리가 똑같이 들렸다. 선우는 심판을 쳐다보았다. 손등에 아무 감각이 없었다. 방금 전 충격으로 손이 부르르 떨려왔다. 선우는 배트를 내려놓고 1루로 가려고 했다. 어쨌거나 데드볼이니까.

"어디 가?"

큰 목소리가 들렸다. 심판이 부르고 있었다. 보호 장구 밑으로 어리둥절한 표정을 볼 수 있었다. 포수도 선우를 보고 있었는데 역시 약간 당황한 얼굴이었다. 그 둘뿐만이 아니었다. 상대 팀 투수도, 수비수들도 심지어 홈 벤치의 감독과 코치, 동료들도 '쟤 뭐 하지?'라는 얼굴이었다.

"아, 아니. 죄송합니다."

얼떨결에 타석으로 돌아온 후에도 선우는 쉽사리 타격 자세를 취하지 못했다. 손이 아직까지도 화끈거리고 있었다. 분명히 손등에 공을 맞았다. 데드볼이 아닌 건가? 심판이 못 보고 파울로 처리한 건가?

"뭐 해?"

심판이 계속 어정쩡한 자세로 서 있는 선우를 재촉했다. 당장 배트를 들고 공을 칠 준비를 하라는 뜻이다.

"저, 데드볼이 아니라 파울인가요?"

"뭐라고?"

"손에, 여기에, 맞았는데……."

"무슨 소리야. 던지지도 않았는데."

상대 팀 포수가 웃었다.

"선 채로 꿈꾸셨어요?"

선우는 더 이상 아무 말도 할 수 없었다. 통증 때문에 부들거리는 손으로 배트를 들어 올렸다. 경기가 재개되었다. 투수의 발이 올라갔다. 동시에 선우의 머릿속이 선명해졌다. 어째서 데드볼인데 출루를 못 하게 하는 걸까. 왜 모두가 방금 전 아무 일도 없었던 것처럼 구는 걸까. 이런 의문은 어느새 머릿속에서 사라졌다. 신기하면서도 두근거리는 기분 때문이었다. 투수가 다음에 던질 공을 알고 있다. 구종은 커터, 몸쪽으로 바짝 붙는 직구. 스피드도 대략 알고 있다. 타이밍을 맞췄다.

'으윽!'

아까 공에 맞았던 손등이 비명을 지른다. 불에 달군 프라이팬에 손등을 대고 누르는 것 같다. 그러나 선우는 이를 악문다. 멈추지 않는다. 아까 자신에게 날아오는 공을 피하지 않았을 때와 똑같았다. 왜 그런지는 모르지만 그래야만 할 것 같았다. 죽을힘을 다해 배트를 잡아당긴다. 기분 좋은 임팩트가 있었다.

"와아!"

벤치에서 함성이 울려 퍼졌다. 공은 그라운드를 낮게 스치며 저공으로 뻗어 나갔다. 그러나 그 정도면 충분했다. 1루수의 옆으로 빠르게 빠져나가는 타구는 분명히 안타였다. 어제까지 포함하면 연타석 안타를 쳤다. 선우 인생에서 처음 있는 일이었다.

"잘했어."

주루 코치가 그렇게 칭찬을 해 줬을 때 선우는 물어보았다. 물어보지 않고는 견딜 수가 없었다.

"코치님. 방금 제가 친 거…… 초구였어요?"

코치는 너무 뻔한 걸 왜 묻냐는 듯한 표정으로 선우를 바라보았다.

"아니면 뭐였냐?"

코치가 도루 시도로 투수의 정신을 흐트려 놓으라고 지시하는 동안 선우는 두 가지를 확실하게 깨달았다. 영문은 모르겠지만 그가 데드볼을 '맞은' 일은 '없었던' 일이 되었다. 그리고 선우의 타석은 똑같이 한 번 더 되풀이되었다.

'공에 맞은 순간 공에 맞기 직전의 순간으로 돌아간 거야.'

그 이닝은 선우 다음 타자가 친 병살타로 마무리되었다. 선우의 다음 타석이 돌아온 것은 세 개의 이닝이 지난 시합의 종반이었다. 상대 팀이 2 대 1로 한 점 차 리드 중이다. 선우는 타석에 들어섰다.

"아까처럼만 해. 아까처럼. 정말 잘 잡아당겼어."

타격 코치의 조언이었다.

'아까 무슨 일이 있었더라?'

선우는 어제 타구에 맞았던 관자놀이 부근에 손을 가져다 댔다. 찡 하는 통증이 뇌 속을 온통 헤집어 놓았다. 사라지지 않고 몸 안에서 잔류하는 통증이 확실한 깨달음을 주었다. 머리의 바로 이 부분에 공을 맞은 후부터 데드볼을 맞으면 시간이 되감겼다. 스트라이크가 되는 일도, 볼이 되는 일도, 아웃이 되는 일도 없이 선우는 한 번 봤던 공을 다시 한 번 똑같이 볼 수 있는 기회를 얻는 것이다.

'……한번, 시험해 볼까?'

만약 선우의 착각이었다면 큰 망신을 당하겠지. 이제부터 선우가 하려는 건 그야말로 정신 이상자 그 이상도 이하도 아니다. 하지만 그러면 뭐 어쩔 건가? 여기는 2군 구장이고 텔레비전에 나오지 않는다. 선우는 투수의 와인드업 동작을 보았다. 경험으로 투수가 손에서 공을 완전히 놔 버리는 순간이 언제인지 정도는 알 수 있다. 투수의 손이 머리 뒤에서 나오는 그 찰나 선우는 재빨리 타석에서 한 걸음 깡충 뛰었다. 몸을 기울인 정도도 아니고 아예 타석에서 완전히 벗어나 포수의 미트를 몸으로 가려 버렸다. 포수와 심판이 '어어!' 하는 소리가 귀에 들렸다.

'틀리면 욕먹으면 그만이지!'

하얀 공이 번뜩이는 걸 본 순간 그렇게 생각했다. 많이 떨어지지 않는 커브였다. 대퇴부에 맞았다. 두터운 살집과 근육이 있는데도 빽 소리가 났다.

'아악!'

비명이 밖으로 나오지도 않았다. 고통 때문에 뇌가 한순간 정지한 듯했다. 감은 눈꺼풀 안으로 하얀 빛이 잠깐 스쳐 지나가고 선우는 지독한 통증을 참으며 겨우 눈을 떴다. 투수가 투구 동작에 들어가고 있었다. 다리가 마비되는 듯한 감각 속에서도 그 모습이 '이미 한 번 봤던 것처럼' 대단히 익숙했다. 선우 자신이 서 있는 위치도 '다시' 타석으로 돌아와 있다. 선우 본인이 움직인 기억이 전혀 없는데도. 무엇보다 선우가 타석에서 벗어나 앞으로 뛰어드는 기행을 저질렀는데도 심판도 상대 팀 포수도 아무 말이 없다. 경기장 전체가 '마치 아무 일도 없었다는 듯이' 돌아가고 있었다. 당연히 선우의 대퇴부에 공이 맞은 일 역시 '없었던' 일이 되었다. 투수는 세트 포지션. 이제 몇 초 후 날아올 공을 선우는 알고 있다. 그다지 떨어지지 않는 커브. 공이 허벅지의 어디쯤에 맞았는지 통증이 알려 주고 있다. 타이밍 역시 이미 알고 있다. 정확한 때에 정확한 위치로 선우의 배트가 강하게 휘둘러졌다.

깡!

요즘 들어 자주 듣는 청명한 소리. 타구가 쭉 뻗어 날아가는 모습은 언제 봐도 기분이 좋다. 중견수 뒤로 넘어감을 확신하고 선우가 뛰려고 할 때였다.

"악!"

대퇴부에 격심한 고통이 느껴졌다. 쭉쭉 뻗어 나가는 타구에 정신이 팔려 있었기 때문에 한순간 휘청 허리가 꺾였다. 중견수로부터 공이 되돌아오는 것을 보고 이를 악물고 뛰었지만 겨우 1루에 안착하는 데 그쳤다.

'아.'

안타까웠다. 큰 타구였고 2루타였다. 옆으로 다가온 주루 코치도 굳은 표정으로 물었다.

"치긴 정말 잘 쳤는데…… 왜 그랬어? 설마 햄스트링이야?"

"아니요. 아닙니다."

허벅지에는 아직도 통증이 남아 있다. 그렇지만 아까 맞은 손등이 멀쩡하게 되돌아온 것처럼 대퇴부도 시간이 되감기면서 흠집 하나 없이 돌아왔을 것이다. 사실, 그따위 문제는 선우의 안중에 없었다. 선우의 귀에 주루 코치의 말은 한마디도 들어오지 않았다. 그의 머릿속은 그가 새롭게 얻은 힘으로 가득하다.

선우는 시간을 되감을 수 있다.

**6.**

세 번의 타석으로 알아낸 법칙은 다음과 같다.

법칙 첫 번째: 타석에서 공을 몸에 맞으면(데드볼) 시간이 되감긴다.

법칙 두 번째: 되감긴 후 데드볼을 던지기 바로 직전으로 돌아간다.

법칙 세 번째: 시간이 되감기면서 데드볼이 남긴 상처도 사라진다.

'사라진다…….'

선우는 이를 악물었다. 관자놀이, 손등, 대퇴부. 데드볼에 맞았던 자리에 상처는 없다. 함몰된 두개골도 터졌던 핏줄도 부러졌던 뼈도 시간이 감기면서 깨끗이 사라졌다.

하지만 이걸 정말로, 사라졌다고 표현할 수 있는 걸까.

"여보, 뭐 해?"

노트와 펜을 쥐고 있는 선우가 신기했는지 아내가 고개를 갸우뚱했다.

"오늘은 왜 배트 안 휘두르고."

"어. 어. 아무것도 아니야. 곧 할 거야."

생각해 보니 평소 늘 해 오던 훈련 루틴을 잊어버리고 있었다. 선우는 시계를 보았다. 내일도 시합이 있다. 너무 늦게 잘 수는 없으니, 지금부터 시작해도 훈련량이 너무 적다. 해도 의미가 없다.

'그리고 솔직히, 훈련 같은 걸 할 필요가…….'

"여보. 저기……."

오늘은 쉬겠다고 말하려던 순간 대퇴부 쪽에 도끼로 찍은 듯한 고통이 덮쳐 왔다.

'으앗!'

비명을 간신히 참았으나 이미 아내 앞에서 한쪽 무릎을 꿇은 이후였다.

"왜 그래! 어디 아파?"

아내가 서둘러 달려와 주었다. '아니야, 아니야'라는 뜻으로 손을 내저었지만 좀처럼 괜찮은 척 일어설 수가 없었다. 허벅지였다. 데드볼에 맞은 그 허벅지. 겉으로는 멀쩡하지만 전류 같은 통증이 계속 그 안을 헤집으며 돌아다니고 있다. 계속 이랬다. 허벅지만 아픈 것도 아니었다. 겉으로는 멀쩡한 관자놀이와 손등도 마치 불에 달군 대못을 박아 놓은 듯 아프다. 법칙을 하나 추가해야 할 듯싶다.

법칙 네 번째: 상처는 사라져도 통증은 사라지지 않는다.

이 기적의 대가일지도 모른다.

"다리야? 햄스트링이야? 어떻게 된 거야?"

아내는 어느새 '햄스트링'이라는 것도, 그걸 다치면 큰일 난다는 것도 알고 있었다. 갑자기 선우는 아내가 너무 사랑스러워져서 무릎을 꿇은 채로 아내를 안아 주었다.

"어머!"

"항상 고마웠어. 당신. 이제 더 이상 고생시키지 않을게."

선우는 아내가 당혹스러워하는데도 아랑곳하지 않고 더욱 꽉 끌어안았다. 간질간질하고 기분 좋은 뭔가가 몸 안에서 솟구쳐 오르려고 하고 있었다.

'나는 같은 공을 두 번 상대할 수 있어.'

구속도, 구종도, 공이 들어오는 위치까지 미리 알 수 있다. 야구 선수, 특히 타자에게는 실로 기적과도 같은 힘.

'이제 무명 생활은 끝난 거야.'

선우는 항상 자신이 없어 입 밖으로 내지 못했던 다짐을 아내에게 건넸다.

"내년 연봉, 열 배로 올려 줄게."

**7.**

"김선우."

9회 말 마지막 공격 감독이 선우를 불렀다. 다음 타석인 선우에게는 이미 타격 코치가 지시를 내렸다. 작전이 있어서 부르는 게 아니다.

"이번에 달려 있어. 알지?"

'뭐가' 달려 있는지 선우는 묻지 않았다. 그저 자신만만한 목소리로 대답했을 뿐이다.

"걱정 마십시오. 감독님. 오늘 우리가 이깁니다."

감독님도 주변에 있던 선수들도 선우를 쳐다보았다. 아무리 최근 성적이 좋아도 이런 말을 하기가 쉽지 않은데 의아한 것이다. 선우는 대기 타석에 한쪽 무릎을 꿇고 앉았다. '몸 안 풀어도 되는 거야?'라는 선배, 동기, 후배 들의 목소리가 들리는 것 같다.

오늘 상대 팀 마무리 투수는 '전형적인 2군 에이스'로 불리는 베테랑 노장 투수. 소속 팀에 현재 불펜 투수가 충분해서 부름은 받지 못하고 있지만 1군에서도 충분히 통할 만하다고 평가받는 투수다. 미리 타격 스탠스와 스윙을 점검하지 않으면 위험하다. 하지만 선우는 앞선 타자가 파울 플라이로 투 아웃을 만들고 내려갈 때까지 방망이 한 번 휘두르지 않았다.

선우가 타석에 들어서자 투수가 살짝 긴장한 듯했다. 최근 27타석 27안타. 전부 2루타 이상으로 그중 홈런이 열두 개. 최근 선우의 성적은 엄청나다. 오늘도 전 타석 안타. 심지어 그중 하나가 홈런이다. 투수는 한참 공을 골랐다. 포수의 사인에도 몇 번씩 고개를 흔들었다. 전혀 흔들림이 없는 선우의 표정과 미묘하게 올라가 있는 입꼬리가 더더욱 베테랑 투수의 신경을 긁었다.

'뭐야, 저 '던져 볼 테면 던져 봐'라는 표정은. 2군 퇴물 타자가.'

베테랑 투수는 구종을 정했다. 오늘 가장 좋은 공. 타자 바로 앞에서 밑으로 떨어지는 포크. 떨어지기 직전까지 타자에게는 느린 직구로 보일 것이다.

'휘두르라고. 퇴물!'

베테랑 투수는 공을 던졌다. 폴로스루까지 완벽했다. 하지만 던지고 난 후 베테랑 투수는 경악했다. 타자가 갑자기 타석에서 벗어나 앞으로 풀쩍 뛰더니 몸으로 포수의 미트를 가려 버리는 것이 아닌가! 당연히 공은 타자의 발목에 맞았다. 베테랑 투수는 고함을 쳤다. 이건 절대 데드볼이 아니야. 타자가 미친 거라고. 그러나 바로 몇 초 후 베테랑 투수의 그 순간은 되감겨 삭제당해 버렸다.

**8.**

'아야야…….'

선우는 발목을 문질렀다. 타석을 벗어나 앞쪽으로 풀쩍 뛴 순간 공이 발등에 맞았다. 구속이 느려서 일부러 맞아 주는 것도 쉬웠다. 하지만 구종이 느린 포크라는 건 예상외였다. 초구니까 직구로 카운트를 잡으러 올 것이라 예상했던 것이다. 선우의 예상은 언제나처럼 빗나갔고 그래서 공을 몸에 맞는 순간 시간이 되감기는 이 능력이 고마웠다. 선우는 초구를 던지는 베테랑 투수를 보고 있었다. 치려는 생각조차 하지 않는다. 어차피 떨어지는 포크일 테고 휘두르지 않으면 볼 판정이다. 그리고 그대로 이루어졌다. 절묘하게 떨어진 변화구가, 그것도 초구가 볼 판정을 받자 경험 많은 투수조차 살짝 평정심을 잃었다. 두 번 연속으로 변화구를 던지지는 않을 것이다. 그렇다면 스트라이크 존 안으로 들어오는 직구.

'잠깐, 왜 내가 구종 예측을 하고 있지?'

세트 포지션에 들어가는 투수를 보며 선우는 발뒤꿈치를 까치발로 들었다. 이런 타격 자세를 취하는 타자는 이전에도 이후로도 없을 것이다. 투수의 들린 발이 내려옴과 동시에 선우는 타석 앞으로 '뛰었다'.

타악.

'윽.'

팔 보호대에 정통으로 맞았다. 직구는 직구인데 스트라이크 존을 약간 벗어난 하이 볼. 선우가 자신이 예측한 대로 휘둘렀다면 헛스윙 스트라이크였을 것이다.

'역시 능력을 써야 해.'

얼얼한 팔꿈치를 잡고 타석으로 돌아왔다. 아무도, 투수도, 심판도, 상대 팀 포수도, 그 누구도 타석을 벗어나 풀쩍 뛰어나온 비상식적인 짓거리를 지적하지 않는다. 공에 맞는 순간 시간이 되감기면서 선우가 앞으로 뛰어나온 건 '일어나지 않은 일'이 되었다. 눈앞에 보이는 건 몇 초 전과 똑같은 자세로 세트 포지션에 들어가는 투수다. 이제 던질 구종은 아까 본 대로 살짝 높게 제구되어 올 것이다. 힘을 주어 치면 담장을 넘기기 딱 좋다. 위치도 속도도 이미 한 번 봤기에 방망이 중심에 맞히기는 아주 수월했다.

깡!

요즘은 너무나 익숙해진 청명한 타격음이 울렸다. 살짝 높게 제구된 공이 정확하게 방망이 중심에 맞고 거기에 선우의 힘이 실리면 결과는 정해져 있다. 힘차게 뻗어 나간 공은 중앙 펜스를 넘어갔다. 홈런. 끝내기 스리 런이다. 동료들이 기뻐하며 더그아웃에서 나오는 걸 보며 선우는 아주 천천히 베이스를 돌았다. 아까 공에 맞은 발목이 계속 쑤셔 왔기 때문이다. 시간이 되감겨도 공이 때린 상처와 그로 인한 통증은 사라지지 않는다. 이 능력을 쓰는 일종의 대가일 것이다. 그래도 오늘은 노장 투수가 던지는 구위가 좋지 않은 공이라 나은 편이다. 드래프트에서 뽑은 지 얼마 안 된 젊은 투수들이 던질 때면 고통 때문에 혀를 깨물지 않게 조심해야 한다. 홈에 들어오자 동료들이 너나없이 등을 두들겨 주었다. 그저께 시합에서 2타점짜리 2루타를 치기 위해 시간을 되감은 대가로 140킬로미터에 달하는 공에 맞아야 했던 척추는 손바닥에 맞은 것만으로 불에 덴 듯 아프다. 그래도 상관없다. 그저 아플 뿐이다. 별일 아니다.

"잠실 갈 준비 해 둬."

타격 코치가 웃으며 그렇게 말했다. 그 소리를 옆에서 들은 다른 선수들의 부러운 눈길이 느껴졌다. 아직도 아픈 발목이 갑자기 너무나도 대수롭지 않게 느껴졌다.

'할 수 있어.'

선우는 웃었다.

'1군으로 올라갈 수 있어.'

아니, 어쩌면 그 이상도 할 수 있을지 모른다.

**9.**

"다들 성적이 시원찮네."

2군 감독이 쯧 하고 혀를 찼다.

"누구를 올려도 욕을 먹을 것 같아."

어디에 올린다는 것인지는 모두가 알고 있다. 1군. 잠실.

"한 명은 무조건 올려 보내야 하지 않습니까? 김선우."

타격 코치가 말하자 다른 코치 몇 명이 수긍한다는 듯 끄덕였다.

"도대체 무슨 마법을 부리신 거예요? 요즘 나오면 무조건 치던데. 그것도 다 2루타 아니면 홈런."

"말했잖아. 그 친구는 감만 잡으면 터질 거라고. 파워 포텐이 보통은 한참 넘는데 맞히는 법만 알면 당연히 넘기지."

훈훈한 분위기 속에 수비 코치가 반론을 제기했다.

"그런데 요즘 수비에서 실수가 잦던데요. 무슨 일인지 항상 찡그리고 다니고."

주루 코치도 거들었다.

"뛸 때도 그렇습니다. 아무래도 부상을 숨기고 있는 것이 아닌가……."

"그래?"

2군 감독이 물어봤지만 타격 코치는 부정했다.

"본인 말로는 아픈 데가 없답니다. 확인해 봤는데 실제로 다친 곳도 없어요. 부상당할 만한 상황이나 장면도 없지 않았습니까?"

"그래도 선수 보호 차원에서……."

감독이 코치들의 설전을 미리 차단했다.

"1군 성적이 수직 하강 하기 시작했어. 5월까지 2위였는데 지금 7위라고. 그리고 그 주요 원인은 다들 알다시피 화력 부족이야. 잘 치는 녀석이면 무조건 올려야 해. 수비가 불안하면 현장에서 대타로라도 쓰겠지."

감독이 마지막으로 타격 코치에게 다짐을 받듯 물어보았다.

"설마 약을 한다거나 그런 건 아니지?"

가파른 상승세, 그에 반해 떨어진 집중력. 그런 질문을 하기에 충분했다.

"그런 선수는 절대 아닙니다. 그 누구보다 성실한 친구예요."

"좋아. 그럼 김선우는 올리지. 어디 보이지 않는 곳이 망가져 있어도 이 상황에서 억지로 캐낼 수는 없으니까. 김선우 연차면 본인 몸과 장래는 본인이 챙겨야 하는 거야."

**10.**

선우는 조용히 배팅 장갑을 조였다. 벌써 서른일곱 번째 장갑을 조이고 있다.

"초조하냐?"

주장이 선우의 어깨를 툭툭 건드렸다. 그렇게 말하는 얼굴은 선우처럼 초조한 빛은 없다. 하지만 어딘지 모르게 파리하고 기운이 없어 보인다. 여름이 되자마자 급락하기 시작한 팀의 성적에 부담을 느끼고 있는 것이다.

"네. 조금……."

"뭘 크게 보여 주려고 하지 마. 그래야 네 루틴대로 휘두를 수 있어."

쉽게 '알겠습니다.'라고 대답을 할 수가 없었다. 주장은 부담을 덜어 주려고 한 이야기일 테지만 어째서인지 '넌 그야말로 뭣도 아니야.'라는 말로도 들렸다.

오늘 선우의 역할은 대타이다. 기회가 왔을 때 한 방 치기 위해 정규 편성된 선수 대신 타석에 서는 선수. 9회가 될 때까지 나갈 준비 하라는 소리를 듣지 못했을 때 선우는 자신의 첫 1군 출장이 이렇게 아무것도 못 하고 끝나는구나 싶었다. 그러다 9회 초 선우의 팀이 주자 2루와 3루 2사의 기회를 잡았다. 상대 팀은 승리를 지키기 위해 선발 투수를 내리고 마무리 투수를 올렸다. 상대 팀 마무리 투수는 왼손 투수고 선우의 팀 8번은 왼손 투수에게 약하다. 그리고 대타 중 통상 왼손 투수에게 약한 왼손 타자를 제외하면 남은 건 선우 하나뿐이다. '준비하고 있으라'고 코치로부터 들었을 때부터 각오하고 있었지만 막상 방망이를 들고 그라운드에 들어서는 순간 선우는 차가운 손이 심장을 콱 움켜잡는 기분이 들었다. 오늘 상대 팀은 지방 팀이지만 그 인기가 대단하다. 연패 때 팬들이 구단 버스를 불태운 일이 있을 정도다. 선우가 타석에 들어오자마자 1루 쪽과 3루 쪽은 물론 외야에서도 밤하늘을 달굴 정도로 뜨거운 응원의 함성이 들려왔다. 항상 2군에만 있었던 선우는 이 정도의 어마어마한 응원을 본 적도 들어본 적도 없다. 상대 팀의 응원가도 들리고 선우 팀의 응원가도 들렸다. 힘을 북돋우는 노래지만 선우 귀에는 못하면 죽여 버린다는 말로 들린다. 이 엄청난 숫자의 관객들이 지켜보는 가운데 할 수 있을까? 투구 순간 공에 일부러 맞으려고 깡충 앞으로 뛰어들 수 있을까? 1군 경기는 2군 경기와 다르다. 오늘 멍청한 실수를 하면 영원히 박제되어 인터넷에 떠돌아다니게 된다. 신문에 실리고 별명이 붙는다. 모욕적인 별명이 아이의 귀에까지 들어갈지 모른다.

'어쩌면…… 어쩌면, 시간을 되감지 않고도 칠 수 있을지 몰라. 한번 해 보자!'

마운드 위 상대 팀 투수가 포수의 사인에 고개를 끄덕이는 게 보인다. 타격 타이밍을 잡기 쉽지 않은 투수다. 초구가 들어왔고 선우는 '투수가 바뀌었으니 초구를 노리라'는 코치의 지시대로 힘껏 휘둘렀다. 그러나 거의 발목 위치로 들어왔고 선우의 방망이는 히팅 포인트에서 한참 벗어난 허공만 휘둘렀다. 바보 같은 스트라이크였다. 포수가 다시 던져 주는 공을 받으며 투수가 설핏 웃는 게 보였다. 선우의 심장이 빨리 뛰고 손목이 부르르 떨렸다. 2구가 날아왔다. 이번에도 낮게 깔려 오는 공에 아무 반응도 하지 못했다. 존에 낮게 걸치는 절묘한 스트라이크였다. 순식간에 투 스트라이크. 선우에게는 지금쯤 구단 홈페이지와 인터넷 커뮤니티가 어떤 글로 도배가 되고 있을지 눈앞에 보이는 것 같았다. '이럴 줄 알았다', '기대 1도 안 했다' 정도면 정말 점잖은 편이고 '식물 빠따', '1군 관광객', 심하면 부모 욕을 하는 팬이 있을지도 모른다. 선우는 제발 아내와 딸이 그것만은 보지 않기를 빌었다. 그런데 그러지 말았어야 했다. 그 생각을 하는 동안 3구가 들어왔고…….

"스트라이크…… 아웃!"

대타가 겨우 스윙 한 번 해 보고 맥없이, 그것도 삼구 삼진 당하고 말았다. 선우 팀의 응원석에서 함성이 순식간에 확 죽는 게 느껴졌다. 반대로 상대 팀에서는 하늘을 찌를 듯한 고함이 터져 나왔다. 한순간에 역적이 된 기분으로 선우는 더그아웃으로 들어왔다. 주장은 어깨를 토닥여 줬지만 어째 예의상 해 주는 기분이었다. 감독도 코치도 처음 보는 1군 팀 메이트들도 시선이 좋지 않았다.

'빌어먹을.'

마지막 공이 생각났다. 낮게 몸 쪽으로 바짝 붙어 들어오는 공. 구속도 괜찮았다. 한 발만 슬쩍 앞으로 내밀었으면 몸에 맞을 수 있었다. 그러면 시간이 되감겼을 것이고 충분히 내야수들의 머리 위를 넘길 수 있었다.

**11.**

"자. 텔레비전 그만 보고 들어가서 자."

"싫어! 아빠 나오는 거 텔레비전으로 볼 거야!"

"엄마 말 안 들어?"

선우는 아내가 아이를 데리고 방으로 들어가는 걸 안 보려고 애썼다. 불과 하룻밤 전에 오늘 아빠가 나올 거라고 장담하며 '꼭 안 자고 보기'라면서 손가락까지 걸었다. 그 기억이 자꾸 나서 미칠 것 같았다.

"저기, 자기야."

"아악!"

아내의 손이 닿는 순간 선우는 비명을 질렀다. 하필이면 그 손에 닿은 쇄골 바로 뒤가 2군에서 '시간을 되감으려고' 데드볼에 맞은 스물여덟 군데 중 하나였던 것이다.

"어머, 왜 그래? 어디 다쳤어?"

"아니야! 아니야! 그냥 좀 담이 와서 그래!"

선우는 황급히 몸을 뺐다.

"담이 오면 더 큰 일이잖아! 진짜 괜찮아?"

피하려다가 이번에는 복숭아뼈가 산산조각 났던(그러나 시간이 되감기며 일단 멀쩡해진) 발목이 의자 다리에 부딪친다.

"진짜 아니라고! 안 그래도 스트레스 받는데……."

비명을 참다가 선우는 자기도 모르게 벌컥 짜증을 냈다. 아내의 얼굴을 안 보려고 애쓰지만 화가 난 게 느껴진다.

"그래. 알았어."

선우가 미처 사과할 틈도 없이 아내는 홱 방으로 들어가 버렸다.

"아……."

선우는 비참한 기분이 되었다. 기념비적인 1군 출장이었는데. 케이크를 두고 가족끼리 오늘의 경기 재방송을 보며 나눠 먹을 수도 있었는데. 하이라이트로 나오는 아버지의 모습을 딸에게 보여 줄 수도 있었는데. 전부 망쳐 버렸다. 선우가 겁이 많았기 때문에. 공 한 번만 몸에 맞으면 영웅이 될 수 있었는데.

선우는 입술을 깨물었다.

**12.**

어제의 패배로 선우 팀의 연패 숫자는 8에서 9로 늘어났다. 오늘도 선우의 홈구장에는 승리를 당연히 여기는 상대 팀 팬들이 가득 들어찼다. 그들은 오늘도 선우 팀이 지기를, 그래서 자신들의 팀이 또 하나의 승수를 추가하기를 원하고 있었다. 그렇게는 안 될 거라고 스스로 다짐을 놓을 기운조차 선우에게는 없었다. 데드볼을 맞을 각오도, 실패했을 때의 비웃음을 감수할 자신도 있다. 다만 애초에 오늘 감독이 대타를 쓸지, 쓰더라도 선우를 내보낼지 장담할 수 없었던 것이다.

'이런 능력까지 주셨잖아요…… 한 번만 기회를 좀 주세요!'

기도에 응답이 굉장히 빠르게 왔다. 외국인 투수끼리의 멋진 투수전으로 7회까지 0 대 0으로 진행되던 상황에서 선우 팀에게 1사 만루 기회가 왔다. 최소한 외야까지는 공을 보내야 희생타로 1점이라도 벌 수 있다. 그런데 타석에는 이른바 '땅볼 제조기'라고 불리는 타율 낮은 9번 타자이자 주전 우익수가 있었다. 감독은 주전 우익수를 빼고 대타 사인을 냈다. 감독도 마음이 조급한 것이다. 연일 거듭되는 패배로 팬덤과 언론, 구단으로부터 받는 압력이 보통이 아닌 것이다.

'괜찮아! 준비는 되어 있어.'

사실 선우의 몸은 준비되어 있는 것과는 거리가 멀다. 시간을 거슬러 올라가기 위해 맞은 데드볼. 그 데드볼이 남긴 통증이 멀쩡해 보이는 몸 안을 이리저리 돌아다니며 선우를 물어뜯는다. 지금도 발목과 어깨뼈에서 칼로 찌르는 듯한 통증이 느껴진다. 하지만 덕분에 선우는 어떤 자세로 어떤 타이밍에 포수 앞으로 뛰어들면 정확하게 투수의 공에 몸을 맞을 수 있는지 나름의 요령을 깨우치고 있다. 눈은 투수의 공을 볼 수 있게 고정한 채로 배트를 잡아야 하는 팔은 최대한 뒤로 돌리고 가능한 한 엉덩이나 허벅지같이 살이 많은 곳이 포수의 정중앙을 가로막을 수 있게.

시간을 되감겠다고 마음을 굳게 먹은 후 타석에 들어섰다. 선발 투수는 제구가 조금 흔들리고 있었다. 타격 코치의 지시는 '지켜보라'는 것이었다. 지켜보기는 지켜볼 것이다. 다만 포수 앞을 가로막고 서서 말이다.

'무서워할 것 없어.'

투수가 세트 포지션에 들어가는 것을 보며 선우는 발뒤축에 힘을 주었다. 관중들의 응원 소리가 더욱 크게 들렸다. 투수의 손이 머리 뒤에서 나오려는 순간…….

'가자!'

선우는 타석을 벗어나 훌쩍 뛰었다. 포수를 몸으로 완전히 가렸다. 느껴졌다. 공이 날아와야 할 코스의 정중앙에 서 있었다. 이제 곧 몸 어딘가가 공에 맞아 엄청난 통증이 느껴지고, 그리고 시간이 되감길 것이다. 투수가 어디로 공을 던졌는지만 똑바로 보면 된다. 눈을 똑바로 치뜨자 공이 날아오는 게 보였다. 어제의 중간 투수와 달리 굉장히 빨랐다. 맞으면 뼈에 금 몇 개는 갈 법한 구위였다.

'…….'

경기장이 붕 뜰 정도로 술렁거리는 소리가 선우의 귀에 똑똑히 들렸다. 선우는 꼼짝도 할 수 없었다. 뒤에서 포수가 일어서는 게 느껴졌다. 잘못은 없었다. 시간을 되감기 위해 할 수 있는 건 모두 했다. 공이 어디로 날아오는지 똑똑히 보았고 타이밍도 잘 맞췄으며 폴짝 뛰어 타석에서 완전히 벗어나 포수 앞을 완벽히 가렸다. 모든 게 괜찮았다. 제구력 꽝인 투수가 던진 공이 완전히 빗나가 크게 오른쪽으로, 선우의 반대편 타석을 통과하여 날아갔다는 것만 제외하면. 타자가 있는 힘껏 배트를 뻗어도 그 끝에서 또 배트 두 개의 길이만큼이나 떨어진 곳으로 날아간 공은 '당신을 위한 오직 하나의 운동화' 광고판 아래 또르르 박혔다.

일반적인 선수였다면 시작부터 거저먹는 공이었을 것이다. 하지만 투수의 투구와 동시에 일부러 데드볼을 맞기 위해 타석을 벗어나 앞으로 뛰어든 선우에게는 그야말로 최악의 1구였다. 데드볼을 맞지 않았으니 시간도 되감기지 않는다. 선우는 그저 갑자기 타석을 벗어나 앞으로 폴짝 뛴 정신 나간 타자가 되어 버렸다. 그야말로 전무후무한 선우의 짓거리에 심판도 잠시 혼란에 빠져 있었다. 그러나 곧…….

"아웃!"

선우에게 나가라는 신호를 했다.

"예? 아…… 아웃이요?"

코치들이 뛰어나오는 모습이 보였다. 표정이 화가 난 듯 굳어 있었다.

"고의적인 포구 행위 방해야. 아웃. 아웃이니까 들어가."

2군에서는 단 한 번도 실패한 적이 없어서 '일부러' 데드볼을 맞으려다가 실패하면 어떻게 되는지 알지 못했다. 코치들이 어차피 포수가 못 받는 공 아니었냐며 감형을 위해 이런저런 실랑이를 벌이며 심판을 설득하는 사이('그냥 균형을 잃고 넘어진 거예요. 설마 고의로 그랬겠어요? 정신병자도 아니고.') 멍하니 서 있었다. 그사이 구장 위의 거대한 대형 HD 화면은 조금 전 선우의 행동을 반복해서 보여 주고 있었다. 투수가 공을 던지는 동시에 화면 속의 선우는 타석에서 앞으로 폴짝 뛰어나온다. 마치 예능에서나 나올 것 같은 웃긴 동작이었다. 우리 팀, 상대 팀은 물론 관중들까지 잠실의 모든 사람이 그 모습을 바라보고 있었다. 그뿐만

이 아니다. 인터넷이나 텔레비전으로 이 경기를 보고 있을 모든 사람도 야구사에 남을 정도로 어처구니없는 선우의 행동을 봤을 것이다. 거기에는 어쩌면 선우의 아내와 딸도 포함되어 있을지도 모르고. 오늘 이 경기가 끝나면 선우의 '폴짝' 영상은 박제되어 야구 커뮤니티를 포함해 여기저기 뿌려지며 게시될 것이다.

"너 도대체 왜 그런 거야?"

"바…… 발을 헛디디는 바람에."

감독과 코치의 불호령에 그렇게 대답할 수밖에 없었다. 더그아웃의 선수들이 괴생명체라도 보는 눈으로 선우를 바라보았다. 아웃 카운트 하나가 추가되어 2사 만루. 후속 타자가 삼진 아웃당하며 선우 팀의 기회는 그렇게 끝나 버렸다.

끔찍한 타석이 끝난 직후 선우는 가만히 더그아웃 벤치에 앉아 있었다. 아무 말 없이 자신의 행동을 후회하듯이 침묵을 지켰다. 하지만 얼굴만큼은 숙이지 않았다. 고개를 똑바로 들고 잠실의 마운드를 노려보고 있었다. 7회 팀의 수비가 시작되기 전 감독은 선우를 교체하려고 했다. 방금 전 사고를 생각하면 당연한 수순이었다. 그러나 선우가 무슨 생각을 했는지 코치에게 다가와 이렇게 말했다.

"다시 한 번만 기회를 주십시오. 이번에 최소 2루타를 치지 못한다면 당장 내일 스스로 짐을 싸서 내려가겠습니다."

다소 옛날 사람인 코치는 '절실함'을 좋아하는 사람이었다. 선우의 말에 마음이 흔들렸다.

"……일단 수비부터 제대로 보고 와."

사실 수비도 제대로 볼 수 있는 상황이 아니었다. 데드볼이 남겨 놓은 고통이 이곳저곳 몸의 통각을 자극해 움직임을 방해하고 있었다. 다행히 하늘이 보우하사 선우 쪽으로 타구가 날아오지는 않았다. 상대 팀의 첫 타자는 삼진, 두 번째 타자는 2루수 땅볼, 세 번째 타자는 삼진. 7회 공격에서는 선우까지 차례가 오지 않았다.

8회 공격에서도 선우까지 차례가 오지 않았다. 선우 팀은 하위 타선부터 상위 타선까지 나오는 타자들 중 그 누구도 제대로 된 안타는커녕 볼넷조차 만들어 내지 못했다. 야구에서 한번 기회를 놓치면 좀처럼 다시 오지 않는다. 요즘, 아니 여름이 된 후 끝도 없이 추락하는 팀의 타격 컨디션을 볼 때 선우가 망친 타석이 마지막 기회일 수도 있었다. 심지어 관중들도 그렇게 생각하는 것 같았다. 승부가 결정되는 9회가 찾아왔는데도 상대 팀의 응원 소리밖에 들려오지 않았다.

9회 말 정규 이닝 선우 팀의 마지막 공격. 드디어 선우의 차례가 돌아온다. 상대 팀도 마무리 투수로 교체했다. 구속은 선발 투수보다 10킬로미터가 빠르다. 일부러 공에 맞아야 한다고 생각하면 두려울 수밖에 없다. 그것도 날아오는 공을 똑바로 바라보며, 고개를 돌리고 싶은 본능을 필사적으로 누르고. 하지만 지금 선우에게 그런 본능적인 두려움은 '그따위'에 불과했다. 선두 타자는 인필드 플라이 아웃, 두 번째 타자는 삼진 당했다. 갑자기 올라간 구속에 안 그래도 타격감이 바닥인 선수들은 전혀 적응을 못 했다. 아직 스코어는 0 대 0. 하지만 연장으로 들어가면 요즘 흐름을 볼 때 결과는 뻔하다. 선우 팀의 연패 확정. 분노와 초조함에 사로잡힌 감독이 선우가 타석에 들어서는 모습을 똑바로 바라보았다. 그 의미는 명백했다.

'이번에도 허튼짓하면 아주 각오해.'

오늘 또 지면 10연패다. 같은 연패라도 한 자리와 두 자리는 느낌이 다르다. 스포츠 신문 1면에 나올 만한 숫자다. 선우를 평생 2군에 처박아 두기 딱 좋은 숫자다.

선우는 타석에 섰다. 지금 사람들이 뭐라고 하고 있을까. '폴짝'이다. 아까 그 '폴짝'이다. 감독이 미친 걸까? 쓸데없는 생각은 곧 잊혔다. 투수의 발이 플레이트로부터 떨어지는 순간 선우는 무릎을 구부렸다. 마무리 투수의 제구는 정확하다. 망설일 이유 따위 없다. 투수의 손이 머리 뒤에서 나오려는 순간 선우는 뛰었다. 몸을 대자로 해서 포수 앞을 확실히 가리게, 공이 어디로 오든 몸에 맞을 수 있게, 눈은 정면으로 공이 어디로 날아오는지 정확하게 볼 수 있게, 그야말로 초등학교 때의 '팔 벌려 뛰기' 자세로 뛰었다. 2군에서 여러 자세로 뛰어 봤지만 이렇게 노골적이었던 적은 없었다. 뒤에서 포수가 '아 또 뭐야!'라고 외치는 소리가 들렸다. 공은 정확하게 남자의 거기에 맞았다. 눈앞이 하얗게 변했다.

오장육부가 뒤틀리고 혼이 달아나는 느낌. 선우는 배꼽 아랫부분, 남자의 그곳을 움켜잡고 씩씩 숨을 몰아쉬었다.

"어이, 괜찮아?"

심판의 목소리에 고개를 번쩍 들었다. 심판은 아웃을 선언하지 않는다. 그 순간 어느 정도 확신이 들었지만 그래도 전광판을 바라보았다. 아웃 칸에만 불이 두 개. 스트라이크와 볼 칸에는 전혀 불이 들어와 있지 않다.

'시간이 되감겼어.'

선우는 급소의 통증조차 잊고 일어섰다.

'성공한 거야.'

"괜찮은 거야?"

심판이 계속 물어보았다. 7회 때 갑자기 포수 앞으로 뛰어든 일 때문이겠지. 방금 전도 똑같은 행동을 했는데 마치 그것이 없었던 일인 양 괜찮냐고 묻는다. 포수도 힐끗 선우를 올려다볼 뿐 뭐라고 하지 않는다.

"예. 괜찮습니다."

선우는 자신만만하게 웃으며 타석에 들어섰다. 투수가 세트 포지션에 들어간다. 기억에 있는 자세. 기억에 있는 타이밍. 아주 잠깐 전의 과거로 돌아왔고 똑같은 타석을 두 번 겪는다. 선우는 어떤 공이 왔는지 확실히 알고 있다. 구속도 구종도, 그리고 어디로 왔는지도 다리를 풀리게 만들 정도로 아픈 사타구니 가운데 때문에 너무나 잘 안다. 허리에서 살짝 아래로 내려오는 구속 135킬로미터 정도의 슬라이더.

'지금!'

드디어 공이 온다. 다른 타자들과는 다르다. 예측한 대로가 아니다. 기억한 대로다. 선우는 배트에 힘을 주어 자신감 있게 휘둘렀다. 배트 중심에 정확하게 맞았다. 부드러운 감각으로 있는 힘껏 배트를 잡아당겼다. 멀리, 아주 멀리 날아가는 공. 상대 팀 중견수가 쫓다가 멈추었다. 담장을 넘어갔다. '와아!' 하는 소리가 들렸다. 선우는 그저 멍했다. 자신이 천천히 베이스를 돌던 것, 연패를 끊자 마치 우승이라도 한 것처럼 들썩이던 팀의 홈구장, 더그아웃에서 환하게 웃으며 달려 나오던 팀 동료들. 그런 광경이 드문드문 이어졌다. 선수들이 장난스럽게 뿌린 음료수를 뒤집어쓴 후 감독님이 손을 꽉 잡아 미소를 띤 채 흔들어 주며…….

"끝내기! 멋지게 수습했네!"

이렇게 말했을 때에야 선우는 자신이 끝내기를 쳤다는 걸 실감했다. 항상 모니터로만 보던, 꼭 하고 싶다고 생각하면서도 내심 자신과는 인연이 없을 거라고 포기했던 9회 끝내기. 그것도 홈런으로. 팀의 연패를 끊어 낸 영웅이 되어.

선우는 손을 올려 관자놀이를 만졌다. 시간을 되감는 능력을 처음 얻었던 날이 떠올랐다. 이 능력이 없었다면 지금 이 끝내기는 없었을 것이다. 아니, 잠실 구장에 서는 것 자체가 불가능했을지도 모른다. 선우는 떨리는 주먹을 꽉 쥐었다. 입에 자연스럽게 미소가 그려졌다.

**13.**

"축하해!"

늦은 밤, 집에 오자마자 폭죽이 터졌다. 아내가 든 하얀 생크림 케이크가 가장 먼저 눈에 들어왔다. 그 위에 글자가 새겨져 있었다.

'1군 끝내기! 홈런! 축하합니다!'

어설프고 삐뚤삐뚤한 글씨로 보아 가게에 주문한 게 아니고 아내가 직접 위에 쓴 것 같다. 식당 일로 바쁠 텐데 어떻게 시간을 냈는지 감동이었다.

"아빠, 축하드려요오."

딸이 눈을 비비며 어기적어기적 기어 왔다. 저녁 늦게 들어오는 아빠를 축하해 주려고 졸린 걸 꾹 참고 기다린 모양이다.

"우리 딸 고마워요…… 윽!"

허리를 숙여 안아 주려는 순간 전신으로 감전된 것 같은 뜨끔하고 짜릿한 통증이 내달렸다. 짧았지만 강렬해서 딸을 안아 주려던 그 한순간 시야가 차단되었다. 한 손으로 마루를 짚었다.

"어머, 여보. 왜 그래?"

"아. 아무것도 아니야!"

시야가 트이자마자 한 손가락을 입에 물고 아빠를 걱정스럽게 쳐다보는 딸의 얼굴이 눈에 들어왔다.

'오늘 등에 맞은 것도 아닌데.'

사타구니 사이 맞은 통증이 지금에야 올라오는 건가. 모를 일이다.

"끝나고 음료수를 너무 많이 뒤집어썼나 봐. 으슬으슬하네."

"아니, 평소에 본 척도 안 하더니 뭘 이제 와서야 그런데? 어휴 속상하게."

"선배들하고 후배들하고 축하해 주는 건데. 앞으로 남편이 자주 달달한 냄새 풀풀 풍기며 들어올 텐데 이해하고 넘어가세요. 마님."

등이 아파서 무릎을 숙인 채 일어서지도 못하는 걸 숨기려고 너스레를 조금 과장되게 떨었다. 이렇게 시간을 끌다 보면 통증이 사라지리라 믿었다. 아니, 빌었다.

"우리 이쁜이, 케이크 같이 잘라서 먹을까요?"

"아빠 드세요. 밤에 케이크 먹으면 엄마한테 혼나요."

"오늘은 특별히 허락해 줄게. 당신도 얼른 씻고 와. 잘라 놓을 테니까."

"어."

딸을 한번 안아 주려던 건 포기하고 조심, 아주 조심스럽게, 부엌으로 향하는 아내의 등을 살피며 천천히 일어서 보았다. 통증이 발목에서부터 머리로 올라왔지만 몸은 움직일 수 있다. 이 정도면 아직 참을 수 있다. 숨길 수 있다.

"케이크!"

"어머! 손으로 퍼 먹으면 안 돼!"

이 행복을 앞으로 몇 번씩 볼 수 있었다. 케이크가 아니라 근사한 외식을 할 수도 있다. 그걸 위해서라면 선우는 얼마든지 그 '능력'을 사용할 것이다.

**14.**

다음 타석에 서게 된 건 다다음 시합의 6회였다. 스코어는 상대 팀이 3 대 1로 2점 리드하고 있다. 그러나 현재는 선우네 팀이 모든 베이스를 차지하여 만루 상태. 아웃 카운트는 또 두 개가 올라가 있다. 즉, 2사 만루.

'허리는…… 괜찮아.'

찌릿할 뿐 심한 통증은 느껴지지 않았다. 설령 허리가 문제더라도 상반신의 힘만으로 담장을 넘겨 버릴 자신이 있다. 고교 아마 야구 시절부터 힘은 자신이 있었다.

'제대로 보기만 하면 돼.'

선우는 투수를 강하게 응시했다. 2군에서부터 수십 번째 맞아 보지만 구속 100킬로미터가 넘는 야구공을 똑바로 쳐다보면서 몸에 맞는 건 쉽지가 않다. 공포를 이겨 내야 한다. 눈조차 감을 수 없다.

"슬라이더가 밋밋하다. 초구부터 휘둘러."

타격 코치님의 말대로 '초구부터' 휘두르게 될 것이다. 초구가 선우한테만 초구가 아닌 조금 왜곡된 형태이긴 하겠지만. 와인드업 동작 후 투수의 손에서 공이 나왔다. 선우는 순간 배트를 버렸다. 배트를 들고 있어 봤자 움직이는 데 방해만 되었다. 그리고 두 손으로 자신의 두 어깨를 쥐고 발은 딱 붙인 모습으로 포수 앞으로 폴짝 뛰었다.

공은 순식간에 쇄도해 왔고, 뻑, 엄청난 가격음이 들렸다. 그리고 항상 그랬듯 시야에 밀려들어 오는 환한 빛.

"어이, 타석으로 들어와."

또 시간은 선우가 타석에 들어서기 전으로 되감겨 있다. 늘 그랬듯 선우가 방금 일부러 공에 맞은 경천동지할 만한 사건은 아예 '없었던' 일이 되었다. 선우는 갈비뼈 쪽을 움켜쥐었다. 방금 야구공이 직격했던 장소다. 숨을 몰아쉴 때마다 맞은 장소에서 피가 솟구쳐 올라오는 것 같았다.

'좋……아. 아주 좋아.'

마운드 위의 투수가 몇 초 후 무슨 공을 어디로 던지는지 똑똑히 보았다. 타격 코치의 말과는 달리 직구였다. 다소 높게 제구된 실투. 그렇다면 할 일은 아주 쉬웠다. 밀어 치는 걸로 충분하다. 기억한 그대로 공이 왔고 휘두른 배트에서 기분 좋은 반동이 느껴진다. 곧 데드볼에 얻어맞았었던 신체 부위에 다시 감전된 것 같은 충격이 밀려왔다. 그러나 공은 이미 저 멀리 담장 너머로 넘어갔다. 망연자실하게 돌아보는 투수가 보였다.

'만루 홈런!'

말도 안 돼. 한쪽 다리를 꿇은 채 선우는 자기도 모르게 혼잣말을 했다. '만루 홈런이라니, 내가?'라는 기분이다. 잠실 구장에서 만루 홈런을 치다니 한국 프로 야구 선수 중 몇 명이나 이런 경험을 할까. 사방이 환호로 뒤덮였다. 전광판에 만루 홈런이라는 글자가 번쩍이는 게 보인다. 그리고 곧 선우의 정면 사진이 나타난다. 사진 속 자신은 자신만만하고 당당해 보였다. 베이스를 전부 돌고 더그아웃으로 돌아오자 팀 메이트들과 코치가 축하한다며 등을 두들겨 주었다. 주먹과 손바닥이 콩콩 칠 때마다 온몸에 균열이 가는 듯한 느낌이 든다. 그래도 좋았다. 이전 시합보다 훨씬 따뜻하게 맞이해 주는 기분이 들었다. 이제 스코어는 3 대 5. 선우의 만루 홈런으로 2점 역전되었다.

그리고 다음 수비 때 외야 수비로 나간 선우에게 플라이가 날아왔다. 잡으려고 달리는 순간 다시 한 번 어제 딸을 안아 주었을 때와 같은 고통이 등으로 밀려왔다. 눈을 순간 감을 정도로 심했기에 선우는 평범한 공을 놓치고 말았다. 주자는 2루까지 갔지만 다행히 투수가 잘 마무리해 주었다. 공수 교대 때 감독이 선우를 흘긋 쳐다보았다. 그다음 수비 때는 데드볼에 맞았던 복숭아뼈가 절단당한 것처럼 아파 오는 바람에 또 충분히 잡을 수 있었던 공을 안타로 만들어 주고 말았다. 다른 수비수들이 선우에게 슬쩍 눈을 찌푸렸다. 다행히 그 회는 유격수가 선우와는 다른 멋진 허슬 플레이로 투수를 구해 주었다. 결국 상대 팀은 1점밖에 만회하지 못한 채 5 대 4로 선우 팀이 승리했다.

**15.**

"오늘도 대타로 나갈 테니까 대기하고 있어."

다음 날은 시합 전부터 수석 코치가 선우에게 고지를 주었다. '여차하면', '나갈 수도 있어' 같은 말은 쓰지도 않고 아예 '나갈 테니까'라고 표현했다. 그만큼 연승에 대한 감독의 의지가 컸다.

"다들 부담되겠지만 오늘도 이겨 보자! 오랜만에 연승 만들자!"

주장은 그렇게 말했지만 선우는 솔직히 말하면 부담감은 없었다. 연속 출전으로 인한 고양과 흥분은 있었지만 걱정은 전혀 하지 않았다. 6 대 4로 쫓기고 있던 5회에 주자 1루, 2루 상황에서 대타로 들어갈 때도 타격 코치가 '너 별로 긴장 안 했구나, 조짐이 좋다.'라고 할 정도로 표정이 편안했다. 몸속 깊은 곳에 남아 불쑥불쑥 올라오는 통증만 아니면 콧노래라도 불렀을 것이다. 타격 코치는 일단 지켜보라고 했다. 물론 선우는 지켜볼 것이다.

타격 코치가 말한 의미와는 완전히 다르지만 말이다. 초구는 일단 지켜보았다. 제구력이 크게 흔들리지 않는다. 즉, 일부러 몸에 맞을 수 있다. 두 번째 투구를 위해 투수의 팔이 그 등 뒤에서 나온 순간 선우는 엉덩이를 내밀고 고개는 투수에게 고정한 채 마치 뒤를 돌아보는 오리 같은 자세로 포수 앞으로 뛰어들었다. 엉덩이에 맞으면 그래도 아픔이 덜하다. 심판과 포수의 경악한 시선도 이제는 익숙하다. 구종은 확실히 포착했다.

'커브. 무릎 바로 아래쯤 날아온다.'

곧 항문에 쩍 뭔가가 갈라지는 아픔이 달렸다. 이제 비명도 익숙하게 참는다. 하얀 빛이 질주해 오더니 다시 시간은 투수가 두 번째 공을 던지기 직전으로 돌아가 있다. 사라져 버린 미래에서 공이 어디를 통과했는지 똑똑히 떠올렸다. 타구를 밀어내기보다는 당겨서 올려 친다. 그리고 마음먹은 그대로 했다.

또 홈런이었다. 베이스를 달릴 때마다 항문에서 피가 흐르는 기분이었지만 그래도 선우는 웃었다. 웃으며 더그아웃에서 마찬가지로 환하게 웃는 동료들과 하이 파이브를 했다. 감독도 코치들도 웃으며 '아주 잘 했어!'라고 칭찬해 주었다. 선우의 홈런 덕에 스코어는 9 대 4. 확실히 달아난다는 목표를 달성한 것이다. 항문의 통증 때문에 앉을 수도 없었지만 선우는 선 채로 계속 웃었다. 이 통증이 없었다면 방금 전 홈런도 없었을 것이다.

그리고 바로 다음 이닝, 머리를 넘어가는 공을 잡으려고 하다가 선우는 항문의 통증 때문에 주춤했고 포구에 실패해 2루타를 만들어 주었다. 그래도 상대 팀은 2점 만회에 그쳤고 어제 선우의 수비를 봤던 감독은 바로 선우를 대수비로 교체했다. 그리고 선우 팀은 결국 10 대 6으로 승리. 바라 마지않던 연승을 달성했다.

**16.**

다음 경기는 정규 시즌 우승을 다투고 있는 2위 팀과 붙었다. 1위를 한 경기 차로 바짝 뒤쫓고 있던 그 팀은 선우 팀과의 3연전에 가장 강한 투수들을 몰아넣었다. 리그 정상급 투수와 만난 선우 팀은 1회부터 두들겨 맞으며 스코어는 6 대 0으로 벌어졌다. 간신히 추가 실점은 막으면서 3회까지 왔다. 1루수 실책과 볼넷으로 주자 1루와 2루를 만든 후 감독은 2번 타자의 타순에서 바로 대타로 선우를 냈다. 선우 귀에는 해설진과 관객들이 당황하는 소리가 들리는 것 같았다. 겨우 3회에서 대타를 내다니. 하지만 반대로 말하면 그만큼 지난 두 시합 연속 홈런을 친 인상이 감독에게 강하게 박혔다는 뜻이다. 동시에 일찌감치 추격을 시작하겠다는 팀의 강한 의지이기도 했다. 타석에 들어서기 전 타격 코치가 뭐라고 조언을 해 주었지만 이제 선우는 타격에 대한 조언은 거의 귀에 담아 두지 않았다. 같은 공을 두 번 보고 두 번 칠 수 있는 이상 지시는 받을 필요가 없는 것이다.

상대 팀 에이스는 믿을 수 없을 정도의 호조를 보이고 있었다. 지금의 주자 1루, 2루 상황도 같은 팀 실책만 아니었다면 절대 내주지 않았을 터이다. 하지만 선우는 두렵지 않았다. 투수가 공을 던지자 또 선우는 뛰어들었다. 지난 시합에서 맞은 항문이 너무 아파서 이번에는 예전처럼 팔 벌려 뛰기 자세로 폴짝 포수 앞으로 뛰었다. 그런데 투수가 던진 공이 높게 날아오는 직구였다. 높게 제구된 강속구는…….

"억!"

비명을 지를 정도로 세게 선우의 턱을 강타했다. 그리고 세상이 환해지며 시간은 다시 한 번 되감겼다.

"이봐."

심판의 말이 들린 순간 퍼뜩 고개를 들었다. 얻어맞은 곳은 턱이었는데 어째서인지 눈이 흐려졌다 밝아졌다 한다.

"네…… 네에……!"

심판에게 대답하려는 순간…….

"으아악!"

선우는 비명을 질렀다.

"뭐야! 괜찮은 건가?"

선우는 심판이 '괜찮은 건가?'라고 물은 걸 이해할 수 없었다. 괜찮냐니, 보면 모른단 말인가? 선우는 피를 토하고 있었다. 턱의 통증이 머리를 빙빙 돌게 만드는 가운데 쇠 냄새가 나는 피가 한 움큼 목구멍을 메울 만큼 많이 내려갔다. 혀에 오른쪽 이가 닿지 않는다. 어금니만 간신히 닿았고 그 앞의 이가 모조리 없다.

"괜찮냐고."

"베, 벤치를 불러 주세요. 구급차……."

그러나 심판은 아무것도 하지 않았다. 단지 눈살만 찌푸릴 뿐이었다.

"왜?"

"왜라뇨!"

화를 내다가 선우는 부서진 턱과 박살 난 치아로 너무나도 정확한 발음을 하고 있다는 사실을 알아차렸다. 서둘러 턱을 만져본다. 멀쩡했다. 이도 마찬가지다.

"타임인가?"

"아, 아닙니다."

선우는 조금 제정신이 아닌 듯한 기분으로 과거의 타석에 다시 섰다. 그렇다. 시간이 되감기면 상처도 사라진다. 고통은 남지만 다친 곳은 없어야 했다. 그게 이 능력의 법칙이다. 그렇다면 아까 그건 도대체 뭐였을까? 환각?

'집중하자.'

선우는 다시 타석에 자리를 잡았다. 이유 없이 질질 시간을 끄는 줄 알고 심판도 상대 배터리도 모두 짜증이 난 눈치다. 날아올 공은 알고 있다. 방금 선우의 이를 날려 버린 높은 직구다. 공이 오는 위치를 이미 알고 있던 선우는 있는 힘을 모두 끌어모아 방망이 중심에 정확하게 맞힌다. 청명하게 멀리 뻗어 나간다. 또 홈런이다. 스코어를 3 대 0으로 리드. 한 방을 얻어맞은 상대 팀은 에이스도 포수도 더그아웃도 관중석도 모두 얼어붙었다. 상위 팀에게 초장부터 한 방 먹였다는 기분에 잔뜩 들뜬 선우네 팀과 대조적이다.

"아니!"

더그아웃으로 돌아온 선우가 소리쳤다. 입에서 피가 두 줄기

흘러내려 발밑에 뚝뚝 떨어졌던 것이다.

"무슨 일이야? 왜 그래?"

선우가 어찌나 크게 비명을 질렀는지 더그아웃의 모두가 쳐다보았다.

"왜 피가 나는 거야!"

"피?"

시뻘건 자신의 피를 보면서도 선우는 주변의 눈치를 살폈다. 이게 진짜 피인지 아닌지 분간이 가질 않았기 때문이다. 지독한 통증 때문에 그건 정말 피처럼 보였다. 코치가 다정하게 등을 토닥여 주고 나서야 선우는 자신이 또 헛것을 본 걸 알았다.

"밥값 하느라 수고했어. 다음 회에 교체될 테니까 쉬어."

"네?"

"너 수비에서는 집중력 떨어지니까 대수비가 들어갈 거야."

지난 두 시합에서 선우의 실수 때문에 코칭스태프가 그렇게 결정한 것이다. 선우는 급히 더그아웃을 벗어나 몰래 화장실로 갔다. 화장실 거울 앞에서 한참을 서 있다가 겨우 입을 벌려 보았다.

"아아아악!"

겨우 입을 벌린 것뿐인데 지독하게 아프다.

"허, 허억."

선우는 아픈 와중에도 숨을 멈췄다. 오른쪽 이가 송곳니부터 어금니까지 모조리 날아가 있었다. 너무 놀란 선우는 눈만 끔벅였다. 그러자마자 턱과 이는 다시 원래대로 돌아가 있었다.

'아파서 헛것이 보인 거야.'

선우는 숨을 길게 들이쉬었다.

그날 선우네 팀은 불펜 투수를 모조리 투입하며 3 대 1로 승리하여 연승을 이었다. 무려 2위 팀을 상대로 연승을 이어 가자 팀 전체가 크게 고무되었다.

**17.**

"자! 내일도 힘내자! 술은 아니지만 그래도 건배!"

"건배!"

'건배'를 외치려던 순간 선우는 황급히 입을 다물어야 했다. 오른쪽 턱에 인두로 지지는 듯한 통증이 내달렸다. 통증이 남아 있는 건 법칙 그대로다. 그렇지만 아까 보았던 환각은 법칙에 없었다. 다행히 같은 자리의 동료들은 선우의 얼굴이 새파랗게 얼어붙은 걸 눈치채지 못했다.

"야아, 연승이 진짜 얼마 만이에요!"

"그러게. 이대로만 가면 가을에도 우리 야구 할 수 있을 것 같은데."

"흠. 가능할까요?"

"당연하지, 인마! 9연승, 10연승, 우리라고 못 할 게 뭐야? 12연승만 하면 우리 5위야!"

"뭐, 연승은 연승이고 하여튼 요즘 계속 이긴 것도 이 친구 덕이지! 오늘도 또 홈런, 요즘 어쩌면 그렇게 타격감이 좋아?"

"우, 운이 좋았습니다."

"뭐야, 오늘의 영웅이 왜 이렇게 위축되어 있어?"

평소에도 선우를 괴롭히는 데드볼의 통증이 좀 전의 환각 때문인지 더욱 심하게 느껴졌다. 다행히 연승에 들뜬 나머지 누구도 딱히 선우의 우물거리는 말투라든가 경직된 표정을 눈치채지 못했다.

"정말 운이 좋아서 그렇게 잘 치는 거야? 약 같은 거 빠는 건 아니지?"

선배가 그렇게 말하며 껄껄 웃었다.

"네…… 뭐…… 그냥……."

선우는 얼버무렸다. 약 같은 걸 먹는 건 절대 아니었다. 하지만 그렇다고 해서 정정당당하게 실력으로 쟁취하고 있는 거냐고 하면, 그렇다고 하기에는 또 미묘했다.

"와, 쟤 또 나오네요."

후배가 고깃집의 텔레비전을 가리켰다.

"뭐야, 쟤 오늘 또 완봉승 했냐? 몇 번째야?"

"아마 제가 알기로 열 번째? 열한 번째?"

텔레비전이 정면으로 비추고 있는 건 장안의 화제인 '괴물 신인' 투수의 환한 얼굴이었다. 어린 얼굴에는 잡티 하나 없다. 스포트라이트가 없더라도 광채를 뿜을 것 같다.

"그 정도면 우리나라뿐만 아니라 세계 신기록 아니냐?"

"그렇죠. 메이저리그에서도 통하려나."

"에이. 우리나라니까 하지 미국이나 일본이면 어림도 없죠."

선후배들이 이야기를 주고받는 사이 선우는 '괴물 신인'을 빤히 바라보았다.

'제가 한 것도 있지만 수비수들의 도움이 컸습니다. 정말 영광입니다.'

'괴물 신인'의 말은 유창했고 자세는 당당했다.

"재한테서도 결승타를 때려 낼 수 있을 것 같아?"

선우가 텔레비전 화면을 빤히 바라보는 걸 선배는 그렇게 해석한 것 같았다.

"아, 아닙니……."

"에이. 그러면 어떡해! 자신감을 가져! 너보다 한참 어려!"

선배가 어깨를 치자 순식간에 거기서 전달된 통증이 얼마 전 데드볼에 맞은 항문까지 도달했다.

"우리 재네랑 몇 번 붙지?"

"많이 안 남았어요. 전반전에 워낙 많이 붙어서. 네 번, 다섯 번 인가?"

"어, 그럼 최소 정규 시즌에서는 한 번도 안 볼 수 있겠네. 어우 씨. 재 두 번 나왔을 때 두 번 다 노히트 노런 준 게 진짜 트라우마다. 트라우마."

선후배들의 말을 듣고 선우는 다시 한 번 '괴물 신인'의 밝게 빛나는 얼굴을 보았다. 저 어린아이는(최소한 선우 입장에서는 어린놈이었다.) 자신이 겪는 이런 고통 따위 겪지 않고 자신의 땀과 자신의 손으로 영광과 승리를 쟁취하겠지. 어쩐지 서글픈 기분이었다.

## 18.

"충치요?"

그냥 놀란 것뿐이었는데 예상보다 거칠게 말이 나왔다. 치과 의사가 눈살을 찌푸리는 게 보였다. 선우는 입을 다물었다. 몸속을 기어다니는 통증 때문일까. 꾹 참지만 가끔씩 참고 있던 신음과 비명이 이런 식으로 터져 나온다.

"그것뿐이에요?"

"네. 이쪽 어금니하고 송곳니에."

"정말 그것뿐이라고요?"

좀 더 주의해야겠다고 결심한 지 몇 초도 안 되어 또 큰 소리가 나왔다. 치과 의사가 입을 들여다보다 팔꿈치로 데드볼에 맞았던 관자놀이를 건드린 것이다. 인두로 지지는 줄 알았다.

"피는 안 나요? 피는?"

치과 의사를 몰아붙였다. 피가 입에서 뚝뚝 떨어지던 모습이 아직도 생생했다.

"예. 어디가 불편하세요?"

선우는 입을 꾹 다물었다. 입을 다시 연 건 한참 후였다.

"공에 맞았을 때 피가 났던 것 같아요."

"공에 맞아요?"

"예. 데드볼요! 야구 선수니까요!"

또 짜증을 내고 말았다. 그러나 치과 의사는 화를 내지 않았다. 오히려 심각한 표정을 했다.

"저, 그럼 엑스레이를 한번 찍어 보세요."

"네. 시즌 끝나면요."

"입하고 턱은 신경이 뇌하고 이어져 있는 곳이라 빨리 받으셔야 할 텐데……."

"받는다고요! 누가 안 받는대요? 겨울에 받을게요! 겨울에!"

앞으로 반의반 년도 안 남았다. 그동안 선우는 자신의 능력을 이용해서 어마어마한 성적을 올릴 것이다. 그러면 다음 해에는 봉급이 훌쩍 인상될 것이다. 치과 치료에 드는 비용도 충분히 부담할 수 있다.

"진짜로 너무 늦기 전에 치료하세요."

나오면서 선우는 치과 건물의 주소를 확인했다. 구단은 물론 집에서도 멀리 떨어진 곳이다. 관계자들 귀에 들어갈 일은 절대 없다.

'절대 엔트리에서 빠지면 안 돼.'

앞으로 어떤 환각을 보더라도 남은 시즌 동안 치과뿐만 아니라 그 어떤 병원에도 들락거릴 일은 없을 것이다. 주의하면 될 일이다. 신경이 있다는 턱, 그리고 머리만 주의하자. 시간을 되돌리기 위해 데드볼에 맞을 때 그 자세를 바꿀 것이다. 어차피 다치고 부서진 곳은 시간이 되감기면 사라진다. 선우 자신이 입만 다물면 절대 들킬 일 없다.

'아픈 건 참을 수 있다고.'

마음을 굳게 먹자 통증이 조금 가라앉는 것 같았다. 역시 뭐든 마음먹기 나름이다.

## 19.

다음 경기에서 나온 투수는 전혀 제구가 되지 않았다. 볼넷을 남발하면서 선우 팀에게 무려 세 번이나 만루 기회를 만들어 주었다. 그런데도 선우네 팀은 단 1점도 만들어 내지 못했다. 노장이 워낙 많아 후반기 들어서면 타격 페이스가 뚝 떨어져 버리는 선우네 팀의 약점을 그대로 보여 주는 경기 양상이었다. 만루 기회를 두 번 놓치면 그때부터는 이길 자격이 없는 것이라고 한다. 연승이 여기서 끝날지도 모른다는 암울한 전망이 더그아웃과 팬들을 사로잡고 있었다.

결국 5회에 상대 팀에게 2루타와 적시타를 허용해 1점을 내주자 관중석은 선우네 팀, 상대 팀을 가리지 않고 거의 선우네 팀을 잡아먹을 기세가 되었다. 그 기세에 더욱 압박을 받은 것인지 겨우 1점인데도 선우네 팀은 9회가 될 때까지 쫓아가지 못했다. 완봉승을 헌납하려던 찰나 멘탈이 약한 상대 팀 투수가 결국 흔들렸다. 원아웃에 주자 1루, 2루를 만들어 준 후 마무리 투수로 교체되었다. 초구를 노린 2번 타자가 아웃이 되고 3번 타자가 공의 힘에 밀리면서도 있는 힘껏 단타를 만들어 내어 다시 한 번 만루. 그 유명하다는 2사 만루였다. 그리고 타순은 4번. 팀에서 가장 잘 치는 타자지만 오늘은 3타수 무안타였다. 감독이 대타 사인을 냈다. 타자는 선우였다. 연봉이 선우의 두 배인 4번 타자는 어처구니없다는 표정을 지었다.

'4번 타자.'

대타이기는 하지만 4번이었다. 그것도 만루를 앞에 둔 4번. 꿈속에서 늘 보던 모습이 눈앞에 현실로 펼쳐져 있었다. 아까 4번 타자가 들어섰을 때보다 관중들의 응원 소리가 더욱 커졌다. 관중들도 알고 있는 것이다. 선우가 들어서는 타석마다 홈런을 치고 있다는 사실을. 공기를 떨게 만들 정도의 고함과 앰프 소리에도 선우는 기가 죽지 않았다. 오직 하나만 기억했다.

'원더우먼 자세.'

히어로 원더우먼이 필살기를 쓸 때의 자세. 손을 코 앞에서 교차시켜 얼굴을 가린다. 뇌와 턱만 조심하면 된다. 지난번에는 거기 얻어맞은 덕에 환각을 본 것이다. 마무리 투수가 포수와 사인을 주고받기 시작할 때 배트를 쥔 손에서 힘을 빼고, 투수의 앞발이 들릴 때 발꿈치를 들고, 투수의 어깨가 휘둘러질 때 투수를 정면으로 쳐다보면서 배트를 던져 버리고 뛴다. 포수와 심판이 놀라서 지르는 고함도 이제 익숙해졌다.

새로 고안한 원더우먼 자세는 완벽한 안정감을 주었다. 투구는 선우의 복부에 맞았다. 하얀 빛과 함께 다시 시간이 되감겼다. 4번 타자가 소리 없이 욕을 하며 물러나는 게 보인다. 선우는 타석에 들어서기 전 우욱 하고 몰래 침을 뱉었다. 공에 맞아 몸 안에서 오장육부가 모두 뒤섞여 버린 느낌이 들었다. 자꾸 구토가 나오고 아주 잠깐만 정신을 놓아도 어지러워 쓰러질 것 같다. 그 모든 걸 꾹 참고 타석에 섰다. 선우 입장에서는 잠깐 전의 과거이자 잠깐 후의 미래라는 오묘한 시간. 투수가 던진 공은 인하이의 빠른 패스트볼이었다. 이미 한 번 본 공을 배트 중심에 맞히는 건 쉽다. 어려운 건 통증으로 괴로워하면서 온 힘을 다해 공을 밀어

올리는 것. 그것만 하면 다 끝난다. 직후에 보이는 건 욕을 하는 투수, 보이지 않을 정도로 높이 올라간 공, 쫓으려는 동작을 하다가 멈춰 버린 외야수, 기대감에 일제히 일어선 선우네 팀 관중석, 낙담으로 풀썩 주저앉는 상대 팀 팬들. 배트를 밀 때 몸의 여기저기에 밀어닥친 고통이 선우를 주저앉게 만들었다. 괜찮다. 아프기만 할 뿐이다. 시간의 역행과 함께 터져 나간 오장육부도 원래대로 돌아왔다. 선우는 허둥지둥 일어서서 비틀비틀 당장이라도 쓰러질 듯한 걸음걸이로 주자들이 비운 베이스를 돌기 시작했다. 다행히 거의 모두가 선우가 친 공을 바라보느라 그 이상한 주루는 보지 못했다. 선우는 천천히 모든 베이스를 밟고 홈으로 들어왔다. 멍한 표정의 4번 타자만 빼놓고 모든 팀 동료들이 만세를 부르며 뛰쳐나왔다. 선우의 머리 위로 축하의 이온 음료가 흠뻑 쏟아졌다.

대타 전 타석 홈런이자 끝내기 만루 홈런이었다.

'조…… 조금 쉬어야 해.'

동료들의 축하 속에 구토할 곳을 찾는 선우를 코치가 잡았다.

"잠깐 기다려 인마. 너 오늘 인터뷰할 수도 있어."

**20.**

선우는 1군 정착이나 FA 같은 건 바라지도 않으니 시합 끝나고 하는 수훈 선수 인터뷰나 죽기 전에 한 번 꼭 해 보고 싶다는 2군 동료의 말을 떠올렸다. 지금 선우가 그 자리에 서 있었다. 항상 동경했으면서도 자신과는 절대 인연이 없을 것이라고 생각했던 자리. 친한 선수가 나왔다는 소식을 들어도 일부러 보지 않았던 바로 그 인터뷰에 말이다. 번쩍 터지는 카메라의 플래시와 머리 위에서 쏟아지는 조명의 빛이 따가웠다. 선우의 앞에 선 여자 아나운서는 아주 아름다웠고 화장도 자연스러웠다. 말할 때마다 좋은 냄새가 풍겨 왔다.

"끝내기 홈런 정말 축하드립니다."

"끝내기로 그것도 만루 홈런을 쳤는데 기분이 어떤가요?"

"수훈 선수 인터뷰는 처음일 텐데 지금 가장 생각나는 사람은?"

여러 질문을 받았는데 뭐라고 대답했는지 잘 기억이 나지 않는다. 데드볼이 남긴 통증을 참으며 인터뷰를 하느라 미소가 잔뜩 굳었는데 보는 사람들이 눈치채지 않기를 바랐다.

"말수가 무척 적으시네요."

사실 선우는 자신이 인터뷰를 받는다면 어떨까 상상해 본 적이 몇 번이나 있다. 거기서 그렸던 모습은 절대 이렇지 않았다. 어떻게 보면 조금 무례하다 싶을 정도로 짤막한 대답만 딱딱 내놓은 이런 자신이 절대 아니었다.

"마지막으로 하나만 물어보겠습니다. 타석에 설 때마다 홈런을 치고 있는데 특별한 비결이 있나요?"

영업용 미소와 함께 던진 의례적인 질문이겠지만 그야말로 핵심을 찌르고 있었다. 여기서 '데드볼을 맞으면 저는 시간을 거슬러 올라가 다시 한 번 똑같은 타석에 설 수 있습니다. 한 번 본 공을 다시 볼 수 있습니다. 아니, 마음만 먹으면 똑같은 공을 몇 번이고 칠 수 있습니다. 이게 비결입니다.'라고 솔직하게 대답하면 어떻게 될까? 하지만 선우는 그렇게 대답하지 않았다.

"운이 좋았던 것 같습니다."

어떤 면에서는 진실이었다. 데드볼에 맞으면 시간을 거슬러 올라가는 능력은 정말 '운 좋게' 주어진 것이었으니까.

**21.**

다음 시합에서도 선우는 대타로 나와 홈런을 쳤다. 이번에는 포털 사이트의 스포츠 페이지에 선우의 사진이 떡하니 박혔다.

'무서운 페이스, 대타로만 벌써 10홈런 넘겨. 팀의 새로운 상승세 이끄나?'

"이거 아빠!"

딸이 보여 준 스마트폰을 올망졸망한 손가락으로 탁 짚으며 크게 소리쳤다. 선우는 웃으며 크게 끄덕였다.

"그래. 그거 아빠."

"자기 그거 벌써 다 먹은 거야?"

아내의 물음에 선우는 끄덕였다. 모처럼 시합이 없고 아내도 반차를 쓴 월요일. 가족끼리 식사를 하러 나온 참이었다. 평소 같으면 고깃집에 갔겠지만 오늘은 한식 오마카세 집에 예약을 했다. 내년에는 반드시 연봉이 상승할 것이라는 확신이 있기에 부릴 수 있는 배짱이었다.

"반도 다 안 먹었잖아."

"자기가 먹어."

"응?"

"자기가 먹으라고 좀!"

선우가 남은 갈비찜을 건네주었지만 아내는 손도 대지 않았다.

"자기 괜찮은 거야?"

아내의 시선을 피하기 위해 선우는 딸을 바라보고 웃었다. 전혀 괜찮지 않았다. 어제 시합에서 데드볼에 맞아 발톱이 부러졌던 왼발이 비명을 지르고 있었다. 하지만 그 대가로 스리 런을 쳤고 팀을 승리로 이끌었다. 선수가 되고 나서 처음으로 인터넷도 탔다.

"요즘 평소보다 너무 적게 먹잖아. 집에서 말도 잘 안 하고……."

"걱정할 게 뭐가 있어."

선우는 자신만만한 척 웃으며 자신의 기사가 나온 스마트폰 화면을 아내 쪽으로 돌려 보여 주었다. 딸이 도로 달라고 바둥거렸다.

"이렇게 잘하는데도 그러니까 더 문제지. 어딘지 어둡고 아파 보이기도 하고…… 자기 혹시 나 몰래 약 같은 거 하는 건 아니지?"

"아냐! 아니야!"

아내는 연애할 때부터 선우가 거짓말을 하면 귀신같이 눈치챘다. 늦잠 자서 늦어 놓고 연습 때문에 늦었다고 했다가 바로 들켜서 헤어질 뻔한 적도 있다. 그러나 선우는 지금 아내 눈을 똑바로 바라보면서 웃었다. 두려워할 게 없었다. 정말로 선우는 '약 같은 건 하지 않았으니까'.

"내가 미쳤어."

"그럼 다행이고……."

먹는 게 줄어든 것도, 말수가 줄어든 것도 고통과 환각 때문이다. 입을 열었다가 진짜로 아내와 딸이 보는 앞에서 피가 떨어질까 두려웠다. 그리고 움직일 때마다 데드볼에 맞은 몸 곳곳에 전기 고문을 가하는 것 같은 고통이 밀려왔다.

그래도 지금 이 순간 이 말만은 반드시 아내에게 해야 했다.

"여보."

"왜."

"호강시켜 줄게."

이때만은 고통이 전혀 느껴지지 않았다.

## 22.

올스타전에 선우는 뽑히지 못했다. 너무 당연했다. 겨우 한 달 반 잘한 선수를 어떻게 올스타전에 내보내겠는가. 그래도 선우는 아내와 아이와 함께 올스타전에 갔다. 이번에도 아내에게 해주고 싶은 말이 있어서였다.

"내년에."

선우는 아내 눈을 똑바로 바라보고 말했다.

"나도 올스타전에 나갈 거야."

그런데 아내 반응이 의외였다.

"자기 요즘 왜 그래?"

"응?"

"지금도 오만상을 찌푸리고 있잖아. 걷는 자세도 뭔가 이상하고."

허리, 다리, 발목, 팔에서 통증이 올라오는 바람에 선우는 항상 이를 악물고 걸었다. 그걸 아내가 눈치챈 것이다.

"피곤해서 그래. 피곤해서. 어 저기!"

마침 딸이 가장 좋아하는 타자가 대기 타석으로 나왔다. 리그 전체에서 굿즈 판매 1위에 샴푸 광고까지 찍은 미남 선수였다. 딸이 요란하게 품 안에서 꺄악꺄악 소리를 질러 댔다.

"우리 공주님. 가까이서 볼까요?"

선우는 아내를 피해 딸을 안고 더그아웃 쪽으로 다가갔다.

"저 아저씨 잘생겼어?"

"꺄아!"

잘생긴 선수를 앞에서 보니 부끄러운지 딸은 얼굴을 아빠 품에 얼굴을 묻고 아빠의 볼을 퐁퐁 쳤다.

"아빠보다 잘생겼어?"

실없는 질문을 한 순간 선우는 더그아웃의 누군가와 눈이 마주쳤다. 얼굴이 낯이 익다 싶어 자세히 쳐다보니 소문의 '괴물 신인'이었다. 현재 18승을 기록 중인 그는 너무나도 당연하게 올스타로 뽑혔다. 그가 선우를 빤히 쳐다보고 있었다. 그것도 웃으면서.

'?'

선우는 어리둥절했다. 처음에는 그냥 선우가 있는 방면을 쳐다보고 있는 건가 했는데 그런 것치고 눈동자가 너무 정확하게 선우에게 못 박혀 있었다. 그리고 결정적으로…….

'선.'

입이 아주…….

'배.'

천천히 움직이는 게 보였다.

'님.'

지금 여기에 선우 말고 다른 프로 야구 선수, 그것도 '괴물 신인'의 선배가 있을 것 같지 않았다. '괴물 신인'의 미소와 바로 이어진 90도 인사는 분명 선우를 향한 것이었다. 최소한 선우에게는 그렇게 느껴졌다.

'내가 재를…… 알았던가?'

그 유명한 '괴물 신인'이 허리를 숙이는 순간 엄청난 환호가 터져 나왔다. 관중들을 향한 인사이자 에티켓이라고 본 것이다. 선우는 딸을 데리고 몸을 돌렸다. 딸을 안고 있느라 슬슬 여기저기 금이 간 몸이 삐걱거리기 시작했을뿐더러 방금 '괴물 신인'의 그 인사가 어쩐지 오싹했기 때문이다. 요란하게 떠드는 사람들 사이로 몸을 감추고 싶었다. 그러나 등을 돌려 걸어가면서도 '괴물 신인'의 눈길이 계속 따라오는 게 느껴졌다.

## 23.

올스타 휴식기가 끝나고 나서 첫 상대가 공교롭게도 그 '괴물 신인'이 있는 2위 팀이었다. 첫 번째 시합에서 선우는 또 대타로 나와 홈런을 쳤다. 벌써 시즌 12호였다. 처음 출전한 이후 한 달 조금 넘는 사이라고는 믿어지지 않는 기록에 관중들은 열광했다. 베이스를 도는 사이 훔쳐본 상대 팀 더그아웃도 전부 얼굴이 굳어 있었다. 저 녀석이 나오면 어떡하지, 그런 마음의 소리를 선우는 읽을 수 있었다. 시간을 되감기 위해 데드볼에 맞아 주어야 했던 무릎의 십자인대에서 시린 통증이 올라온다. 그러나 만원 관중의 환호와 상대 팀의 경계 섞인 시선만으로도 충분히 보상받았다.

막 벤치로 들어오는 순간 선우는 그 '괴물 신인'과 또 눈이 마주쳤다. 오늘은 그가 등판하는 날이 아니다. 그는 상대 팀 불펜 앞에 저지 차림으로 주머니에 손을 꽂고 서 있었다. 선우가 바라보자 주머니에 넣었던 손을 빼서 '안녕'이라는 듯 웃으며 흔들었다. 선우는 숨을 들이쉬었다. 선우가 선배이므로 저건 예절에 어긋난다. 이런 문제가 아니다. 미소와 손짓이 절대 홈런을 축하하는 의미로 느껴지지 않는 게 문제였다. 애초에 자기 팀이 홈런을 얻어맞았는데 그 홈런을 친 타자에게 웃으며 손을 흔드는 투수가 있겠는가.

다음 날에는 그 '괴물 신인'이 마운드에 올랐다. 언제나 그랬던 것처럼 선우의 팀은 그에게 꼼짝을 하지 못했다. 7회까지 노히트 노런으로 틀어막혔다. '괴물 신인'은 모든 면에서 완벽했다. 시속 150킬로미터를 상회하는 구속도 구속이지만 무엇보다 대단한 건 그 정신력이었다. 어떤 상황에서 어떤 타자가 나와도 전혀 당황하지 않았고 제구력이 흔들리는 일도 전혀 없었다. 선우는 자신이 저 나이 때 뭘 했나 생각해 보았다. 1군에 언제 올라갈 수 있을까에만 정신이 팔려 2군 시합에서도 삽질을 거듭했다. '왜 안 맞지?'라는 마음가짐으로 치려고 하니 쓸데없이 동작만 커졌고 삼진과 플라이 볼만 줄곧 양산해 냈다. 쓸데없이 생각이 많아지고 뭔가를 보여 주어야 한다는 초조함에 몸이 얼어붙어 타격 폼까지 흐트러졌다. 그런데 저 '괴물 신인'은 1군에 올라오자마자 온갖 기대와 압박 속에서도 저 정도였다.

'그래. 세상은 원래 불평등한 거였지. 너무하다 싶으니까 신께서 내게 이 힘을 주신 거야.'

9회에 여전히 노히트 노런 상태에서 타석에 오르며 선우는 그렇게 생각했다. 선우가 모습을 드러내자 관중석의 환호가 갑자기 커졌다. 불과 두 달 전까지만 해도 자신이 받아 볼 것이라고는 상상도 못 하던 대접이었다. 선우는 이 엄청난 팬들의 성원이 좋았다. '괴물 신인'과 다르게 이 응원은 나면서부터 주어진 것이 아니다. 이 순간도 몸을 덮쳐 오는 고문 같은 통증을 대가로 지불하고 얻어 낸 것이다.

'제구력이 좋으니 공을 지켜볼 필요는 없어. 반드시 스트라이크 존 안으로 들어온다. 초구이니 더더욱. 몸에 맞기만 하면 돼. 원더우먼 자세다. 원더우먼 자세. 가능하면 뱃살이 있는 아랫배가 포수의 미트 바로 앞에 오도록.'

공이 선우의 몸에 맞는 순간 시간은 되감긴다. 그러면 선우는 같은 타석에 두 번 설 수 있다. 아까 어떤 공이 날아왔는지 똑똑히 기억한 채로. 이 힘이 있는 이상 '괴물 신인'도 무서울 것 없다. 그렇게 되뇌며 선우는 배트를 움켜쥐고 드디어 '괴물 신인'을 바라보았다.

이전과 달리 '괴물 신인'은 선우를 바라보고 웃지 않았다. 조금 의외였다. 올스타전과 어제 시합은 물론이고 오늘도 시합 전 워밍업 할 때 계속 선우를 바라보며 빙글빙글 웃고 있었기 때문이다. 기분이 나빴지만 타석에 선 채로 초면인 선수, 그것도 상대 팀 에이스에게 따지고 드는 건 불가능했다.

'짜증 났던 건 홈런으로 대갚음해 주지.'

선우는 타격 준비가 아니라 포수 앞으로 뛰어들 준비를 하며 그렇게 결심했다. 힘에는 자신 있다. '괴물 신인'의 구위가 아무리 좋아도 어떤 공이 어디로 올지 알기만 하면 담장을 넘길 수 있다. '괴물 신인'은 한참 선우를 바라보았다. 포수가 사인을 주는 것 같기는 한데 동의를 한 건지 아닌 건지 고개를 젓지도 끄덕이지도 않았다.

'뭐야?'

투구 동작이 너무 길어지자 결국 심판이 주의를 주었다. 그러나 고개를 가볍게 숙여 사죄한 '괴물 신인'은 그다음에도 계속 바라보기만 했다. 심판이 또 주의를 주기 전 포수가 먼저 마운드로 올라갔다. '괴물 신인'과 포수는 뭔가 한참 이야기를 나누었다.

'……후우…….'

선우는 심호흡을 길게 했다. 이 능력을 얻은 후 처음 느끼는 초조함이었다.

'빨리 던지라고!'

포수가 돌아왔고 다시 투구가 시작되었다. '괴물 신인'이 셋업 동작에 들어갔다.

'간다.'

선우의 발이 타석 경계선을 밟았다. 그러나 평소와 달리 발이 그 이상 앞으로 나가는 일은 없었다. 포수가 일어서서 완전히 옆으로 나갔다. 구장 전체가 술렁였다. 고의 사구였다. 일부러 볼만 네 개를 주어 타자를 1루로 걸어 보내는 것. 이래서는 데드볼에 맞는 건 완전히 불가능하다. 선우의 능력을 써 볼 여지가 없다. 솔로 홈런을 포기하고 1루를 받은 격이다. 옆으로 걸어 나간 포수가 '괴물 신인'으로부터 볼 네 개를 받았다. 선우는 한참 움직이지 못하고 서 있다가 심판으로부터 재촉을 받고 나서야 배트를 놓았다. 선우 바로 다음 타자도 굴욕으로 얼굴이 일그러져 있었다. 당연하다. '차라리 너를 상대하는 게 편하다'는 뜻이니까. 하지만 '괴물 신인'이 선우를 고의 사구로 내보낸 건 그런 통상적인 의미가 아닌 것 같았다. 1루로 천천히 달리는 선우를 보고 또 예의 그 불가사의한 미소를 보내왔기 때문이다.

찡긋.

**24.**

선우는 천천히 걸어 나왔다. 잠실에서 집까지는 거리가 꽤나 멀지만 요즘은 운전조차 하지 못한다. 공에 맞은 손등, 공에 맞은 척추, 공에 맞은 정강이, 공에 맞은 발등. 운전하는 데 필수적인 신체 부위들에서 느껴지는 통증들 때문이다. 이 상태로 운전하다가는 사고를 낼 것 같아 선우는 차라리 걸어서 집까지 오가기로 했다. 그래도 오늘은 데드볼에 맞지 않아서 그런지 약간 견딜만했다.

그렇지만 패배의 뒷맛은 기분이 나빴다. 선우가 볼넷으로 출루하고 난 후 '괴물 신인'은 당연하다는 듯 다음 타자를 초구 포수 파울 플라이로 잡아냈다. 그리고 공수 교대. 마치 기다렸다는 듯이 선우 팀 마무리는 흔들렸고 '괴물 신인'의 팀은 끝내기를 쳤다. 그렇게 선우가 만들어 낼 수 있었던 연승은 물거품이 되었다.

'잊어버리자. 이런 날도 있는 거야.'

그러나 어째서인지 '괴물 신인'의 그 웃음이 머리에서 떠나지를 않았다. 올스타전 때 처음 눈이 마주쳤을 때부터 계속 짓고 있던 능글맞은 미소. 뭔가 다 알고 있다는 듯한 그 웃는 얼굴은 도대체 뭐였을까.

그 생각을 계속하고 있었기 때문에 장본인이 눈앞에 나타났을 때 선우는 소스라치게 놀라서 뒤로 꽈당 넘어졌다. 참고 있던 통증이 한꺼번에 폭발했다. 달군 가시가 박혀 있는 철판 위로 넘어진 것 같았다. 선우는 자기도 모르게 비명을 질렀다.

"선배님."

'괴물 신인'이었다. 그는 벤츠 S클래스 마이바흐를 몰고 있었다. 선우는 이를 악물고 아주 천천히 일어섰다. 겨우 꽈당 넘어진 정도치고는 조금 이상했다. 하지만 '괴물 신인'은 그래도 웃었다. 왜 선우가 그러고 있는지 안다는 듯.

"저희 초면이죠? 그래도 같이 한잔하시지 않을래요?"

## 25.

'괴물 신인'이 선우를 데리고 온 곳은 압구정 고급 바의 별실이었다. 이곳에 들어오자마자 익숙한 자세로 안내해 주는 직원, 그리고 여유로운 태도로 한 손만 쓱 올리는 '괴물 신인'. 그는 꼭 여기서 태어난 사람 같았다. 여유를 부리던 '괴물 신인'이 갑자기 선우를 향해 불쑥 몸을 숙여 왔다. 예의 그 불가사의한 미소를 지으면서.

"왜 그런 짓을 하셨어요."

'괴물 신인'이 채워 준 술을 기울이지 않은 건 잘한 일이었다. 그랬다면 이 질문을 듣자마자 손에서 잔을 놓쳤을지도 모른다. 선우는 아무 말 없이 '괴물 신인'을 바라만 보았다.

"무슨 짓?"

'괴물 신인'은 선우의 얼굴에서 눈을 떼지 않았다.

"흐음…… 다 알아요. 선배님이 시합 중 '부정행위'를 하신다는 거."

선우는 '괴물 신인'을 응시했다. 자신이 지금 그를 잡아먹을 듯 노려보고 있을 거라고 확신하면서.

"부정행위라니?"

"'마법' 말이에요."

잠시 침묵이 흘렀다.

"에이. 이렇게 됐는데 서로 오픈 해요."

"무슨 헛소리야."

"선배님 타격할 때 초능력을 쓰죠? 뭐예요? 배트 스피드를 가속시키는 거? 공의 속도를 감속시키는 거?"

선우는 일어섰다. '괴물 신인'의 말은 정말 거슬렸다. 정곡을 찔리면서도 동시에 황당했다.

"아앗! 선배님! 잠깐만요! 진짜 가드가 단단하시네. 알았어요. 알았어. 저도 '마법'을 써요."

선우는 '괴물 신인'의 얼굴을 바라보았다. 통통하고 앳된 얼굴은 미끈하고 조각 같았다. 선수 생활이 끝나고 살을 빼면 배우 못지않은 근사한 미중년으로 보일 것이다. 그리고 그만큼 선우에게는 꼴사나웠다.

"설마…… 선배님. '마법'이 뭔지 몰라요?"

'괴물 신인'은 입을 동그랗게 벌렸다. 이번에는 진짜 놀란 것 같았다.

"스포츠 선수들 중 '초능력'을 쓰는 사람들을 그렇게 불러요."

선우는 자리에 앉았다. '괴물 신인'이 씩 웃었다.

"맞아요. 선배는 혼자가 아니에요."

## 26.

선우는 배트를 들었다. 어제 시합에서 19번째 홈런을 쳤고 그는 오늘도 대타로 나왔다. 8월의 열대야가 뜨거운데도 관중들이 온통 들어차 있었다. 여름부터 연승 가도를 달리는 선우 팀을 응원하러 온 것이다. 그 상승세의 중심에는 선우가 있었다. 대타로 나올 때마다 홈런을 때리고 어느새 리그 홈런왕과 차이를 다섯 개까지 줄인 깜짝 스타. 7회 노아웃 주자 2루와 3루. 스코어는 2 대 0으로 선우 팀이 지고 있다. 홈런을 치면 역전이라는 절묘한 상황이다. 선우네 팀 감독이 대타 사인을 내는 걸 보는 순간 상대 팀은 바로 강한 투수를 올려 보내며 뒷문을 걸어 잠근다. 어떻게 해서든 선우를 잡아야 할 상황이었다. 상대 팀의 절박함, 높아져 가는 팬들의 응원과 압박, 더그아웃의 기대. 부담스러운 상황이었지만 선우는 다른 생각을 하고 있었다. '괴물 신인'이 해준 말이었다. 요 근래 틈날 때마다 생각난다.

'그런데 선배, 마법에 대해 전혀 모르면서 그 능력을 쓰고 있었던 거예요? 사무국에서 알면 큰일 나요.'

선우는 '괴물 신인'에게 자신의 능력에 대해 말해 주었다. 섣불리 말해서는 안 될 비밀이라는 걸 알면서도 유혹에 지고 말았다. 어쩌면 고통 없이 능력을 쓸 수 있는 방법을 알려 줄지도 모른다. 그래서 '사무국'이라는 처음 듣는 말이 나왔을 때 그게 뭐냐고 황급히 물었다.

'우리같이 마법을 쓰는 스포츠 선수들을 관리하는 곳이에요. 아주 뭐 같은 곳이죠.'

그 말을 처음 들었을 때 간담이 서늘했던 건 몇 주가 지난 지금도 선명히 떠오른다.

'아아. 걱정 마세요. 무조건 들키면 끝장난다는 게 아니에요. 마법을 쓰는 것 자체는 상관없어요. 다만 마법을 평범한 인간들에게 들키는 순간 큰일 나죠.'

선우는 네 마법은 뭐냐고 '괴물 신인'에게 물었다. '괴물 신인'은 수줍게 웃으며 대답해 주었다. 그 웃음은 이전까지와는 다르게 따뜻했고 다른 뜻이 없어 보였다. 자신과 동종의 인간을 만나 진심으로 기뻐하는 것 같았다. 하지만 정작 선우는 그 대답을 듣고 한없는 절망과 깊은 분노에 사로잡혀 버리고 말았다.

'빨리 던져.'

지금도 사인을 주고받는 상대 팀 포수와 투수에게 화가 난다.

'너희가 무슨 짓을 하건 나는 홈런을 칠 거고 너희는 질 거야. 그건 변할 수가 없다고. 이 등신들아.'

투수가 와인드업에 들어갔다. 공이 마운드에서 뻗어 나오는 순간 선우는 성큼 포수 앞으로 들어섰다. 대충 포수 앞 어디쯤 서면 데드볼에 맞을지 이제 감이 잡혔다. 딱, 투수의 공은 대퇴부 뒤쪽에 맞았다. 어떻게 자세를 잡으면 살이 많은 부위에 날아오는 공을 맞을 수 있는지도 터득해 가고 있었다. 뼈까지 시큰 시려 오지만 이제 그런 건 신경 쓰이지도 않는다.

또 시간이 되감겼다.

투수가 공을 던지기 전, 선우가 타석에 처음 들어섰을 때로.

다리의 통증 때문에 후들후들 떨리는 입술을 꽉 깨물며 눈을 부릅뜬다.

'많이 휘어지지 않는 구속 140킬로미터의 슬라이더였지.'

과거이자 현재에 날아오는 공을 선우는 힘껏 받아 올렸다. 고통에 시달리는 몸으로도 선우의 힘은 공을 담장 밖으로 날려 보냈다. 3점 홈런에 상대 배터리는 좌절하고 팬들은 환호한다.

'너희가 무슨 수를 쓰건 나한테는 이길 수 없다니까.'

선우는 오늘로 20홈런을 기록했다. 프로 야구 선수 대부분이 꿈꾸는 그런 기록이었다. 불과 몇 달 전까지만 해도 그건 선우에게는 어림도 없는 기록이었다.

## 27.

선우는 스포츠 기자와 마주 앉아 있었다. 너무 바라 왔지만 내심 자신은 안 될 거라고 포기하고 있던 그런 자리였다. 연봉 협상 때도 이렇게 떨리지는 않았던 것 같다.

"갑작스러운 성적 상승의 비결이 있을까요?"

"이전까지는 그저 열심히만 했을 뿐 지혜롭게 하려는 노력이 부족했던 것 같습니다."

"지혜롭게 한다고 하시면?"

"이전 타석을 복기하고 날아올 공을 앞서 바라봅니다."

이 말은 완전한 거짓말은 아니었다. '이전 타석'이 통상적인 의미와는 다르긴 했지만.

"향후 목표가 뭔지 궁금합니다."

"1군에서 자리 잡는 것입니다."

한 치의 거짓도 없는 선우의 진심이었다. 한시적이나마 1군 주전으로 나와서 풀타임으로 뛰면 그것만으로 다음 해 연봉 상승을 주장할 수 있는 요소가 된다.

"어, 의외네요. 40홈런이라고 대답하실 줄 알았는데."

40홈런은 이승엽이나 박병호 같은 전설적인 타자들만이 오른 경지다. 자신이 그 경지까지 오를 수 있다고 하니 선우는 잠시 멍해졌다. 지금 20홈런이니 그 두 배인 40홈런을 치려면 지금까지의 고통을 그대로 또 반복해야 할 것이다. 하지만 그래도 어째서인지 하기 싫다는 마음은 들지 않았다. 홈런왕은 벤츠를 몬다고 하지 않는가. 선우는 고급 벤츠 조수석에는 아내를, 뒷좌석에는 딸을 앉히고 운전을 하는 자신의 모습을 상상해 보았다.

“거칠 것 없는 타격 페이스인데, 혹시 꺼려지는 선수가 있으신지?”

“특별히 없습니다.”

상당히 오만할 수도 있는 발언이지만 이번에도 진심이었다. 데드볼을 통한 시간 역행만 쓸 수 있으면 어떤 투수라도 무서울 게 없었다.

“확실히 지금까지 리그에서 쟁쟁한 투수들을 전부 상대했는데 홈런을 못 친 게 볼넷으로 출루한 그 타석밖에 없네요.”

아, 단 하나, 선우와 똑같이 ‘마법사’라고 했던 그 ‘괴물 신인’만은 예외일 것이다. ‘괴물 신인’의 얼굴이 떠오르면서 선우의 얼굴은 잔뜩 구겨졌다.

“그런데 기자님. 마법사라는 말을 들어 보신 적 있나요?”

“네? KT WIZ 말씀이에요?”

그 팀의 심벌이 마법사였다. 말하는 걸 보니 ‘마법사’도 ‘사무국’도 전혀 모르는 게 확실했다. 선우는 다시 어색한 미소를 지으며 얼버무렸다.

“제가 마법사가 되어 팀에 걸린 DTD의 저주를 풀겠습니다.”

“아, 예. 하하하.”

DTD는 ‘내려갈 팀은 내려간다’라는 뜻의 조어 Down Team is Down의 약자로 상승세를 타다가도 시즌 말에는 꼭 하위권을 전전하는 선우네 팀을 비꼬는 말이었다. 선우 자신이 말했지만 어딘지 유치하고 중2병스러운 말이었다.

"자, 그럼 마지막 질문입니다. 선수 생활의 최종적인 꿈이자 목표가 있다면?"

선우의 가슴이 뜨거워졌다. 생각하는 것보다 먼저 입 밖으로 말이 나왔다.

"가족을 행복하게 해 주는 것입니다."

**28.**

"……."

이제 선우는 집에 들어오면서도 인사를 하지 않는다. 아내가 자꾸 비틀거리는 발걸음, 자면서 데드볼에 맞았던 곳을 붙잡고 내는 으으 하는 소리에 대해 추궁을 해 대기 때문이다. 선우는 시합이 끝난 후 일부러 구장에서 어슬렁 시간을 때우다가 아내가 잠들 무렵 집으로 들어가곤 했다. 코칭스태프나 동료들이 보며 시합 끝나고도 바로 가지 않고 복기하고 연습할 정도로 열심이구나, 저러니까 저런 상승세를 타는 구나 하고 칭찬해 줄 때는 몸뿐만 아니라 양심까지 아팠지만 그건 감수해야 했다.

그런데 그날은 새벽 1시에 들어갔는데도 아내가 깨어 있었다. 평일 아르바이트와 딸을 유치원에 데려다주는 것 때문에 항상 일찍 잠자리에 드는 아내였기에 선우는 깜짝 놀랐다. 아내는 심각한 얼굴을 하고 있었다. 선우는 짐짓 피곤한 척 요란하게 기지개를 켜며 씻으러 화장실로 들어가려 했다.

"여보."

아내가 선우를 불러 세웠다. 선우는 대답 없이 멈춰 섰다.

“……?”

“……불렀으면 대답을 좀 해. 요즘 왜 그래?”

“왜?”

아내는 한동안 선우를 가만히 바라보았다.

“왜 그러냐고?”

선우는 짜증이 났다. 그냥 서 있는 것뿐인데도 아픔이 점점 심해져 왔다. 빨리 눕고 싶었다.

“이거, 뭐야?”

아내가 툭, 뭔가를 식탁에 내던졌다. 그걸 본 순간 선우는 온몸이 얼어붙었다. 통증도 피로도 잊어버릴 정도의 오한이 느껴졌다.

“이게 대체 뭐냐고?”

그건 봉지에 담긴 하얀 가루였다.

“이걸…… 어디서 찾았어?”

“그러니까 이게 자기 게 맞는 거네?”

선우는 자신이 큰 실수를 했다는 걸 알아차렸다. 아내는 금방이라도 울 것 같은 얼굴이었다. 그런 채 한참 동안 말이 없다가 고함을 쳤다.

“이건 마약이잖아!”

“조용히 해. 애 깨겠어.”

그 하얀 가루는 선우가 며칠 전 주문한 ‘약’이었다. 불법이지만 어째서인지 인터넷에서 구매하는 건 너무 쉬웠다. 집 앞 계단에 놓아 달라고 했는데 아내에게 먼저 들킬 줄은 몰랐다.

“당신이 생각하는 그런 게 아니야.”

선우도 약을 먹고 싶어서 산 것이 아니었다. 온몸을 덮쳐 오는 통증이 점점 심해졌다. 모르핀 같은 마약성 진통제를 맞고 싶어도 방법이 없었다. 아프기만 할 뿐 다치거나 부서진 곳이 '전혀' 없었기 때문이다.

"그럼 뭔데? 설명을 해 봐."

선우가 대답하려고 입을 여는 순간 뇌를 뒤흔드는 고통이 느껴졌다. 스물다섯 번째 홈런을 치기 위해 구속 135킬로미터로 날아오는 공에 얻어맞아야 했던 이마가 정신을 혼미하게 만들 정도로 쑤셔 온다. 아픈 선우는 갑자기 모든 게 귀찮아졌다.

"됐어, 잘래."

"자겠다니……."

충격받은 듯한 아내를 피하려고 애썼다.

"자기가 걱정되니까 이러는 거잖아!"

"언성 좀 낮춰."

선우는 딸의 방을 가리켰지만 아내는 진정할 기세가 아니었다.

"언성은 지금 당신이 더 높아! 나 정말 구단에 전화해서 물어봐?"

"시끄러워! 쓸데없는 짓 하기만 해 봐!"

엄포를 놓고 나가려던 순간이었다.

"요즘 성적이 이것 때문이야? 약을 먹어서?"

그 말이었다, 그 말에 선우는 폭발했다.

"어디서……."

선우는 벽을 주먹으로 쳤다.

"어디서 함부로 지껄여!"

요란한 소리가 나며 걸려 있던 가족사진이 아래로 떨어졌다.

"어디서 감히……."

선우가 방금 자신이 무슨 짓을 했는지 알아차린 건 이미 돌이킬 수 없게 되어 버린 후였다.

정신적 충격 때문에 선우도 아내도 꼼짝 않고 서 있었다.

"엄마……? 아빠 왔어요?"

그때 마침 딸이 일어나 방 밖으로 나오지 않았다면 선우의 가족에게 무슨 일이 일어났을지 아무도 모르는 일이다.

**29.**

"선우 형! 선우 형!"

홈 3연전의 첫 시합이 시작되기 몇 시간 전 후배가 깜짝 놀란 얼굴로 선우를 불렀다.

"형! 스타팅 오더 보셨어요? 형이 지명 타자예요!"

선우도 깜짝 놀라 확인해 보니 정말이었다. 모든 선수가 공격과 수비를 겸해야 하는 스포츠 야구에서 공격만을 담당하는 유일한 선수가 지명 타자다. 보통 엄청난 성적을 올렸지만 나이 때문에 체력 문제가 있는 선배들이 차지하는 자리다. 바로 이전 시합 때까지는 타격왕 출신 베테랑 대선배가 선우 팀의 지명 타자였다.

"축하한다. 팀한테 중요한 시기인데 잘 치는 녀석이 맡는 게 당연하지."

당사자인 선배까지 그렇게 축하해 주었다. 자존심에 큰 상처를 받았을 텐데도 말이다. 팀 전체에 '올해에는 어떻게든 가을 야구'라는 결의가 강하다는 걸 말해 주고 있었다. 감독도 시합 직전 선수들을 모아 놓고 한마디 했다.

"올해로 '내려갈 팀은 내려간다'는 끝낸다. 이번 가을 반드시 야구 한다."

그 말을 하는 내내 선글라스 안쪽 감독의 눈동자가 선우에게 못 박혀 있었다. 적어도 선우 본인에게는 그렇게 느껴졌다.

그날 시합의 2회. 앞선 타자 전체가 범타로 물러선 상황에서 6번 타자 선우가 타석에 들어섰다. 관중석에서 엄청난 환호성이 일어났다. 투수의 초구에 턱을 가린 채 포수 앞으로 뛰어들었다. 무릎에 맞았지만 다행히 직구보다 속도가 느린 체인지업이었다. 통증과 함께 시간이 되감겼다. 다시 첫 타석에 들어선 선우는 투수가 두 번째로 던지는 초구를 기억하고 있던 그대로 받아 쳐 담장을 넘겼다.

5회까지 선우를 제외한 어떤 타자도 안타는커녕 볼넷도 얻어내지 못했다. 상대 팀 투수는 오늘 절호조였다. 선우는 두 번째 타자로 타석에 들어섰다. 초구에 뛰어들려고 했지만 투수의 자세를 보니 어쩐지 투구가 크게 빠질 것 같았다. 예감은 적중하여 포크는 완전히 옆으로 벗어났다.

'이런 예감도 서서히 잘 맞아떨어지기 시작하네.'

말 그대로 '맞아 가며' 익히는 재주였다. 사실 시간을 되감는 초능력이 있는 한, 이런 재주는 필요 없다. 그 사실을 증명이라도 하듯 선우는 2구째 투수가 던진 커터에 왼쪽 허벅지를 갖다 대어 시간을 되감았고 좀 전과 똑같이 날아온 커터를 힘껏 잡아당겨 파울 라인에서 아슬아슬한 곳으로 홈런을 쳤다. 관중들의 '미쳤다!'라는 외침이 똑똑히 들렸다.

8회. 어쩌면 오늘 마지막이 될 수도 있는 타석에서 선우는 '돌부처의 후계자'로 불리는 상대 팀 마무리와 만났다. 그는 돌직구로 상대 선수들을 사정없이 아웃시키던 전설적인 마무리와 비견될 만한 구위를 지니고 있다. 선우 앞까지는 여전히 아무도 상대 팀 선발과 마무리의 공을 제대로 때려 내지 못했다. 오늘 선우 팀의 히트 두 개는 전부 선우의 홈런뿐이다. 스코어는 2 대 1로 선우 팀이 아슬아슬하게 리드. 추가점이 절실히 필요한 상황이었다.

선우는 처음으로 시간을 되감는 걸 주저했다. 돌덩이 같은 직구에 맞아야 한다고 생각하니 몸이 말을 듣지 않았다.

'오늘은 이 정도로 충분하지 않을까.'

홈런 두 방. 그것도 연타석 홈런. 여기서 못 친다고 해도 아무도 뭐라고 하지 않을 것이다. 그때 관중들이 일제히 소리 질렀다.

"넘겨!"

동시에 선우의 귀에 또 다른 목소리가 들려왔다.

'요즘 성적이 이거 때문이야? 약 먹어서?'

아내의 목소리였다. 다음 순간 선우는 '돌부처의 후계자'가 던진 초구에 주저 없이 원더우먼 자세로 뛰었다. 한가운데 직구였다. 공은 배에 맞았다.

'욱!'

구토가 올라올 뻔한 걸 간신히 참았다. 공에 맞는 순간 시간은 되감겼고 선우는 다시 '돌부처의 후계자'가 던지는 초구를 상대하게 되었다. 의외로 맞을 만했다. 울렁거리는 속을 참고 기억하고 있던 위치에 방망이를 가져갔다. 아무리 강한 직구라도 방망이의 중심에 정확한 타이밍으로 맞히면 날아갈 수밖에 없다. 거기에 선우의 힘이라면 홈런은 당연하다. 또 홈런이었다. 오늘 세 타석 모두 홈런. 거기에 오늘 선우 팀에서 점수를 올린 건 선우밖에 없었다. 내장이 출렁거리는 느낌을 견디며 천천히 주루하면서 오늘 일이 엄청난 화제가 될 거라는 확신이 왔다. 더그아웃에 돌아와 이제는 좀 지겹게까지 느껴지는 하이 파이브를 했다.

"잘했다!"

선우에게는 전혀 필요 없는 타격 코치가 그의 등을 쳤다. 그때 참고 있던 구토가 올라왔다.

"야! 너 그거 뭐야!"

'어째서?'

서둘러 장갑으로 입을 막았다. 토해 낸 건 새빨간 피였다. 이번에는 환각이 아니었다.

"닥터, 닥터 불러와!"

"괜찮아요."

선우는 코치를 말리면서 웃었다.

"너무 기뻐서 혀를 깨물었나 봐요."

능청스럽게 얼굴의 땀을 닦으며 말했다. 그런데 땀을 훔친 유니폼에 피가 묻어 있었다. 땀이 아니었다. 눈에서도 피가 흐르고 있었다. 이것도 환각이 아니었다.

**30.**

한 경기 연속 3홈런은 선우 자신의 상상 이상으로 엄청난 화제가 되었다. 텔레비전, 인터넷, 스포츠 신문 전부 선우의 홈런을 대서특필했다. 선우의 휴대전화는 어제 경기가 끝나고 난 후부터 미친 듯이 울리고 있었다. 거의 전부가 인터뷰를 요청하는 내용이었다. 구단에서도 매체와 접촉하기 전 미리 만나자고 연락이 왔다. 그리고 그때 은근히 단장님과 사장님이 함께 하는 식사 자리에 올 수 있느냐고 물었다.

본격적으로 유명 인사가 되는 기분이었다. 선우는 들떴다. 다만 이 기분을 함께 할 상대가 없다는 것이 마음에 걸렸다. 아내와는 아직 냉전 상태였다. 세상에서 가장 사랑하는 딸이 졸음도 꾹 참고 선우가 경기장에서 돌아올 때까지 기다리고 있어 주었지만.

"아빠, 홈런도 좋은데 다치지 마세요."

선우가 안아 주자마자 그렇게 말했다. 아내가 어린 딸에게 이렇게 말하라고 부추겼을지도 모른다는 생각을 하자 은근히 화가 났다. 동시에 마약성 진통제를 불법으로 구했던 걸 아내에게 들킨 일이 자꾸 신경이 쓰였다. 아무리 그래도 남편을 고발할까 싶지만 요즘 성적이 약 때문이냐고 묻던 모습이 계속 선우의 머릿속에 떠올랐다. 흥신소를 고용해서 아내가 뭐 하는지 염탐하는 방법을 알아본 선우였지만 말도 안 되는 가격에 그만두고 말았다.

사실 요즘에는 아내보다 선우의 몸이 문제였다. 연속 3홈런 이후 피를 토했는데 그때부터 시도 때도 없이 오줌이 마려웠다. 그리고 오줌을 누면 피가 섞여 나왔다. 광주 원정 구장까지 내려갈 때도 평소처럼 구단 버스에 타지 못하고 따로 양해를 구해 KTX를 타고 내려왔다. KTX 화장실에서 소변기에 물과 자신의 피가 뒤섞이는 걸 선우는 멍하니 바라보았다. 선우는 이해할 수 없었다. 시간이 감기면서 부서진 몸도 다 나았는데 왜 이런 일이 일어나는 건가?

'혈뇨 따위. 누구한테 들키는 것도 아니고.'

그런 생각을 하고 있는데 누가 등을 콕콕 찔렀다. 뒤를 돌아보니 어린 남자아이였다. 선우 허리의 반도 안 되는 아이가 선우를 말끄러미 쳐다보고 있었다. 서둘러 지퍼를 올리는데 아이가 말했다.

"사무국에서 나왔습니다."

선우가 멈칫했다.

"잠깐 이야기 좀 나누실까요?"

**31.**

'벌써 우리에 대해 이야기를 들으셨군요. 아니, 아니요. 제가 말하는 게 장난으로 보이시나요? 제 겉모습 때문에?'

'말씀드리지만 이건 절대 장난 같은 게 아닙니다. 선우 씨의 요즘 성적이 어떻게 가능했는지말씀드릴까요? 시간을 되감고 계시죠?'

'네. 선우 씨는 마법사입니다. '대가'를 치르고 평범한 선수들은 꿈도 못 꾸는 '능력'을 손에 넣은 것이죠.'

'하지만 이게 본질적으로 부정행위라는 건 선생님도 아셔야 합니다. 어떤 타자도 같은 타석에 몇 번이고 설 수는 없죠. 아웃이 되었다고 아, 이건 무효, 다시 한 번 하자, 이런 건 말도 안 되는 짓 아닙니까. 더군다나 공도 똑같은 걸 몇 번씩이나 볼 수 있다니. 형평성의 원칙에 위배되죠.'

'그래서 선생님 같은 존재, 마법사들은 세상에 알려져서는 안 됩니다. 이 사실이 드러나면 세상이 혼란에 빠질 테고 스포츠는 더 이상 사람들에게 꿈도 희망도 주지 못하게 될 테죠.'

'그렇죠. 누구에게도 들키지 않으셨죠. 그래서 지금까지 저희 사무국도 선생님을 지켜만 봤던 겁니다. 하지만 요사이 발각될 위험성이 점점 높아져 가기에 제가 이렇게 찾아뵈었습니다.'

'무슨 소리냐고요? 꼭 마약을 사신 걸 제 입으로 듣고 싶으신가요? 경찰에 잡히지 않을 거라고 장담할 수 있으세요? 얼마 전에 토한 피는 어떻습니까? 만약 선생님의 마법이 들통날 위험이 발생하면 저희 사무국은 조치를 취할 것입니다. 선생님을 멈추게 만들 것입니다.'

'이건 제 개인적인 권고입니다. 쓸모없다는 건 알지만 그래도 부탁드립니다. 더 이상 마법을 부리지 마십시오. 선생님 마법은 '통증'과 '고통'을 그 대가로 치르죠. 상처는 되감기는 시간과 함께 회복된다고 해도 선생님 정신이 잔류하는 고통들을 견뎌 낼 수 있을까요? 사실상 매일 고문받는 것이나 마찬가지인데. 시간이 지날수록 숨기기 어려워질 것입니다.'

'저런, 이미 결심이 서신 것 같군요. 또 헛수고를 한 것 같습니다. 그럼 부디 들키지 않으시길. 선생님의 행운을 빌겠습니다.'

그날 원정 시합에서 선우는 다시 연속 홈런을 쳤다. 선우의 팀은 4위로 도약했고 선우의 홈런은 이제 서른 개를 헤아렸다.

**32.**

선배. 홈런 축하합니다.

경기가 없는 월요일, 집에서 쉬고 있는데 문자가 왔다. '괴물 신인'으로부터였다. 자신의 번호는 어떻게 알아낸 건지, 이것도 사무국에서 알려 준 건지 선우는 신경 쓰였다.

선배네 팀은 선배 덕에 올해 드디어 가을 야구 하겠네요. 그래도 우리하고는 안 만나게 기도하세요.

바로 다음 문자가 왔다. 웃음 이모티콘이 붙어 있었다.

동지끼리 싸우는 건 좀 그렇잖아요. 서로 돕고 살아도 모자랄 판에. ^^

선우는 답장을 보냈다. 마법을 들키면 사무국이 어떤 조치를 취하는지 물었다. 사무국 직원이라는 그 기분 나쁜 어린아이가 했던 말이 자꾸 머리를 맴돌았기 때문이다. '선생님을 멈추게 만들 것입니다.' 괴물 신인의 답장은 20분이나 뒤에 왔다.

자객을 보낸다고 들었어요.

자객. 어감이 불길했다.

더 이상 마법을 부리지 못하도록 확실히 숨통을 끊어 놓는 자객이 찾아간다고 해요.

사람을 죽인다는 뜻이냐고 물었다.

저도 자세히는 몰라요. 하지만 서로 조심하자고요. 동지. ㅋ

문자 내역은 지우라는 메시지를 끝으로 '괴물 신인'은 연락을 끊었다. '자객'이라는 단어를 선우는 계속 머릿속으로 떠올렸다. 그래서일까 뭔가가 무릎을 툭 쳤을 때 간담이 서늘해져 비명을 지를 뻔했다.

"아빠! 놀아 주세요!"

딸이었다. 손에는 지난 생일에 사 달라고 했던 작은 글러브와 야구공을 쥐고 있다. 만약 올해 활약으로 내년에 연봉이 대폭 인상되거나 주전으로 자리매김한다면 여자아이에게 훨씬 어울리는 걸로 바꿔 줄 수 있으리라. 요즘 유튜브에서 인기라는 키즈 화장품을 사 줄 수 있을지도 모른다.

"엄마랑 놀아."

"엄마 캐치볼 할 줄 몰라요."

선우는 아내에게 고개를 돌렸다. 아내는 어딘가로 나갈 준비를 하고 있었다. 인사는커녕 선우를 보려고도 하지 않는다.

"자기야. 얘랑 좀 놀아 줘."

지난번 아내가 보는 앞에서 주먹으로 벽을 쳤던 기억 때문에 가능한 한 상냥하게 말했다. 요즘은 통증 때문에 이렇게 상냥하게 말하는 것 자체가 힘들다. 이것도 다 마약성 진통제를 복용하지 못하게 만든 아내 때문이다. 그러니까 아내는 좀 더 공손히 굴어야 한다. 선우는 그렇게 생각했다.

"마트 파트타임 시간이야. 몰라?"

정상적인 상태였다면 '아아, 잊었어.' 하고 넘겼을 일이었다. 그러나 몸 곳곳의 통증과 싸워야 하는 선우의 정신 상태는 딸과 놀아 주는 것조차 버겁다. 이런 상황에서 일하러 간다는 아내에게 선우는 정말로 짜증이 났다.

"마트, 그만둬. 그깟 푼돈이 얘보다 중요해?"

"돈이나 제대로 벌어 오면서 그런 말을 해!"

'그러니까 돈을 제대로 벌려고 지금 이러고 있는 거잖아.'라고 선우가 자기도 모르게 소리를 치려던 순간 딸이 선우의 등에 매달렸다.

"나는 아빠랑 놀고 싶어요!"

선우 몸무게의 4분의 1도 되지 않는 딸이 부딪쳤는데 꼭 야구 방망이로 등을 마구 내려친 것 같은 충격이 급습해 왔다.

"저리 가!"

맹세코 고의가 아니었다. 그러나 딸은 이미 바닥에 쓰러져 있었다. 변명할 틈도 없이 아내는 놀라서 현관에서 달려왔다.

"이게 뭐야? 응? 이게 뭐야? 당신! 어?"

새하얗게 질린 아내의 얼굴을 선우는 보지 못했다.

'내가 손찌검을 했어.'

"애를 때린 거야, 지금?"

'내가 딸에게 손을 댔어.'

선우는 벌떡 일어섰다.

"미, 미안, 나는, 나가 봐야겠어."

당장은 그 자리를 피해야겠다는 생각밖에 들지 않았다.

"당신 미친 거야? 도대체 지금 무슨 일이 일어나는 건데!"

아내의 손이 어깨를 잡았다. 홈런을 치기 위해 데드볼에 맞은 자리였다. 그 순간 벼락같은 충격과 함께 사무국의 경고가 떠올랐다.

'마법이 들통날 위험이 발생하면 저희 사무국은 조치를 취할 것입니다.'

'괴물 신인'의 경고도 함께 생각났다.

'자객을 보낼 거예요.'

선우는 아내의 손을, 본의는 아니었지만, 확 위로 쳐냈다. 손톱 끝이 아내의 볼을 스친 느낌이 들었다.

"신경 끄라고. 마트 간다며! 마트나 가!"

딸이 우는 소리가 집을 나서는 선우의 뒤를 따라왔다.

## 33.

선우는 잠실 경기장 입구에서 딱 멈춰 섰다. 자신의 얼굴이 커다랗게 그려진 플래카드가 매표소 앞에서 나부끼고 있었다. 옆에 있던 구단 홍보실 직원을 바라보았다.

"엄청나죠? 저희가 한 게 아니에요. 팬들이 만들어서 걸어 달라고 한 거예요."

직원의 목소리는 고양되어 있었다. 좀 전 매체와 인터뷰할 전략을 짜고 있을 때 '가을 야구 합니다, 구단 점퍼 사세요.'라고 하는 대신 '가을에도 팬 여러분들과 함께 할 수 있도록 노력하겠습니다.'라고 하라고 신신당부하던 소심함은 전혀 찾아볼 수 없었다. 이 직원 역시 올해야말로 선우 팀이 가을 야구를 할 거라고 굳게 믿고 있었다.

"포스트 시즌에 진출하면 구단 굿즈를 전부 새로 제작할 거예요. 그리고 거기에는 당연히 선우 씨 이름도 들어갈 거고요."

선우는 지금 이야기를 듣고 확신했다. 이번만, 이번 시즌만 이대로 넘기면 다음 시즌 연봉 인상과 주전 고정은 확정이라고.

"열심히 해 주세요. 저 사람들도 선우 씨 이름 들어간 유니폼사 입을 수 있어야죠."

구단 직원이 웃으며 가리키는 방향에서 구단 유니폼을 입은 팬들이 우르르 몰려오고 있었다. 사인 요청에 단 한 번의 거절도 하지 않았다. 시합 전 워밍업에 늦지 않겠냐고 도리어 구단 직원이 걱정을 했지만 시간을 되돌릴 수 있는 '마법사'인 선우에게는 워밍업이나 연습 따위 필요하지 않다. 그것보다 난생처음 해 주는 팬 사인과 손수 제작한 선우의 캐리커처가 들어간 타월을 건네는 사람들이 훨씬 더 중요했다.

"홈런왕 꼭 되세요!"

그날 시합에서 선우는 원더우먼 자세로 네 번 데드볼을 얻어맞아 네 번 시간을 거슬러 올라갔다. 그리고 네 번 다 홈런을 쳤다. 이제 홈런 개수는 35개를 넘었다. 이승엽과 박병호의 한 시즌 50홈런이 코앞으로 성큼 다가왔다.

그날 시합이 끝나고 선우는 집으로 돌아가지 않았다. 대신 호텔을 잡아 거기에서 묵으며 밤 내내 피를 토했다. 오늘 시합 마지막 공이 조금 높은 하이 볼이었다. 다행히 한 팔이 직격을 막아주긴 했지만 구위에 밀린 팔뚝이 그대로 코와 이마를 쳤다. 분명 지금까지 맞았던 데드볼 중 충격이 약한 편에 속했다. 그런데도 시합이 끝난 후 어지럼증과 토기가 미친 듯이 올라왔다.

'그래도 그게 37호 홈런이었잖아.'

선우는 멍한 머리로 생각했다.

'홈런왕이 되면…… 연봉이 도대체 얼마나 오를까. 우리 딸 사립 학교 보낼 만큼? 아내 외제 차 사 줄 만큼?'

홈런왕이 못 되는 일 따위 절대 없을 것이다. 선우가 시간을 거스르는 '마법사'인 이상. 그리고 그걸 들키지 않는 이상. 집에 돌아오지 않는 선우의 스마트폰으로 아내가 계속 부재중 전화를 걸었지만 선우는 받지 않았다. 우연찮게 그 횟수도 37번이었다.

## 34.

선우의 홈런 개수는 순조롭게 40개를 넘었다. 이제 '야구'와 조금이라도 연관이 있는 곳에서는 전부 선우의 이름을 볼 수 있었다. 숨겨져 있던 보석. 오랜 무명 생활을 딛고 일어선 불사조. 선우의 존재는 그 자체로 한 편의 역전 드라마였고 처음으로 낙엽이 질 무렵에도 4위권 안쪽에 자리 잡고 있는 선우네 팀과 함께 사람들의 이목을 단숨에 끌어당겼다. 특히 '어차피 안 되는 팀'이라는 무시와 함께 살아온 선우 팀 선수들과 팬들에게 지금의 선우는 영혼 깊은 곳의 뭔가를 뜨겁게 만드는 사람이 되어 있었다.

하지만 선우의 고통도 본인의 인기와 함께 무서운 가속도를 내고 있었다. 2군 선수들과 비교도 안 되는 1군 선수들의 구위를 매일 세 번, 많게는 다섯 번까지 몸에 맞았다. 야구 경기에서는 느린 공조차 시속 100킬로미터, 자동차가 달리는 속도를 가볍게 넘어간다. 사람을 단 한 방에 요단강 너머로 보낼 수 있는 공을 마흔 번 가까이 맞았다. 통증이 사라지지 않으니 그건 고문이나 마찬가지다. 손톱을 뽑거나 전기로 지지는 대신 공으로 뼈를 박살 내고 핏줄과 근육을 터뜨리는 점만 다를 뿐이다.

'한 달이야. 이제 한 달만 견디면 돼.'

포스트 시즌 진출을 결정하는 시합. 이 시합에서 이기면 선우 팀은 가을 야구를 할 수 있는 최소 승수를 확보한다. 첫 타석은 1회부터 왔다. 주자 2루에 투 아웃.

'오늘 우리 선발 컨디션이 좋으니까 이대로 4 대 0, 5 대 0 정도로 이기겠지.'

선우는 오늘도 자신이 전 타석 홈런을 칠 것이라 믿어 의심치 않고 있었다. 투수가 디딤발을 포수 쪽으로 딛는 순간 선우는 앞으로 뛰었다. 요즘은 이 간단한 동작조차 어렵다. 선우가 아무리 굳게 결심해도 선우의 뇌는 공에 맞는 고통을 거부한다.

'사립 학교.'

그때마다 선우를 돕는 건 가족들이었다.

아내와 딸.

'강남 아파트.'

'해외 여행.'

'백화점 VIP.'

선우만 꾹 참으면 그들에게 해 줄 수 있는 것들이다. 그것들이 선우를 앞으로 뛰어들게 만들었다. 볼에 몸을 수십 번 넘게 맞히는 과정에서 공을 지켜보는 힘이 좋아졌다. 느낌으로 보건대 이번 공은 대략 커브, 속도는 시속 120킬로미터 정도. 평소에 비해 위험도는 중, 하 정도. 날아오는 위치는 대충 무릎 아래. 정확한 위치는 맞아 보면 알 것이다. 선우의 예상은 거의 맞았다. 공이 때린 곳이 무릎 아래가 아니라 대퇴부라는 점만 제외하면 말이다. 고래 잡는 작살이 대퇴부를 관통한 것 같은 고통. 그 고통과 함께 항상 하던 대로 시간이 되감겼다. '마법'을 오래 쓰다 보니 이제 통증의 충격에서 벗어나는 시간도 빠르다. 선우는 멀쩡한 다리로 절뚝거리면서 똑같은 타석에 다시 한 번 들어섰다. 투수는 몇 분 전 봤던 동작을 그대로 되풀이하고 있다. 한 번 봤던 공이라 위치도 배트를 휘두를 타이밍도 완벽하게 기억한다. 이것도 늘 하던 대로다. 당기기보다 밀어서 치기로 결심한다. 그리고 몇 분 전과 똑같이 들어오는 공을 생각한 대로 있는 힘껏 밀어쳤다. 담장을 넘겼다. 42호 홈런. 열화와 같은 성원이 터져 나왔다. 아주 순조로웠다. 평소보다 약한 충격의 데드볼이어서 그런지 오늘은 홈런 후 주루도 손쉬웠다. 모든 게 순조로웠다. 2루를 도는 순간 갑자기 퓨즈가 끊긴 듯 눈앞이 어두컴컴해지며 정신을 잃은 것만 제외하면.

'맞은 건 다리인데 왜.'

선우는 의식이 달아나는 걸 느끼며 그런 생각을 했다.

**35.**

정신이 들었을 때 선우는 병원의 침상에 누워 있었다. 하얀 벽과 조명이 보이자마자 선우는 벌떡 일어섰다. 온몸에 소름이 달렸다. 일어서려다가 21호 홈런을 치기 위해 데드볼에 맞았던 종아리에서 올라오는 통증과 아직도 남아서 머릿속을 휘젓는 어지럼증 때문에 무릎을 꿇고 쓰러졌다.

"괜찮으세요?"

의사를 포함해 일군의 사람들이 우르르 몰려왔다. 아내가 가장 앞에서 달려왔지만 선우 눈에 먼저 들어온 건 팀 닥터였다. 수석코치도 있었다. 아내는 울 것 같은 눈으로 선우를 주시하고 있었다. 아내에게 가장 먼저 입을 열 기회를 주어야 한다고 생각했는지 구단 사람들은 침묵을 지켰지만 그녀가 계속 침묵을 지키자 팀 닥터가 물었다.

"몸은 좀 어떠세요."

선우는 대답 없이 썩 일어섰다. 뼈가 부스러진 채 흘러내리는 듯한 충격이 덮쳐 왔지만 꾹 참고 견뎠다. 오히려 먼저 비명을 지른 건 주위 사람들이었다.

"야, 뭐 하는 거야?"

수석 코치가 묻기에 선우는 대답을 안 할 수가 없었다.

"돌아가야죠. 시합은 어떻게 되었습니까."

수석 코치와 팀 닥터가 서로 얼굴을 마주 보았다.

"졌어요."

오늘 겨우 홈런 한 개를 추가하는 데 그친 것이다. 선우는 멀쩡한 이로 입술을 깨물었다.

'조금만 버틸걸. 조금만 버텼으면 홈런 수 추가는 물론이고 팀을 가을 야구로 이끈 영웅이 될 수 있었는데!'

"가긴 어딜 가. 너 깰 때까지 기다렸어. 엑스레이 찍고 검진받아야지."

"필요 없어요. 제 몸은 제가 잘 알아요."

선우가 발걸음을 옮기는 순간 수석 코치가 경악한 얼굴로 뭐라고 하려고 했다. 그러나 아내가 훨씬 빨랐다.

"제정신이야? 당신 쓰러졌다고!"

"나중에 이야기하자고."

"뭘, 도대체 뭘! 애초에 이야기할 생각이나 있어?"

"나중에 하자니까! 내 말 안 들려!"

선우는 순간 주먹을 붕 휘둘렀다. 그저 정신이 들자마자 득달

같이 찾아온 통증에 짜증이 났을 뿐이다. 그러나 선우의 행동을 본 그 자리의 모두가 충격을 받았다.

“내가 아니라는데 왜 난리야!”

팀 닥터가 조심스럽게 입을 열었다.

“얼마 전에는 피까지 토하셨잖아요. 거기다 쓰러지기까지 했으면 몸 어딘가에서 출혈이 일어나고 있는 건지도 모릅니다.”

“필요 없어요. 전 괜찮으니까. 그렇죠, 코치님?”

선우는 수석 코치를 똑바로 바라보며 말했다. 팀의 가을 야구가 걸려 있다. 선우의 출장과 홈런을 누구보다 바랄 사람이다. 자신의 편을 들어 줄 거라고 믿었다.

“그렇죠? 안 그래요?”

잠깐의 침묵 후 수석 코치의 말은 이랬다.

“통증은 절대로 참고 견디는 게 아니다.”

“통증 같은 거 없어요.”

선우의 거짓말에 아내가 달려들었다.

“믿지 마세요! 이 사람! 정상이 아니에요!”

“입조심해!”

“약을 먹어서 이런 거예요. 틀림없어…….”

와장창.

둔탁한 소리가 났다.

“입조심하라고…….”

‘……했지.’라고 고함치려던 순간 선우는 입을 다물고 말았다. 아내가 쓰러져 있었다. 모두가 경악한 얼굴로 선우를 보고 있었다. 수석 코치가 선우의 몸을 쳐 아내에게서 떼어 놓았다. 아내의 볼이 빨갛게 부어 있었다.

'내가 때린 거라고? 내가?'

'그럴 리가 없어.' 하고 선우는 고개를 저었다.

"약이라니…… 이건 또 무슨 소리야."

코치의 목소리가 들린다.

이건 환청이다.

아파서 들려오는 헛것이다.

그렇게 생각하면서도 병상 옆에 놓여 있던 자신의 보스턴백을 들고 선우는 누가 말릴 사이도 없이 병실을 빠져나왔다. '선우야!' 하는 다급한 외침, '여보!' 하는 절규가 뒤를 쫓아왔지만 선우는 전부 무시했다. 걸을 때마다 다리가 잘려 나갈 것 같았지만 있는 힘을 다해 참고 병원 입구에서 택시를 잡았다.

"어디로 갈까요?"

"호텔이요."

"예?"

"호텔이요! 호텔! 말귀를 못 알아들어?"

그때 들고 있던 휴대전화가 울렸다. '사무국'. 선우는 이런 번호를 저장한 적이 없었다. 떨리는 손으로 전화를 받았다.

"들키셨군요. 모든 걸 정리하시기 바랍니다."

**36.**

다음 날 선우는 자신이 엔트리에서 제외되었다는 사실을 알게 되었다. 동료들이 다들 놀란 눈으로 선우를 쳐다보았다.

"따라와."

시합 전 감독과 함께 구단 사무실로 호출을 받았다. 단장도 와 있었다. 무슨 일로 불렀는지는 짐작이 갔다.

"선우 씨. 솔직히 말씀해 주세요. 요즘 성적…… 혹시 약의 힘을 빌린 건 아니죠?"

"아닙니다."

대답은 바로 나왔다. 절대 거짓말이 아닌데도 사람들을 볼 때 왜 이렇게 얼굴이 경련을 일으키는지 선우는 도무지 알 수가 없었다.

"당장이라도 검사받을 수 있습니다."

감독이 인상을 썼다.

"네 집사람이 말한 약은 뭔데?"

"약을 하는 건 제가 아니라 아내입니다."

"뭐라고?"

"요즘 스트레스를 많이 받다 보니 정신적으로 불안정해져서 약을 처방받아 먹는데 제가 그걸 진통제인 줄 알고 먹었습니다. 그걸 말하는 겁니다."

선우의 등줄기로 식은땀이 흐른다. 듣는 사람들이 자신의 말을 전혀 믿어 주지 않는다. 그 사실이 피부로 느껴졌다.

"감독님. 단장님. 믿어 주십시오. 약 같은 건 하지 않았습니다. 부정한 짓은 절대로 하지 않았습니다. 무슨 검사든 당장 받겠습니다."

단장은 심각한 표정을 풀지 않았다. 데드볼을 맞으면 시간을 되감을 수 있는 '마법사'가 되었고 그것 때문에 몸이 엉망진창이며 사무국에서 경고받았다는 사실을 말하면 눈앞의 사람들은 어떤 표정을 지을까. 선우에게 문득 그런 생각이 들었다.

"구단의 품위를 손상시킬 짓은 절대 하지 않았습니다. 그런 일이 있었다면 맹세코 모든 손해를 배상하겠습니다. 각서라도 쓰라면 쓰겠습니다."

주변 사람들은 여전히 아무 말이 없었다. 선우는 급해졌다.

"솔직히 말하면 1군에서 이렇게 오래 뛰는 게 처음이라 체력이 떨어진 감은 있습니다. 정말로 그게 다입니다."

단장은 팔짱을 낀 자세로 손을 까딱거리다가 감독을 쳐다보았다. 감독은 선글라스를 벗으며 후, 한숨을 쉬는 걸로 대답했다.

"알겠습니다. 선우 씨."

"그러면 오늘 시합……."

"아니요. 일단 말씀하신 대로 구단에서 자체적으로 검사할 거고요, 그리고 조사가 끝날 때까지 출전은 보류할 겁니다."

"하지만 단장님. 50홈런…… 홈런왕이…… 팀 가을 야구가."

감독이 선우에게 화를 냈다.

"이봐! 지금 그게 문제야?"

단장이 선우를 부드럽게 타일렀다.

"우선 집에 들어가 보세요. 한동안 안 들어갔다면서요. 구단으로 계속 전화가 온다고 하더라고요. 사모님한테."

## 37.

선우는 멍하니 잠실 구장 밖으로 걸어 나왔다. 각오는 했지만 이렇게 아무것도 못 해 본 채 돌려보내질 줄은 몰랐다. 걷는데 갑자기 누군가 자신을 부르는 소리가 들렸다.

"김선우!"

순간 사무국인가 싶어 선우는 움찔했다. 그러나 선우를 부른 건 팬들이었다. 구단 점퍼를 입은 수십 명의 팬들이 순식간에 선우를 둘러쌌다.

"사인 좀 해 주세요!"

그럴 기분은 아니었지만 선우는 팬들이 내미는 대로 사인을 해 주었다.

"오랜만에 우리 팀 출신 홈런왕 좀 보자!"

나이가 지긋한 팬이 그렇게 말할 때 선우는 억지웃음을 지으며 작은 목소리로 '감사합니다.'라고 인사했다.

"오늘 홈런 치고 이기면 우리 올해 가을 야구 하는 거죠?"

어린 팬의 질문에 선우는 또 억지로 웃으며 '그렇죠.'라고 답해 주었다.

"어? 그런데 어디 가세요?"

마지막으로 사인을 해 준 팬이 이렇게 물었을 때는 억지로 웃지도 못했다. 선우는 어리둥절해하는 팬들을 뒤로하고 뛰어서 그 자리를 벗어났다. 뛰자마자 데드볼에 맞았던 종아리와 대퇴부, 발목이 한꺼번에 비명을 질렀다. 그 지독한 통증이 한 가지 사실을 알려 주었다. 선우가 방금 팬들로부터 받은 관심, 그 모든 애정과 사랑은 시간을 뒤로 감는 그 '마법'이 아니었으면 불가능했다. '마법'을 얻지 못했다면 지금 만난 사람 중 몇 명이나 선우의 이름을 알까. 아마 지금도 선우는 2군 구장에서 변변한 안타 하나 치지 못하고 넘치는 힘으로 방망이나 붕붕 헛돌리며 시간을 낭비하고 있었을 것이다. 그 모습을 보며 2군 감독도 선배도 후배도 동료들도 피식피식 웃고 있었을 것이다. 아니, 선우뿐만이 아니다. 선우가 데드볼을 맞고 시간을 거슬러 올라가 그 홈런들을 치지 못했더라면 선우의 팀은 올해도 또 '내려갈 팀은 내려간다'의 저주에 시달리며 꼴찌 부근에 자리 잡고 있었을 것이다. 그런 생각을 하는데…….

"선배님."

저 앞에서 흰 마스크와 야구 모자를 쓴 남자가 선우를 부르고 있었다. 이번에는 놀라지 않았다. 알고 있는 목소리였기 때문이다.

"기사 봤어요."

'괴물 신인'이 선우에게 다가왔다.

"너 광주에 있어야 하잖아."

그의 팀은 오늘 광주에 연고지를 둔 팀과 2연전을 시작한다.

"예. 그래서 오래 못 있어요. 용건만 바로 말할게요. 소식 들었어요."

'괴물 신인'이 불쑥 꺼낸 말에 선우는 아무 말도 못 했다.

"들키기 일보 직전이라면서요. '마법'."

"……그렇다면?"

"선배님. 건방지다고 생각하지 말고 잘 들어 주세요. 은퇴하세요. 야구를 그만두세요."

'괴물 신인'이 미리 양해를 구했음에도 그 말에 선우는 화가 치솟아 올랐다. '뭐야!'라며 목소리를 높이려는 순간 '괴물 신인'이 이렇게 말했다.

"제가 '자객'이 되었어요. 사무국의."

**38.**

선우는 집에서 조용히 누워 있었다. 단장이 집으로 돌아가라고 했기 때문이 아니다. 선우는 아직 희망을 가지고 있었다. 아내도 구단도 '마법'에 대해서는 조금도 모른다. 검사란 검사는 다 받았지만 이상 현상은 나오지 않을 것이다. 선우는 실제로 '약'을 하지 않았기 때문이다. 구단에서 자체 조사를 한다고 하지만 '마법'과 '사무국'이라는 초자연적 존재들을 적발해 낼 수 있을 것 같지 않다. 딱 여기까지만 들킨 상태로 시즌만 무사히 넘기면 비시즌 기간 동안 고통에도 익숙해질 것이다. 그러면 구단도 가족도 '한때 무리를 해서 잠깐 몸이 안 좋았다'며 넘어갈지도 모른다. 그러면 '사무국'도 '들키지 않은' 걸로 치고 선우를 봐줄지도 모른다.

만약 그렇게 해서 내년도 내후년도 50홈런을 치면 선우의 연봉은 도대체 얼마나 오를까. 얼마나 많은 사람이 선우와 선우의 가족을 알아볼까. 사람들이 전부 선우의 이름이 새겨진 옷을 입고 다니면 딸이 얼마나 자랑스러워할까. 나이는 많지만 50홈런이 계속되면 어쩌면 메이저리그에서도 선우에게 관심을 가질지 모른다. 그래서 선우는 이 이상 '마법'을 들키는 일을 최대한 피할 생각이었던 것이다.

그런데 딸에게 잠깐 아빠가 집에 들어오지 못할 것 같다고 말하려 유치원에 갔을 때 스포츠 신문 기자들을 발견해 버렸다. 팀이 가을 야구에 겨우 승리 하나만 남겨 둔 시점에서 홈런왕을 노리는 팀의 영웅이자 깜짝 스타를 엔트리에서 제외한 사정에 대해 기자들은 궁금해했다. 딸을 안은 채 질문을 쏟아붓는 기자들을 피하던 선우는 집에도 이런 기자들이 찾아왔을지 모른다는 생각을 했다. 그래서 결국 집으로 돌아왔다.

특히 아내에게 들킨 마약성 진통제는 사정이 안 좋았다. 스포츠 계통의 인간들은 약에 관한 소문만으로도 인생이 한없이 불리해진다. 잘해도 의심을 산다. 뜬소문이 번져 가는 광경이 선명하게 상상되었다. 그러면 더 이상 무사히 넘어갈 여지가 없다. 구단과의 내년 연봉 협상에 불리할뿐더러 '사무국'에 변명할 여지도 없어진다.

'구단에서는 왜 전화가 없는 거야? 조사는 진작에 끝났을 텐데. 빨리 출전시켜 주지.'

선우가 그런 생각을 하고 있을 때 아내가 커튼을 활짝 열었다. 혹시라도 기자들이 바깥에서 사진을 찍을까 봐 집에 오자마자 창문을 닫고 커튼을 치고 온 집 안을 어둡게 만들었던 것이다.

"뭐 하는 거야!"

"불만이 있으면 당신이 이 집에서 나가."

선우는 다시 커튼을 치며 그걸 제지하려는 아내의 손을 꽉 잡았다.

"말했잖아! 조금만 참으면 된다고!"

"지금 언성 높이는 거야?"

"아니……."

선우는 집에 들어왔을 때 차갑게 침묵을 지키는 아내 앞에서 무릎을 꿇고 맹세했다. 시즌 끝날 때까지만이다. 시즌이 끝나면 검사든 뭐든 다 받겠다. 가족을 위해 참아 달라. 아내는 가타부타 대답을 하지 않았다. 그저 선우가 뭘 하는지 며칠 동안 가만히 지켜봤을 뿐이었다. 그리고 오늘 드디어 분노를 폭발시켰다.

"놔."

"당신부터 멈춰. 도대체 왜 날 믿어 주지 않는 거야?"

"어떻게 믿으라고."

아내는 잡힌 손은 놔둔 채 다른 손으로 선우의 갈비뼈 부근을 세게 쳤다.

"마약을 구입하는 인간을! 아내와 딸에게 손찌검하는 인간을! 현상 수배범처럼 숨어 살려는 인간을!"

여자의 주먹이었고 별것 아닌 충격이었다. 처음에는 선우도 별다른 고통을 느끼지 못했다. 그러나 몸 안에서 도대체 무슨 일이 일어난 건지 몇 초 후 갑자기 내장이 뒤집히고 피가 역류하는 듯한 기분 때문에 선우는 바닥에 풀썩 쓰러졌다. 캑캑, 기침을 하니 피가 쏟아져 나왔다. 선우는 기겁해서 피를 감췄다. '지금 이걸 기자들이 봤으면 어떡하지? '마법'의 대가를 들킨 거면 어떡하지? 사무국이 이것도 보고 있을까?'라는 생각들이 선우에게 가장 먼저 찾아왔고 화가 났다.

"무슨 짓이야!"

선우가 소리를 질렀지만 아내는 눈도 깜짝하지 않았다.

"아까 참으라고 했지? 언제까지? 당신이 병신 될 때까지?"

"누가 병신이야!"

"당신, 예전에 근육 뭉쳤다고 했을 때 내가 어깨 두드려 준 거 기억나? 그때 느낌도 오지 않으니 그만하라고 했지? 지금도 딱 그때 수준으로 때렸어. 그런데 이 모양이야! 이거라고!"

아내는 핏자국을 가리켰다. 침착하게 따지려고 한 모양이지만 언성은 점점 높아지고 눈동자가 심하게 흔들리고 있었다.

"이런 거 볼 때마다 얼마나 겁이 나는 줄 알아? 참으라고? 당신이 망가졌다는 걸 알면서? 날 살인자로 만들고 싶어?"

"왜 이해를 못 해!"

선우는 이제 더 이상 언성을 낮추려고 하지 않았다. 말할 때마다 피가 튀어 아내의 옷에 묻는다는 것도, 자신이 아내의 얼굴을 향해 위협적으로 주먹을 휘두른다는 것도 모른 채 고래고래 소리를 질렀다.

"조금이야. 조금만 참으면 다 같이 호강할 수 있단 말이야. 홈런왕이 되면 우리 딸, 훨씬 좋은 학교에 보낼 수 있어! 당신 훨씬 좋은 차 타고 다닐 수 있어! 타워팰리스에 살 수 있어! 건물을 살 수도 있어! 내가 조금만 고생하면 된단 말이야! 당신이 고생하는 것도 아니고 왜 난리야!"

"……호강이면 단 줄 알아?"

아내는 선우가 어떻게 잡을 사이도 없이 성큼 걸어가 현관문을 열었다.

"당신. 정신까지 병들었어."

선우의 아내는 그 후 딸까지 데리고 친정으로 가 버렸다.

**39.**

"출전할 수 있는 거죠?"

선우는 그렇게 말하면서 휴대전화를 바라보았다. 아내에게서는 아직 문자도 전화도 없었다. 제발 밖에서 자신이 아프다느니 약을 먹는다느니 하는 말만 하지 말아 달라고 메시지를 수십 번 남겼는데 단 한 번의 답장도 주지 않았다.

"……그래. 내일 엔트리에 들어간다."

감독이 감정 없는 어조로 그렇게 말했다. 옆에 앉아 있던 구단 측 사람이 감독의 눈치를 보며 심각한 얼굴로 물었다.

"정말 정밀검진 안 받아 보실 건가요?"

"조사해 보셨잖아요."

아무리 조사를 해 봐도 어떤 부적절한 행위도 발견하지 못했을 것이다. 시간을 되감는 초능력은 무슨 짓을 하더라도 적발해 낼 수 없다. 거기에 더해 선우가 엔트리에서 빠진 후 선우 팀은 1승을, 가을 야구에 필요한 그 1승을 거두지 못했다. 선우는 끊임없이 공식 홈페이지와 야구 커뮤니티를 드나들며 여론을 살펴보고 있었다. 팬들은 선우를 원하고 있었다. 선우의 엔트리 제외에 대해 석연찮은 설명만 한 구단으로서는 선우의 복귀 이외에 다른 선택지가 없었을 것이다.

"그럼, 저, 인정 없어 보일 수 있지만 이것……."

구단 측 사람이 서류를 내밀었다. 경기 출전은 철저하게 선우의 의지이며 이로 인해 일어나는 모든 일은 전적으로 선우가 책임지겠다는 서약서였다. 선우는 주저 없이 사인을 했다. 다음에 이 사람들 앞에서 사인을 할 때는 500퍼센트 인상된 연봉이 적힌 계약서가 앞에 놓여 있을 것이다.

**40.**

"왜 돌아오셨어요?"

시합 직전 선우가 몸을 풀고 있을 때 '괴물 신인'이 다가왔다. 팀의 가을 야구를 결정하는 매직 넘버가 걸린 시합. 그 시합 상대가 그의 팀이었다. 선우가 잠실 구장에 들어서자마자 기자들이 마구 달려들었고 동료들도 너 나 할 것 없이 몸은 괜찮냐고 물었다. 한마디로 선우에게 사람들의 시선이 상당히 쏠려 있는 상황이었다. 그런데도 '괴물 신인'은 머뭇거리지 않고 선우에게 말을 걸었다.

"돌아와서 꿉냐?"

반면 선우는 전혀 목소리를 줄이지 않았다.

"말씀드렸잖아요. 제가 '자객'이라고."

"어쩌라고."

"제가 어떻게 선배가 능력을 '못 쓰게' 할지 상상이 안 가세요?"

"관심 없어."

"저한테 너무 심한 짓은 시키지 마세요."

"착한 척하지 마. 원래 네가 등판할 순서가 아닌데. 네가 등판하겠다고 했지?"

"어쩔 수 없어요. 제가 할 일을 하지 않으면 사무국에서 이번에는 저한테 '자객'을 보낼 거예요. 저는 제 '마법'을 잃을 수 없어요."

그 말이 결정적으로 선우의 화를 돋우었다.

"나도 포기 못 해! 이 새끼야!"

"포기하셔야 해요. 선배한테는 아직 기회가 남아 있다는 걸 잊지 마세요."

'괴물 신인'이 자리를 뜨자 타격 코치가 궁금하다는 듯 물었다.

"너 재하고 친했냐?"

"아니요."

친하기는커녕 그는 선우를 노리고 온 '자객'이다.

선우와 '괴물 신인'은 1회부터 마주 보았다. 팀으로서는 오늘 어떻게든 가을 야구를 결정짓고 싶었고 그래서 미친 것 같은 홈런 추세를 보여 주고 있는 선우에게 최대한 많은 타석을 주려고 했다. 3번 타자로서 선우는 '괴물 신인'과 마주 보았다. 그는 이미 앞선 두 타자를 연속 삼구 삼진으로 아웃시켰다. 그의 구속은 160킬로미터가 넘었고 전광판에 구속이 새겨질 때마다 선우 팀 팬들까지 감탄의 탄식을 내질렀다. 오직 선우만 그의 구속에 전혀 놀라지 않았다. 오히려 선우의 마음에서 적개심과 분노가 치솟아 올랐다.

'저건 전부 사기야.'

할 수만 있다면 선우는 그렇게 외치고 싶었다.

'실력이 아니라 마법이라고!'

선우는 타석에 서서 '괴물 신인'을 노려보았다. '괴물 신인'이 글러브로 가려서 표정은 제대로 보이지 않는다.

'내 몸아. 버텨. 넌 버텨야 해!'

구속 160킬로미터가 넘는 공을 몸에 맞으면 도대체 무슨 일이 일어날까. 선우의 분노와 의지에 상관없이 다리가 후들거리기 시작했다. '괴물 신인'은 벌써 와인드업 자세에 들어갔다. 데드볼을 맞으러 뛰어들 준비를 해야 하는데 발이 움직이지 않는다. 선우의 몸이 주인의 명령을 거부하고 있었다.

'야! 움직이라고!'

'괴물 신인'의 손에서 공이 떠났다. 선우의 입에서 스스로의 몸을 향한 욕설이 터져 나왔다. 결국 선우의 몸은 움직이지 못했다. 그러나 스트라이크가 카운트되지도 않았다. '괴물 신인'이 던진 초구는 포수가 옆으로 몸을 풀쩍 던져야 할 정도로 옆으로 벗어난 것이었다.

'……?'

'괴물 신인'은 시간을 거의 끌지 않고 두 번째 투구를 건넸다. 그러나 이번에도 완전히 바닥에 꽂힐 정도로 제구가 어긋났다. 세 번째도, 네 번째도 마찬가지였다. 선우는 어리둥절했다. 볼넷. 처음 만났을 때와 똑같이 '괴물 신인'은 선우를 '걸렀다'. 그는 오늘 선우를 노린 자객으로 온 것이 아니었던가? 관중석에서 요란한 함성이 터져 나왔다. '괴물 신인'조차 선우의 홈런을 겁낸 나머지 그를 걸러 내보낸 것으로 보였던 것이다. 하지만 선우만은 그게 아니라는 걸 똑똑히 알고 있었다. 1루로 간 순간 '괴물 신인'이 1루에 대고 세 손가락을 세운 후 하나를 접었던 것이다. 상대 팀 1루수가 어리둥절한 표정을 짓는 걸 보니 상대 팀의 사인은 절대 아니다. 사실 이 구장에서 그 사인을 알아볼 수 있는 건 선우 하나뿐이었다.

'세 번 기회를 드릴게요.'

그중 한 번이 지났다는 뜻이었다.

**41.**

선우에게 두 번째 기회는 4회에 왔다. 그동안 선우를 제외한 모든 타자들은 '괴물 신인'의 강속구에 속수무책으로 당했다. 하지만 상대 팀 타자들도 점수를 내지 못했고 스코어는 0 대 0이었다. 그래서 선우가 타석에 들어서자마자 요란한 함성이 구장을 뒤덮었다. 혜성처럼 등장한 홈런왕에 대한 기대다. '괴물 신인'은 여전히 의도를 읽을 수 없는 무표정으로 선우를 응시하고 있다. '괴물 신인'은 초구를 던졌다. 구속 132킬로미터. '괴물 신인'의 구위라고는 믿기 힘들 정도다. 제구도 포수가 몸을 날려야 할 정도로 한참 벗어났다.

'설마 이대로 전부…… 날 볼넷으로 거를 생각인가?'

그러면 지난번 시합과 마찬가지다. 선우에게 홈런을 맞는 일은 없을지도 모른다. 하지만 '괴물 신인'은 사무국에서 자객의 임무를 받았다고 했다. 그가 할 일은 '마법'을 들킬 위기에 처한 선우가 더 이상 그 '마법'을 부릴 수 없게 만드는 일이다. 선우를 계속 볼넷으로 걸러서는 그 임무를 다할 수 없다. '괴물 신인'은 도대체 어쩔 작정일까. 선우가 경계하는 사이 2구와 3구가 전부 볼로 날아왔다. '괴물 신인'이 또 볼넷으로 선우를 내보낼 작정이라고 판단한 관중들이 야유를 퍼붓기 시작했다.

우우우.

'승부해!'라는 소리가 들렸다. 선우는 그 순간 '괴물 신인'이 주머니를 손으로 꾹 누르는 게 보였다.

'마법이다.'

'괴물 신인'이 마법을 부리려는 것이다. 그와 나누었던 대화가 머릿속에서 되살아났다.

'고교 시절부터 제구는 자신 있었어요. 항상 구속이 문제였죠. 마법을 얻기 전까지는.'

그 말을 듣고 선우는 그 마법이 뭐냐고 물어도 될까 고민했다. 그러나 고민하는 사이 '괴물 신인'이 먼저 말했다. '마법'을 쓰는 자들끼리 은밀한 동지 의식이었을까, 아니면 '마법'을 쓰는 선우가 감히 세간에 이 일을 말할 리 없다는 오만한 자신감이었을까.

'제 마법은 빨리 감기예요.'

빨리 감기. 그 말만으로는 도대체 무슨 능력인지 감을 잡을 수 없었다.

'흘러가는 시간을 빠르게 감아요. 그러면 무슨 일이 일어나는 줄 알아요? 그 시간 속에 위치한 것들도 같이 영향을 받아요. 왜 뮤직 플레이어에서 빨리 감기를 하면 소리가 빨라지면서 삐리릭 하는 것처럼. 빠르게 감기는 시간 속에서는 공도 똑같이 빠르게 날아가요. 저는 구속 130킬로미터짜리 공밖에 못 던지지만 빨리 감기를 하면 그 공은 구속 150킬로미터짜리, 160킬로미터짜리 공으로 변하는 거예요.'

어쩐지 선우의 마법, 시간을 뒤로 감는 능력과 비슷한 것 같으면서도 다른 능력이다. '내가 마법을 부린다는 건 어떻게 알았어?'라고 선우는 물었다.

'선배님 팀하고 붙기 전에 시합 화면 영상을 보는데 선배님을 최근 주의해야 할 타자라며 보여 주더라고요. 그때 선배님 몸이 노이즈라도 온 것처럼 지직거리는 걸 봤죠. 제가 마법을 얻은 바로 그날처럼. 그때 알았죠. 선배님도. 선배님 마법도.'

'그게 다야?'라고 선우가 말하자 '괴물 신인'은 깔깔 웃었다.

'설마요.'

비밀을 공유한 유일한 상대를 극심하게 증오하게 된 건 그다음이었다.

콰앙!

마치 대포가 발사되는 듯한 소리와 함께 공은 똑바로 타석을 통과했다. 원 스트라이크. '괴물 신인'이 선우를 상대로 던진 첫 번째 스트라이크였다. 선우는 자신의 마법을 부리지 못했다. 꼼짝도 못 하고 서 있었다. 눈앞을 통과한 야구공이 일으킨 바람이 피부를 할퀸 느낌이었다. 그의 몸이 외치고 있었다.

'그만둬! 난 이거 못 해! 너 미쳤어?'

선우는 침을 꿀꺽 삼켰다. 전광판에 찍힌 '구속 168km'. 방금 전까지 고의 사구를 야유하던 구장이 한꺼번에 조용해졌다. 방금 눈앞을 통과한 그걸 몸에 맞았다면 어떻게 되었을까 하고 생각했을 때 선우의 머릿속에 총알에 맞아 산산이 흩어져 나가는 토마토가 떠올랐다. '괴물 신인'은 씩 웃었다. 그리고 네 번째 구를 던졌다. 이번에는 '구속 130km'. 위로 크게 벗어난 볼. 볼넷이 선언된 후에도 선우는 꼼짝 못 하고 그 자리에 서 있었다. 이건 통증이 아니다. 아픔이 아니다. '죽음'이다. 심판으로부터 주의를 들은 후에야 선우는 숙이고 있던 고개를 퍼뜩 들었다. '괴물 신인'의 손이 보였다. 땀을 훔치는 시늉을 하는 그 손가락은 검지만 꼿꼿이 세워져 있었다.

'앞으로 한 번.'

선우가 포기할 수 있는 기회는 앞으로 한 번 남았다. 갑자기 아프다고 하든지, 도망쳐 버리든지 그건 선우의 자유다. 그 정도는 선우에게 허락해 줄 것이다. 사무국도. 자객인 '괴물 신인'도.

**42.**

7회가 되었다. 이번에는 3번 타자인 선우가 첫 타자로서 타석에 들어선다. 그 앞의 모든 타자들은 선우를 제외하고 모두 삼진 아웃 되었다. 현재 '괴물 신인'이 잡아낸 삼진 아웃은 열다섯 개. 이제 두 개만 추가하면 한국 프로 야구 삼진 아웃 신기록과 타이를 이루고 세 개를 추가하면 넘어선다. 선우네 팀에게는 치욕이다. 거기다 이 시합에는 가을 야구에 나갈 수 있는 매직 넘버가 걸려 있다. 이 모든 게 합쳐져 구장 안은 그야말로 불타오르고 있었다. 선우가 더그아웃에서 그라운드로 나오던 순간, 와아 하는 고함이 밤하늘을 수놓았다. 선우에게는 그 소리가 지옥에서 악마들이 부르짖는 소리로 들린다. 선우는 타석에 서고 나서도 한참 동안 땅만 쳐다보고 있었다. 심판이 기다리다 못해 선우를 불렀다. 그제야 선우는 마운드 위의 '괴물 신인'을 마주 본다.

마지막 기회다.

'괴물 신인'은 한쪽 눈을 살짝 찡그리고 있다. 아직 그는 기다려 주고 있다. 그러나 선우는 그의 기대와 달리 서서히 배트를 들어 올렸다. '괴물 신인'은 그걸 끝까지 바라보고 있었다. 그러고도 한참을 기다렸다. 심판이 이번에는 투수에게 주의를 주었다. 포수가 무슨 일인가 싶어 '괴물 신인'이 기다리는 마운드에 갔다 온다. 그 와중에 시합이 잠시 중단되었다. 하지만 선우는 타격 자세를 풀지 않고 기다리고 있었다. 포수가 돌아오는 사이 '괴물 신인'이 주머니를 또 한 번 꾹 눌렀다.

'괴물 신인'이 말해 준 '마법'의 대가가 떠올랐다.

그는 '빨리 감기' 마법을 위해…….

'살아 있는 걸 죽이면 돼요.'

'한 마리에 한 번. 몸체가 큰 동물일수록 빨리 감을 수 있어요. 스프링 캠프 때는 일주일 만에 몸이 너무 안 좋고 훈련도 너무 힘들어서 현지에서 개를 한 마리 구해서 죽였어요. 그랬더니 하룻밤 만에 3주가 지나가 버리더라고요.'

'물론 투구 때는 그렇게까지 빠를 필요 없죠. 그랬다가는 공 때문에 진짜 크레이터가 파이고 폭발이 일어나겠죠. 만화처럼. 헤헷. 바퀴벌레면 충분해요. 수십 마리 준비해 와서 그중 필요한 만

큼 지퍼백에 넣어 주머니 안에 가지고 있다가 한 마리씩 눌러 죽여요.'

'처음에는 곤충들 꼼지락거리는 게 정말 싫었는데 요즘에는 만지고 있다 보면 귀엽더라고요. 만지다가 딱 던지기 직전에 바지 위로 힘을 줘서 꾹.'

방금 그는 자신이 말한 대로 바퀴벌레 한 마리를 죽인 것이다. 마법이 시작된다. 동시에 선우의 분노도 되살아났다.

'벌레를 죽인다고? 고작 그게 네 마법의 대가라고?'

선우는 그때부터 억울해서 참을 수가 없었다.

'난 고문을 당하는데 너는 겨우 벌레 한 마리 죽이는 거라고?'

도저히 '괴물 신인'을 동료라든가, 동병상련의 친구라고 생각할 수 없었다. 어떤 놈들은 넉넉한 집안에서 태어나 부당한 대우, 힘든 대우 하나 안 받고 야구 하고, 어떤 놈들은 멘탈도 피지컬도 완성되어 있어 데뷔할 때부터 이름을 날리고. 그런 광경을 수도 없이 봤기 때문에 세상의 불평등함에는 충분히 익숙해져 상처받을 일도 없을 거라고 생각했다. 그러나 아니었다. '마법'이라는 비현실적 영역. 시간을 되감고 빨리 감는 세상에서조차 이런 불평등이 존재하고 있었다. 그리고 언제나 부당한 대우를 받는 건 선우였다. 보다 적은 대가로 보다 빠르게 유명해지고 화려해진 건 '괴물 신인'이지 선우가 아니다. 선우는 다음 순간 분기에 차서 앞으로 뛰어들었다.

"뭐야!"

심판의 외침이 똑똑히 들렸다. 평소보다 훨씬 빨리 뛰어들었다. 투수 '괴물 신인'이 아직 키킹도 하기 전이었다. 하지만 선우는 아랑곳하지 않았다. 어차피 '괴물 신인'이 투구를 멈출 일은 없다. 그는 사무국의 '자객'이기 때문이다. 평소처럼 방어 자세도 취하지 않았다. 포수 앞에 정면으로 서서 마치 투우장에서 돌진하는 소를 앞에 둔 투우사처럼 '괴물 신인'을 노려보았다.

'세계 그 어느 나라 프로 야구 역사에도 절대 이런 장면은 없었겠지.'

이 생각이 마지막이었다. 배에 총을 맞았다. 그런 느낌이 들었다. 선우의 배에 맞고 나온 구속 160킬로미터를 상회하는 볼이 데구루루 앞으로 튀어나오는 게 보였다. 선우의 피부는 창백해진다. 체온이 떨어져서 사지가 떨린다. 식은땀이 이마에 맺히고 질식할 정도로 호흡이 빨라진다. 눈앞을 대단히 익숙한 하얀 빛이 질주한다. 시간이 되감겼다.

"아직이야?"

아무 일도 없었다는 듯한 심판의 질문과 불이 전혀 들어오지 않은 전광판의 카운터가 보인다. '괜찮다'고 손을 저으려는 순간 몸이 제대로 움직이지 않는다는 걸 알아차렸다. 입을 열어 말하려는 순간 울컥 입안을 쇠 내음이 나는 액체가 가득 채우는 걸 느꼈다. 피였다. 제대로 걸을 수조차 없지만 의식은 대단히 명료했다. 뒤뚱거리면서 타석으로 들어서는 선우를 포수와 심판이 의아한 표정으로 바라보았다. 방금 선우의 몸은 구속 160킬로미터의 공을 맞고 쇼크사 하기 직전까지 갔다.

'몸…… 한복판으로 왔지.'

너무 빨랐기 때문에 평소와 달리 '과거의' 그 공이 어디로 왔는지 정확히 기억이 나지 않았다. 감각이 사라져 버린 복부의 위치를 근거로 대충 어디를 쳐야 하는지 생각했다. 그러나 방금 전의 그 투구가 반복된 순간…….

"스트라이크!"

선우의 방망이는 허공을 헛돌았다. 한 번 본 공인데도 너무 빠르다. 지금 선우의 몸으로는 따라잡을 수조차 없다. 선우는 절망감에 사로잡혔다.

'기회를 줄 때 포기했어야 하는 걸까?'

"스트라이크!"

멍하니 서 있는 사이 스트라이크 투. 이제 하나만 더하면 선우는 아웃이다. 관중석에서 터져 나온 안타까운 함성이 밤하늘을 가득 메웠다. 그러나 그 함성조차 선우를 깨우지 못했다.

'도대체 어떻게 해야 하냐…….'

그때였다. 뭔가 빠르게 달려들길래 선우는 자기도 모르게 타석에서 손으로 얼굴을 가렸다. 그리고 울려 퍼지는 빠각하는 소리. 날아온 것은 '괴물 신인'이 던진 강속구였고 부러진 건 선우의 손목이었다. 그리고 또 시간이 되감겼다. 지독한 고통 속에서 선우는 생각했다.

'왜, 왜, 내 얼굴로 공을 던진 거지?'

방금 전 스트라이크 존 한가운데 밀어 넣었더라도 선우는 반응 못 했을 것이다. 그런데도 '괴물 신인'은 명백히 선우의 얼굴을 겨냥하고 공을 던졌다. 이게 마법이 없는 정상적인 투구 상황이었다면 양 팀끼리 싸움이 붙을 정도로 의도성이 명확한 투구였다.

'아아. 맞다. 왜 이렇게 멍청하지.'

답은 금방 나왔다. '괴물 신인'은 사무국의 자객이었다. 자객의 임무는 선우가 더 이상 '마법'을 부릴 수 없게 만드는 것이었다. 데드볼로 입은 상처는 시간이 되감기며 회복된다. 그것이 선우의 마법이다. 선우가 더 이상 마법을 부릴 수 없게 만들려면 죽여야 한다. 얼굴로 날아드는 구속 160킬로미터의 공이면 충분히 그럴 수 있다. 메이저리그의 타자가 머리에 데드볼을 맞고 죽었다는 이야기가 떠올랐다.

'피할 수가 없는 거야.'

이 타석에 오르기 전에 도망쳐서 어딘가로 영영 숨어 버렸어야 했다. 선우는 그러지 않았고 이제 이건 더 이상 야구가 아니었다. 선우의 처형식이었다. 사형 집행인은 '괴물 신인'이고. 괴물 신인의 동작이 조금 전과 똑같이 되풀이되는 게 보였다. 주머니를 꾹꾹 눌러 그 안에 있을 바퀴벌레를 죽이고 있다. '마법'을 위해 대가를 지불하는 것이다. 이제 몇 초 후 똑같은 코스로 선우의 머리를 노린 강속구가 날아올 것이다. 피해야 할까? 그러나 그런다고 해서 뭐가 달라질까. 고민하는 사이 아까와 똑같은 강속구가 날아왔다. 아니, 똑같은 공이 아니었다. 훨씬 빠르고 강력했다. 다시 무의식중에 부러진 팔을 들어 올렸는데 미처 다 막지 못했다. 손가락을 부러뜨리고 다 가리지 못한 귀를 쳤다.

데드볼로 또 시간이 되감긴다. 선우는 다시 타석에 들어서야 한다. 고통의 차원이 다르다. 방금 맞았던 순간 손이 통째로 사라진 것 같았다. 죽이기 위해 굳이 선우의 머리에 던질 필요도 없었다. 이 정도면 치명상이 될 부위를 피한다고 하더라도 뇌가 고통의 용량을 이기지 못하고 쇼크사 하고 말 것이다. 솔직히 지금 선우는 자신이 살아 있다는 사실조차 실감이 나지 않았다. 타석에 아예 들어서지 말아야 할까? 그냥 이대로 도망가야 할까? 그러나 다음 시즌이 되면 또 '괴물 신인'과 대결하게 될 텐데. 그러면 또 도망가야 하는 걸까? 그런 식으로 '괴물 신인'을 피해 다니며 그가 메이저리그든 어디로든 가 버리는 걸 기대해야 하는 걸까? 하지만 그런다고 해서 뭐가 달라질까? '마법' 사용자가 선우와 '괴물 신인'뿐이라고는 장담할 수 없다. 선우를 노리고 또 다른 '마법'을 부리는 야구 선수가 자객으로 올 수 있다. 이번에는 '괴물 신인'처럼 입 가벼운 녀석이 아니라 조용하게 선우의 목숨을 노리는 자객이 말이다. 선우는 자신이 돌이킬 수 없는 선택을 했음을, 그리고 피할 수 없음을 깨달았다.

빡.

되감긴 시간. 되풀이된 투구. 이번에는 구속이 더 빨라졌고 손으로 채 막기도 전에 선우의 볼을 때렸다.

"허…… 허헛…… 허허헛……."

하얀 빛과 함께 다시 한 번 몇 분 전으로 돌아왔을 때 선우는 웃었다. 심판과 포수가 이 친구가 갑자기 왜 웃는지 의아하다는 듯 그를 바라보았다. 펜치로 이를 뽑는 느낌이었다. 이제 두 번 다시 자신의 입술도 이도 되찾을 수 없을 것 같았다. 딸과 아내가 선우에게 입맞춰 주던 바로 그 입이었다. 그렇지만 동시에 이건 느낌일 뿐이다. 시간이 되감기며 선우의 몸은 정상으로 돌아왔다. 그런데 이상하다. 눈이 보이지 않는다. '괴물 신인'이 제대로 보이지 않는다. 방망이는 제대로 들고 있는 걸까? '괴물 신인'이 투구 자세에 들어가는 모습이 희미하게 보인다. 그런 모양이다.

빡.

이번에는 손을 올릴 사이조차 없었다. 광대뼈 옆에 작렬했다. 하얀 빛으로 세상이 뒤덮이기 전에 선우는 전광판에 '170km'라고 적히는 걸 본 것 같았다.

'신문에 나겠네. 상대가 나만 아니었으면.'

그렇게 생각하자 선우는 웃음이 나왔다.

"히히히히."

자신의 마법이 발동되며 시간은 되감기고 구속 170킬로미터짜리 공은 없었던 일이 되었다.

그리고 고문도 계속된다.

'신문에 날 정도로 유명한 선수가 되고 싶었어.'

생각이 두서없이 되풀이된다. 퍽. 또 던졌고 어딘가 맞았다. 어쩐지 들었던 듯한 응원가가 똑같이 들리는 걸 알아차렸을 때 선우는 다시 한 번 데드볼에 맞아 몇 분 전 타석으로 돌아왔음을 느꼈다. 놀랍게도 아내와 딸이 바로 앞에 서 있었다. 똑같이 입을 벌려 말하고 있었다.

'그만해.'

'우리한테 돌아와.'

선우가 비틀거리며 방망이를 들었다. 딸과 아내를 향해 휘두르려고 움켜쥐었다. 그러자 두 사람은 사라졌다. 분노가 선우를 움직이고 있었다.

'끝까지 해 보자.'

'괴물 신인'의 이번 투구는 조금 시간이 걸렸다. 어째서일까. 과거로 돌아가면 항상 똑같은 동작이 되풀이되었는데 이번은 달랐다. 그 위화감에 신경을 쓸 사이도 없이 이번에는 구속 170킬로미터를 뛰어넘는 공이 똑같은 코스로 날아왔다. 이제 감히 피하려는 시도조차 할 수 없다. 다시 한 번 광대뼈를 강속구에 얻어맞는다. 헬멧이 깨져 떨어졌다. 그리고 또 하얀 빛이 눈앞에 펼쳐졌다.

깨진 채 떨어졌던 헬멧이 다시 접합되며 둥실 떠올라 위로 올라오는 게 보인다. 이것도 환각일까. 그렇다기보다는 이제까지 볼 수 없었던, 시간이 되감기는 모습을 직접 목도하는 것이라고 선우는 생각했다. 와아. 와아. 똑같은 응원 소리가 들려온다. 똑같은 자리에 똑같은 자세로 서 있는 상대 수비수들이 희미한 시야로 보인다. 몸에 아무런 느낌이 없었다. 죽는다. 한 번 더 맞으면 정말로 죽는다. 그토록 강렬했던 분노가 거짓말처럼 사라진다. 선우는 울면서 '괴물 신인'을 바라보았다.

또 투구 시간이 오래 걸렸다. 원래대로라면 이미 더 빠른 강속구가 선우의 부서진 관자놀이를 향해 날아왔어야 하는데 '괴물 신인'은 공을 던지지 않고 있었다. 그 새까맣게 어린 녀석의 손이 희미하게 보였다. 당황한 듯 바지 주머니를 더듬고 있다.

'아아!'

선우에게 깨달음이 찾아왔다. 아까의 위화감이다.

'놈의 마법.'

마법의 대가. 공을 가속시킬 때마다 벌레를 죽인다. 지금까지 선우는 자신이 데드볼에 맞아 시간이 되감기면 그 벌레도 다시 살아난다고 무의식적으로 전제하고 있었다. 그러나 마법의 대가는 그렇지 않다. 데드볼에 맞은 고통이 시간이 되감긴다고 사라지지 않는 것처럼 '괴물 신인'이 시간을 빨리 감기 위해 죽인 벌레도 되살아나지 않는다. 즉, '괴물 신인'이 선우를 '처리하기' 위해 계속 더 빠른 강속구를 던질 때마다 그가 가지고 나온 벌레들도 서서히 줄어들고 있는 것이다.

선우가 씩 웃는 순간 툭, 뭔가가 바지 위로 떨어져 내렸다. 피였다. 피가 눈과 코를 통해 흘러나오고 있었다. 이건 환각이 아니라는 확신이 왔다. 하지만 선우에게는 상관없었다. 다행히 포수와 심판 쪽에서는 보이지 않는다. '괴물 신인'이 던지는 공만 몇 번 더 버텨 낼 수 있으면, 그러면 저놈은 더 이상 빨리 감기의 '마법'을 부릴 수 없다고 선우는 확신했다. 그러면 또 한 번 홈런을 칠 수 있다고 확신했다.

'괴물 신인'의 발이 키킹을 위해 들리는 게 보인다. 지금까지 계속 보아 왔던 여유가 없다. 성급함이 느껴진다. 그리고 또 한 번 강속구가 선우를 부숴 버리기 위해 그의 머리로 날아왔다. 뇌가 한바탕 흔들렸다. 뇌가 머리 안에서 춤을 추는 와중에도 마법의 하얀 빛은 보였다.

'아아.'

이제 응원가도 들리지 않는다. 시야도 잃었다. 보이는 것이 아무것도 없다. 하지만 자신이 타석에 서 있다는 것만은 알고 있다. 그리고 선우는 아까와 똑같은 공이 또 날아올 것이라는 사실을 알 수 있다. 구속 160킬로미터가 넘는 공에 대여섯 번을 넘게 맞았다. 타이밍은 몸이 알고 있다. 위치도 알고 있다. 선우의 관자놀이다. 선우는 예측했던 대로 힘차게 배트를 휘둘렀다. 그다음에 어떻게 되었는지는 알 수 없다. 공에 맞는 통증은 오지 않았다. 단 하나의 소리만이 똑똑히 들렸다.

"스트라이크 아웃!"

'안 돼!'

외마디를 외치며 선우는 그 자리에 허물어져 내린다.

**43.**

선우의 아내는 응급실에서 남편의 침상을 지키고 있었다. 그녀의 무릎에는 신문이 펼쳐져 있었다. 스포츠 면은 선우 팀이 10년 만에 가을 야구에 진출했음을 대서특필하고 있다. 그 유명한 '괴물 신인'은 7회 첫 타자를 상대한 이후 완전히 허물어져 내렸다. 구속 130킬로미터도 안 되는 공을 계속 던졌고 선우 팀 타자들에게 배팅볼처럼 난타당했다. 대승. 그 첫 타자가 바로 선우였고 '괴물 신인'에게 삼진 아웃 당하자마자 정신을 잃고 자리에 쓰러졌다. 그리고 병원으로 후송되어 지금 선우의 아내 앞에 있었다. 선우는 오자마자 뇌사 판정을 받았고 선우의 아내는 마음의 준비를 하라는 말을 들었다. 딸 앞이 아니었다면 혼절했을 것이다. 이 소식은 기자들의 귀에도 들어갔고 홈런왕을 노리는 선우의 귀신 같은 투혼이 '괴물 신인'의 멘탈을 흔들어 놓았다는 기사를 쓰게 했다. 실제로 선우가 실려 간 후 '괴물 신인'이 마운드로 올라온 코칭스태프와 심하게 말싸움을 하는 광경이 목격되었던 것이다.

"안녕하세요."

건장한 남자 한 명이 선우가 누워 있는 병실로 들어왔다. 선우의 아내는 간신히 의자에서 일어나 손님을 맞았다.

"선우 형 고등학교 후배입니다. 처음 인사드립니다."

남자가 꾸벅 인사를 했다. 굉장히 젊어 보이는 얼굴인데 머리카락이 별로 없는 게 유일한 흠이었다. 선우의 후배니까 선우보다도 어릴 터인데 벌써 원형 탈모증이 온 것 같았다. 선우의 아내는 겨우 인사를 했다. 선우의 딸이 멍하니 아빠처럼 큰 아저씨를 올려다보았다.

"어제까지만 해도 손님 방문이 안 되더니 오늘은 괜찮다고 해서……."

"네. 조금 회복돼서……."

오늘 몸이 미약하게나마 자극에 반응하는 걸 선우의 담당 의사가 발견했다.

"앞으로도 계속 괜찮아지실 거예요."

"그럴까요?"

선우의 아내는 그 말에 마침내 눈물을 흘렸다.

"어떻게 사람이 이 지경이 될 때까지…… 홈런, 성적, 연봉, 그게 다 뭐라고……."

"스포츠 선수라면 누구라도 간절히 원하죠. 단 한 번이라도 빛나기를."

선우의 후배라는 남자가 조용히 말했다. 정중했으나 단호했다. 선배의 아내에게 말하는 어조가 아니었다.

"이분을 용서해 주세요. 두 번 다시 올해처럼 빛나지 못할 테니."

선우의 아내가 어리둥절한 얼굴로 올려다보는데 선우의 딸이 칭얼거렸다.

"엄마. 배고파."

엄마는 딸을 안고 약간 미안한 얼굴로 남편의 후배를 쳐다보았다. 후배가 미소를 지었다.

"다녀오세요. 다녀오실 동안 제가 여길 지킬 테니."

선우의 아내와 딸, 둘이 떠나고 남자와 의식이 없는 환자 선우, 둘만 병실에 남게 되었다. 남자는 선우를 가만히 쳐다보았다. 남자도 야구 선수였다. 그러나 선우가 그의 선배라는 건 거짓말이었다. 계속 1군에서 뛰어온 그가 선우와 만나는 건 이번이 처음이었다. 남자는 선우의 머리맡으로 다가가더니 관자놀이를 주먹으로 톡톡 쳤다.

"아마 여기도 지금쯤 회복되는 중이겠죠."

남자는 선우를 똑바로 바라보았다.

"조금 더 기다릴까요? 그러면 곧 뇌도 완전히 회복될 테고 절 보실 수 있을 텐데. 선우 씨. 저는 사무국에서 보낸 자객이에요."

곧 그는 흐흐 웃었다.

"하지만 너무 겁먹지는 마세요. 선우 씨를 노리는 자객이 아니니까. 선우 씨는 참 운이 좋아요. 하필이면 마법에 걸렸던 그 자리, 관자놀이가 부서지다니. 이제 곧 마법이 풀리고 몸도 회복되실 거예요. 그러니까 사무국은 더 이상 선우 씨에게는 볼일이 없는 거죠."

그가 손을 들었다. 그러자 선우 침상 옆에 놓여 있던, 선우의 딸이 마시다 올려놓은 딸기 맛 서울우유가 위로 둥실 떠오르더니 천천히 공중을 날아 남자의 손으로 들어왔다. 동시에 남자는 자기의 머리털을 하나 툭 뽑았다.

"대신 '괴물 신인', 그놈에게 볼일이 좀 생겼어요. 그놈이 그날 마운드에서 마구 난리를 피웠다지 뭐예요? 자기 가방에서 바퀴벌레가 들어 있는 지퍼백을 가져오라고, 안 그럴 거면 마운드에서 내려 달라고. 코칭스태프와 포수에게. 완전 미친놈 아닌가요? 마법에 의존할 수 없는 상황에 오니까 정신이 나갔던 모양입니다. 하긴 구속 160킬로미터, 170킬로미터, 이렇게 던지던 놈이 130킬로미터도 안 되는 공을 던질 상황이 되니까 겁을 먹었겠죠. 이해는 가지만 그래도 다른 사람에게 마법을 들킬 수 있는 상황은 피했어야죠. 선우 씨가 마법을 들킬 뻔했다가 어떤 꼴을 당하는지 똑똑히 봤…… 아니, 본 것도 아니죠. 본인이 했으니."

남자는 씩 웃으며 몸을 돌렸다. 딸기 우유를 한입에 들이켠 후 쓰레기통에 넣었다.

"그놈은 제가 톡톡히 손봐 줄게요. 동업자 정신도 없는 놈. 아무리 자객이 되었다고 해도 같은 선수의 관자놀이에 구속 170킬로미터짜리 공을 던질 생각을 하다니. 선우 씨가 이 말을 들으면 좋아할 것 같았어요. 하지만 아직 정신 못 차리시니."

남자는 병실의 문을 열었다. 선우의 아내와 한 약속을 지키지 못했지만 남자는 알 수 있었다. 선우의 아내가 딸에게 밥을 먹이고 돌아올 즈음에는 정신을 회복한 선우가 그들을 맞아 줄 것이다.

"건강하게 오래오래 사세요. 선우 씨. 다시는 마법을 부리지 못할 테지만. 분수대로 살아야지 어쩌겠어요."

또 한 명의 '마법사'는 그 말을 마지막으로 사라졌다.

이후, 선우는 두 번 다시 마법도, 마법사도 볼 수 없었다고 한다.

제5회 타임리프 소설 공모전 우수상 수상작

# 캐트닙 네트워크

연여름

**1.**

이건 내가 어떻게 이름을 얻었는가에 대한 이야기야.

이 이야기의 주인공은 나니까 먼저 내 소개부터 할게. 사실 나는 이름이 아주 많아. 그렇지 않기 힘든 묘생이지. 길고양이거든. 나는 단 하루 사이에도 아주 많은 사람을 만나고 그들이 나를 부르는 이름도 아주 다양해.

대체로 인간들은 나를 '야옹아' 내지는 '고양이야' 하고 부르지만, 면식이 생기면 자기 좋을 대로 이름을 붙이는 사람들이 꽤 있어. '치즈야', '인절미야', '누룽지야', '감자야' 등등. 털 색깔을 보고 자기가 좋아하는 음식을 갖다 붙이는 경우가 많아. 내가 좋아하는 음식들은 결코 아닌데 말이야. 인간이란 자기중심적이야. 아니면 상상력이 부족하다고 해야 할까. 뭐, 그들의 잘못은 아니지. 완벽한 종족이란 없으니.

아무튼 승주가 내 눈에 들어왔던 것은 그런 이름이 아닌, 특이

한 이름으로 나를 불렀기 때문이야. 겸사겸사 이 이야기의 조연을 소개하지. 나승주. 여성. 29세. 배우 또는 무명 배우. 어느 쪽으로 불러도 좋다고 했어.

아, 여러분이 오해하지 않았으면 좋겠어. 내가 딱히 길집사들의 신상에 관심이 있는 편은 아니야. 길집사라는 단어에서 이미 눈치를 챘는지도 모르지만 나에게 그들은 한 덩어리로 이루어진 세계와 같아. 그들에게 내가 '야옹아'이듯, 나에게 그들은 '길집사야' 정도인 거지.

그들 개개인의 이름은 무엇인지 어떤 성격의 사람인지 내겐 별로 중요하지 않다는 말씀이야. 날 괴롭히거나 쫓아내지 않는 이상 적당히 야옹 소리를 들려주며 잘 보내는 데 지장은 없으니까.

뭐랄까. 길집사는 내게 소통의 대상이라기보다 환경에 가깝다고 해야겠지. 내가 이 지구별에서 한 묘생을 지내는 데 불편함이 덜하도록 먹을 것과 몸 뉠 곳을 제공해 주는.

승주는 나를 '이소야'라고 부르며 스틱형 간식을 흔들어 보였어. 우리의 첫 만남이었어.

불광천 둔치의 높다란 한구석, 나를 '감자야'라고 부르는 길집사 중 하나가 만들어 준 나무 상자 집이 있는데, 그 위에 올라가 늘어지게 누워서 초여름의 밤바람을 모처럼 만끽하던 중이었지. 멀지 않은 곳에서 자라는 캐트닙의 향이 솔솔 풍겨 와 마침 기분이 좋았거든. 길집사들에게 사료도 간식도 넉넉히 얻어먹어 배도 불렀고 말이야. 승주가 그 와중에 끼어든 거야. 눈치도 없지.

그런데 건방지다고 해야 할까 대담하다고 해야 할까. 내가 별로 안 좋아하는 닭가슴살 맛 스틱을 흔들며 난생처음 들어 보는 이름으로 날 유혹하려고 하더라고. 인간이었다면 어처구니가 없다고 웃었을 거야. 나는 웃음소리를 내지 않으니 뾰족한 송곳니를 드러내며 긴 하품을 하고는 폭신한 두 손 위에 턱을 올리고 눈을 감았어. 나는 너에게 관심이 없다는 의향을 온몸으로 전달하면서. 치즈도 감자도 누룽지도 아닌 이름이 약간 신선하긴 했지만. 그래도 닭가슴살 맛은 그다지 당기지 않았거든.

"야, 이소야."

열 번쯤 불러도 꿈쩍 안 하면 그냥 퇴장할 만도 한데 승주 이 녀석은 좀 끈질겼어. 아니나 다를까 바람이 방향을 바꾸자 맥주 냄새가 나더라고. 여름밤이라, 인간들이 맥주 한잔하기 좋은 계절이긴 했어. 이 둔치에도 삼삼오오 모인 자리에 푸슉푸슉 맥주 캔 따는 소리가 심심치 않게 들려. 오늘은 미세먼지 주의보 때문에 한산한 편이었지만.

"뭐야, 이름이 별로 맘에 안 드나?"

승주는 간식을 제 에코백에 거두고서 내 상자 집 곁에 털썩 엉덩이를 내려놓았어. 내겐 갑작스러운 상황이라 화들짝 놀라 털이 바짝 곤두서고 말았지. 나는 얼른 상자 집 위에서 뛰어 내려와 승주와 적당한 거리를 벌렸어. 그런데 내가 자리를 비운 틈에 승주는 내 상자 집 위에 턱을 괴며 몸을 기대는 게 아니었어? 푸우 하고 한숨을 쉬면서.

"이야옹!"

항의의 뜻으로 크게 울었지만 꿈쩍도 안 하더라고. 비킬 생각이 없어 보였어. 무례하지 참. 그리고 곧 시작된 것이 승주의 자기소개였어. 이름은 뭐고, 어디 살고, 몇 살이고 주절주절 신상을 읊더니 신세 한탄으로 이어졌지.

"이번 오디션도 말아먹고 말이야. 아, 내가 배우거든? 누구나 알 만한 작품에 출연한 적은 없지만…… 무명이지만. 그래도 배우는 맞다고."

인간들은 좋은 일이 있을 때나 나쁜 일이 있을 때 술을 마시곤 하던데, 승주가 오늘 맥주를 마신 이유는 후자 같았어. 아, 그렇다고 내 집을 독차지한 상황을 용서한다는 뜻은 아니고.

그만 좀 비켰으면 했지만 이제 승주는 팔꿈치를 괴는 정도가 아니라 양팔로 내 집을 완전히 끌어안은 채 온 상반신을 의지하고 있었어. 착 달라붙는 복장에 기다란 카디건만 대충 걸친 모양을 보아하니 인간들이 즐겨 하는 요가를 하다 온 모양인데, 운동 후에 맥주 마시면 운동의 의미가 없다고 들은 것 같은데 말이야.

인간은 모순덩어리긴 하지.

"'이소'는 말이야 내 활동명에서 따온 건데, 내 필모 이름이 이소민이거든? 어때? 이름이 좀 별로인가? 그래서 너도 나한테 안 오고, 배역도 안 오는 건가? 이름 탓이야? 이름에 벌써 '소' 자를 쓰는 유명 배우들이 너무 많아서 그렇다고 하던데! 역시 작명소 얘기를 들었어야 했나 봐. 그런데 배우가 쓰던 이름을 중간에 바꾸는 게 얼마나 치명적인지는 알지? 그건 안 돼. 인기 없던 작품이라도 작품은 작품이니까. 그리고 솔직히 난 이소민이란 이름이 좋다고. 흑. 이소, 이소!"

독백을 저렇게 길게 할 수 있다니 배우가 맞기는 하군 생각했어. 그건 인정. 하지만 나는 이제 좀 자고 싶은데 도무지 길집사……라고도 하기 뭐한 불청객이 내 집을 차지하고 있으니 말이지. 아무래도 다른 곳에서 밤을 지내야 할 상황 같았어.

조금 귀찮기는 해도 어려운 일은 아니야. 다른 거처가 없는 건 또 아니거든. 캐트닙 네트워크 덕분이지.

아, 이제는 캐트닙 네트워크 소개를 할 차례 같군. 그건 고양이들을 위한 시간 산책 환경이야. 장치가 아니라 환경이라는 표현을 사용한 이유는 누군가 만들어 낸 게 아니라 원래부터 존재해 오던 거라서야. 인간에겐 생소한 개념일 테니 조금 더 자세히 설명해 줄게.

불광천 한쪽에는 캐트닙이 자라는 구역이 있어. 거기서 허리를 꼿꼿이 펴고 우아한 뒷걸음질로 네 바퀴 원을 그리면(스텝이 절대 꼬여선 안 돼!) 시간의 틈이 열리면서 여기와 다른 곳으로 이동할 수 있지. 어디로든 갈 수 있지만 기본적인 조건은 있는데, 캐트닙 구역에서 출발하듯 도착하는 곳도 캐트닙이 있는 곳이어야 해. 들어가는 문과 나오는 문의 조건은 같아야 하지. 그래서 캐트닙 네트워크야.

간식의 종류가 다양하다는 점에서 승주가 있는 이 세계도 나쁘지 않지만, 낮의 산책이나 소풍을 떠나고 싶을 땐 주로 이동하는 편이야.

내 생은 인간에 비해 짧은 데다 아직 다섯 해도 살지 않아서 인간 세계의 역사는 잘 몰라. 처음에는 모든 어린 고양이들이 그렇듯 무작위로 여행했어. 산책이란 새로운 길을 발견하고 탐색하는 묘미도 있는 거니까. 그렇게 이곳저곳을 기웃거리다가 마음에 드는 몇 곳을(인간에게는 몇 시대라고 하는 편이 자연스러울까?) 추렸어. 요물이라며 내쫓지 않고 환영하며 손짓하는 사람들이 있는 산책로를.

내가 선호하는 산책로는 자동차와 높은 건물이 없는 시대야. 길 구석구석까지 햇볕이 잘 들고, 차나 자전거가 갑작스레 나타나지 않고, 사람들이 짚을 엮어 만든 신발을 신고 다니는 곳. 가끔은 자기가 먹을 것을 아끼고 쪼개 나누어 주는, 고양이의 성품을 닮은 느긋한 사람들이 있는 곳. 시대는 다 다르지만 안 진사네, 곰쇠네, 정 대감네가 그래. 기분 좋게 털을 쓰다듬어 주는 훌륭한 손재주도 가졌지.

공중에 제멋대로 점을 찍는 나비를 쫓으며 맘껏 뛰어오르고 싶을 때는 어디로 가야 할지도 잘 알아. 미세먼지 없고 캐트닙 향 진동하는 환상적인 들판 말이야. 인간의 표현을 빌리자면 친환경인 곳들.

뒷걸음질 네 바퀴를 하기 전에는 늘 고민하게 돼. 좋아하는 몇 군데가 동시에 떠올라도 이 몸은 한 군데에만 있을 수 있으니 택일해야 하니까.

자, 어디로 갈까. 밤이니까 활기찬 산책로보다는 적당히 아늑한 곳이 좋겠는데.

결정에는 긴 시간이 걸리지 않았어. 마침 야식으로 북어포가 먹고 싶어졌고 그걸 구할 수 있는 곳은 딱 한 군데거든.

나는 상자 집 앞을 벗어나 캐트닙 구역으로 달렸어. '야, 너 어디 가! 내 말 안 끝났는데.'라고 외치는 소리가 들렸지만 돌아보지 않았지. 그저 내가 밤 산책을 마치고 돌아오기 전까지 나승주인지 이소민인지가 내 집에서 나가 주기만을 바랄 뿐이었어. 가엾은 인간을 위해 오늘 밤 정도는 이 몸이 양보해 줄 의향이 있으니까 말이야.

사박사박. 내 발바닥이 풀잎을 누르는 소리는 언제 들어도 황홀해. 특히 캐트닙 구역에서 그 향에 취해 뒷걸음질로 원을 그릴 때, 스텝이 엉키지 않게 집중하는 순간은 마치 그 사박거리는 울림이 세상에 남은 유일한 음악처럼 들리지.

한 바퀴, 두 바퀴, 세 바퀴.

두 살 이후로는 웬만해서 스텝이 어긋나는 실수는 안 해. 아주 우아하게 일정한 지름의 원을 네 번 그릴 수 있고, 이번에도 당연했어.

비로소 네 바퀴째에 도달하면 제 궤도를 그리던 하늘의 별이 멈추고 내 머리 위로 나비의 날갯짓보다 약간 더 강력한 바람이 느껴져. 열린 문틈을 빠져나가는 바람이라고 해야 할까. 시간과 시간, 공간과 공간 사이의 문틈이지. 나는 그곳으로 성큼 뛰어들어 가. 도약이야. 도약하며 그 틈을 통과할 땐 아주 재미있는 당김이 온몸을 감싸. 인간 아이들이 미끄럼틀을 타는 것과 비슷한 즐거움일 거야.

출구에서의 착지 역시 출발할 때와 마찬가지로 우아하게 할 계획이었어. 저쪽 캐트닙을 밟는 소리만 사뿐하게 들려오기만을 기다리면서…… 그런데.

"윽, 차가워!"

바로 곁에서 들리는 목소리에 꼬리를 부풀리며 얼른 돌아보았어. 이소민 아니, 나승주가 허리를 문지르면서 어둠 속을 두리번대고 있는 게 아니겠어. 너무 놀란 나머지 꼬리만이 아닌 온몸의 털이 정전기가 인 듯 곤두섰어.

있잖아.

나는 혼자 하는 산책을 좋아해. 낮이든 밤이든 그건 변함없어. 시간 여행의 힘을 빌린 산책도 마찬가지고. 다시 한 번 강조하지만 호불호가 분명한 이 몸은 나 홀로 산책을 좋아한다고.

근데 산다는 게 다 그런 걸까. 예측 불가능한 일이 벌어지곤 하는 거 말이야. 시간 산책에 인간을 데리고 오다니. 이런 걸 컴패니언이라고 하던가?

"하……."

나는 긴 한숨을 쉬고 말았어. 부풀었던 털을 다시 가라앉혔지. 캐트닙 향으로 마음을 다스렸어. 이미 일어난 일인데 후회한들 뭐가 달라지겠어. 내 과오였지. 주변을 제대로 살피지 않고 도약한 내 탓이었던 거야.

"어쩔 수 없지."

"으허!"

주변을 살피며 몸을 일으키던 승주가 내 목소리를 듣더니 다시 주저앉고 말았어. 그렇지 않아도 이슬 때문에 풀들이 축축할 텐데, 엉덩이가 꽤 차가울 것 같았어.

승주는 나를 한참 응시하더니, 나와 비슷한 자세로 앞을 향해 몸을 숙이며 눈높이를 맞추고는 물었어.

"……말을 해?"

목소리가 떨리고 있었지.

"어라, 내 말을 알아듣는 거야?"

승주가 천천히 고개를 끄덕였어. 동행을 데려온 건 처음이지만 내 말을 곧장 알아듣는 인간과 대화하기도 처음이라 나도 약간은 놀랐어.

"흠, 그렇군. 이런 것도 가능했군."

"'흠, 그렇군.'이 아니…… 야, 어디 가, 야옹아!"

빙글 돌아 목적지를 향해 가려는 나를 승주가 부르며 따라왔어. 조금 성가시기는 했지만 내가 데려왔으니 다시 돌아가기 전까지는 에스코트할 작정이었어. '이소'라는 이름을 망각할 정도로 놀란 것 같기도 했고.

같은 9시 무렵이라고 해도 이 시대에서는 바깥에 활동하는 사람이 거의 없어 거리는 한적하기만 했어. 그런데도 승주는 목소리를 잔뜩 낮춰 내게 속삭이듯 물었어.

"어, 어디 가는 거야?"

그렇지. 고양이와 대화하는 인간을 다른 사람들이 어떻게 볼까, 생각하지 않을 수 없는 거겠지. 주변을 의식하기 시작했다니 술도 조금은 깼던 모양이야. 그건 다행이었지.

"북어포 먹으러."

"북어……포?"

내 말을 그대로 받으며 승주는 주변을 다시 살폈어. 긴장했는지 자꾸만 고개의 방향을 좌우로 바꾸고 어깨를 움츠리고서 거의 발끝으로 걷는 모양이 얼마나 초라하고 비굴해 보이던지.

좀, 고양이인 내 체면도 생각해 주면 좋을 텐데 말이야. 동행이 저런 몰골이면 내 체면이 어떻겠냐고. 그렇지 않아도 거리에 몇 안 되는 사람들이 전부 승주를 흘긋거렸어. 저거 왜 옷을 입다 말았어, 미친년일세, 침을 퉤 뱉고 가는 취객도 있었고. 하지만 내게 문제는 요가복이 아니었어.

"좀 평범하게 걸을 수 없어?"

"야옹아, 지금 이게 평범한 상황이 아니잖아. 여기 대체 어디야!"

그렇게 물으면서도 승주는 제 나름의 대답을 찾는 중인 것 같았어. 여기가 어디인지, 어디쯤인지. 차량 하나 없는, 잊을 만하면 등장하는 희미한 가로등에 고요하다 못해 적막한 도로. 아스팔트 아닌 먼지 이는 흙바닥. 높은 건물은 기껏해야 두세 층. 도무지 눈에 익지 않는 옷차림, 두 가지 언어가 혼재된 간판과 벽보.

"영화…… 세트인가."

배우 또는 무명 배우에게 이곳은 그렇게 보이는 모양이었어. 하긴, 나도 길 가다가 문이 열린 식당에서 텔레비전을 볼 기회가 있는데, 그중에 영화 채널을 좋아해. 거기서 이곳과 비슷한 풍경을 본 것 같기도 했어.

하지만 분명한 건 이 산책에 우리를 비추는 카메라 따위는 없다는 거야. 조명도 없고 배우도 없어. 바닥에 굴러다니는 신문이 주는 힌트에 따르면 여기는 쇼와 18년, 즉 1943년 6월이고 경성이라는 도시의 종로야. 그리고…….

"현실 중 현실이지."

"너 되게 사람처럼 말한다?"

"네가 고양이처럼 말하는 게 아니고?"

"뭐?"

"기다려. 오래 안 걸리니까."

인간들이 보는 영화 중에 그런 거 있지? 첩자인 사람이 미행을 따돌리고 안전 가옥에 들러서 지령을 받거나 하는 거. 모든 비밀과 주도권을 손에 쥔 사람.

승주에게 저 말을 하는 내가 어쩐지 그런 캐릭터가 된 기분이 들어 살짝 우쭐해졌어. 솔직히 여기서 승주를 데리고 벗어날 수 있는 존재도 나 하나뿐이니, 이 몸이 막중한 책임을 지니고 있기는 했지. 승주는 잠자코 기다리는 수밖에 없고.

"……서 사진관?"

도착한 곳에 붙어 있는 간판을 승주는 굳이 소리 내 읽으며 확인했어.

맞아. 서 사진관이야.

이곳의 주인은 밤늦은 시간에도 일하느라 깨어 있을 때가 많거든. 나무가 삭아 벌어진 문틈으로 미끄러져 들어가 야옹 소리를 몇 번 내면 '나비구나!'라며 유등을 밝히고 나를 맞으러 나와. 포슬포슬하게 잘 말라 식감 쫄깃한 북어포도 언제나 준비해 두고 말이야.

고양이를 존중할 줄 알고 기본적인 예의가 있는 사람이지. 자동차와 자전거가 있어도 내가 이 시대 이곳을 잊지 않고 찾는 이유라고 할 수 있어. 대체 불가능한 것의 가치를 고양이는 아주 잘 알지.

"나비구나!"

약간 허스키하지만 점잖고 나긋한 말투가 언제 들어도 기분 좋은 목소리야. '나비'라는 흔해 빠진, 그리고 정체성을 교란하는 이름으로 나를 불러도 아무렇지 않을 정도라니까. 사진관의 실내가 밝아지며 정민의 얼굴이 나타났어.

서정민. 소개하지. 이 '서 사진관'의 주인이야.

여성이지만 이 시대의 다른 여성들과는 좀 다른 옷차림을 하고 있어. 이곳은 길고 풍성한 치마를 입는 사람들도, 발목과 종아리가 보이는 화려한 치마를 입는 사람들도 뒤섞여 있는데 나는 정민이 길든 짧든 치마를 입은 모습은 본 적이 없어. 항상 바지와 윗도리가 붙은 길쭉하고도 펑펑한 옷을 입고 있거든. 아마도 사진관 일을 하기에 그게 편해서 그런 것 같은데, 정민의 짧은 곱슬머리와도 잘 어울려서 나는 멋지다고 생각해.

옷차림이 편한 덕분에 나를 맞아 줄 때도 망설이지 않고 바닥에 철퍼덕 앉아서 손바닥 위에 준비한 북어포를 내밀지. 나는 그 따뜻하고 다정한 접시 역시 북어포만큼이나 좋아해.

정민이 작업실에서 달고 나온 시큼한 약품 냄새가 처음엔 싫었지만, 이제는 꽤 익숙해졌어. 그 냄새가 다가오면 발소리보다 먼저 정민의 존재감을 느낄 수 있을 정도야. 정민은 사진관 안쪽에 있는 컴컴한 밀실에서 사진을 현상한대. 정민이 카메라를 가지고 그 안으로 들어가면 나올 땐 종이로 된 사진을 들고 있어. 내가 출발한 시간에서는 사람들이 나를 휴대전화로 찍은 다음 바로 사진을 확인하는데 말이야. 이곳은 방법이 완전히 달라.

"야, 이소! 저기요!"

한참 정민의 손바닥을 핥고 있는데 바깥에서 문을 두드리는 소리가 났고 정민이 고개를 들었어.

내가 잠시 승주를 잊고 있었어. 승주는 삭은 문틈으로 들어올 수 없는 덩치니까 말이야. 예기치 않은 손님의 방문에 놀란 정민은 바깥에서 문을 두드리는 사람이 반쯤 헐벗은 사람인 걸 보고 얼른 문을 열어 줬어.

"감사합니다. 야, 이소! 사람을 혼자 바깥에 세워 두고 너."

"아, 이 고양이 주인이십니까?"

"니이야옹?"

주인? 어처구니가 없어 되물었지. 씹던 북어가 목구멍에 걸리는 줄 알았어. 정민은 집사라는 단어를 모르는 걸까. 물론 승주가 집사인 것도 아니지만.

승주도 제 처지를 아는지 도리질을 쳤어. 주인이라니. 주인이라니. 당치도 않아. 주인이라니. 고양이에겐 주인이 없어.

"아뇨, 그냥 아는 고양이…… 이 이…… 에이취!"

"잠시만 계십시오. 그 차림으로는 감기 들겠습니다."

아무리 스타일이 남다른 정민이라고 해도 말이지, 승주의 요가복은 여기 사람들에게 입다 만 것처럼 보였을 거야. 정민은 안쪽에 있는 자그만 창고 같은 방을 뒤지더니 승주에게 옷가지를 내밀었어. 빌려드릴 테니 입으셔도 된다고. 도톰한 천으로 지은 투피스 치마 정장이었어.

어라, 정민이 이런 세련된 옷도 가지고 있나 싶었는데, 사진관에 걸려 있는 사진들을 보고 금방 깨달았어. 다름 아닌 사진 촬영용 의상이었던 거야. 그 옷을 입고 찍은 여성들 사진 몇 장이 벽을 장식하고 있었지.

그 옷으로 갈아입은 승주가 창고에서 나왔을 때, 나는 솔직히 깜짝 놀랐어. 의외로 굉장했다고 해야 하나. 뭐랄까, 이 시대의 무언가로 분한 인물 같았달까. 그러니까, 그래, 배우 말이야. 승주가 배우라는 게 비로소 실감이 났어. 거울 앞에서 제 모습을 비춰 보고 있는 승주를 바라보고 있는 정민도 나와 같은 생각인 것 같았고.

"정말 잘 어울리십니다."

고객을 위한 사탕발림이 아닌 감탄 섞인 칭찬이 분명했지. 도무지 승주한테서 눈을 못 떼더라고. 그 칭찬에 승주도 우쭐해진 표정이었어. 여기가 어디인지, 제 처지가 지금 어떤지는 까맣게 잊은 듯 거울 앞에서 몸을 이 각도 저 각도로 틀어 보는 게 아니겠어.

"감사합니다. 레트로네요."

"예?"

"레트로요."

같은 인간끼린데도 의미가 잘 안 통하는 모양이었어. 어쨌든. 이제는 제대로 된 옷이 생겼으니 돌아갈 땐 적어도 미친년 소리는 듣지 않겠다 싶어 그 점은 안심했지.

"이건 꼭 세탁해서 돌려드릴게요."

"천천히 주셔도 괜찮습니다."

"야, 가자. 이소. 너 가는 방법 아는 거지? 그렇지? 그렇다고 말해."

"크으으아……."

대답 대신 하품을 했어. 분위기 파악 못 하고 이렇게 달달 볶는 동행이라니. 북어포 한 조각 더 먹고 소화도 좀 시키고 가면 좋을 텐데 말이야.

"저 실례가 아니라면!"

내 마음을 읽기라도 한 걸까. 그때 정민이 끼어들었어.

"괜찮다면 여사님, 제가 사진 한 장 찍어도 되겠습니까?"

등불이 반사된 반짝반짝한 눈으로 정민이 물었어.

"사진사 된 입장에 그냥 보내기 영 아쉬운 모데루라 그렇습니다! 그러니까…… 옷값이라고 생각해 주시면…… 어떨까요, 여사님."

승주가 눈만 깜빡이며 대답을 안 하자 정민은 조바심을 내며 그렇게 덧붙였어. 아니나 다를까 승주의 얼굴이 울상이긴 했어. 왜지? 배우라면 '네가 너무 멋지니까 사진 찍어도 될까?'라는 요청을 받을 때 기분이 좋아져야 하는 거 아니야?

"그거는 좀……."

"예?"

"제가 여사님은 아니거든요. 그래도 아직 스물아홉인데."

"아니, 연배만으로도 인생 대선배님이신데 어찌 여사님이라 부르지 않을 수 있겠습니까."

정민에겐 승주를 향한 칭송이 분명했지만, 승주에겐 의문의 2연패였지. 내가 알기로 정민은 이제 겨우 열아홉인가 스물이 되었어. 이곳은 원래 그의 나이 차 많이 나는 오빠가 사장이었는데 언제부턴가 그는 사라지고 정민만 남았지.

아무튼 카메라 앞에 서는 게 배우의 과업이니, 정민은 소원대로 승주의 사진을 찍을 수 있었어. 팔걸이가 있는 커다랗고 푹신한 의자에 다리를 꼬고 앉아서 한 손으로는 나를 쓰다듬으며 카메라를 강하게 응시하는 포즈였어. 나는 사진 찍히는 건 별로라(그 '펑!' 하는 소리가 싫어.) 모델이 될 생각은 요만큼도 없었는데, 승주가 계속 같이 하자 하는 바람에 내키진 않았으나 그 무릎에 올라앉았어. 이 상황을 만든 내 잘못이니까, 결국은.

"나비와 말이 잘 통하시는 것 같습니다. 여사님께서는."

"어쩌다 보니……."

여사님이라는 호칭은 승주도 적당히 포기한 모양이었어. 정민은 카메라로 우리의 초점을 맞추며 말했어.

"시장통 사람들이 고양이를 본 날은 재수 없다고 하지만 제 생각은 다릅니다."

아, 이게 내가 서 사진관을 좋아하는 이유지. 나는 동의의 뜻으로 가르랑거렸어. 승주가 내 턱을 기분 좋게 주물러 주어서는 아니고.

"나비가, 그러니까 이소가 왔다 가면 여긴 그날 장사가 더 잘됐거든요. 이소는 제 행운의 고양이입니다. 그래서 언제라도 오면 먹을 수 있게 북어를 잘 말려 둡니다."

왜인지 정민도 나를 이소라고 부르고 있었는데, 그래, 뭐라고 부르든 뭐. 말했지? 내 묘생에 이름 같은 건 중요하지 않아. 많은 이름으로 많은 순간을 살아가지. 그게 길고양이니까.

"자, 찍습니다. 제가 신호할 때까지는 움직이시면 안 됩니다."

나를 쓰다듬던 손가락이 순간 멈추고 고요 속에서 펑 소리가 터졌어.

하지만 역시, 아무리 각오해도 정말 싫은 소리야. 눈앞에서 뭐가 아른거리는데 아무리 점프해 치워 내려고 해도 나는 그저 허공을 휘저을 뿐이야. 나비를 쫓는 것과는 달라. 불쾌해. 그런 나를 보고 승주와 정민은 뭐가 좋다고 깔깔 웃는지 모르겠지만 말이야.

올 때와는 다르게 돌아갈 때 승주의 걸음걸이는 느긋했어. 적어도 수상한 사람으로 보이지는 않을 것 같았지. 내가 돌아가는 시간의 틈을 만들어 도약하는 순간에는 듣기 괴로울 정도의 괴상한 비명을 지르긴 했지만…… 괜찮았어. 주변에 아무도 없었으니까.

**2.**

승주가 나를 다시 찾아온 건 그로부터 며칠 뒤, 미세먼지가 엄청나던 날이었어.

이 시대에서 우리는 같은 언어로 대화 못 하는 걸 알면서도 승주는 고개를 내민 나를 보자마자 마스크를 내리며 다짜고짜 조잘거렸어. 그날과 같은 닭가슴살 맛 간식을 갖고 와서는 말이야.

내 불찰이지. 그때, 언어가 일치됐을 때 제대로 취향을 밝혔어야 했는데.

"나 정말 믿을 수가 있어야지! 그러니까 우리 정말로…… 과거에 다녀온 거 맞지? 1943년에?"

그래도 엿듣는 사람이 있는지 눈치를 살피며 '과거에'부터는 목소리를 낮춰 말했어. 맥주 냄새는 풍기지 않았고 손에는 종이봉투 하나가 들려 있었어. 옷은 저번에 빌려 입었던 '레트로'라는 것과 비슷한 복장이었는데 요가복보다 훨씬 잘 어울렸어. 옷깃이 널찍하고도 부드러운 곡선으로 잡힌 감청 색의 재킷과 튤립 꽃을 뒤집어 놓은 듯한 치마.

음…….

정말 배우는 배우인가 봐. 조금 근사하다고 생각하고 말았으니까.

"니이야아옹."

그건 그렇고 닭가슴살 간식은 필요 없다는 얘길 했는데 알아들은 표정이 아니었어. 승주는 이렇게 대꾸했거든.

"나, 거기 한 번 더 데려가 줄 수 있어? 이 옷 돌려줘야 하잖아."

승주는 들고 있던 종이봉투를 흔들었어.

"시간 여행 하는 영화나 소설을 보면 그렇거든? 거기에 있는 물건을 함부로 가져오면 안 돼. 실수로 가져왔더라도 꼭 제자리로 돌려놔야 한단 말이야. 뭐라더라. 맞아. 시간이 구겨져. 그래서 과거에서 달라진 일 때문에 현재나 미래가 영향을 받는 거야.

참, 그러니까 이소 네가 시간 조절, 아니 목적지 조절을 잘해야 해. 즉, 이 옷을 빌린 시점 이후로 가야 한다는 거지. 그래야 타임라인이 맞아!"

승주는 열띤 얼굴로 내게 설명했지만 사실 불필요한 일이었어. 왜냐하면 승주가 굳이 알려 주지 않아도 나는 늘 그렇게 해왔으니까. 이전 방문 시점보다 조금 더 뒤의 시간으로 방문하는 것. 승주는 영향이니 시간이 구겨지니 같은 이유를 들었지만, 나의 이유는 아주 명료하면서도 단순해. 그래야 정민이 나를 기억하기 때문이지.

하지만 나는 낮잠을 마저 자고 싶었고 북어포도 그리 당기지 않아서 산책은 거절하고 싶었어. 나를 싫어하는 노파가 나타나기 전까지는 말이야.

"이 요물!"

무시무시한 목소리가 또 다른 이름으로 나를 불렀지.

"누가 또 재수 없게 새집을 갖다 놨어!"

소개할게. 내 최강의 적수. 노파. 이름은 몰라. 그도 나의 다른 이름 따위엔 관심 없을 테고. 그저 나를 요물이라고 부르면서 걷어차려고 발길질하고, 내가 도망치면 그 틈에 집을 부수는 습관의 소유자지. 벌써 몇 번째더라.

나는 꼬리와 발톱을 세우며 저항했어.

"니이야앙!"

"어머, 할머니! 왜 이러세요, 그거 고양이 집인데!"

"이 요물이 병균을 옮기니까 그렇지! 여기저기 쓰레기봉투나

헤쳐 놓고. 요 미친 고양이가."

"말씀 그렇게 하지 마세요! 착한 고양이한테!"

"왜 미친 고양이 편을 들어, 너도 미친년이야? 보아하니 옷도 촌티 나게 입었네."

"이건 레트로예요! 레트로!"

왜인지 나 때문에 승주가 미친년 소리를 자주 듣는 요즘이었어. 노파는 승주의 항의에 아랑곳하지 않았고 늘 그랬듯 내 나무집을 걷어차는 데 성공했지. 나를 '감자야'라고 부르는 길집사가 새로 장만해 줬던.

"하지 마시라니까요!"

승주가 노파를 말리려 그의 등을 잡아당겼지만 벌써 늦었어. 지붕이 내려앉자 조금 슬퍼졌어. 말은 안 했지만 나 여기 정말 좋아했거든.

"더러운 고양이들은 다 죽어야 해!"

"할머니 신고할 거예요!"

"얼씨구. 하라지."

소기의 목적을 달성한 노파는 승주의 경고를 조롱하며 떠났어. 시간은 분명 평소와 같은 속도로 흐르는 중일 텐데, 노파만 나타나면 세상이 와다다 흔들리고 시간이 느린지 빠른지 자각도 할 수 없을 만큼 맥이 빠지곤 해.

"야! 이소! 넌 이런 대접을 받고도……."

'시끄러워 나승주. 잔소리는 듣고 싶지 않아.'라고 대꾸하려고 반짝 눈을 뜨며 고개를 들었어. 그런데 승주의 눈시울이 붉어져 있는 게 아니겠어. 입술은 감쳐물고 말이야.

나는 눈을 깜빡였지. 별일이야. 왜 자기가 화를 내고 난리야. 눈치 없이 닭가슴살 간식이나 가져온 주제에.

"진짜 열 받네! 정말로 확 신고해 버려? 이 동네 경찰서 어디야! 여기 CCTV가 어딘가 있을 거야! 빼박 증거가 다 있는데!"

"이야아옹."

"웃기지 마! 저런 사람은 한번 공권력의 맛을 봐야 다시는 못 그래!"

"이이야앙."

"뭐?"

"이이야앙."

"지금 진정하게 생겼어?"

왠지 어느 시점부터 대화가 통하고 있었어. 어쩌면 기분 탓이었을지도 모르지만 나는 일단 진정하고 여기를 벗어나자며 앞장서 걸었어.

"어디로 가게?"

"야앙 냥."

나는 캐트닙 향 바람이 불어오는 방향으로 당당하게 걸음을 옮겼지.

"지금? 정말? 아니 근데 네 집이 지금……."

일정엔 없었지만 뭐…… 승주는 서 사진관에 볼일이 있고 어차피 집은 부서져서 낮잠도 글렀으니까. 먼지 없는 곳에서 신선한 공기를 마시면 기분 전환도 좀 될 것 같고.

캐트닙 구역까지 승주를 이끌어 와서 한 바퀴 두 바퀴 세 바퀴 네 바퀴, 시간의 틈을 열었어.

도약하는 순간 괴상한 비명이 딸려 오겠지 하고 각오했는데 승주는 그저 조용히 나를 꼭 끌어안고 있을 뿐이었어. 숨은 좀 막혔지만, 그리 나쁘진 않았다고 해 두지.

"오셨군요!"

정민은 사진관에 나타난 우리를 환영해 주었어.

캐트닙 구역에서 사진관까지 걸어오는 길, 본의 아니게 우리는 많은 사람의 시선을 사로잡았어. 주말의 낮 산책이었으니 거리에 온갖 사람이란 사람은 다 나와 있었고, 미친년이라는 멸시 대신 '모데루와 나비다.'라는 호기심 묻은 웅성거림이 들려왔지.

그날은 고마웠다며 옷을 정민에게 건넬 때, 사진관 앞은 사람들로 북적북적했어. 모두 잘나가는 영화배우라도 구경 온 것처럼 말이야.

정민은 뭔가 곤란한 듯 문 안쪽에 걸린 암막 커튼을 치며 '사진 촬영 중'이라고 쓰인 문패를 바깥으로 향하게 했어. 순간 사진관이 고요해졌고, 무슨 긴한 용건이라도 있는 것 같아 나와 승주는 동시에 숨을 죽여야 했지.

정민은 잠시 머무적거리다가 입을 열었어.

"오늘도 아름다우십니다, 여사님."

"아, 오늘은 신경을 좀 썼어요. 이거 엄마가 결혼 전에 입던 옷인데, 여기랑 잘 맞는 거 같네요. 우리가 그로부터…… 1개월 만이군요."

칭찬에 으쓱해진 승주는 벽에 걸린 일력을 슬쩍 훔쳐보면서 기분 좋게 말했어. 앉을 자리를 안내하면서도 정민은 여전히 무언가 불편한 기색이었고.

이왕 여기까지 온 거 나는 북어포랑 물이나 좀 대접받고 싶었는데 그럴 분위기가 아니었지. 승주도 똑같이 느낀 모양이었어.

"그런데 어디 몸 안 좋으세요, 정민 씨? 기운이 없어 보여요."

"아닙니다. 건강합니다. 그저……."

"어, 이 사진!"

마주 앉자마자 승주는 정민의 어깨 너머 벽을 향해 감탄하며 외쳤어. 거기엔 커다란 액자로 된 우리의 사진이 걸려 있었거든. 가장 눈에 잘 띄는 벽의 중앙이었지.

승주와 내가 경쟁이라도 하듯 도도한 눈빛으로 카메라를 응시하고 있는 흑백사진이 신기했어. 화려한 색깔이라곤 전혀 없는데 모든 것이 그야말로 충만했거든. 마치 나와 승주 단둘이 시간의 틈의 주인이 되는 그 찰나처럼.

카메라를 싫어하는 고양이인 내가 봐도 굉장한 사진이었어. 승주도 자기 사진에 자기가 압도당해 말을 못 잇고 있었지.

"여사님! 사실 제가 고백할 것이 있습니다."

그때 계속 무언가를 망설이던 정민이 결심한 듯 입을 열었어.

"이 사진 말입니다. 그러니까…… 그걸로 제가…… 돈을 좀 벌었습니다! 죄송합니다! 미처 의중을 여쭙지도 않고 장사를 해서요! 하지만 돈을 엉뚱한 데 쓰지는 않았습니다! 그건 맹세합니다!"

정민의 난데없는 선언에 승주는 눈이 동그래졌어.

그러니까, 이곳의 시간으로 지난달 나와 승주의 사진을 걸어 두었더니 저 사진을 개인적으로 살 수 있느냐고 문의가 들어오더라는 거야. 그런데 그게 한 사람이 아닌 여러 사람의 요청이었고, 날이 갈수록 더 많은 사람이 '모데루와 고양이' 사진을 팔지 않겠느냐고 물었다고 해.

그래서 두 주 전부터 정민은 사진을 작은 크기로 여러 장 뽑아서 원하는 사람들에게 다 팔았대. 지금도 계속 팔리는 중이고.

나는 귀가 솔깃해졌어. 무명 배우 이소민이 이 시대에는 유명인이 되는 게 아닐까 싶었달까. 오, 그렇다면 전적으로 내 덕분 아니겠어?

그런데 승주의 생각은 달랐던 모양이야.

"그건 실례잖아요."

과거의 종로에서 스타가 되었다는 사실이 조금도 달가운 목소리가 아니었어. 아까 노파를 만났을 때만큼은 아니었어도 화가 난 것 같았거든.

"초상권이라는 게 있잖아요. 저는 정민 씨한테 제 얼굴을 여기저기 뿌려도 좋다고 허락한 적이 없고요."

"죄송합니다. 하지만, 하지만……."

정민은 연달아 허리를 숙이며 사과했어. 그 모습이 좀 짠했는지 그제야 승주는 꼬리를 좀 낮췄어. 물론 승주는 꼬리가 없지만, 무슨 뜻인지 알아들었으리라 믿어.

"하지만 뭐요."

"급한 돈이…… 필요했습니다."

"왜요."

"……그건 말씀드릴 수 없습니다."

"제 얼굴을 팔아서 돈을 벌었잖아요. 어디에 썼는지 정도는 알 권리가 있는 거 아닐까요?"

아아, 엄밀히 따지자면 네 얼굴 더하기 내 얼굴이라고 반박하려 했는데, 정민이 내 순서를 가로채며 변명했어.

"저도 솔직히 여사님의 진짜 정체를 모르니…… 말씀드릴 수 없습니다."

"……네?"

승주는 기가 막힌다는 반응이었고, 이 일에 관하여서는 내가 끼어들어 정민을 위한 변호를 해 줘야 할 것 같았어.

"어이, 나승주. 이소민. 뭐든지 아무튼."

내가 길집사를 호명하기는 처음이었는데 기분이 약간 묘했어. 승주는 그제야 발밑의 나를 보았지. 아마도 정민에게는 점잖게 '야옹' 하는 소리 정도로 들렸을 거야. 나와 같은 언어로 대화가 가능한 존재는 함께 시간 산책 중인 동행뿐이니까. 승주 덕분에 알게 된 사실이지.

"대답은 하지 말고 들어. 그러니까…… 아마 정민 씨의 오빠 때문일 거야."

"뭐?"

"대답하지 말라니까. 네 말은 사람들이 알아듣잖아."

그제야 살짝 열려 있던 승주의 입술이 비로소 다물어졌어.

"그 사람 이름은 서지헌이야. 내가 아는 바에 따르면 독립운동이라는 걸 하다가 어느 날 사라졌거든. 정민 씨는 오빠가 살았는지 죽었는지도 모르는데, 가끔 나한테 얘기하면서 몰래 울곤 해. 그래서 지금 정민 씨는 혼자서 이 사진관을 꾸리고 있는 거고. 그리고 자세하게는 몰라도 그 운동이란 거 때문에 순사라는 사람들이 이 주변을 자주 어슬렁거려. 제복 입은 사람들 말이야."

승주는 내가 당부한 대로 어떤 대답도 하지 않고 가만히 듣기만 했어. 정민의 오빠 이름과 '독립운동' 같은 단어를 들었을 땐 동공이 약간 흔들렸고. 승주도 요가로 운동하는 사람이라 뭔가 공감이라도 한 걸까 싶었어. 그런데 요가와는 달리 그 독립운동이라는 건 왠지 이 시대엔 불법인 거 같지만 말이야.

설명을 이어 가며 나는 가뿐하게 승주의 무릎 위로 뛰어올랐어. 승주가 오늘 입은 옷의 촉감이 꽤 마음에 들었거든. 한쪽으로 쓰다듬으면 보들보들하고 반대편으로 쓰다듬으면 까슬까슬해서 계속 만져도 질리지 않았거든.

"정민 씨는 때마다 그 운동하는 오빠의 동료들에게 몰래 돈을 보내고 있대."

사람들은 말이지, 다른 사람에게 털어놓을 수 없는 비밀을 간혹 내게 털어놓곤 해. 나는 인간의 말을 할 수 없고 다른 이에게 전할 수도 없다는 믿음이 있는 거지. 하지만 살아 있는 존재를 너무 믿어선 곤란해.

아무튼 나는 독립운동이 정확히 무엇인지는 몰라도 그게 비밀이란 것은 안다는 뜻이야.

"아마 거기에 필요한 돈이었을 거야."

내 말이 끝나자마자 승주는 자리에서 벌떡 일어났어. 좀 더 그 옷에 머리를 묻고 장난치고 싶었는데. 그래도 나는 어느 생물보다도 민첩하고 유연한 몸의 소유자니까 얼른 바닥으로 사뿐 착지했어.

"가자. 이소."

"이야옹?"

"그리고 알겠습니다. 더는 묻지 않겠습니다. 이제 다시 오는 일도 없을 거예요."

그렇게 선언하면서 승주는 닫혀 있던 커튼을 걷고 문을 벌컥 열더니 인파를 헤치며 사진관을 떠났어. '도망치듯이'라는 말도 넣으면 더 잘 어울릴 그런 순간이었지. 나는 서둘러 승주의 걸음을 따라잡았어.

"나는 아직 북어포도 못 먹었는데! 목도 마르다고!"

"넌 지금 북어가 중요해?"

"그럼 뭐가 중요해!"

"위험은 사절이야. 내 인생도 아직 수습 못 한 일투성인데 엉뚱한 시대에서 객사하고 싶은 생각 없거든. 인생 사진이 영정 사진 되지 말란 법도 없어. 여긴 1943년이니까. 돌아갈래."

"도대체 무슨 말을 하는 거야."

"괜찮아. 다 괜찮을 거야. 겨우 2년 남았잖아. 1945년까지. 빌린 옷도 돌려줬고 내 일은 다 했어. 나의 의무는 다했다고. 과거는 신경 쓰지 마."

승주는 내가 듣든 말든 계속 중얼거리며 직진했어. 행인들이 모데루와 고양이라고 속닥거려도 한눈팔지 않고 오직 앞으로만. 가끔 제복 입은 사람들이 지나갈 때 흠칫 놀라기는 했지만.

그런데 캐트닙 구역에 도착했을 때였어. 뒤로 네 바퀴가 시작되는 걸음을 떼려고 하는데 승주가 갑자기 방향을 틀더니 왔던 길로 되돌아가는 게 아니겠어?

뭐야, 아아, 스텝 꼬이잖아, 나승주! 갑자기 왜 그래? 어디 가는 거야?

"야, 돌아가자며!"

나는 뒷걸음질을 멈추고 날카롭게 소리쳤어. 그러자 승주는 그 자리에 멈춰서 중얼거렸어.

"……먹자."

아주 작은 목소리였지.

"뭐?"

"먹고 가자고, 네 북어포. 물도 좀 마시고."

무엇이 돌연 승주의 마음을 뒤집어 놓았는지 알 수 없었지만 나로서는 마다할 이유가 없었어. 나는 쏜살같이 승주와의 거리를 따라잡았지. 내가 발목 아래 도착하자, 잠깐 생각에 빠져 있던 승주는 확인하듯 이렇게 물었어.

"이소야, 여기 1943년인 거지? 정말로?"

"아까 달력 봤으면서."

"그래……."

그러고는 사진관에 다다를 때까지 아무 말이 없었지.

우리가 다시 나타났을 때 정민은 당황한 동시에 안도한 것 같았어. 아까 그렇게 승주를 보낸 정민의 마음도 편하지는 않았을 테지.

정민은 다시 와 줘서 고맙다며 내게는 북어포를 대접하고 승주를 위해 차도 한 잔 내왔어. 그래도 여전히 미안한 빛으로 승주의 눈치를 살피느라 여념이 없었지만 말이야.

정민이 우리의 사진을 고객들에게 판매한 게 그 정도로 나쁜 일이었던 걸까? 나는 하루에도 몇 번이나 낯선 사람들에게 온갖 포즈의 사진을 찍히는데.

"자초지종을 전부 말씀드릴 수도 없고 그걸 이해해 달라고 부탁드리는 것도 몰염치한 일이란 걸 저도 압니다. 하지만……."

"괜찮아요."

말을 더 잇지 못하는 정민에게 승주는 찻잔을 내려놓으며 대답했어.

"저라고 저에 대해서 전부 말씀드린 건 아니니까요. 다 각자의 사정이 있는 거죠."

듣고 보니 그 말도 맞았지. 우리가 미래에서 잠시 산책하러 왔다고 솔직하게 털어놓으면 그때 이 사진관을 뛰쳐나가는 건 승주가 아니라 정민일지도 모르니까.

그런데 승주가 나는 생각지도 않았던 말을 이어서 꺼냈어.

"그래서 말인데요. 정민 씨가 괜찮다면, 오늘도 제 사진을 찍어 주시겠어요?"

"예?"

그 말에 정민도 나도 깜짝 놀랐어.

"정말로 판매에 도움이 된다면 한 장 더 찍어 두고 싶어요. 그래서 돌아왔고요."

"저, 정말입니까?"

정민은 반색했어. 다른 사진도 있느냐고 몇몇 손님들이 물었다는 설명을 덧붙이면서.

"잘됐네요. 아까는 옷을 빌려주신 은혜도 모르고 제가 무례했어요. 사과드릴게요."

아까랑은 완전히 다른 승주의 태도를 나는 잘 이해할 수 없었지. 그건 정민도 마찬가지였을 거야.

"그런데 돈을 어디에 쓰는지도, 연유도 모르시잖습니까."

"맞아요. 하지만…… 간절한 일인 것 같아서요."

승주는 아마 다른 말을 하고 싶었던 것 같지만 그렇게만 대답했어.

무슨 심경의 변화일까, 나는 도대체 궁금해 견딜 수가 없었지. 아깐 고양이 만난 쥐처럼 줄행랑이더니 이제는 사진을 다시 찍겠다고 하고. 대체 독립운동이 뭐기에 그래? 북어포만큼 중요한 거야?

"대신 정민 씨도 저에 대해서, 진짜 이름이나 어디에 사는지 등등은 묻지 말아 주세요. 조건은 그거 하나예요."

"그거야 여부가 있겠습니까."

정민은 그날 두 번째로 승주의 사진을 찍었어. 이번에 나는 빠졌어. 정면에서 터지는 펑 소리는 아무래도 싫어서 말이야.

승주는 카메라를 향해 활짝 미소 지었어. 결과물을 보기 전인데도 좋은 사진이 나올 거라는 건 나도 알 수 있을 정도였지. 흑백사진이라 그 근사한 감청 색까지 담아지지 않는 건 조금 아쉬웠지만.

이번에는 사진이 나오면 뒷면에 '이소'라는 이름의 서명까지 남겨 주기로 승주는 약속했어. 그럼 가격을 약간 더 받을 수 있을 거라나. 승주는 내게 이소라는 이름을 써도 괜찮냐고 허락을 구했는데, 어차피 내 진짜 이름도 아니니 네 마음대로 하라고 했지.

어쨌든 이것저것 상의하는 승주와 정민은 금세 단짝 친구라도 된 것 같았어.

나는 두 사람의 긴 회의를 인내심 있게 기다려 주었지.

간지러운 햇살을 만끽하며 낮잠을 푹 자고 물도 충분히 마신 뒤 우리는 우리의 시간으로 돌아왔어.

불광천 주변은 미세먼지로 뿌옇게 흐려져 있었어. 승주는 마스크를 찾아 쓰고선 '잠시만 기다려.' 하더니 어디론가 사라졌다가 내가 쓰던 상자 집과 비슷한 크기의 새로운 집을 안고 돌아왔어. 근처 마트에서 급한 대로 이것저것 샀다면서.

그러고는 부서진 집 자리를 깨끗이 치운 다음 새집을 놓으며, 정민과 새 사진을 찍기로 결심한 이유를 독백으로 들려주었지.

"고등학교 때 역사 시험 볼 때 말이야. 이런 문제가 있었거든. 다음 중 1943년에 사망하지 않은 독립운동가는? 아직도 그 시험지들 다 갖고 있어. 나 뭘 잘 못 버려서 말이야."

납작한 그릇에 생수를 따르면서 승주는 이야기를 이어 갔어.

"그 시험, 오지선다형이었으니까 답이 1번부터 5번까지 있었는데. 정답은 기억이 안 나, 솔직히. 맞았는지 틀렸는지도 모르겠고. 그때 그 문제를 보고 나는 정답이 뭘까가 아니라 이런 생각을 했거든. 그러니까 답이 하나라면, 네 사람은 목숨을 잃었다는 거네. 겨우 2년을 남겨 놓고. 그건 변하지 않네."

"이야옹."

"그런데 거기에 서 씨의 이름이 있었던 것 같아. 기억이 분명하지는 않지만, 이제 집에 가서 확인해 보면 알겠지. 그 이름이 서지헌인지 아닌지."

사실 그것들이 전부 어떤 의미로 연결되어 있다는 것인지 나는 온전히 이해할 수 없었지만, 승주의 얼굴이 약간 슬퍼 보인다는 것만은 분명했어. 쪼그려 앉아 내 등을 쓰다듬으며 잘 자라는 인사를 건네고서 터덜터덜 걸어가는 뒷모습도 어쩐지 지쳐 보였고.

그 등을 향해 '고양이처럼 당당하게 걸어!'라고 소리쳐 줬는데 언어가 어긋난 시간이라 승주는 못 알아듣더라고. 그 뒷모습이 보이지 않게 될 때까지 어깨는 축 늘어져 있었어.

그런데 며칠 뒤, 승주가 잔뜩 흥분한 얼굴로 나를 찾아와 회색빛 종이 한 장을 흔들기 시작했어. 앞에서 흔들어 주는 거라면 종이보다는 기다란 끈 쪽이 더 취향인데. 승주는 내 취향을 읽는 데는 영 재능이 없어. 이해해야겠지. 이번에 모처럼 새집을 마련해 준 길집사이기도 하니까.

"이소야! 나와 봐!"

마침 일어날 때가 되긴 해서 허리를 높이 올려 스트레칭을 한 번 하고 상자 집 밖으로 나갔어. 언제 의기소침한 적이 있었냐는 듯 보랏빛의 레트로를 입고 잔뜩 신이 오른 승주가 나를 보며 웃고 있었지. 뭔데, 빨리 말해 봐.

"이야옹?"

"이거야. 희미해졌다? 잘 봐 봐!"

그 회색 종이에는 '2006학년도 역사 과목 중간고사'라는 제목이 있었고, 승주가 가리킨 곳은 번호 17에 빨간색 줄이 죽 그어져 있었어.

"아니, 정답 여부가 중요한 게 아니야. 여기 봐. 5번."

5라는 숫자 옆의 이름은 서지헌이었어. 정말로 정민의 오빠 이름이 있었어.

"그런데 여기 '헌' 자가 약간 희미해진 거 보여?"

"니야……."

애매했어. 분명히 '헌' 자 모양의 글자는 다른 글자보다 덜 선명했는데, 그냥 인쇄가 좀 불량이었던 거 아니었을까. 승주는 인정하고 싶지 않은 것 같았지만.

"어떻게 생각해? 우리가 1943년에 영향을 준 걸까? 그러니까 시간이 어떻게 잘 구겨지면…… 이 이름이 완전히 지워질 가능성도 있지 않을까?"

나는 한 번 반박했어. 고양이도 그렇지만 인간도 같은 이름이 많지 않아? 내가 아는 이 근처 감자만 해도 다섯 마리가 넘는데. 누룽지는 세 마리, 치즈는 열세 마리.

"니야, 끼야옹."

“넌 의심이 너무 많아. 같은 해에 서 씨로 같은 이름까지 그럴 확률이 얼마나 되겠어.”

언어가 어긋난 시간인데 그 말은 잘 알아듣다니 그것참 별일이었지. 이참에 나는 닭가슴살 간식이 싫다고 얘기하면 알아들으려나 생각할 때였어.

“가자, 이소. 다시 가야 해. 빨리 틈을 열어 줘!”

이쯤 해서 여러분에게 묻고 싶은 게 한 가지 있어. 고양이에게 지시를 내리는 게 과연 옳다고 생각해? 집사 주제에…… 그것도 길집사가.

고양이인 내가 이해해야겠지.

그날 이후로 승주는 내 동행을 자처해 몇 번 더 서 사진관에서 사진을 남겼어. ‘이소’라는 이름의 미지의 모델 사진은 날개 돋친 듯 팔렸어. 평양에서 놀러 왔다는 사람들도 일본인들도 우르르 사 갈 정도였다고 하니.

그리고 승주의 새로운 사진이 계속 팔려 나갈수록 시험지의 이름 ‘서지헌’도 점점 희미해졌어. 열두 번째 방문을 마쳤을 때는 결국 ‘서’ 자만 남겨졌어.

그래. 결론적으로 승주가 맞았던 거야. 인쇄 문제가 아니었다는 거지. ‘서’ 자만 남은 그 시험지를 내게 확인시켜 주던 날 승주는 감격에 젖어 울 것 같은 얼굴이었어.

승주는 이걸 ‘이소 프로젝트’라고 불렀어. 수익이 늘어나자 정민은 승주의 몫을 주고 싶다고 했지만, 승주는 이소에게 주는 북어포로 충분하다며 사양했어. 그것도 맞는 말이기는 하지.

프로젝트 덕분에 정민도 부쩍 활기차 보였어. 사진관은 손님이 많이 늘었고 나도 매번 북어포를 부족하지 않게 대접받았지.

그런데 언제부턴가 정민이 한 번씩 마른기침을 길게 해서, 과로로 몸이 안 좋아진 건 아닐지 걱정도 됐어. 도착한 우리를 맞이하려고 작업실에서 눈을 비비며 나오는 모습이 피곤해 보이기도 했고. 그래도 목소리만은 한결같이 씩씩한 정민이었어. 독립운동의 효과일까. 하긴, 정민은 맥주도 안 마시니까 최소한 승주보다는 건강할 거야.

"몇 번만 더 해 보면 될 것 같지 않아?"

열두 번째 산책에서 돌아오는 길, 마스크 너머로 승주의 들뜬 목소리가 들려왔어. 며칠 연달아 미세먼지 주의보가 뜨는 가을이었지.

"몇 번만 더 하면 완전히 지워질 거 같으니까."

그나저나 전부터 궁금했던 게 있어. 이름이 지워진다는 건, 이름이 없다는 건, 고양이와 마찬가지로 인간도 자유로워진다는 의미인지. 승주의 눈을 보니 좋은 일인 건 분명한 듯한데 말이야.

"그만 갈게 이소야, 오늘도 고마웠어, 푹 쉬어! 또 봐! 잘 자!"

나는 이소라는 이름에 점점 익숙해지는 중이었고. 손을 흔들며 멀어지는 승주를 보는데 어쩐지 콧잔등이 시큰해졌지.

언제부턴가 승주가 아무리 커다란 마스크를 써도, 아무 냄새를 풍기지 않아도, 나는 멀리서도 내 시간 산책 동행을 알아볼 수 있게 됐어. 그건 분명해.

그리고 그날은 꿈에서도 승주와 어디론가 산책을 떠났어.

## 3.

여러분도 알 거야. 내 달리기 실력이 그리 나쁘지 않다는 것은. 하지만 내가 원할 때 원하는 속도로 달리고 싶지, 누군가에게 쫓기며 달아나는 건 조금도 좋아하지 않아.

그래. 굳이 이 이야기를 꺼내는 건 내가 누군가에게 쫓기고 있었다는 뜻이야. 젠장.

노파? 아냐. 노파 얘긴 나중에 할게.

도망치는 게 나 혼자라면 좀 수월했을 텐데 두 사람이 더 있었어. 승주, 그리고 정민.

그 둘은 숨을 헐떡이며 내 뒤를 따라오느라고 혼비백산이었지. 저 멀리에서는 제복 입은 사람 둘이 우리를 쫓는 중이었고.

"이소야! 너 두 사람도 가능해?"

그런 와중에 승주는 나를 향해 그렇게 외치는 게 아니겠어.

아무튼 인간들이란. 고양이가 없다면 어떻게 살아갈까, 인간들은.

이런, 이야기의 순서가 조금 꼬이고 말았군. 처음부터 설명할게.

그러니까 1943년으로의 열세 번째 산책이었어. 승주는 서 사진관에서 열세 번째 사진을 남길 예정이었지. 결과적으로는 그럴 수 없었지만. 왜냐하면 카메라 앞에서 포즈를 잡는 순간 제복 입은 사람 둘이 들이닥쳤거든.

"네가 이소인가?"

문이 열리자마자 제복 1번이 승주를 보며 물었어. 나는 무심결에 그건 나라고 대답할 뻔했지.

어떤 질문에도 아니라고 하고 싶다는 표정으로 승주는 의자에서 천천히 일어났어. 나도 바닥에 웅크리고 있던 몸을 서서히 높였지. 분위기가 심상치 않았거든.

"제국의 치안을 어지럽히는 불온 활동 혐의로 체포한다. 이소라는 이름의 작자가 불법 자금 융통의 가담자라는 제보를 입수했다."

그 말에 놀란 정민이 사이에 끼어들었어.

"잠시만요! 이분은 그냥 제 모데루이십니다! 뭔가 오해가 있습니다."

"시끄럽다. 넌 관계없어."

제복 2번이 정민을 밀치며 승주에게 수갑을 들고 다가갔어. 나는 잽싸게 승주의 앞을 막아섰지. 발톱을 세우고 하악 하는 소리를 내자 제복 2번은 잠시 주춤했는데, 그 틈에 정민과 승주가 동시에 목소리를 높였어.

"관계없지 않습니다! 그 사진 판매를 부추긴 건……."

"그러지 말아요, 정민 씨! 저는 어차피……."

여러분도 벌써 짐작했겠지만, 정민이 말을 끝까지 했다면 '그 사진 판매를 부추긴 건 저니까요! 가담자는 접니다!'라고 했을 테고, 승주는 '저는 어차피 미래에서 온 인간이라 상관없어요!'라고 했을 거야.

그리고 나는 저 말들을 제복 1번과 2번이 들어서 좋을 게 하나 없다는 것을 알고 있는 똑똑한 고양이지. 그래서 두 사람의 말을 자르고자 있는 힘을 다해 포효했어.

"크롸아아앙! 크롸아아앙!"

알고 있는지 모르겠지만 나의 언어는 상당히 복잡하면서도 정교하고 실용적이야. 한 번에 여러 가지의 의미를 동시에 전할 수 있거든.

길집사 두 사람에겐 조용히 하라는 뜻이었고, 제복 1번과 2번에겐 더 이상 내 길집사들에게 가까이 다가가지 말라는 위협이었으며, 마지막으로는 현재 비상사태니까 와서 좀 협력을 부탁한다는 신호이기도 했어.

"크롸아아앙!"

"뭐야, 이 미친 고양이가!"

괜찮아. 어디에나 나를 싫어하는 존재는 있으니까. 하지만 이 둘은 곧 후회하게 될 운명이었어. 나만 맡을 수 있는 좋은 냄새가 나기 시작했거든. 아주 익숙한 냄새가. 햇빛 좋은 날 잘 마른 털의 냄새. 고양이들의 냄새가 가까워지고 있었어.

나와 닮은 황색 고양이, 검은 고양이, 진회색 고양이, 얼룩 고양이, 흰 고양이, 삼색 고양이…… 어림잡아 서른 마리쯤 되는 것 같았지.

그롸아아아아아앙!

나 혼자의 포효와는 비교할 수 없는 함성과 함께 열린 문으로 색색의 고양이들이 한꺼번에 파도처럼 밀려들어 왔어. 사진관은 순식간에 고양이 상자라는 이름이 더 어울릴 장소로 변해 버렸지.

제복 1번과 2번은 자기들에게 매달려 할퀴기 시작하는 고양이

들을 떼어 내기 위해 몽둥이를 휘두르며 몸을 격렬하게 비틀었지만 효과는 별로 없었어. 그들에겐 혼란과 공포의 도가니였을 거야. 그 틈에 나는 승주와 정민을 이끌고 빠르게 도망쳤지. 우리는 캐트닙 구역을 향해 전력 질주 했고 그게 앞서 생략됐던 이야기야.

"이소야! 너 두 사람도 가능해?"

그 질문에 대한 답은 사실 나도 미지수였어. 나는 오랫동안 혼자 산책을 다녔고 최근에야 한 사람 정도는 데리고 다닐 수 있다는 걸 알게 된 거니까.

그런데 한창 달려가는 중에, 덩치 큰 검은 고양이가 불쑥 나타나 나와 속도를 맞춰 달리면서 말을 붙여 왔어.

"캐트닙 구역으로 가는 건가?"

아까 몰려왔던 녀석들 가운데 하나인 듯했지. 몸집만 보아서는 무리의 우두머리 같기도 하고. 하지만 묘하게 순한 인상과 윤기 흐르는 털을 보니 나와 달리 집고양이일지도 모르겠다는 생각이 들었어. 그래서 새침하게 물었지.

"네 녀석도 길냥이 맞아?"

"세상에, 그런 천박한 호칭은 도대체 어느 시간에서 쓰는 거야?"

녀석이 정색하며 반문했어. 아니, 길냥이가 어때서. 아무튼 이 검은 고양이도 나와 같은 처지라는 뜻이긴 했지.

"2017년."

"거긴 산책하기에는 영 꽝이겠군. 나는 '이름 없는 송곳니'라고 스스로 칭하긴 하지만, 다른 존재에겐 무엇으로도 불리지 않아. 내 묘생은 이름의 속박 따위엔 어울리지 않으니까 말이지."

이 바쁜 와중에 굳이 참견해서 멋진 척 한번 하려는 검은 고양이가 성가셔질 무렵이었어.

"이소야! 빨리 틈을 열어!"

뒤따라오는 승주가 괴성에 가까운 소리를 질렀어.

우리가 이곳에서 완벽하게 도망칠 방법은 당장 그것뿐이라는 걸 나도 그만 인정해야 했어. 마침 캐트닙 구역에 거의 다다른 참이기도 했지.

"설마 저거 네 집사야? 길을 완전히 잘못 들였는데."

어처구니없다는 듯이 송곳니가 빈정거렸어.

"시끄러워. 너 산책할 줄 안다면 네트워크나 증폭시켜 봐. 한 번에 둘을 데려가 본 적은 없으니까 만약을 위해서."

"글쎄, 시간이 구겨질지도 모를 일을 내가 왜 도와줘야 하지."

"아니면 네 녀석을 평생 '숯댕이 길냥이'로 기억할 테니까."

그 말을 심각한 모욕으로 받아들인 모양인지, 이름 없는 송곳니는 더 이상 대꾸 없이 나의 요청을 접수했어.

"제 손 잡아요, 정민 씨!"

승주는 마치 제힘으로 시간 산책을 하는 것처럼 정민에게 말했어. 인간은 늘 자기중심적이라니까. 그래. 그래서 그 둘을 중심에 두고, 나와 송곳니는 얼른 뒷걸음질로 네 바퀴를 시작했어. 평소보다 지름이 두 배 큰 원을 준비해야 했지. '서라!'라고 외치는 제복들의 목소리는 점점 가까워져 오고.

시간이 없었어. 서둘러야 했어.

"언젠가 이런 날이 올 줄은 알았습니다. 영원히 숨길 수는 없으니까요."

아직 우리의 계획을 모르는 정민은 숨을 헐떡이며 말했어.

"조사는 제가 받도록 하겠습니다. 이제야 말씀드리지만 돈은…… 독립운동 자금으로 보냈습니다. 저들 말은 사실입니다. 여사님까지 말려들게 해 송구합니다. 제가 주제를 넘었습니다. 용서해 주십시오."

그러고는 승주 혼자서라도 도망치라는 듯이 정민은 손을 놓으려 했어. 그러나 승주는 더 굳게 붙들 뿐이었지.

"아뇨, 같이 가요."

"무립니다. 여사님께서라도 숨으십시오! 제가 여기서 시간을 벌겠습니다. 그렇지 않으면 둘 다 붙잡힙니다."

"적어도 오늘은 아니에요. 지금도 아니고요."

"예……?"

"이소, 준비됐어?"

송곳니가 도와준 효과가 있었어. 평소보다 두 배 큰 틈이 열렸고 나의 선두로 손을 맞잡은 승주와 정민이 차례로 뛰어들었어.

"무사하길 바라지."

마지막까지 멋있는 척하던 송곳니는 깔끔한 마무리를 위해 제복들에게 달려들었어. 송곳니의 발톱은 꽤 길었으니 상당히 아팠을 거야.

그래. 그를 기꺼이 이름 없는 송곳니로 기억해 주기로 했어. 그 이름에 어울리는 마지막을 보여 주었으니까.

"우선 물건을 좀 챙길게요. 휴대전화며 지갑이며 다 여기에 있어서요."

승주는 나와 정민을 데리고 새절역으로 들어갔어. 거기엔 물건을 잠시 맡아 주는 여러 칸 상자가 있는데, 승주는 그중 한 군데에서 몇 개의 숫자를 삑삑 누르더니 문을 열고 가방을 꺼냈어.

새절역은 날씨가 무척 차가울 때 나도 가끔 내려가는 곳이긴 해. 여기에서 일하는 제복 입은 사람 하나가 연어 맛 간식을 줄 때도 있고. 따뜻한 날엔 일부러 찾아오지 않는데 승주 때문에 오랜만에 오게 됐어.

"시간을 이동할 땐 물건을 미리 여기에 넣어 둬요. 이소 있는 데서 제일 가까운 보관함이기도 하고, 아무래도 여행에 짐은 간소한 편이 좋잖아요. 혹시라도 미래의 물건을 거기서 분실이라도 했다가는 시간이 엉뚱하게 구겨질까 걱정도 되고요."

구구절절한 승주의 설명에도 정민은 마치 셔터를 누르듯 두 눈을 깜빡이고만 있었어. 그러고 보니 불광천의 캐트닙 구역에서 지하 역사까지 내려오는 동안 정민은 상하좌우로 부지런히 고개를 돌리기만 할 뿐 입을 벌린 채 아무 말도 꺼내지 못했지.

그때 열차가 도착했는지 철컹철컹하는 요란한 소리와 함께 진동이 느껴졌어. 정민은 비로소 헉 소리를 내며 발바닥이 불에 데기라고 한 듯 폴짝 뛰었지.

승주가 정민에게 설명했어.

"지하철이 도착했나 봐요."

"지하철……이요?"

"땅 밑으로 지나가는 기차인데……."

"지하 갱도라도 있는 겁니까?"

그 말에 승주는 웃음을 터뜨리며 말했어.

"아니, 그냥 평범한 열차예요. 편리하고. 한번 타 보실래요?"

"아닙니다. 더 멀리 가고 싶지는 않습니다."

정민은 빠르게 고개를 흔들었어. 순사를 적당히 따돌릴 수 있을 만큼만 여기에 머물렀다가 다시 돌아가야 한다고 했지. 사진관을 그렇게 내버려 둘 수는 없다면서.

그런데 정민이 이곳에 극도의 이질감을 보이는 것과 달리, 그런 정민을 눈여겨보는 사람은 아무도 없었어. 기억해? 승주가 처음 과거로 도약했을 때 행인들에게 어떤 인상을 남겼는지. 완전히 대조적이었달까.

"정민 씨 옷이나 머리는 그대로도 괜찮거든요. 그 점프슈트도 헤어스타일도 오히려 여기서 더 자연스러울 거예요. 요즘 곱슬머리 쇼트커트도 유행이고요."

그때 정민의 뱃속에서 꼬르륵 소리가 났어. 승주는 열심히 뛰었더니 자기도 배고파 죽겠다면서 당장 뭐라도 먹으러 가자고 앞장서 역을 나섰지. 그야말로 대찬성이었어. 북어포는 고사하고 점심 한 입도 못 먹은 날이었으니까!

우리는 역 근처 편의점 야외 테이블에 자리를 잡고 앉았어.

사실 식당 몇 군데를 먼저 들렀지만, 고양이를 환영한 곳은 없었거든. 다섯 번째 퇴짜를 맞았을 때 승주가 물었어. 차라리 편의점은 어떨까요 하고.

좋은 생각이었지. 나에겐 고양이 음식도 빠짐없이 구비해 놓은 편의점이 가장 좋은 선택지니까. 다행히 오늘은 미세먼지 주의보도 아니어서 공기도 맑았어. 인간들도 바깥에서 식사하기 좋은 날씨였지.

승주가 뜨거운 물을 붓고 테이블에 내려놓은 컵라면 용기를 쳐다보던 정민이 물었어.

"국수를 그릇째 팝니까?"

"컵라면이라고 해요."

"컵라면은…… 다 먹으면 그릇은 가져도 됩니까?"

"아뇨, 저기 휴지통에 버리면 돼요."

"버, 버린다고요?"

이곳에 도착한 이래 들은 정민의 가장 큰 목소리였어. 승주는 당황하며 대답했어.

"아…… 환경 오염 문제를 피할 수 없기는 해요. 죄송해요. 목숨 걸고 지켜 주신 세상인데. 그래도 분리수거와 재활용으로 최선을 다하고는 있어요."

그 말도 틀리진 않았지만 승주가 사과해야 할 대상은 하나 더 있었어. 누구냐고? 바로 나야. 두 사람이 컵라면과 김밥, 샐러드, 과자, 주스를 먹는 동안 과연 나는 무엇을 먹었을까? 바로 닭가슴살 맛 사료였어.

하필, 어째서, 왜? 편의점에는 그렇게 다양한 사료와 간식을 파는데 승주는 거기서도 닭가슴살 맛 사료를 골라 왔다고. 나승주는 고양이만큼 고집이 센 모양이야.

그래도 나는 잠자코 먹었어. 정말로 배가 고프기도 했고, 먹다 보니 또 그리 나쁘지만은 않은 것 같기도 했고.

아아, 나도 나이가 들어가는 걸까. 입맛에 변화가 생긴다는 건. 아니면 나도 모르는 심경의 변화라도 생긴 걸까.

"이걸 보여 드려도 되는지 모르겠지만요."

식사를 마칠 무렵 승주는 가방에서 자기 손바닥만 하게 접힌 시험지를 꺼냈어.

이미 정민이 2017년으로 와 버린 마당에 어떤 방식으로 시간이 구겨질지 우리도 예측할 수 없었지만, 승주는 이소 프로젝트에 대해 다 하지 못했던 이야기를 드디어 정민에게 털어놓았어. 시험지에서 조금씩 희미해지고 있는 서지헌이라는 이름에 대해서. 그리고 1945년 여름의 해방이란 것에 대해서도. 나도 귀를 쫑긋 세우고 들었지.

"1943년으로 집중해 정민 씨를 찾아간 이유가 이 시험지예요. 구글에 검색해 보면 아직 서지헌 씨는 1943년 12월 도피 중 사망한 것으로 정보가 나오거든요. 아직은 시험지에 '서' 자는 남아 있으니……. 그래서 그곳의 12월이 되기 전 '서' 자까지 마저 지워 내면 정민 씨 오빠는 목숨을 건질 수 있지 않을까가 제 생각이에요."

정민은 복잡한 얼굴이었어. 시험지에 쓰인 '서' 자를 손가락으로 가만히 쓸고만 있었지.

"그렇군요. 오빠는…… 이 세계에서는 망자로 이름이 남았군요."

"속단은 일러요. 우리는 방금 1943년 10월에서 왔으니까요. 아직 두 달이 있어요. 그사이에 사진을 더 찍어 보는 거예요. 사진을 팔아서 보내는 우리의 자금이, 정민 씨 오빠의 현재와 미래를 지키는 환경을 만들어 주고 있는 게 분명하니까요."

일리 있는 말이었지. 하지만 그 순간 내 머릿속에 떠오른 생각은 이랬어. 그렇게 하려면 우리는 다시 1943년 10월과 12월 사이의 시간으로 가야만 하는데, 그 기간 동안 제복 입은 사람들의 감시가 장난이 아닐 거란 거지. 과연 가능한 계획일까? 인간들이 불가능해 보이는 일을 해내는 데 어느 정도 소질이 있다는 건 나도 알지만 말이야, 운도 무시할 수는 없는 법이니까.

"저 혹시 여기…… 측간이 있습니까."

그런데 이야기를 한참 듣던 정민이 눈가를 찡그리며 물었어.

정민은 상가에 딸린 화장실에서 시원하게 구토를 쏟아 냈지. 아무래도 물갈이 같다고 승주가 정민의 등을 두드려 주며 말했어.

"죄송합니다. 여사님. 제가 염치도 모르고 몹쓸 몰골까지 보여 드리고 말았네요. 칠칠치 못하게."

"여행 중에는 음식 조심해야 하는 게 당연한데. 제가 미안해요. 생각이 짧았어요."

승주도 덩달아 사과했어. 그러고는 고개를 갸웃거리며 덧붙였지.

"그런데 좀 이상하네요. 저는 거기서 얻어먹은 거 다 괜찮았는데. 이소도요."

"그건 아무래도…… 고양이 때문이 아닐까 생각합니다."

세수한 얼굴의 물기를 소매로 훔치며 정민이 말했어.

"고양이요?"

"네, 저에게는 길을 인도하는 고양이가 없고 지금도 여러분들의 손님에 불과할 뿐이니까요. 고양이는 영물이라고 하지 않습니까. 옛이야기에 따르면 영물은 사람을 보호한다고 하지요. 특히 제 주인의 운을요."

"설마요. 솔직히 시간 여행부터 거짓말 같은데요."

승주가 말도 안 된다는 듯 손사래를 쳤어. 그게 정말인 줄도 모르고 말이야. 아, 그렇다고 승주가 내 주인이라는 건 아니야.

"정민 씨 속은 좀 편해졌어요?"

"한결 낫습니다. 신기하고 맛있는 걸 대접해 주셨는데. 면목이 없습니다."

"에이 사과는 그만……."

그때였어. 승주는 하던 말을 맺지 못한 채로 세면대 거울에 붙은 어떤 스티커에 시선을 고정했어. '현진 설비', '막힌 하수도', '070-1234-5678' 따위의 글자가 있는 스티커였는데…….

어라…… 그런데…… 뭔가 약간 이상한 게 아니겠어.

나는 세면대 위로 폴짝 뛰어올라 스티커를 가까이 확인했고 곧 이상함의 이유를 깨달았지. 여기에서는 안 보이던 글자가, 1943년에 흔히 보던 모양의 글자가 그 스티커에 뒤섞여 있었던 거야.

"이런 광고에 히라가나가 섞여 들어갈 리 없는데."

승주도 이해할 수 없다는 듯이 중얼거렸지.

"키야옹!"

시간이 구겨졌다는 내 말에 승주는 반박했어.

"아니, 우리가 거기에 갔을 땐 특별한 변화가 없었잖아."

"이곳은 일어를…… 전혀 쓰지 않습니까?"

"물론이죠! 옛날에 해방됐으니까!"

승주의 확언에 정민은 '역시 기묘하네요.'라고 중얼거리며 도리어 고개를 갸웃거렸어. 그러더니 잠시 후 무언가 떠오른 듯 말했지.

"사실 저쪽에도 기묘한 일이라고 한다면…… 의심 가는 게 하나 있기는 합니다."

"네?"

"요 몇 달, 좀처럼 없던 모래바람, 먼지바람이 자주 불어왔습니다. 경성에 기침 환자가 부쩍 늘었고 저도 최근에 약을 자주 지어 먹었습니다. 제가 본래 뜀박질도 오래 잘하고 허파도 튼튼한데요, 요즘따라 이상했어요. 시장통에서는 무슨 재앙이다, 신문에서는 신종 역병이다, 말들이 많았습니다."

"아……."

이런, 고양이의 불찰이었어.

"미세먼지가……."

승주도 같은 생각인 듯했지.

그쪽도 우리가 미처 모르는 사이 그런 식으로 시간이 구겨졌던 거야. 그래서 정민이 그렇게 기침을 했던 거고. 너무나 미안하게도.

긴 침묵이 흘렀어. 어디선가 수도가 새는지 타일 바닥으로 물이 똑똑 떨어지는 소리만 한동안 들리다가 정민이 입을 열었지.

"깨달았으니 됐습니다. 우리가 서로의 시간에 간섭하는 건 여기까지인가 봅니다."

"정민 씨."

"하지만 시간이 구겨져도 이 만남이 없던 게 되는 건 아니니까요. 여사님. 이제껏 베풀어 주신 은혜는 잊지 않겠습니다. 마지막까지 기운 내 오빠를 기다려 보겠습니다."

"제가 더 도울 방법이 있을 거예요!"

"충분히 하셨습니다. 이미 오빠의 이름 석 자에서 두 글자나 지워 주시지 않았습니까."

정민이 승주의 두 손을 꼭 잡으며 말했어.

"여사님은 이미, 이 고양이가 제게 나눠 준 최고의 운입니다. 진심으로 감사합니다."

나는 정민을 위해 우리가 떠나왔던 1943년 그날의 저녁으로 틈을 열었어.

그 '이소'의 새로운 사진은 더 이상 찍을 수 없겠지만, 정민은 오빠가 아직 살아 있다는 사실을 확인한 것만으로도 이번 시간 산책의 가치는 충분하다고 했어. 어쩌면 운명을 바꿀 수 있다는 가능성을 알게 된 것도.

정민은 마지막까지 나와 승주에게 고맙다며 몇 번이나 허리를 숙여 인사하고서 내가 연 틈으로 혼자 씩씩하게 미끄러져 들어

갔어.

틈이 닫히고도 꽤 오랜 시간, 해가 떨어지고 바람이 차가워질 때까지 나와 승주는 캐트닙 구역에 말없이 앉아 있었지. 지난 여행 하루하루를 회상하면서.

그리고 며칠 뒤에 승주는 나를 '입양'했어.

그 노파가 또 나타나 집을 부수려던 찰나, 승주가 자기도 모르게 '제 고양이한테 그러지 마세요!'라고 해 버린 거지. 자기가 뱉은 말에 책임을 졌다고 해야 할까.

다만 입양이란 건 승주의 착각일 뿐, 실은 내가 승주를 선택한 거야. 정식 집사로 말이지. 그리고 맞아. 나는 다른 이름을 다 버리고 '이소'에 고정되기로 결심한 거야. 여러분도 고양이의 생에 관심이 좀 있다면 알겠지만, 그건 아주 중대하고도 굉장한 결심이지. 고양이에게는 운명 그 자체를 바꾸는 일이니까.

처음에 말했지. 이건 내가 어떻게 이름을 얻었는가에 대한 이야기라고.

"이소, 왜 멀뚱히 있어? 네 바퀴 돌아야 하잖아!"

한번은 승주가 인내심을 잃고 나를 닦달한 적이 있어. 구글이라는 곳에서 서지헌의 사망일이 변함없이 1943년 12월인 걸 보고 조바심이 났던 거야. 게다가 서정민이라는 이름은 흔한 편이라 검색해도 그럴듯한 단서를 찾기가 어려웠고.

결국 승주는 캐트닙 구역으로 날 데려가서 1943년 11월로 가자고 부탁했어. 딱 한 번만 보고 싶다고. 정민 씨가 무사한지. 누구에게도 말 걸지 않고 누구의 눈에도 띄지 않을 테니 멀리서 딱

30초만 보고 싶다고. 그 정도 미세먼지는 그리 치명적이지 않지 않겠냐고.

나는 꼬리를 다리에 감아 만 채로 가만히 승주를 올려다보았어. 미안하지만 그럴 수밖에 없었어.

"이소야, 왜 안 해? 왜 안 하는데? 응?"

갑갑해진 승주는 나를 한참 어르고 달래고 화도 한번 냈다가 결국 시간 산책을 포기하고 집으로 돌아왔어. 집에 도착하고도 한참 삐져서 말이 없더라고. 그러다가 밤늦은 시간이 되어서야 목소리를 들려줬어.

"정민 씨는 괜찮을까."

2017년 11월이 되도록 남아 있는 '서' 자를 보며 승주가 중얼거렸어. 아주 약간 더 흐려지긴 했지만 그래도 여전히 잘 보이는 채였지.

"사실 이제는 정민 씨라도 무사했으면 좋겠어."

승주는 마치 시험지가 정민의 사진이라도 되는 것처럼 뚫어지게 바라보면서 독백했어.

"처음부터 내가 안 갔더라면 정민 씨라도 무사했을까. 죄책감이 들어. 맞아. 더 망가뜨리기 전에 안 가는 게 맞아. 내가 다시 가면 상황을 오히려 악화시킬 거야. 거기선 얼굴도 팔렸으니까. 그리고 그날 이후의 정민 씨가 사진관에 있으리란 보장도 없지. 무사하다면 어딘가에 숨어 지낼 가능성이 클 테고. 너도 거기까지는 모를 거 아냐. 정민 씨가 지금 어디에 있는지."

물론 그렇긴 했지만 승주가 모르는 게 또 하나 있었어. 나는 이제 캐트닙 네트워크를 벗어났다는 사실.

그게 무슨 뜻이냐면, 나는 이제 시간 산책을 할 수 없는 몸이 되었다는 거야. 승주가 원하든 원하지 않든. '이소'라는 이름에 고정되었으니까. 그래서 승주를 1943년으로 데려갈 수 없었어.

아직 무슨 말인지 모르겠다고? 캐트닙 네트워크는 하나의 이름에 고정되지 않은 길고양이들만의 것이야. 집사를 선택한 이상 산책은 끝이지. 이름과 집이란 것이 생겼으니. 그것들은 아주 무거운 것이고…… 더 이상 떠돌아다닐 필요가 없게 돼.

산책이 끝나 버렸다는 소식에 여러분은 실망했을까?

아니, 그러긴 아직 일러.

1943년을 다시 산책하지 못했고, 1945년에 이곳이 자유라는 이름을 되찾은 건 변하지 않는 사실이라고 해도, 우리에겐 아직 확인하고 싶은 무언가가 남았잖아? 서정민이라는 평범한 이름의 소녀에 대해서.

그에 대한 힌트를 얻은 건 시간이 다소 흐른 2023년 가을, '감독'이라는 사람에게서야. 여러분도 알다시피 구글이 세상사 전부를 명쾌하게 알려 주진 않아. 승주도 그걸 받아들이고 서지헌도 서정민도 검색해 보기를 어느 날 멈췄어. 시험지도 더 이상 확인하지 않았고. 차라리 모르는 편이 낫다고 마음을 정한 거지. 정민의 말대로 서로의 시간에 간섭하지 않기로.

마지막 시간 산책을 끝낸 이듬해부터 승주는 부지런히 오디션을 보러 다녔고 어느 날부터는 텔레비전에 조금씩 얼굴을 내밀게 됐어. 길에서 승주를 알은체하는 사람들도 제법 생겨났고. 이름은 처음 그대로, '나승주'로 고정하기로 했대. '이소민'은 1943년의 모데루를 위해 남겨 두기로 했다나.

그러던 어느 날. 감독이라는 사람이 나타나서 승주에게 그동안 찾던 얼굴이라며 자기 영화에 출연해 주면 좋겠다고 제안했어. 우리는 시내의 한 반려묘 동반 출입 가능한 카페에서 만났고 그는 아주 오래되어 색이 바랜 사진을 한 장 내밀었어. 그 사진을 보자마자 승주의 눈은 있는 대로 커졌지.

그건 바로 '그 사진'이었거든.

기억해? 감청 색의 레트로. 한쪽으로 쓰다듬으면 보들보들하고 반대편으로 쓰다듬으면 까슬까슬한 그 옷. 물론 그 색깔은 안 보이는 흑백사진이지만, 정민이 찍어 주었던 승주의 그 사진.

사진은 시간의 손길을 고스란히 거쳐 와 모서리도 표면도 심하게 낡아 있었어. 감독이 어느 오래된 중고 책 사이에 책갈피처럼 끼워져 있던 그것을 우연히 발견하면서 이 모든 일이 시작되었다고 했지. 동시에 감독은 승주가 사진 속의 인물과 똑 닮아서 계속 눈여겨봐 왔다고 했어.

아, 그런데 감독이 만들려는 작품의 주인공이 승주인 것은 아니었어. 지난 몇 년간 감독이 조사하며 작업한 시나리오의 주인공은 따로 있었지. 어느 기록에서도 정확한 이름을 발견하지 못해서 시나리오상 이름은 아직 '서 작가'라고 했어.

'서'라는 성씨에 나와 승주의 귀가 동시에 쫑긋해졌지.

그가 설명하기를 해방과 전쟁 전후로 서울의 다양한 풍경을 남기고 행적이 묘연해진 서 씨의 여성 사진작가가 있었다고 해.

서 작가가 남긴 유일한 사진첩의 제목은 「미래를 입은 여자」라며 이번에는 휴대전화 속 사진을 하나 보여 주었어. 박물관 소장 자료라 실물을 보여 줄 수는 없다면서.

감독이 손가락을 쓸며 페이지를 넘길 때마다 승주의 사진 몇 장도 차례로 나타났어. 승주의 두근거림이 무릎에 앉아 있는 내게도 전해지는 중이었지.

"학예사님 말씀에 따르면 서 작가는 '이소'라는 모델의 사진을 팔아서 독립운동 자금으로 조달했을 가능성이 있다고 해요. 저는 그 이야기를 듣고 '미래를 입은 여자'라는 제목에 혹해서 이 시나리오를 쓰게 됐고요. 사실 영화사 몇 군데서 퇴짜를 맞았는지 몰라요. 그래도 올해 한 군데서 관심을 보였고 이렇게 캐스팅 단계에 있습니다. 주인공은 서 작가지만 이소 역에는 반드시 나승주 씨를 캐스팅하고 싶어서 바로 연락드렸고요."

감독은 자기가 조사해 아는 범위에서 서 작가의 이야기도 들려주었어. 해방 전 숨어서 죽은 듯이 살았던 기간이 있었고, 1945년 겨울, 죽은 줄 알고 체념했던 오빠가 중국에서 돌아왔으며 그때 기념으로 남긴 둘의 유일한 가족사진이 있다고 했어.

감독의 휴대전화에는 물론 그 사진도 들어 있었지. 어색한 포즈로 카메라를 향해 엉거주춤 선 서로 닮은 여자와 남자 하나. 위아래가 붙은 옷에 짧은 곱슬머리. 정민이었어.

"잠시만요. 감독님."

궁금증을 더 이상 참지 못한 승주는 결국 양해를 구하고 제 휴대전화로 구글을 열었어. 아주 오랜만이었을 거야. '서지헌'이라는 이름을 그 네모 칸 속에 넣어 보는 거 말이야. 승주의 입이 이내 살짝 벌어졌어.

"없다……."

작게 떨리는 소리였지만 나에게는 아주 분명하게 들렸지. 그렇다는 건 시험지에도 이제 '서' 자는 남아 있지 않게 되었다는 걸까. 나도 심장이 콩콩거리고 털끝이 찌릿해졌어.

"계속해 주세요."

눈가가 빨개진 승주가 감독에게 부탁했어. 서 작가의 이야기를 더 들려달라고.

오빠와의 재회 후 서 작가는 전쟁이라는 어려움을 또다시 겪지만, 그래도 사진을 놓지 않고 살았다고 해. 다만 1955년 이후 남매는 어떤 행적도 없이 사라진 게 미스터리라는 것일 뿐. 감독은 그래서 영화의 결말을 어떻게 지어야 할지는 여전히 고민 중이라고 덧붙였어.

"이념 다툼이 첨예했던 그 시대에는 행방이 묘연해진 인물들이 꽤 있었다고 해요. 월북 가능성도 국외 망명설도 있지만 진실은 아무도 모르죠. 그래도 후세에 완전히 잊히지 않고 발견해 주는 누군가가 있다는 건 좋은 일이라고 생각합니다. 아, 그리고 사족이지만 사진첩에는 작가 남매가 고양이와 함께 찍은 것도 몇 장이 있어요."

'마침 고양이를 데리고 나오셔서, 이것도 안 보여 드릴 수 없네요.'라며 감독은 다른 사진도 보여 주었어.

"작가 남매는 고양이를 무척 좋아했던 모양이에요. 생김새가

다 다른 고양이인 걸 보면, 반려묘는 아니었을 테고 길고양이들 같아요."

감독이 보여 준 사진 중 하나에는 아무리 봐도 '송곳니'인 녀석이 있었어. 순간 나와 승주는 정신이 번뜩 들어 '아, 어쩌면……!'의 눈빛으로 서로를 마주 보았지.

우리는 이제 일치된 언어로 대화를 나누지 않지만 집사와 고양이 사이니까 서로 표정만 봐도 척하면 척이거든. 분명히 같은 생각을 떠올렸을 거야.

캐트닙 네트워크.

원래의 시간에서 미끄러져 나가 시간의 틈을 벌려 산책을 떠난 남매의 모습이 나와 승주의 가운데에 말풍선처럼 떠오른 거야.

그렇다면 그동안 우리가 미처 알아차리지 못한 시간의 구겨짐은 무엇이었을까, 그런 생각도 스치긴 했는데. 아니, 있잖아. 시간 산책이 나만의 것이 아닌 이상, 이 세상은 애초에 시간이 구겨진 결과로서 존재하는 거 아닐까? 아무리 제자리를 지키려고 애써도 결국 세상의 시공은 서로가 서로를 늘 간섭하고 있었던 거 아니냐고.

왜냐하면, 이름 없는 고양이는 언제나 어디에나 늘 있으니까. 그리고 있어 왔으니까. 앞으로도 있을 것이고.

즉, 오늘 감독이 승주를 찾아온 것도 결국은 시간이 구겨진 결과라는 거지. 내 말 이해해? 아마도 여러분은 이해했겠지만 과연 승주가 이렇게 복잡한 생각까지 하고 있는지는 솔직히 모르겠군. 지금은 그저 서 사진관 남매가 무사했다는 것만으로 충분히 기쁜 것 같아.

승주는 당연히 출연을 승낙했어. 그리고 미팅을 끝내기 전 감독에게 슬며시 제안했지. 서 작가에게 '서정민'이라는 이름을 주면 어떻겠냐고. 개인적으로 많이 아끼는 이름이라 추천하고 싶다고. 감독은 잘 어울린다며 적극적으로 고려하겠다고 했어.

"이소야."

"이야옹."

"고양이가 있으니까, 이제 물갈이는 안 하겠지?"

귀갓길 승주가 내게 나긋하게 물었어. 그거야 두말하면 수염 간지럽지. 나는 크게 하품하며 가르랑거렸어.

"다행이다. 정말로."

있잖아, 어쩐지 오늘은 포슬포슬한 북어포를 무지무지 먹고 싶은 날이야. 승주가 집에 도착해서 '서' 자가 사라진, 이름이 깨끗이 지워진 시험지를 확인하고 나면 세 개 정도 달라고 해 봐야겠어.

세상을 괜찮게 구겼던 이소에겐 오늘 그럴 자격이 있으니까.

제5회 타임리프 소설 공모전 우수상 수상작

# 라젠카가 우리를 구원한다 했지

김아직

"동그라미가 시작이 워딨고 끝이 워딨어!"*

—『김지환 회고록』 중 별빛마을 2단지 부녀회장 남춘순의 말

**1.**

한은세가 그 여자를 처음 본 것은 1997년 넥스트의 고별 콘서트장에서였다.

「라젠카, 세이브 어스」의 전주 오페라가 울려 퍼질 즈음, 검은 후드를 뒤집어쓴 여자가 돌연 한은세 곁에 등장했다. 관중에 떠밀리거나 스스로 사람들을 비집고 그 자리로 온 게 아니었다. 여자는 CG 합성처럼 갑자기 그 자리에 존재했다. 은세는 자기 말고도 이 수상쩍은 장면을 목격한 이들이 있을까 하여 주위를 두리번거렸다. 하지만 강렬한 드럼 사운드와 아포칼립스의 광기에 취한 관중들은 검은 후드 차림의 여자가 아니라 초록색 살갗의 외계인이 나타나도 신경 안 쓸 분위기였다. 오직 은세와 여자만이 서로의 존재를 강렬하게 인지하고 있었다. 은세는 여자가 콘

* 서사가 순환 구조를 띨 때는 사건의 시초와 결말이 따로 없다는 뜻.

서트를 즐기러 온 게 아니라는 데 손목을 걸 수도 있었다.

여자는 은세가 안고 있던 피켓을 낚아채더니 뭘 맡겨 둔 사람처럼 손을 내밀었다.

"마커도 얼른!"

은세가 뭘 어찌 반응해야 할지 몰라 눈만 껌뻑거리자 여자는 은세의 점퍼 주머니를 뒤져 유성 매직을 빼 갔다.

원래 은세의 피켓에는 '신해철 미래 부인 한미라!'라는 문구가 있었다. 한미라는 신해철의 광팬이자 고별 콘서트 티켓의 본래 주인인 막내 고모였다. 콘서트를 앞두고 갑자기 회사 출장을 가게 된 막내 고모가 당시 중학생이던 한은세를 대타로 보낸 것이었다. 응원 피켓에 쓸 문구까지 정해 주면서 말이다. 은세는 고모가 일러 준 대로 하드보드지를 사서 피켓을 만들었지만 정작 콘서트장에서는 내내 품에 안고만 있던 터였다. 누구의 미래 부인이라니. 그 망측하고 오글거리는 문구를 차마 남들 앞에 공개할 수가 없었던 것이다.

여자는 은세를 돌려세우더니 은세의 등을 탁자 삼아 피켓 뒤쪽에다 급히 뭔가를 끼적였다. 전주의 웅장한 오페라가 끝나고 신해철의 노래가 시작되자 일찍이 은세가 겪어 보지 못한 데시벨의 함성이 콘서트장을 뒤흔들었다. 응원 문구를 다 썼는지 여자는 피켓을 힘껏 치켜들었다. 하지만 노래가 중반부를 지나가도록 여자의 피켓은 넥스트의 주의를 끌지 못했다. 객석은 어둑어둑했고 기껏 50센티미터가 될까 말까 한 하드보드 띠지는 야광 막대의 거대한 물결 속에 파묻혀 버렸다.

관객들의 떼창 속에서 노래는 결말로 치달았고 여자는 스스로 피켓을 내렸다.

"저기…… 그거……."

은세는 피켓을 가리켜 보였다. 꼭 돌려받아야 했다. 미션을 수행했다는 증거로 고모에게 가져가야 했기 때문이다. 여자는 피켓을 돌려주며 은세의 귀에 대고 소리쳤다.

"너, 100원 아끼느라 인생 조지지 마라. 알배기 세 통을 품에 안고 가는 미친 짓 하지 말라고."

암만해도 미친년이 분명했다.

그제야 은세도 눈을 반짝거리며 여자를 찬찬히 살폈다. 처음 등장할 때부터 뿜어 대던 강한 이물감의 정체가 궁금해진 것이었다. 은세보다 조금 큰 키에 보통 체격. 어느 거리에나 있을 법한, 평범하기 짝이 없는 신체 조건인데도 여자는 도드라졌다.

그림으로 치자면 화풍이 달랐다. A 화가가 그린 콘서트장 정경에 다른 화풍을 지닌 B 화가가 인물 하나를 덧그린 모양새였다. 여자에겐 이 세계에 녹아들지 않는 뭔가가 있었다. 은세의 빤한 눈길에 응수하듯 여자가 후드를 벗었다. 여자의 왼쪽 뺨은 벌집 모양의 자국으로 뒤덮여 있었다. 오래된 흉터 같진 않았고 콘서트장에 오기 전에 뭔가에 짓눌린 듯했다. 왼쪽 귓불은 외과 수술이 시급해 보일 정도로 찢어져 있었고 입술도 군데군데 터져서 핏물이 맺혀 있었다.

은세가 입을 가리며 물러섰지만 여자는 더 바특이 다가섰다.

"알배기배추는 꼭 봉투에 담아 다녀. 내 말 명심해!"

그 말을 끝으로 여자는 사라졌다. 다른 사람들 틈으로 뒷걸음질 치다가 어느 순간 증발해 버렸다. 그날 여자가 피켓 뒷면에 남긴 문구는 이것이었다.

마왕, 정말로 라젠카가 우릴 구원해 줄까요?

노랫말의 진의를 되묻는 듯한 문장이었다.

실로 괴이한 조우였으나 두어 해가 지나자 은세는 검은 후드티셔츠를 잊었다. 때는 그 여자를 능가하는 미친 자들이 도처에 출몰하던 세기말이었고, 한은세 또한 똑단발 뿔테 안경의 고등학생이 되어 집 학교 학원의 쳇바퀴에 갇혀 버렸던 것이다.

그리고 2024년 어느 날…….

“알배추 세 통 해서 8700원입니다. 봉투 드려요?”

동네 슈퍼 계산대에서 알배기배추값을 치르던 한은세의 머릿속에 섬광처럼 그날의 일이 스쳐 지나가는 것이었다. 그때 분명 100원이 어쩌고 봉투가 어쩌고 했던 것 같은데……. 하지만 대한민국의 동네 슈퍼 계산대는 옛 기억을 되짚기에 적당한 장소가 아니었다. 거긴 빨리빨리의 등속 운동이 지배하는 곳으로 물체도 사람도 한 방향으로만 움직이며, 잠시만 멈칫거려도 떠밀리게 마련이었다.

“손님? 봉투 드려요?”

“아, 아뇨. 괜찮습니다.”

어린애 머리통만 한 알배추 세 통을 품에 안고 가야 한다는 사실을 깨달았을 땐 이미 계산대에서 한참 멀어진 뒤였다. 은세 뒤에서 차례를 기다리던 부부의 아이들이 계산을 마친 과자들을 집어 드느라 법석을 떨었고, 은세는 순식간에 슈퍼 문간까지 밀려나 있었다.

결국 은세는 알배추 세 통을 품에 안고 슈퍼를 나섰다.

격동의 회오리가, 정확히 27년 전에 검은 후드 티 차림의 여자가 예언한 운명이 자신을 기다리는 줄도 모르고서…….

**2.**

모든 필연들의 시초지는 최초의 우연이라 했다.

따지고 보면 알배기배추를 고른 것부터가 우연이었다.

그날 오전 실업급여가 입금되었다는 문자 메시지가 도착했고, 은세는 오랜만에 장을 좀 봐야겠다는 생각이 들었다. 열흘 전쯤 서류 전형에서 떨어진 뒤로 내내 편의점 도시락과 냉동식품으로 연명했으니 싱싱한 섬유질을 보충해 줄 때가 되었던 것이다. 할인 상품이라고는 하지만 쌔고 쌘 섬유질 식품들 중에 알배기배추를 고른 이유는 은세 자신도 설명하기 힘들었다. 알배기배추는 이제껏 은세가 한 번도 사 본 적 없는 품목이었고 심지어 조리법도 몰랐다. 그런데도 맥락 없는 욕망이 은세를 부추겼다. 한은세, 알배기배추를 골라! 쩨쩨하게 굴지 말고 넉넉히 좀 사. 한…… 세 통 정도?

배추 세 통을 품에 안고 걸으면서, 은세는 1997년에 들은 것들을 떠올렸다. 당시에는 100원과 비닐봉지의 상관관계를 짐작조차 할 수 없었다. 하지만 지금 한은세는 동네 슈퍼나 편의점에서 비닐봉지를 100원에 사야 하는 세상에 살고 있다. 게다가 노란 알배기배추 세 통이라니! 1인 가구인 데다 손님을 청할 일도 없는 한은세가 냉동식품도 아닌 배추를 세 통씩이나 사야 할 이유가 없었다.

알배기배추를 둘러싼 우연들을 곱씹으며 슈퍼 앞 광장을 지나는데 은세와 비슷한 검정 패딩 차림의 여자가 은세를 앞질러 갔다. 여자는 방금 은세가 다녀온 슈퍼의 로고가 새겨진 비닐봉지를 들고 있었다. 잠시 후에는 검정 패딩을 입은 남자가 은세를 지나갔다. 남자는 편의점 비닐봉지를 팔에 걸고서 손에는 300밀리리터 커피우유를 들고 있었다. 슈퍼 앞 광장을 지나 동네 중앙공원으로 접어드는데 이번에는 장바구니를 든 노부부가 마주 오고 있었다.

새삼스러울 것도 없는 장보기 행렬인데도 사람들이 스쳐 지나갈 때마다 은세는 알 수 없는 소외감을 느꼈다. 저들 모두에겐 있으나 한은세에겐 없는 것 혹은 저들에겐 허락되었으나 한은세에겐 허락되지 않은 뭔가가 있었다.

은세는 아예 걸음을 멈추고 중앙공원을 가로지르는 사람들을 살펴보았다. 남녀노소와 개, 유모차가 뒤섞인 저 흔한 풍경이 오늘따라 무슨 콘셉추얼 아트로 보였다. 익숙한 것들이 낯설어지는 순간, 삶의 우발성을 담아낸 작품들. 전시 주제는 '추방'이 좋을 듯했다. 다양한 연령대의 아마추어 작가들을 섭외하여 소외와 일상의 타자화를 다룬 '추방' 연작을 기획해 봐도 나쁠 것 같지 않았다. 보도 자료에는 실직을 비롯한 여타 사정으로 고립되고 좌초된 인간을 은유하는 기획이라고 쓰면 될 것이다. 반년 전부터 비자발적 백수로 살고 있지만 원래 은세는 미술관의 큐레이터였고, 눈앞의 풍경들을 예술 작품으로 해석하는 건 일종의 직업병이었다.

머릿속에 아이디어가 떠다니자 은세는 저도 모르게 웃음이 났다. 모든 아이디어가 다 작품이나 가시적 결과로 이어지는 것은 아니지만 초기 발상만큼 예술가를 들뜨게 만드는 것도 없었다. 하지만 모처럼의 웃음기가 다 가시기도 전에 그들이 나타났다.

"인두겁을 쓴 잡놈한테서 애기를 구한다는 게 너여?"

60대로 보이는 땅딸막한 여자가 소리치자 슈트 차림에 40대 초반쯤 돼 보이는 남자가 조금 다른 풍의 언어로 해석을 곁들였다.

"'타락한 유사 인류에게서 아이를 구원할 자가 그대인가.'라는 뜻입니다."

신흥 종교 전도사로 추정되는 2인조였다.

한은세는 화를 내려다 말고 돌아섰다. 반년째 자가 격리급 은둔 생활을 하다 보니, 순간대처 능력과 언어 능력이 퇴화될 대로 퇴화된 상태였다. 아까 슈퍼에서 봉투를 요청할 골든타임을 놓친 것도 그래서였다. 이런 상태로는 사기꾼들을 응대할 자신이 없었다. 은세는 서둘러 행인들 틈에 섞여 들었다.

하지만 2인조는 무작위로 대상을 고르는 게 아니었다.

그들이 원하는 건 은세였다.

"알배기배추 세 통을 부여잡고 까르륵 웃으며 온다던 자가 너여?"

"'미니 쌈배추 세 통을 품에 안고 햇살 같은 미소를 지으며 등장하리라던, 예언 속 인물이 그대인가.'라는 뜻입니다."

2인조의 목소리가 낙석동 중앙공원에 울렸고 이내 사람들의 눈길이 은세에게로 쏠렸다.

그랬다.

그 어딜 보아도 알배기배추 세 통을 안고 있는 사람은 한은세밖에 없었다.

"안 잡아먹어, 걱정 말어. 우린 그냥 그짝이 누군지 일러 주러 온 거여. 찬찬히 설명을 들어 보면 다 이해가 갈 거구먼."

"걱정 마십시오. 저희는 진실을 알려 드리고자 온 사람들입니다. 여기 이 누님은 선별자이시고, 저는 해설자입니다. 저희는 예언 속 전사를 찾아내어 임무를 고지하는 일을 합니다."

은세는 2인조를 데리고 근처 카페로 갔다. 공원에 있던 사람들이 은세까지 싸잡아서 3인조 전도단 보듯 했기 때문이다. 슈트 차림 남자가 은세 몫의 커피까지 사려는 걸 거절하고 은세는 따로 음료를 주문해서 자리에 앉았다. 저 수상한 2인조에겐 커피가 아니라 누룽지 사탕 한 알도 받아선 안 되었다. 그랬다간 은세가 감당하기 어려운 후폭풍이 몰려올지도 몰랐다. 되로 주고 말로 받아 내는 게 사이비 놈들의 속성이니까.

달고 시원한 버블티를 들이켜자 눈앞의 사태가 실감 나기 시작했다. 일의 실체는 아직 가늠이 안 되지만 뭔가가 제대로 엎질러졌다는 것만은 확실했다. 은세는 아까 중앙공원에서 마주쳤던 장보기 행렬과 자신의 차이를 이제야 제대로 깨달았다. 그건 담을 것의 유무였다. 그네들에겐 있는 장바구니나 비닐봉지가 은세에겐 없었던 것이다. 그 사소하고 결정적인 차이가 은세를 괴이한 2인조 앞에 데려다 놓은 것이었다. 장바구니를 가지고 다녔더라면 하다못해 에코백이라도 하나 들고 슈퍼에 갔더라면, 그도 아니면 검은 후드 티가 충고한 대로 100원에 봉투를 샀더라면 저 2인조와 마주 앉는 일은 없었을 것이다.

"나도 고양시 사람이여. 저어기 별빛마을 2단지 살어. 그 왜 트리플크라운 사는 데로 유명한 단지 있잖여."

"트리플크라운이요?"

"마약, 음주운전, 교제 폭력까지 다 해 놓고 탈퇴 안 하고 버텨서 팬이랑 퇴출 시위대를 같이 몰고 다니는 남자 아이돌 오물정 말이여. 걔 덕분에 우리 단지 매스컴 수월찮게 탔는데, 오호호, 텔레비전 잘 안 보나 벼. 참고로 오물정 그거 본명이여. 세상 물정에 밝으라고 걔 아버지가 그런 이름을 지은 거여. 내가 걔 아버지랑 개인적으로다 잘 아는 사이구먼. 암튼 우리 수상한 사람들 아니여."

여자가 명함을 건넸다.

별빛마을 2단지 부녀회장 남춘순.

남자도 일터와 연락처가 명시된 명함을 주었다. 그는 수입 차 딜러이자 작가라고 자신을 소개했다.

"김지환입니다. 이리 뵙게 되어 반갑습니다. 아, 잠시만요. 어쩌면 이제 그쪽 이름을 알아낼 수 있을지도 모릅니다."

남자는 뜻 모를 소리를 지껄이더니 낡은 엠피스리의 이어폰을 귀에 꽂았다. 그러고는 가방에서 표지가 너덜너덜한 책을 꺼내어 뒤적였다. 5분 가까이 꼼짝 않고 책을 보던 남자는 갑자기 턱을 치켜들며 흐느끼기 시작했다. 남자의 주먹이 슬며시 입 쪽으로 올라가는 것을 보고 은세는 급히 버블티를 들이켰다.

에이, 설마…….

하지만 은세가 우려한 대로 김지환은 주먹을 입에 밀어 넣고서 컥컥거렸다. 알배기배추 쇼핑에 이어 주먹을 물고 우는 남자까지, 다방면으로 인생의 첫 경험을 쌓는 날이었다. 은세가 버블티 잔을 집어 들고 슬며시 일어서는데 김지환이 축축한 주먹을 바지에 문지르며 은세를 올려다보았다.

"한은세…… 은세 씨로군요. 드디어 찾았다! 우리…… 은세 씨!"

은세는 27년 전의 흉흉한 예언을 떠올리며 탄식했다.

조졌다, 망할.

**3.**

"우리도 알배추를 보기 전까진 우리가 찾는 사람이 누군지 몰랐습니다. 예언대로 알배추 세 통을 끌어안고서 웃고 계실 줄이야……. 은세 씨 그거 모르죠? 한참 멍때리다가 픽 웃는 버릇 있는 거?"

말로는 오늘 처음 보았다 하면서도 김지환은 오래 알고 지낸 사람처럼 굴었다. 은세는 시답잖은 말에 일일이 대꾸하고 싶지 않았다. 빨리 2인조를 떼어 내고 집에 가야겠다는 생각뿐이었다.

"예언이라는 표현을 쓰는 거 보니까 두 사람 종교인 맞네요. 나에 대해 조사도 많이 하셨고요. 뭐, 요즘은 보이스피싱 사기꾼들도 사전 조사에 엄청 공을 들인다고 하더라고요. 결론부터 말씀드리면 나는 무신론자에 백숩니다. 지금 사는 집도 80퍼센트 대출이고요, 딱 하나 있던 암 보험도 요번에 해지했어요. 저 털어 봤자 별거 없다고요."

"대출, 보험 이야기가 여기서 왜 나와? 지환아, 암만해도 은세가 우리를 재미난 사람들로 오해하는 모양이여."

남춘순이 김지환의 팔뚝을 두드리며 어깨를 떨었다. 소리가 나진 않았지만 아마도 그게 남춘순의 웃음인 듯했다.

"우리가 하는 일에 젤 쓸데없는 게 돈이여. 돈으로 될 일 같았으면 은세를 찾아 나설 필요도 없었구먼. 우리는 애기를 살리려고 온 거여. 그럼 자세한 설명은 지환이한테 듣고 연락 줘. 지환이가 저래도 용한 예언자여. 나는 우리 아파트 단지 내 상가 리모델링 문제로 긴히 가 봐야 할 데가 있구먼. 은세 너를 전사로 고른 게 나여. 나중에 이 일이 맘에 들거들랑 커피나 한잔 사서 놀러 와. 참고로 내 취향은 카푸치노여. 시나몬 듬뿍."

남춘순은 또 음소거 웃음을 웃고는 먼저 자리를 떴다.

"그럼 핵심부터 말씀드리겠습니다. 은세 씨는 미래를 드나들 수 있는 능력을 가진 사람입니다. 그 능력으로 납치, 살해 위기에 놓인 아이를 살려 내실 분입니다."

"예전 분들은 주로 조상님을 들먹이며 접근했는데, 요즘은 사이언스픽션으로 장르가 바뀌었나 봐요. 내가 반년 가까이 본의 아니게 은둔 생활을 했더니 이쪽 트렌드에 뒤처진 모양이에요."

"받아들이기 쉽지 않다는 거 압니다. 하지만 은세 씨는 누구보다 열정적으로 이 일에 매진하게 될 겁니다."

"진짜 예언자시면 그 힘을 큰일에 쓰셔야지 절 붙잡고 뭐 하자는 거죠?"

"은세 씨가 현재와 미래를 오가는 능력이 있다면 나는 미래를 읽어 내는 능력이 있습니다. 특정 조건이 갖춰지면 미래에 쓰일 일기나 책을 읽을 수 있어요. 물론 모든 걸 다 읽는 건 아니고 나중에 내가 쓰게 될 기록물만 읽을 수 있습니다."

"그럼 제 얘기가 당신의 일기나 책에 등장한다는 뜻인가요?"

"은세 씨의 이야기는…… 제가 65세에 출간하게 될 회고록에서 봤어요. 처음부터 모든 게 다 보이진 않아요. 우리가 처음 만난 날의 정황, 은세 씨의 활약상 그리고 같이 여행을 다녔던 기록 일부 정도만 봤어요. 사실 오늘 은세 씨를 직접 보기 전까지 이름은 모르고 있었어요. 이름이 들어간 곳마다 활자가 지워져 있어서 읽을 수가 없었거든요. 그런데 은세 씨를 찾고 나서 다시 회고록을 펼쳤더니 한은세라는 이름이 보였던 겁니다."

"미치겠네. 그럼 그 회고록에 우리가 여행을 같이 다니는 사이였다고 기록돼 있단 말인가요?"

"네. 우린 죽이 척척 맞는 동료이자 연인이었습니다. 사실 4년 전쯤 회고록을 처음 읽었어요. 그리고 계속 오늘이 오기만 기다렸습니다. 바로 오늘, 낙석동 중앙공원에서 우리가 만나기로 돼 있었어요. 얼굴이나 이름은 모르지만 알배기배추 세 통을 들고서 웃고 있을 거라 했거든요. 전 보자마자 은세 씨가 회고록의 그 사람이라고 확신할 수 있었어요. 아까 처음 저랑 눈이 마주쳤을 때 짝다리를 짚고 계셨던 거 알아요? 회고록에도 은세 씨가 툭하면 짝다리를 짚고 저를 째려봤다고 쓰여 있더라고요. 뭔가 낭만적이지 않아요? 첫 만남에 짝다리를 짚고 배추를 안고 있는 여자와 사랑에 빠지는 거."

"그놈의 배추 이야기는 그만하시고요, 그 회고록 좀 보여 주시죠."

얼토당토않은 소리는 팩트로 뭉개는 수밖에 없었다. 회고록이란 게 애초에 존재하지 않는다는 게 들통나면 김지환도 입을 다물 것이다. 하지만 김지환은 생각보다 치밀하고 뻔뻔했다.

"보여 드릴 순 있지만 은세 씨 눈엔 텅 빈 공책으로만 보일 겁니다. 특정 조건이 갖춰졌을 때 미래를 보는 능력이 있는 사람한테만 보이거든요. 참고로 먼저 가신 춘순 누님도 제 회고록은 읽지 못합니다. 대신 춘순 누님은 미래의 신문을 읽는 능력이 있어요. 그래서 짧게는 며칠 후, 길게는 몇 년 후에 발생할 강력 범죄를 다 알고 계시죠. 그 모든 일을 우리가 막을 수는 없지만 그래도 어린아이들을 대상으로 한 범죄는 막아 보자는 게 우리의 뜻입니다."

사실 자리를 박차고 나가면 그만이었다. 하지만 알배기배추를 둘러싼 궁금증들이 은세를 붙들었다. 1997년 넥스트 콘서트장에서 봤던 검은 후드 티셔츠는 누구였을까? 그 여자는 알배기배추 일을 어떻게 미리 알았던 걸까? 은세는 김지환에게 검은 후드티셔츠 이야기를 하려다가 그만두었다. 이 시점에 그 이야기를 꺼내 봤자 김지환의 개소리에 힘을 보태는 꼴이니까.

"혹시 증거 있을까요? 미래에 우리가 뭘 했다 이런 거 말고, 그쪽 말을 뒷받침해 줄 확실한 근거."

"아! 그건 알아요. 연인이 되고 나서 은세 씨는 나를 '팔도르'라 불렀대요. 신탁을 내리는 악마의 이름이라는데 발음이 귀여워서 나도 마음에 들어 하는 것 같았어요."

은세는 남은 유리잔 바닥에 깔려 있던 얼음을 입에 털어 넣었다.

팔도르는 악마를 소환하는 데 쓰인다는 원형의 도안 눅테메론에 등장하는 신탁 귀신의 이름이었다. 오스트리아 유학 당시 룸메이트가 악마 그림을 연구하는 친구여서, 기숙사 벽에 눅테메론을 붙여 두고 있었던 것이다. 팔도르는 거기서 본 이름이었다. 그리고 맹세컨대 은세는 한국에 돌아온 뒤로 팔도르라는 이름을 사용해 본 적이 없었다. 미술관 큐레이터로 일하며 많은 보도 자료를 쓰고 인터뷰도 수차례 했지만 그 하찮은 악마의 이름을 써먹을 일은 없었다. 그런데 김지환의 입에서 그 이름이 흘러나온 것이었다.

"내가, 아니, 회고록 속 여자분이 그쪽을 팔도르라고 불렀다고요?"

"네. 아무래도 내가 춘순 누님에게서 사건 의뢰를 받아서 은세 씨에게 전달을 하니까, 그걸 신탁에 빗댄 게 아닐까 추측하고 있습니다."

4.

집에 돌아온 은세는 소파에 널브러졌다.

하루 종일 먹은 거라곤 버블티 한 잔이 전부인데 식탁 근처엔 얼씬도 하기 싫었다. 알배기배추 세 통과 김지환에게 받은 서류 봉투가 그 위에 놓여 있었기 때문이다. 김지환 말대로라면 저 봉투에는 아직 일어나지 않은 강력 범죄 사건의 보고서와 김지환이 최근 출간했다는 책의 사인본이 들어 있을 것이다.

27년 전, 검은 후드 티의 말은 가정법이었다. 'if'에 해당하는 부분은 이미 충족되었다.

100원에 비닐봉지를 사지 않고 알배기 세 통을 품에 안고 가면!

거기에 따라오는 결과는 '인생 조진다'였다.

벌써 일이 심상치 않게 돌아가고 있긴 했다. 김지환이 신탁을 내리는 악마 '팔도르'를 알고 있다는 건 여러 가지 가능성을 의미했다. 다른 사람의 생각과 기억을 들여다보는 능력이 있거나, 정말로 미래를 읽는 능력이 있거나, 아니면…… 현재 독일 튀빙겐에서 대학교수로 있는 예전 룸메이트를 접촉하여 팔도르에 관한 정보를 얻었거나. 뭐가 됐건 김지환은 만만한 사람은 아니었다.

은세는 막내 고모에게 전화를 걸어 1997년 넥스트의 고별 콘서트 당시의 정황을 물었다.

"그때? 복잡했지. 요즘으로 치면 막 썸을 타기 시작한 남자가 있었어. 대학 선배의 오빠의 친구였는데 첫 만남에 서로 호감을 느낀 거지. 그런데 만난 지 사흘 만에, 그러니까 넥스트 콘서트 전날 아침에 그 썸남이 맹장이 터졌지 뭐냐. 재미교포라 병실을 지켜 줄 사람도 없지, 유일한 친구인 내 대학 선배의 오빠는 바로 전날 제주도 출장이 잡혔지, 어쩔 수 없이 내가 썸남의 보호자 역할을 떠맡게 된 거야. 급하게 넥스트 콘서트 티켓을 친구한테 양도했는데, 그 친구는 또 콘서트 전날 밤에 문에 발을 찧어서 발톱이 홀랑 빠져 버렸지 뭐야. 스탠딩 콘서트는 꿈도 못 꾸는 상태가 된 거지. 그러다 결국 콘서트 당일이 됐고 티켓이 너한테 간 거야."

"와……! 그때 나한테는 급한 출장이 잡혔다고만 했잖아! 썸남 얘긴 쏙 빼고 말이지. 그런데 썸남도 있으면서 신해철 미래 부인 어쩌고 하는 피켓은 왜 만들라고 했어?"

"얘가, 썸하고 결혼하고 같아? 썸은 한날 바람처럼 스쳐 가는 거고 내 평생의 결혼 상대는 신해철 오빠밖에 없었다고."

"그럼 고모부랑 결혼 왜 한 거야?"

"신해철 오빠가 나를 스쳐 가 버려서 웬 거지발싸개 같은 썸에 인생을 던진 거지."

아무튼 1997년 그날, 운명의 여신은 고모에게 갑자기 재미교포 썸남을 보내고, 사흘 만에 썸남의 맹장을 터뜨리고, 고모의 선배의 오빠를 출장 보내고, 고모 친구의 발톱까지 뽑아 가면서, 한마디로 온갖 우연을 남발하면서 한은세를 콘서트장으로 몰아간 것이었다. 운명에 떠밀려서 간 콘서트장에서 한은세는 검은 후드 티를 만났다. 결국 알배추와 2인조가 초래한 혼란의 기원은 그 콘서트장이었던 셈이다.

고모부와 조카에게 안부를 전해 달라는 당부로 전화를 끊으려는데 고모가 급히 말을 보탰다.

"야, 참! 나 몇 달 전에 마왕님에 대해 인터뷰한 거 이야기했던가? 팬 카페에 마왕님 콘서트와 관계된 에피소드를 모집한다는 공지가 올라왔더라고. 그래서 응모했는데 진짜로 연락이 와서 인터뷰도 했어. 그때 그 이상한 응원 문구 이야기를 올렸거든."

"응원 문구?"

"콘서트장에서 만났다는 그 여자가 네 피켓 뒤에다 쓴 거 있잖아. '마왕, 라젠카가 우리를 구해 줄까요?' 그거. 신해철 오빠한테 마왕이라는 별칭이 생긴 건 2000년대에 '고스트 스테이션'이라는 라디오 방송을 진행하면서였거든. 그런데 그 여자는 1997년에 신해철 오빠를 마왕이라 불렀던 거잖아. 그게 좀 신기해서 계속 기억에 남았어."

은세로선 처음 듣는 이야기였다. 1997년에 그 피켓을 보았을 땐 마왕이 넥스트 멤버 중 하나려니 했고 그 후 언제부턴가 텔레비전에서 가수 신해철이 마왕이라는 별명으로 소개되는 걸 본 뒤로는 그때 그 후드 티가 신해철의 팬이었나 보다 하고 말았던 터다. 하지만 마왕이란 별명이 2000년대에 생겼다니…….

혹시 그때 그 여자도 아까 그 2인조처럼 미래를 내다보는 능력자였을까?

속으로 그리 물어 놓고 은세는 제 뺨을 찰싹 때렸다. 자기도 모르게 2인조에게 말려들 뻔했던 것이다. 피로가 몰려와서 어서 전화를 끊고 좀 누워 있고 싶은데 고모는 아직 할 말이 더 남은 듯했다.

"그때 인터뷰 건으로 만난 작가 말이야, 완전 훈훈하게 생겼어.

보자마자 우리 은세 소개시켜 주고 싶다 그 생각이 들더라니까. 글은 취미 삼아 쓰고 본업은 수입 차 딜러래. 이름이 김지환이래서 혹시나 하고 찾아봤더니 진짜로 책을 몇 권 냈더라고."

아, 조졌다.

또 탄식이 터져 나왔다. 슈퍼에서 알배기배추를 안고 나오던 순간 은세의 인생이 작정하고 운전대를 틀어 버린 듯했다. 고모의 입에서 김지환이란 이름이 나올 줄 누가 예상이나 했겠는가.

"마침 손가락에 커플링 같은 것도 없고 해서 혹시 소개팅할 의향 없느냐고 물었더니, 사랑하는 사람이 있대. 아직 만나지는 못했지만, 운명처럼 배추? 시래기? 아무튼 뭐 희한한 걸 들고 자기 앞에 나타날 거래나 뭐래나. 그때 좀 깨긴 하더라. 살짝 오타쿠 냄새도 풍기는 것 같고. 아무튼 그 딜러랑 인터뷰한 내용이 책에 실렸어. 내일이나 모레쯤 보내 줄게."

은세는 휴대전화를 내려놓고 식탁으로 가서 서류 봉투를 집어 들었다. 봉투 안에는 노란색 집게로 고정한 인쇄물 묶음과 「마왕의 악(樂): 열린 세계로의 초대장」이라는 제목의 소책자가 들어 있었다. 레트로 감성을 노린 듯 처음부터 끝까지 타자기체로 인쇄된 그 책의 엮은이는 김지환이었다.

**5.**

은세는 소책자를 거실 책장 사전 칸에 꽂았다. 거긴 다시 볼 일 없는 책들의 유배지 같은 곳이었다. 한편 인쇄물은 「고양시 아동 납치 살인 사건」이라는 표제의, 일종의 사건 보고서였다.

범인은 고양시 모처에서 손세차장을 운영하던 43세 도진영이었다. 피해자는 인근에 사는 초등학생 정 모 양이었고, 범행 일시는 나흘 뒤였다. 미쳐 버리겠네. 나더러 이걸 믿으라고? 은세는 김지환의 명함에 있는 번호로 전화를 걸었다.

"사기를 쳐도 넘지 말아야 할 선이란 게 있지 않나? 어떻게 사람 하나 바보 만들자고 아동 강력 범죄를 꾸며 낼 수가 있어요?"

은세에게 항의 전화가 올 것을 예상했는지 김지환은 차분하게 대꾸했다.

"그 보고서가 허위가 아니란 건 한 달 후에나 증명될 것입니다. 나흘 후에 사건이 벌어지고, 사건 발생 25일 만에 범인이 잡히거든요. 그때가 되면 은세 씨는 우릴 믿을 겁니다. 하지만 열 살 아동은 죽고 없겠지요. 우린 은세 씨가 사건 발생 직전으로 가서 사건 자체를 막아 주길 바라고 있습니다."

"SF 영화를 너무 본 거 아닌가? 이보세요, 그거 옛날에 「마이너리티 리포트」에서 벌써 써먹은 설정이에요."

"춘순 누님과 저, 은세 씨 그리고 다른 지역에서 활약하는 동지들까지, 우리 모두는 신해철의 콘서트에서 「라젠카, 세이브 어스」를 라이브로 들었다는 공통점이 있습니다. 다른 연도, 다른 지역에서였지만 모두들 신해철의 육성으로 그 노래를 들었어요. 그리고 그 노래를 직접 들은 사람들 중 일부에게 시간 이탈 능력이 생긴 겁니다. 누구는 미래의 기록물을 미리 읽을 수 있고, 누구는 직접 미래로 건너갈 수 있죠."

"증거를 좀 대 봐요. 나를 그 사건 현장으로 좀 보내 보든지."

"그건 안 됩니다. 우리 동지들이 수차례의 시행착오 끝에 마련한 원칙이 있습니다. 첫째, '사건 현장으로 가진 않는다'. 우리는 경찰이나 특수 부대가 아니라 일반 시민입니다. 우리 힘으론 흉기를 든 범죄자들을 제압할 수 없어요. 또 사건 현장에 가면 피해자들은 이미 상당한 정신적, 신체적 피해를 입은 상태입니다. 그래서 우린 사건 발생 전으로 갑니다. 범행의 조건들을 교란하는 일을 하는 거죠."

"그럼 사건 발생 전으로라도 보내 줘 봐요. 미래로 가 봐야 믿을 거 아닙니까."

"그것도 안 됩니다. 우리의 두 번째 원칙이 '시간 여행의 횟수는 무조건 최소화한다'입니다. 시간 여행에는 기회비용이 따릅니다. 정수리, M 자를 비롯한 다양한 탈모 사례들이 있고, 외상 후 격분 장애, 직장 탈출증 등으로 일을 그만둔 동지들도 있습니다."

"그럼 결국 증거는 없다는 거네요."

"증거는 없습니다. 춘순 누님이 이 일을 해결할 적임자로 은세 씨를 골랐습니다. 제가 아는 한 춘순 누님의 안목은 늘 정확했습니다."

"대체 날 어찌 알고? 뭘 믿고서?"

"춘순 누님은 우리가 다 이어져 있다고 하셨습니다. 저처럼 미래의 본인 기록을 읽는 능력이 있는 사람들이 자기가 본 것을 문서화하면 춘순 누님이 미래의 뉴스 기사와 같이 놓고 보면서 검토를 합니다. 제가 타이핑한 회고록 내용을 읽고 나서 춘순 누님은 은세 씨가 아동 범죄 사건에 투입될 적임자라는 결론을 내렸어요."

"남춘순 씨가 적임자라 하면 적임자가 되는 시스템인가요?"

"춘순 누님은 우리가 하는 일의 모든 경비를 책임지고 계시고, 가장 먼저 이 일에 착수하고 가장 오래 버텨 온 원년 멤버입니다. 춘순 누님이 은세 씨를 지목한 건 몇 년 전이었어요. 누님도 저만큼이나 은세 씨를 만나고 싶어 했어요. 간밤에 떨려서 잠도 못 주무셨다 그랬고요. 아무튼 은세 씨가 마음의 준비가 되면 그땐 사건 발생 전으로 가는 방법을 알려 드리겠습니다. 연락 주세요, 은세 씨."

밥도 굶고 억지 낮잠을 청했던 은세는 일몰 즈음에 집을 나섰다. 범인으로 명시된 사람에 대해 알아보는 것도 나쁘지 않을 것 같았다. 보고서에 따르면 도진영은 43세, 174센티미터, 68킬로그램에, 한 차례 이혼 경력이 있고 자녀는 없었다. 보고서에는 도진영이라는 인물의 셀피도 몇 장 첨부되어 있었다. 본인이 SNS에 올린 사진인 듯했다. 입술은 얇은 편이고, 한쪽 눈에만 쌍꺼풀이 또렷해서 얼굴의 좌우 인상이 달랐다. 눈을 치뜨는 버릇이 있는지 나이에 비해 이마 주름이 많은 편이었다. 고양시 모처에서 손세차장을 운영하고 있으며 10여 년째 축구 동호회 멤버로 활약하고 있다고 했다.

은세는 버스를 갈아타고 보고서에 명시된 손세차장으로 갔다. 차도 없이 세차장을 기웃거리는 꼴이 수상해 보이지 않을까 걱정했는데 다행히 세차장 사무실 옆에 테이크아웃 전문 카페가 있었다. 세차장 사무실은 비어 있었고 대신 카페 커피머신 앞에 도진영으로 추정되는 남자가 있었다. 보고서에 있던 셀피들과는 사뭇 다른 느낌이었지만 콧등과 미간, 눈매 등의 특징으로 보아 그가 셀피들의 주인공과 동일 인물이라는 걸 알 수 있었다. 일단 사진 속 남자가 손세차장을 운영하는 것까진 확인했으나 그가 아동 살해범 도진영이라는 확증은 없었다. 은세는 라테를 한 잔 주문한 뒤 곁눈질로 유리 벽 너머의 사무실을 살폈다. 사무실 한쪽 벽에는 마른걸레나 청소용품을 쌓아 두는 수납장이 있었는데, 마지막 칸만은 세차와 상관없는 물건들이 들어차 있었다.

축구화였다.

은세는 보고서의 마지막 부분에서 읽었던 내용을 복기했다. 시신으로 발견된 피해 아동의 목에 발자국이 남아 있었으며, 범인을 특정하는 결정적 단서가 된 족적은 축구화의 스터드 자국으로 밝혀졌다. 피해 아동을 제압하는 과정에서 범인이 축구화 신은 발로 아동의 목을 누른 듯했다. 은세는 수납장 마지막 칸을 가득 채운 축구화들을 바라보며 아랫입술을 잘근거렸다.

"손님, 라테 나왔습니다!"

남자가 은세를 불렀다.

**6.**

처음부터 남춘순과 김지환은 은세가 이길 수 없는 싸움을 걸어온 것이었다. 2인조가 의뢰한 일에 투입되면 은세는 아직 일어나지 않은 일을 두고 그 일이 앞으로도 일어나지 않도록 조치를 취해야 한다. 그건 증명되지 않은 악과 싸워야 하는 일이며 제삼

자의 눈에는 섀도복싱이나 다름없는 짓이었다. 한편 2인조의 부탁을 거절했다가 도진영이 정말로 범죄를 저지르기라도 한다면 은세는 평생 죄책감을 떠안고 살아야 할 터였다.

은세는 밤늦도록 맥주 캔을 비우며 남춘순과 김지환을 욕했다. 1997년 당시의 고모를 원망했고 검은 후드 티셔츠를 저주했다. 다들 나한테 왜 이러냐고, 왜 나를 걸고넘어지고 끌어들이지 못해 안달이냐고. 하지만 다음 날 아침, 눈을 뜨자마자 한은세의 몸이 알아서 반응했다.

"사흘 남은 거네."

은세는 남춘순에게 전화를 걸었다.

"왜 저를 고른 거죠?"

"아, 그거……. 안 그래도 왜 안 물어보나 혔지. 내가 추필 화백에 대해 좀 알거든. 지환이가 준 자료에 은세가 추필 화백 이야기를 한 게 있어서 따로 조사를 좀 해 봤어."

통화를 마친 뒤 은세는 신발장에 처박아 뒀던 러닝화를 꺼냈다.

추필 화백은 은세가 미술관을 그만두기 전 마지막으로 전시회를 기획한 화가였다. 하지만 보도 자료와 도록 제작을 준비하던 중 그가 다섯 건의 아동 성추행 사건으로 면직된 목사라는 사실을 알아냈다. 미술관 대표는 이미 처벌받은 사안으로 예술가의 행보에 누를 끼치지 말라 했다.

처음에는 은세도 대표의 말대로 전시회를 강행하려 했다. 하지만 추필 화백의 일부 작품에서 아이들이 등장하는 걸 보고 기획안을 원점으로 돌렸다. 은세는 아동 성범죄자에게 온전한 회심이 가능한지 궁금했다. 많은 재범 사례들을 검토한 뒤 은세가 내린 결론은 '그들은 달라지지 않는다'였다. 대표와 이견을 좁히지 못한 은세는 미술관을 그만두었다.

그리고 2인조의 말대로라면 미래의 한은세가 미술관을 그만둔 정황을 김지환에게 간략하게 이야기했고 남춘순은 그 지점을 따로 심층 취재 한 것이다. 남춘순은 아동 성범죄 이력을 가진 추필 화백의 활동에 끝까지 반대한 은세라면 아동 범죄를 막아 내는 일에 적임자일 거라 판단한 것이었다. 실로 비약이 아닐 수 없었다. 하지만 더도 말고 덜도 말고 딱 사흘간만 남춘순의 안목을 믿어 보기로 했다. 달리 선택의 여지도 없었다. 이 모든 게 믿기지 않을 정도로 섬세하게 세팅된 2인조의 사기극이라 해도, 음모에 맞서려면 제 발로 음모의 복판으로 걸어 들어가는 수밖에 없었다.

연락을 받은 김지환이 어제 만났던 카페로 달려왔다.

김지환은 한은세의 손목에 커다란 시계를 채워 주었다. 연도, 월, 일, 시간까지 표기되는 전자시계였다.

"날짜와 시간을 잘 보고 있다가 범행 하루 전이나 범행 당일 사건 발생 몇 시간 전에 멈추면 됩니다. 이건 「라젠카, 세이브 어스」의 콘서트 음원이 담긴 엠피스리입니다. 미래로 갈 때는 2배속 기능을, 현재로 돌아올 땐 0.5배속 기능을 사용하면 됩니다. 말씀드렸다시피 시간 여행에는 기회비용이 발생하기 때문에 예행연습이 없습니다. 바로 작전을 실행하셔야 합니다. 직접 충돌은 되도록 피하는 게 좋습니다. 그럼…… 조심해요, 은세 씨."

집으로 돌아온 은세는 김지환의 권고대로 정량의 식사를 하고 고함량 비타민을 먹은 뒤 낮잠을 청했다. 최대한 컨디션을 끌어올려 두라는 것이었다. 그리고 카페에서 헤어진 뒤 정확히 두 시간이 지났을 때 김지환에게 콜이 왔다.

"좀 쉬셨나요? 필요한 물품은 다 세팅해 두었습니다. 이제 출발하시면 됩니다."

집을 나서기 전 시들시들해진 알배기배추들을 냉장고 채소 칸에 넣었다. 배춧잎으로 섬유질이나 보충하면서 느긋하게 지내려던 계획이 틀어져 버렸다. 하지만 이번 일만 마치고 나면 다시 이 냉장고 문을 열고 배춧잎들을 한 장씩 뜯어 먹어 줄 생각이었다.

버스에서 내린 은세가 풋살 구장에 도착한 때는 2024년 2월 16일 오후 3시 4분이었다. 평일 오후라 그런지 풋살 구장은 비어 있었다. 사건 보고서에 따르면 도진영은 2024년 2월 19일 오후 7시경에 풋살 구장을 찾아서 몸을 푼 뒤 근처 단골 식당에서 혼자 밥을 먹고 귀가하는 길에 아이를 납치했다. 가구단지 뒤쪽에 차를 세우고 샛강을 따라 걸어서 이동한 탓에 CCTV에도 찍히지 않았다. 범행 시간은 밤 8시 40분, 아이는 퇴근하는 엄마를 기다리며 버스 정류장 근처에서 놀고 있다가 납치를 당했다.

은세는 엠피스리의 이어폰을 귀에 꽂고 풋살 구장 둘레의 산책로를 따라 뛰었다. 손목시계의 날짜와 시간을 확인하며 「라젠카, 세이브 어스」의 재생 속도를 2배속으로 설정했다. 노래가 시작되자마자 손목시계의 숫자들이 비정상적으로 빠르게 변하기 시작했다. 풋살 구장 바깥을 반 바퀴쯤 돌자 주변 풍경들이 소용

돌이치며 뭉그러졌다. 곤죽이 된 풍경들이 은세를 스쳐 지나갔고, 어느덧 날짜가 바뀌어 있었다. 은세는 속도를 늦추지 않고 뛰었다. 주차장과 지금은 문을 닫은 대중탕 앞을 지나고, 다시 골대가 있는 쪽 산책로로 접어들 즈음 노래가 다시 처음부터 시작되었고 다시 날짜가 바뀌었다. 2월 19일 오후 6시가 지난 것을 확인한 뒤 이어폰을 뽑고 길바닥에 주저앉았다.

가빴던 호흡이 정상으로 돌아오고 어지럽게 휘돌던 풍경들도 차츰 제자리를 찾았다. 울렁거리는 속을 달래고 있는 은세의 시야에 풋살 구장으로 들어가는 사람이 포착되었다. 2월 15일 밤에 세차장 카페에서 본 그 남자였다.

## 7.

시계는 2024년 2월 19일 오후 6시 21분을 가리키고 있었다. 은세가 할 일은 범행 시간으로 알려진 8시간 40분이 될 때까지 도진영을 붙잡아 두는 것이었다. 도진영이 제시간에 범행 장소에 도착하지 못하도록 시간 교란만 일으키면 된다고 했다.

은세는 조명탑 뒤쪽에서 검은색 가방을 찾아냈다. 2월 16일 오후 1시 50분쯤 남춘순이 가져다 둔 것이었다. 가방에는 자동차 키와 가발, 마스크, 모자 등의 간단한 변장 도구들이 들어 있었다. 은세는 자동차 키를 점퍼 주머니에 넣고 검정 스냅백을 눌러썼다. 모자만으로는 마음이 놓이지 않아서 마스크도 하나 챙겼다.

풋살 구장에선 은세가 할 수 있는 게 없었다. 시비라도 걸고 싶지만 어둑한 풋살 구장에 도진영과 둘만 있는 상황에선 위험천

만한 일이었다. 결국 은세는 도진영이 7시 20분에 풋살 구장을 빠져나갈 때까지 숨어서 지켜보기만 했다. 사건 보고서에 따르면 도진영의 다음 행선지는 풋살 구장에서 10분 거리의 중국요리집 '남경'이었다. 도진영이 차로 이동하기 때문에 은세도 서둘러야 했다. 도진영의 차가 풋살 구장 주차장을 빠져나가자 은세도 차에 탔다. 역시나 남춘순이 2월 16일에 세워 둔 흰색 K5였다.

은세가 도진영의 단골 중국집에 도착한 시간은 7시 39분이었다. 식당으로 들어가며 카운터의 달력을 확인했다. 달과 날짜가 따로 표기되는 목재 빈티지 달력에는 '19, February'라고 돼 있었다. 아까 풋살 구장 주변의 풍경이 뭉그러지는 걸 두 눈으로 보고서도 미래로 왔다는 게 실감 나지 않았던 은세였다. 하지만 남춘순, 김지환, 도진영이 아닌, 이 사건과는 무관한 중국집 사장이 관리하는 달력을 보자 사흘이라는 시간을 건너왔다는 게 피부로 와닿았다.

도진영은 벌써 자리를 잡고 앉아 맥주를 마시고 있었다. 잠시 후 짬뽕이 나왔고 도진영은 휴대전화를 들여다보며 식사를 했다. 은세는 짜장면을 선불로 주문하고는 도진영을 지켜보았다. 아무 일도 일어나지 않은 상태에서 상대를 범죄자 감시하듯 하는 게 옳은 일인지는 여전히 의문이었지만 달리 선택의 여지가 없었다. 직접 충돌을 피하라던 김지환의 충고를 떠올리자 실소가 터졌다. 막상 미래로 와 보니 개소리도 그런 개소리가 없었다. 무슨 염력이 있는 것도 아닌데 어떻게 멀찍이 떨어져서 상대의 시간을 교란한단 말인가. 발품을 팔고 몸을 던지는 것 말고는 방법이 없었다.

은세는 앞접시를 가지러 가는 척하다가 도진영의 테이블을 건드리며 넘어졌다. 맥주병이 넘어지자 도진영은 쏟아지는 맥주를 피해 급히 자리에서 일어섰다. 은세도 엉거주춤 몸을 일으켰다.

"아저씨, 지금 다리 걸었죠?"

한은세, 이 미친년! 속으로 욕이 나왔다. 평소 눈여겨보고 있던 작가 아우라 로젠버그의 연작 제목이 뇌리를 스쳤다.

Who am I? What am I? Where am I?

난 누구? 대체 뭐냐고? 여긴 어디? 인생이 꼬여 버린 자들의 만국 공통의 탄식이 한은세의 입에서도 터져 나오려 했다. 싱싱한 배추 잎사귀나 뜯어 먹으며 집에 있어야 할 백수가 미래로 날아와 예비 살인자에게 시비를 걸고 있다니, 믿을 수가 없었다.

도진영은 은세의 시나리오대로 움직이지 않았다.

"괜찮으세요?"

도진영은 냅킨으로 은세의 점퍼에 묻은 맥주를 털어 주었다. 예상치 못한 빌런의 호의에 당황했지만 엎질러진 맥주는 다시 주워 담을 수 없는 법이었다.

"저 이쪽으로 오는 거 알고 일부러 다리를 바깥으로 뻗으신 거잖아요."

"진정하시고 옷부터 닦으시죠."

도진영은 조금도 흐트러지지 않았다. 외려 중국집 사장이 달려와 은세를 만류했다.

"오해가 있으신 것 같은데 그만 자리로 돌아가시죠, 손님."

결국 은세는 자기 자리로 돌아와서 잠자코 짜장면을 먹었다. 시간을 건너왔건 말건 짜장면은 맛있었다. 매운맛만 살짝 날릴 정도로만 볶아 낸 양파의 식감에 감탄하고 있는데 출입문 쪽에서 풍경 소리가 났다. 도진영이 어느 틈에 계산을 하고 나간 것이었다. 아쉽지만 은세도 젓가락을 내려놓고 따라 나가는 수밖에 없었다. 짜장면을 먹다가 마는 것은 똥을 중간에 끊는 것만큼이나 못 할 짓이지만 이 어처구니없는 일들의 기저에는 초등학생 아이가 있었다.

은세도 풍경이 달린 유리문을 열고 나갔다. 최소 9시까지 도진영을 붙잡고 늘어지는 것 말고는 대책이랄 것도 없었다. 맘 같아선 남춘순과 김지환을 이 자리에 끌어다 놓고 싶었다. 시간 교란이란 게 말처럼 그리 쉬운 게 아니라는 걸 두 사람도 알아야 했다.

도진영은 주차장 쪽에서 담배를 피우고 있었다. 이제 차에 오르면 근처를 어슬렁거리다가 범행 장소로 이동할 터였다. 한은세는 다리가 후들거렸다. 침을 눌러 삼키고 숨도 깊이 들이마시고 이마와 양 볼에 십자가를 그려 보았다. 그래도 긴장이 풀리지 않자 바닥에 침을 툭 뱉고는 도진영에게 다가갔다.

“담배 한 대 빌릴 수 있을까요? 갚는 날이 올지는 모르겠지만요.”

은세는 어릴 적부터 호흡기가 유달리 약해서 담배를 피워 본 적이 없었다. 1997년 넥스트의 콘서트장에 가던 날에도 할머니는 그 공기 안 좋은 데를 왜 가느냐며 마지막까지 일갈을 했다. 그때 할머니 말을 들었어야 했는데…….

도진영은 순순히 담배를 건네고 불까지 붙여 주었다. 은세는 연기가 입으로 들어오기 전에 얼른 담배를 내렸다.

"나한테 용건 있어요? 특별한 관심 같은 거."

"관심이요? 담배 하나에 너무 큰 의미를 부여하시는 거 아닌가요? 그냥 기름진 걸 먹었더니 속이 느글거려서 담배 생각이 났던 건데."

"그쪽…… 좀 신기한 거 알아요?"

"제가 왜요?"

제법 쌀쌀한 바람이 부는데도 은세는 식은땀이 났다. 도진영은 담배 연기를 내뿜으며 한참 뜸을 들이다가 입을 떼었다.

"풋살 구장에서부터 동선도 겹치고요."

"네?"

"아, 그쪽을 직접 본 건 아니고 차가 익숙해서. 며칠 전부터 거기 주차장에 있는 걸 봤거든요."

도진영은 거의 매일 풋살 구장에 들르는 모양이었다.

"아, 그거요? 사정이 있어서 거기 차를 뒀다가 오늘 찾으러 간 건데. 그게 이상해요?"

"이상하다고 한 적 없는데. 신기하다 했지. 뭐, 중국집에서 마주친 것도 그럴 수 있는 일이죠. 이 근처에 제대로 식사할 만한 데가 여기밖에 없으니까."

"다…… 당연하죠. 이 근처까지 왔으면 일단 남경 불짬뽕 먹으러 와야죠."

"좀 전에 보니까 짜장면 드시던데. 뭐, 그건 그렇고 좀 신기하게 생겼다는 소리 자주 듣죠?"

"네? 저 엄청 평범한 얼굴인데. 어디서 본 것 같다는 소리는 뭐, 인상이 좋다 보니까 종종 듣죠."

"이목구비를 말하는 게 아니라…… 음…… 이걸 뭐라 해야지? 피부에서 옅은 광채가 나는 것 같아요. 아까 저쪽에서 걸어오는 걸 봤는데 잠깐이었지만 형광 스티커 같은 느낌이 났어요. 물광 메이크업 그런 걸 심하게 하신 건가?"

은세는 담배를 태우는 척하며 돌아섰다.

미치고 팔짝 뛸 노릇이었다. 1997년 콘서트장에서 은세가 품었던 궁금증에 대한 답을 도진영에게서 들을 줄이야. 당시 은세는 검은 후드 티셔츠가 이물스럽다고 느끼면서도 이유를 알지 못했다. 돌이켜 보면 검은 후드 티셔츠도 얼굴 윤곽을 따라 여튼 한 빛이 났던 것 같았다. 2000년대에 이르러서야 만들어지는 마왕이라는 별칭을 미리 사용한 것도 그렇고 모든 정황을 따져 볼 때 검은 후드 티도 시간 여행자일 가능성이 높았다. 그 여자는 모종의 이유로 마왕이란 호칭이 사용되던 어느 시점에서 1997년으로 거슬러 간 게 틀림없었다.

은세는 담배를 버리고는 주머니에서 마스크를 꺼내 썼다.

8시 정각이었다.

도진영이 담배를 끄고 자기 차 쪽으로 가다 말고 물었다.

"다음 행선지도 겹치는 건 아니겠죠?"

"네? 혹시 내가 그쪽을 따라다닌다고 생각하는 거예요?"

은세는 속으로 뜨끔하면서도 최대한 뻔뻔하게 말을 이었다.

"좋아요. 그럼 이번에는 제 편에서 먼저 행선지를 밝히도록 하죠. 전 기분 전환 할 겸 가구단지 뒷길을 오가며 드라이브나 하려고요. 거기 차가 뜸해서 드라이브하기 좋거든요."

선수를 쳐 놓고 은세는 차에 올랐다.

도진영을 막을 수 없다면 은세가 현장에 가는 수밖에 없었다. 은세는 곧장 가구단지 뒷길로 차를 몰았다. 그러고는 1.5킬로미터 남짓한 길을 왕복했다. 버스 정류장이 보이는 곳에서는 최대한 서행을 하며 인도 쪽을 살폈다. 혹시라도 혼자 다니는 여자아이가 있으면 집으로 돌려보내려 했는데, 길이 엇갈린 건지 오가는 길에 아이는 보질 못했다.

이렇게 하면 정말 아이를 살릴 수 있을까?

정해진 미래를 바꿀 수 있을까?

의구심과 싸우며, 은세는 9시 20분을 넘기도록 드라이브를 이어 갔다.

다시 풋살 구장 주차장에 도착했을 때는 9시 40분이 조금 지난 시각이었다. 차에서 내린 은세는 깜깜한 주차장을 가로질러 달렸다. 띄엄띄엄한 가로등 불빛이 닿는 곳마다 옅은 밤안개가 피어오르고 있었다. 은세는「라젠카, 세이브 어스」를 0.5배속으로 재생하고 전자시계를 확인하며 뛰었다.

다시 돌아온 곳은 2024년 2월 16일 오후 3시 4분의 풋살 구장이었다. 출발 지점으로 무사히 복귀한 한은세는 남춘순에게 전화를 걸었다.

"다녀왔어요. 그 아이 무사한지 빨리 확인 좀 해 주세요."

5분 뒤, 김지환이 전화를 걸어왔다.

"2월 19일 밤에 가구단지 뒤쪽 마을에선 아무 사건도 일어나지 않았어요. 그런데 예상치 못한 문제가 생겼습니다."

"문제라뇨?"

"날짜가 바뀌었어요. 도진영은 19일 아니라 23일에 아이를 납치, 살해해요."

**8.**

"피부에서 옅은 빛이 난다는 말이죠? 내 생각엔 그게 은세 씨의 기회비용 같습니다. 시간 여행의 기회비용은 심리적, 신체적 질환으로 나타나는 경우가 대부분인데 드문 경우이긴 하지만 은세 씨처럼 몸에서 빛이 나는 사례도 있습니다. 시간 여행 자체를 불리하게 만드는 기회비용이 발생한 셈이죠. 어딜 가든 사람들이 이물스럽다고 느낄……."

은세가 김지환의 말허리를 잘랐다.

"어차피 상관없잖아요. 이제 시간 여행인지 뭔지 또 할 일도 없으니까."

은세는 포크로 케이크를 뭉그러뜨렸다. 김지환도 커피만 연거푸 들이켰다. 둘의 침묵을 깬 건 남춘순이었다. 남춘순은 커다란 쇼핑백을 은세에게 떠안겼다.

"홍삼 젤리랑 절편 좀 샀어. 우리 은세 몸보신 좀 시켜 줘야 할 거 아니여. 무서웠을 텐데 참말 고생 많았어."

이어 남춘순의 짧고 통통한 손이 은세의 손을 감쌌다.

우려했던 2인조 신흥 종교 전도단도 아니었고, 저들이 늘어놓은 허무맹랑한 이야기들은 대부분 사실로 밝혀졌다. 또 저들이 부탁한 대로 2월 19일의 범죄를 막았다. 하지만 범행 날짜와 시간이 미뤄졌을 뿐 사건은 종료되지 않았다.

"사실 우리도 이런 경우는 처음이여."

"전 약속 지켰어요. 여기서부터는 두 분이 알아서 하세요. 딴 사람 알아보시고요."

은세가 자리를 박차고 일어섰다.

"그 애 이름 정래나여. 은세가 2월 19일에 살린 애 말이여."

은세는 2인조의 얼굴을 번갈아 보았다. 남춘순은 짧고 통통한 손으로 마른세수를 하고 있었고 김지환은 아까부터 은세의 눈을 피했다.

"김지환 씨, 말해 봐요. 그 회고록이란 것도 달라진 거예요?"

김지환은 잠시 은세와 눈을 맞추고는 한 손으로 이마를 짚었다.

"원래 회고록에는 은세 씨가 정래나 어린이 사건을 단번에 해결하고 한동안 이 일에서 손을 떼는 걸로 나와요. 그러다가 저와 연인이 되면서 다시 이 일에 뛰어들게 되죠. 그런데 오늘 은세 씨가 미래에 다녀온 뒤로 회고록의 내용이 바뀌었어요."

"아이가…… 죽어요?"

"아뇨. 바뀐 회고록에는 래나가 무사한지 여부는 나와 있지 않아요. 그런데 은세 씨가 래나를 구하려다가 부상을 당했다는 구절이 있어요. 그리고 우린 연인이 되지 못해요. 우리가 여행지에서 나눈 대화들이 다 사라졌어요."

"크게 다쳐서 뭐 시름시름 앓다가 죽는 서사예요? 덕분에 회고록이 좀 더 드라마틱해졌겠어요."

은세는 다시 자리에 앉았다.

"미래로 가서 만나 본 도진영은 침착하고 예의 바른 사람이었어요. 눈썰미가 지나치게 좋아서 사람을 당황하게 만드는 구석은 있었지만 아동 납치 살인범의 징후 같은 건 보이지 않았어요. 그 세계에서 무례하고 초조해한 건 나였다고요. 저는 두 사람이 헛다리를 짚었을 수도 있다고 생각해요."

"우발적 범행이 아니기 때문인지도 몰라요. 지금까지 춘순 누님과 제가 해결한 건 대부분 우발적 살인이나 상해치사 사건이었어요. 도진영은 동종의 전과는 물론 위법 전력이 전혀 없을 만큼 기록상으로 말끔한 사람이었어요. 그래서 법원도 우발적 범행이라 판단했던 거죠. 그런데 그게 아니었을 수도 있어요. 놈이 처음부터 래나를 알고 노린 거라면 시간 교란만으로는 범죄를 막을 수 없어요. 19일에 실행하려던 계획이 은세 씨의 개입으로 틀어졌지만 며칠 후에 범행 욕구가 또 생겨난 거죠."

"그럼 내가 미래로 가 봤자 범행을 며칠 미루는 효과밖에 없다는 거네요. 그렇다면 이 일 자체가 우리의 능력 밖이란 뜻 아닌가요? 우리가 바꿀 수 없는 미래도 있다는 걸 인정하세요, 두 분."

2인조를 카페에 남겨 두고 은세는 집에 돌아왔다.

남춘순이 카페 문까지 따라오며 쇼핑백을 쥐여 주는 바람에 홍삼 젤리와 절편도 은세를 따라왔다. 은세는 씻고, 세탁기를 돌리고, 머리를 말리고, 냉동 볶음밥을 데워서 배를 채웠다. 늘 해오던 일상의 루틴들이 오늘따라 남의 일 같았다. 은세는 어린아이를 지켜 주고 악인을 벌하는 신의 존재는 소문으로라도 들은 적이 없었다. 하지만 아이들의 인생이 새끼 달팽이들처럼 쉽게 뭉그러져 버린 사례는 수백 번도 넘게 봐 온 터였다.

"정래나……."

은세는 남춘순이 준 홍삼 젤리를 빨아 먹다 말고 아이의 이름을 불러 보았다.

30분 뒤 은세는 자전거를 끌고 샛강 변에 도착했다. 샛강은 물이 말라서 시커먼 개흙 바닥이 드러나 있었고, 강가에는 갈대를 비롯한 마른 잡풀들이 우거져 있어서 시각적 사각지대가 도처에 존재했다. 보고서에 따르면 범행 장소는 저 샛강 어디쯤이었다. 피해 아동은 샛강 풀숲에서 살해당한 뒤 도진영의 연고지인 파주의 어느 야산에 유기되었다.

갈대밭이 있는 강변은 500미터쯤 이어지다가 구제 거리와 가구단지가 시작되는 곳에서 끝이 났다. 건물들이 띄엄띄엄 자리해서인지, 검고 어딘가 불길해 보이는 샛강 바닥 때문인지, 아니면 샛강을 사이에 두고 초고층 아파트 단지와 대비를 이루어선지, 그곳은 사전적 의미의 '뒷길'을 충실히 재현해 낸 세트장 같았다. 분명 낙석동 아파트 단지보다 먼저 들어선 마을인데도 사람들은 이곳을 낙석동 뒷길이라 불렀다. 래나네 마을은 뒷길 중에서도 가장 을씨년스러운 산자락에 위치해 있었다. 곳곳에 가건물 형태의 창고들이 박혀 있어서 그나마 몇 채 되지 않는 민가들도 섬처럼 고립되어 있었다.

남춘순에게 주소를 확인한 다음 래나를 만나 보면 어떨까 생각도 했다. 하지만 열 살 아이에게 널 납치, 살해하려는 사람이 있다고 밝힐 수는 없는 노릇이었다. 결국 래나 모르게 위험 요소를 제거하는 수밖에 없었다.

하지만 어떻게? 밤마다 자전거를 타고 다니며 동네 앞길에서 불침번이라도 서야 한단 말인가? 해결책은 떠오르지 않지만 이거 하나는 확실했다. 래나는 한은세가 일생을 두고 반복할 악몽의 주인공으로 예고되었다는 사실. 래나가 잘못되면 은세도 악몽에 갇힐 것이다. 그리하여 다음 날, 은세는 마음의 결정을 내렸다.

다시 미래로 가 보기로…….

**9.**

"조심하셔야 합니다, 은세 씨. 시간 여행자의 시간은 이어져 있어요."

김지환이 우려스러운 얼굴로 새 보고서를 건넸다.

"무슨 말이죠?"

"시간 여행자의 이동 경로에는 궤적이 남아요. 다시 미래로 가면…… 도진영이 은세 씨를 알아볼 겁니다. 처음 만났을 때의 일들을 다 기억하고 있을 거예요. 시간 여행자인 은세 씨가 도진영의 시간도 건드렸기 때문입니다."

"그거 알아요? 그쪽이랑 남춘순 씨 보험 가입 상담사 같은 거. 일은 일사천리로 밀어붙이는데 이런 불리한 조건은 뒷북 통보하는 게 상당히 뭐 같아요."

새 보고서에 따르면 도진영은 2월 23일 저녁 8시 50분에 피해 아동을 납치, 살해한다. 범행 장소도 바뀌었다. 도진영은 샛강이 아니라 자신의 차에서 아이를 살해했다. 시신 유기 장소는 도진영의 친가 쪽 연고지인 파주의 야산 그대로였다.

사건 당일 도진영의 동선은 단순했다. 8시 20분경 조깅을 다녀오겠다는 구실로 손세차장과 카페를 동생에게 맡긴 뒤 차를 몰고 곧장 가구단지 뒷길로 이동했다. 한은세는 래나네 마을 앞길을 따라 달리며 2월 17일 오전 11시에서 2월 23일 저녁 7시 40분으로 이동했다. 남춘순이 2월 17일에 마을 공영 주차장에 세워 둔 차를 타고 도진영의 손세차장으로 갔다.

도진영은 축구화를 고르고 있었다.

2차 보고서에는 피해 아동의 몸에서 축구화 스터드 자국이 발견되었다는 기록이 없었다. 1차 때는 실종 사흘째, 아마추어 사진 동호회가 피해 아동의 시신을 발견했지만 2차 보고서에는 사건 발생 87일 만에 도진영이 검거되면서 발견되는 것으로 나와 있었다. 그러니 시신의 상태만으론 도진영이 축구화 신은 발로 피해 아동을 공격했는지 아닌지 여부를 알아낼 수 없었다.

은세는 축구화가 핵심 무기였을 거라 확신했다. 축구화를 고르는 도진영의 눈길과 뒤축을 매만지는 손끝은, 단순히 축구를 하러 가는 사람의 제스처치고는 지나치게 섬세했다. 마음 같아선 납치라도 해서 두세 시간 감금했다가 풀어 주고 싶었지만 이 근미래에서 은세는 혈혈단신이었고, 도진영은 은세가 맘대로 다룰 수 있는 상대가 아니었다.

2월 23일 저녁 8시 10분.

은세는 커피를 사러 온 손님인 척하며 도진영 앞에 모습을 드러냈다. 방법은 이번에도 직진밖에 없었다.

"어! 맞죠? 그때 저한테 담배 한 개비 빚진 분. 여긴 어떻게 오셨어요?"

도진영은 한 손으로 담배 피우는 시늉을 해 보였다. 시간 여행자의 시간은 이어져 있다던 김지환의 말은 사실이었다.

"지나가다가 커피 사러 들렀죠. 그런데 여기서 일하시나 봐요."

은세가 세차장을 두리번거리는 시늉을 하는데 도진영이 갑자기 은세 앞으로 훅 치고 들어왔다. 은세는 비명을 지르며 그대로 주저앉아 버렸다. 도진영의 몸이 닿지도 않았는데 지레 겁을 먹은 것이었다.

"반응을 보니 형사님은 아니신 것 같고 채권추심 업체 그런 데서 나오셨어요? 보통 그쪽 분들은 둘씩 다니는데 혼자인 걸 보면 그것도 아닌 것 같고. 이 우연한 만남을 어떻게 설명하실 참이죠?"

도진영은 은세의 손을 잡아 일으켜 주었다.

"그쪽 조상님이 보냈다고 해 두죠."

"뭐가 됐건 날 감시하는 건 맞죠? 왜지? 난 감시받을 만한 일을 한 적이 없는데."

"그러게요."

"그럼 저 이제 가 봐도 되죠? 그리고 혹시나 해서 말씀드리는 건데 세 번째로 마주치는 일은 없길 바랍니다."

도진영은 은세를 지나쳐서 차를 몰고 나갔다. 은세도 차를 몰고 세차장을 빠져나갔다. 그새 도진영의 차는 보이지 않았지만 은세는 일단 샛강 건너, 가구단지 쪽 뒷길로 차를 몰았다. 어둑한 뒷길에는 여러 갈래 연기의 터널 같은 것이 떠다니고 있었다. 제법 강한 바람이 부는데도 연기는 흩어지지 않고 원래의 형태를 고스란히 유지하고 있었다.

김지환이 말한 시간의 궤적인 듯했다.

그렇다면 저 연기의 터널을 만든 사람은 1차 시간 여행 당시의 은세였다. 2월 19일로 건너와서 이 차를 몰고 이 뒷길을 오갔으니까. 은세는 시간의 궤적을 피하다가 여의치 않으면 궤적을 뚫고 지나가며 차를 몰았다. 지난번과 마찬가지로 래나네 마을 앞길을 오가다가 버스 정류장이 보이는 곳에다 차를 댔다.

8시 35분경 도진영의 차로 추정되는 검은색 카니발이 지나갔다. 은세의 차를 지나칠 때 속도를 티 나게 줄인 걸로 봐서 도진영도 은세의 존재를 의식하고 있는 게 분명했다. 카니발은 그대로 뒷길을 빠져나간 뒤 돌아오지 않았다. 그리고 3분쯤 뒤 래나로 보이는 여자아이가 버스 정류장으로 나왔다. 은세는 차를 조금 더 정류장 쪽으로 이동주차 한 다음 래나를 주시했다. 10여분 후에 마을버스에서 젊은 여자가 내리자 래나가 달려가서 여자의 허리를 감쌌다. 아이의 엄마인 듯했다. 은세는 얼른 차에서 내려서 모녀를 뒤쫓아 갔다.

"저기, 실례 좀 하겠습니다!"

모녀가 의아한 눈으로 은세를 보았다.

"누구시죠?"

"저는 근처 경비업체 소속 사복 요원입니다."

그런 게 정말로 있는지도 모르지만 일단 내지르고 보았다.

"다른 고객의 부탁으로 요 며칠 마을 앞길을 순찰하고 있습니다. 그런데 따님이 밤에 혼자 정류장에 앉아 있을 때가 있더라고요. 보시다시피 인적이 뜸해서 아동 혼자 있기에는 그리 안전한 환경이 아닙니다."

은세는 처음으로 래나의 얼굴을 보았다. 헝클어진 앞머리 밑에 두 눈이 반짝거리는 게, 똘똘한 요괴 같은 인상의 아이였다. 너였니, 꼬마야? 24년 전 콘서트장에서 웬 검정 후드 티가 알배기 배추가 어쩌고 지껄일 때부터 나를 미래로 불러들이기로 예정돼 있던 존재가 너였냐고? 은세의 빤한 눈길이 못마땅한지 래나는 입을 삐죽거리고는 제 엄마의 손을 잡아끌었다.

"네, 무슨 말인지 알겠네요."

래나 엄마는 고개를 끄덕이고는 아이를 데리고 마을 골목으로 접어들었다.

은세도 낙석동 저류지 근처 공영 주차장에 차를 대고 2월 17일 오전으로 돌아갔다.

하지만 이번에도 은세가 바라는 결과는 나오지 않았다. 남춘순 말로는 범행이 3월 8일로 미뤄졌을 뿐이었다. 3차 보고서에 따르면 도진영은 산 쪽에서 마을로 접근하여 집에 있던 래나를 납치해 갔다.

**10.**

"오늘 제가 여기 온 건 춘순 누님은 모르는 일입니다."

다음 날, 김지환과 은세는 낙석동 중앙공원 경계석에 나란히 걸터앉아 있었다.

"래나를 구한다 해도 그 대가로 은세 씨의 인생이 망가진다면 그게 무슨 의미일까, 고민이 되더라고요. 물론 래나에게 무슨 일이 생기면 은세 씨는 또 평생을 괴로워하며 살겠죠. 그래서 말인데요, 은세 씨가 이 모든 일을 처음부터 모르고 살아갈 방법이 있어요."

"남춘순 씨와 김지환 씨를 만나기 전으로 돌아갈 수 있단 뜻인가요?"

"네. 과거에 다녀오시면 됩니다. 신해철 님의 육성으로 「라젠카, 세이브 어스」를 듣기 전으로 가서, 그 콘서트장에 가지 못하도록 상황을 만드시면 됩니다. 미래로 가서 했던 일들과 크게 다르지 않을 겁니다."

"이제 와서 방법을 알려 주는 이유는 뭐죠?"

"은세 씨는 이미 두 번이나 미래로 가서 잠재 살인마와 대면을 했습니다. 저는 그걸로 은세 씨가 할 수 있는 건 다 했다고 생각합니다. 누구도 은세 씨에게 그 이상의 것을 요구할 수 없어요. 바꿀 수 없는 미래가 있다면 포기하고, 은세 씨의 인생을 구하는 편이 낫다고 봅니다."

"처음엔 나중에 우리가 연인이 될 사이라고 좋아하셨잖아요? 이젠 내가 사라져도 상관없어요?"

은세는 김지환의 갑작스러운 입장 변화에 의구심이 일었다.

"이 일이 은세 씨의 생명에 위협이 될 줄 알았다면 그때 이 공원으로 은세 씨를 찾으러 오지도 않았을 겁니다. 나를 팔도르라 불러 줄 여자 친구를 몇 해 동안 기다렸던 건 사실입니다. 하지만 실제 은세 씨를 만나고, 은세 씨가 미래의 일을 건드리면 우리의 미래도 바뀐다는 걸 염두에 두지 않았어요."

"회고록의 내용이 지난번보다 더 심하게 바뀐 거 맞죠?"

"열 살 아동 납치 살인 피의자 도진영은 22년을 복역한 후 출소합니다. 그리고 출소 두 달 만에 은세 씨를 살해합니다. 교도소에서 수차례 시뮬레이션 한 보복 살인이었습니다."

"인생 장르가 점점 스릴러로 바뀌고 있네요."

사실 먼 미래의 일이라 그런지 은세는 체감되는 바가 없었다.

"과거로 갈 수 있다면 도진영의 과거로도 갈 수 있는 거 아닌가요? 아예 그 인간의 과거로 가서 충고를 해 주고 오는 방법도 있지 않을까요?"

"과거는 우리의 연산 밖에 있습니다. 도진영의 과거로 간다 해도 미래가 교정되리라는 보장이 없어요. 시간 여행자들이 위험천만한 시행착오를 거쳐 도달한 결론이니 믿으셔도 좋습니다. 실제로 시간 여행자 한 분이 헤어진 여자 친구를 무자비하게 살해한 살인마의 과거에 다녀온 적이 있어요. 살인범이 어릴 적 엄마에게 버림받은 뒤로 누군가와 헤어진다는 것에 트라우마가 있다고 법정에서 진술했거든요. 그래서 살인범의 어머니를 설득하러 과거로 간 겁니다. 하지만 과거로 가서 본 것은 새끼 고양이의 몸에 불을 지르고는 깔깔대는 남자아이였어요. 원래 사이코패스 기질이 있던 인간이었죠. 법정에서 트라우마 운운한 건 형량을 줄이기 위한 가해자의 서사에 지나지 않았던 겁니다."

"기왕 과거로 간 김에 확 죽여 버리지 그랬어요? 살려 두면 애꿎은 사람을 죽일 텐데."

"우린 누군가를 응징하려는 게 아니잖아요. 은세 씨, 「라젠카, 세이브 어스」를 듣기 전으로 가서 과거의 은세 씨를 막으세요. 그게 유일한 해결책입니다."

그리 말을 매조지어 놓고서 김지환은 주먹을 물고 울었다.

김지환과 헤어진 은세는 간편한 복장으로 갈아입은 뒤 손전등을 챙겨 집을 나섰다. 자전거를 몰고 가구단지 뒷길로 갔다. 은세가 두 차례나 미래를 드나들었는데도 래나의 삶은 2월 19일에서 3월 8일로 고작 19일 늘어난 게 전부였다. 그래서 은세는 미션의 효율을 좀 높여 볼 생각이었다. 이번에는 남춘순이나 김지환에게 알리지 않았다. 그 꼬마 요괴처럼 생긴 아이의 남은 인생을 좀 더 연장해 주고 싶었다. 그래야 이 일을 그만두더라도 후회가 없을 듯했다.

김지환은 은세가 본인의 과거에 다녀오는 것만이 유일한 해결책이라 했지만 은세에게도 계획이 있었다. 미래로 가서 도진영과 부딪쳐 본 사람만이 생각해 낼 수 있는 방법이었다.

덫…….

**11.**

은세는 래나의 집에 덫을 놓을 작정이었다.

래나의 정확한 집 주소는 모르지만 3차 보고서에는 집에 대한 정보들이 더러 있었다. 도진영이 공동묘지 쪽으로 접근한 점, 이웃과 래나네 집 사이에 버려진 창고들이 있어서 래나의 비명이 마을까지 들리지 않았을 거라고 동네 주민들이 증언한 점. 은세는 공동묘지와 가까운 집들 중에 창고들 뒤편에 위치한 집을 찾아냈다. 마당에 버려진 개집이 있고 그 곁에 어린이용 자전거가 세워져 있는 집이었다.

은세는 근처 창고 앞에 자전거를 세워 두고 그 앞 도로를 따라 달렸다. 도착 지점은 3월 8일 오후 7시 50분이었다. 그날 래나 엄마가 퇴근 후 집에 도착한 시각은 오후 9시였고, 래나가 엄마와 마지막 메시지를 주고받은 시간은 오후 8시 20분이었다. 도진영이 피해 아동을 납치한 시각이 8시 20분에서 9시 사이라는 뜻이었다. 은세는 래나네 집 주변을 돌며 도진영을 기다렸다.

밤공기가 쌀쌀했다. 은세는 몸을 떨었다. 자전거에 점퍼를 걸어 두고 미래로 건너왔더니 체온이 떨어진 것이었다. 그래도 몸이 둔한 것보다는 나았다. 손등의 윤곽을 따라 옅은 빛이 감돌았지만 그 또한 개의치 않았다. 어차피 숨어서는 해결될 싸움이 아니었다. 단순히 시간을 지연시키고 교란하는 방법으로는 도진영을 막을 수 없었다. 앞선 두 차례의 경험이 그 증거였다.

덫으로 놈을 잡는 수밖에 없었다.

미끼는…… 한은세였다.

도진영이 모습을 드러낸 건 8시 35분경이었다. 사전 답사를 한 건지 머릿속으로 시뮬레이션을 해 본 건지 도진영은 거침없이 래나네 집 마당으로 들어섰다.

"거기 서!"

은세가 래나네 집 앞의 비술나무 그늘에서 걸어 나오며 놈을 불렀다.

도진영이 이를 드러내며 웃었다.

"다시 만나면 좋을 거 없다고 경고했을 텐데."

"일단 남의 집 마당에서 나오고 말해."

"네 정체에 대한 가설을 세워 두고 있었는데, 이렇게 가설의 신빙성을 친히 증명해 줄 줄은 몰랐네. 어떻게 내가 계획을 실행에 옮기려고 할 때마다 나타나는 거지? 뭐, 도청이라도 하는 건가?"

"네가 이 집에 사는 아이를 납치하려 한다는 건 알고 있지. 나 말고도 여럿 있으니까 나 하나 입 다물게 만드는 것으로 끝낼 생각은 않는 게 좋아. 아이가 없어지면 넌 1순위로 용의 선상에 오를 거야."

"용의 선상? 왜 이래? 내가 뭘 어쨌다고."

도진영이 거리를 좁혀 오며 말을 이었다.

"난 아무 짓도 안 했어. 담장도 없는 집 마당 좀 밟은 거? 그거야 날이 어두우니까 실수한 거지."

"그래, 그러니까 앞으로도 계속, 아무 짓도 하지 마. 아이가 어른이 될 때까지, 너한테서 자기 자신을 지킬 수 있는 나이가 될 때까지 털끝 하나 건드리지 말라고."

"다시 강조하지만 난 아무 짓도 안 했고 너한테 그런 소릴 들을 이유가 없어. 그런데 말이야, 우리 사이의 궁금증은 좀 짚고 넘어가자."

말이 끝나기 무섭게 도진영은 은세의 배를 걷어찼다.

"대체 너 뭐야?"

은세가 몸을 일으키기도 전에 도진영의 발이 은세의 뺨을 짓이기기 시작했다. 스터드가 달린 축구화였다. 입술이 터져서 입속으로 피가 새어 들었다. 은세는 손목에 걸려 있던 휴대용 손전등으로 도진영의 정강이뼈를 가격했다. 도진영이 풀썩거리며 물러난 틈에 은세가 몸을 굴렸다. 스터드에 찰과상을 입었는지 뺨과 목덜미 곳곳에서 열감이 솟구쳤다.

"축구화라니 놀랍네. 보통 납치범들은 족적에 신경을 쓰게 마련인데, 보란 듯이 족적을 남기시겠다? 이유가 뭘까? 너만의 의식 같은 건가?"

은세가 소매로 목덜미의 피를 닦아 내며 물었다.

도진영의 얼굴에서 표정이라 할 만한 것들이 사라지고 충돌 실험용 더미 같은 민낯만 남아 있었다. 놈도 더는 대화를 원하지 않는 눈치였다. 놈의 타깃이 래나에서 은세로 변경된 것이다. 은세는 몸을 돌려 큰길 쪽으로 달아났다. 도진영의 발소리도 무섭게 따라붙었다.

찻길엔 인적이 없었다. 자동차의 불빛도 없었고 뭉근 달빛 아래 시간의 궤적들만 어지러이 그어져 있었다. 한은세가 2월 19일과 2월 23일의 미래를 휘저어 놓은 흔적들이었다. 은세는 희부윰한 터널들을 피해서 내달렸다.

도진영의 손이 은세의 후드에 닿을락 말락 했다. 은세는 급히 후드를 뒤집어쓰고 엠피스리 이어폰을 귀에 꽂았다. 「라젠카, 세이브 어스」, 0.5배속 재생.

라…… 젠…… 카…… 세…… 이…… 브…… 어…… 스…….

노랫말이 기괴하게 늘어졌다.

처음으로 은세는 귀에 울리는 저 노랫말의 진위가 궁금해졌다. 라젠카가 시간을 넘나드는 통로를 열긴 했지만 한은세의 인생도 구해 줄지는 미지수였다.

"반드시 죽이고 만다, 내가!"

도진영의 외침이 이어폰 볼륨을 뚫고 왔다. 미래의 도진영과 다시 마주치면 그땐 은세도 목숨을 장담할 수 없을 터였다.

밤 풍경이 서서히 뭉그러지기 시작했다. 은세는 전자시계를 확인하며 도진영이 절대 따라올 수 없는 과거를 향해 뛰었다.

**12.**

2월 18일 낮으로 돌아온 은세는 자전거를 샛강 앞에 세워 두고 남춘순에게 전화를 걸었다. 미래의 뉴스가 또 어찌 달라졌는지 알아야 했다.

"도진영이는 2027년까지 잠잠혀. 그러다가 이번에는 아홉 살짜리 남자아이를 납치, 살해하는 모양이여."

래나는 무사했다. 하지만 다른 아이가 놈의 표적이 되고 말았다.

남춘순의 연락을 받았는지 김지환도 전화를 걸어왔다.

"회고록이 또 바뀌었어요. 이번에는 도진영의 법정 변론을 알아냈어요. 도진영 말로는 어린 시절 풋살 구장에서 고등학생 축구 선수에게 성폭행을 당했다고 합니다. 스터드가 날카로운 축구화로 제압을 당한 뒤에 말이죠. 악마에게 물린 뒤 어느새 자신도 악마가 되어 버렸다며, 속죄하고 살 테니 선처를 바란다고 했습니다."

"하지만 그 또한 가해자가 지어낸 이야기이거나, 사실이라 해도 가해자의 서사, 핑계일 뿐이죠."

"그럼요."

"혹시 내 얘기도 달라졌던가요?"

"은세 씨는…… 출소한 도진영에게 교살당하는 것으로 나와요. 시기는 차마 말씀드릴 수가 없어요. 정말 미안해요, 이런 말도 안 되는 일에 끌어들여서. 지금이라도 과거로 가서 이 모든 일이 아예 시작되지 않도록 손을 쓰세요, 은세 씨."

"오늘 버전 회고록에서 우린 무슨 사이던가요?"

"저랑 춘순 누님 사이 정도의 편한 동료였습니다. 가끔은 술친구기도 하고요."

은세는 김지환에게 차를 빌려달라고 부탁했다.

"어딜 가려는지 물어봐도 돼요?"

"1997년 12월 31일의 서울에 좀 다녀오려고요."

반 시간쯤 뒤, 차 두 대가 나란히 샛강가에 멈춰 섰다. 2인조가 각각 차를 몰고 온 것이었다.

"으이그, 이런 몰골이면 병원부터 가야지."

남춘순이 야단했다.

"저는 은세 씨의 선택을 존중하겠습니다. 그게 무어든."

김지환이 울먹였다. 은세는 김지환이 주먹을 입에 넣기 전에 얼른 화제를 돌렸다.

"두 사람…… 제가 다녀와서 술 한잔 살게요. 원하시면 카푸치노도 같이요."

은세는 김지환과 남춘순을 차례로 일별한 뒤 익숙한 K5에 올랐다.

엄마, 아빠, 할머니에 막내 고모까지 같이 살았던 그 집으로 가서 넥스트의 콘서트 티켓을 찢어 버리면 그만이었다. 하지만 은세는 그 시절 집이 아닌 넥스트의 고별 콘서트가 열렸던 체조경기장으로 차를 몰았다.

주차장에 차를 댄 뒤 「라젠카, 세이브 어스」를 0.5배속으로 재생했다.

손목시계의 날짜와 달과 연도가 바뀌었다. 시간은 1년 전으로, 5년 전으로, 10년 전으로 흐르고 있었다. 마침내 손목시계의 연도와 날짜가 1997년 12월 31일을 가리키자 은세는 이어폰을 뽑았다. 은세는 차에서 내려 공연장으로 달려갔다. 공연장 입구에 다다르자 터널이 보였다. 멀쩡한 풍경들 사이로 남들 눈에는 보이지 않는 통로가 열려 있었다. 시간 여행자가 만들어 둔 궤적이었다.

터널의 반대편은 「라젠카, 세이브 어스」의 전주 오페라가 울려 퍼지기 시작한 콘서트장이었다. 저만치 열다섯 살의 은세가 보였다.

한은세는 열다섯 살 은세에게서 피켓과 마커를 빼앗은 다음 신해철에게 묻고 싶은 말을 썼다.

마왕, 정말로 라젠카가 우릴 구원해 줄까요?

은세는 급하게 만든 피켓을 치켜들었다.

이 시간 여행이 정말로 아이들을, 은세 자신을 구원할 수 있을지, 죽음이 예고된 미래에서도 구원을 찾을 수 있을지 노래의 작곡가인 신해철이라면 답을 알고 있을지도 몰랐다. 하지만 노래가 다 끝나 가도록 마왕 신해철은 한 번도 은세의 피켓을 봐 주지 않았다.

열다섯 살 한은세의 얼굴을 보고 있으려니 은세는 마음이 아릿했다. 그림을 좋아하는 저 아이는 평범한 큐레이터로 살아가는 편이 낫지 않을까. 하지만 열다섯 살 은세의 손이 서른아홉 살 은세의 마음을 돌려놓았다.

"저기…… 그거……."

어눌한 말투와 달리 피켓을 가리키는 손끝이 매서웠다.

"돌려달라고요, 내 피켓."

그제야 은세는 이 모든 일이 시작된 시초지가 따로 없다는 걸 깨달았다.

지금껏 은세는 이 모든 일이, 1997년 넥스트의 콘서트장에서 검은 후드 티를 만나면서 시작되었다고 믿고 있었다. 하지만 일의 시작점은 미래로 건너가 도진영과 대치하던 그 은세였을 수도 있고, 피켓을 돌려달라고 야무지게 손짓을 하던 열다섯 살의 은세였을 수도 있다. 시간의 둥근 궤도 속에서 원인과 결과가 맞물리고, 우연과 필연이 맞물리며 한은세의 인생이 순환하고 있었다.

은세는 열다섯 살 은세에게 귀띔을 해 주었다.

"너, 100원 아끼느라 인생 조지지 마라. 알배기 세 통을 품에 안고 가는 미친 짓 하지 말라고."

물론 이리 말해 줘도 너는 미련스레 알배기를 품에 안고 가다가 2인조를 만나게 될 거야. 그리고 「라젠카, 세이브 어스」를 들으며 시간 여행을 하게 되지. 우리를 구원해 줄 라젠카는 오지 않을지도 몰라. 악을 한 방에 굴복시키는 완벽한 구원 서사는 영화 속 히어로들의 몫이야. 우리는 그저 일당을 받듯, 꼬맹이들에게 며칠씩이라도 시간을 벌어다 주려고 우리의 죽음이 예견된 미래로 뛰어들게 될 거야. 방금 너의 그 매서운 손끝이 널 그리로 데려갈 거야. 네 것은 꼭 돌려받고, 스스로 좌표를 찍은 곳에는 가고야 마는 성질머리가 우리를 시간 여행자로 만들 거야.

시든 알배기배추 세 통이 우리를 기다리고 있어.

잘 있어, 열다섯 살 한은세.

네가 내 나이가 되면 우린 다시 만나게 될 거야.

제5회 타임리프 소설 공모전 우수상 수상작

# 꼬리명주 나비

장아미

물레는 멎어 있었다. 문틈으로 살바람이 불어 들어와 등잔불이 깜빡였다. 인혜의 손에서 가락이 굴러떨어졌다.

인혜는 물레를 끼고 앉아 졸고 있었다. 노무(勞務)에 지친 사람의 호흡은 달았다. 화광(火光)이 흐르는 뺨이 세상 물정 모르는 소녀의 그것처럼 보드라워 보이는 반면 치마 위로 늘어진 손가락은 거칠다 못해 엉망으로 부르터 있었다. 쪽을 진 머리카락 속으로 머리 타래를 묶은 검정 비단 댕기가 엿보였다.

바람이 잦아들었는지 등잔불이 꼿꼿하게 섰다.

인혜는 꿈을 꾸고 있었다. 수없이 반복해 꾼 꿈, 흉몽이었다.

인혜가 눈까풀을 움찔거렸다. 식은 이마에는 땀이 방울져 있었다. 뒤이어 끔찍한 광경이라도 목격한 것처럼 저고리 앞섶을 뜯으며 신음하는가 싶더니 참고 있던 숨을 몰아쉬면서 번쩍 눈을 떴다.

아직은 밤이 낮보다 짧을 무렵. 가슴께를 손바닥으로 누른 인혜가 애타는 눈빛으로 주위를 둘러보았다. 너울거리는 빛과 그림자를 제외하면, 무엇도 움직이지 않았다. 그 자신이 내는 숨소리 외에는, 아무것도 들리지 않았다.

이 방에는 인혜 혼자뿐이었다.

인혜가 한숨을 쉬면서 가락을 집어 들었다. 그래, 꿈이었어. 그 사실이 인혜를 위로하기는커녕 한층 슬프고 고독하게 만들었다. 그게 꿈이라니. 이제 와 내가 할 수 있는 일이라곤 그저 잊는 것뿐이라니. 하지만 인혜가 아무리 울며 괴로워한다 한들 내일은 올 것이고 또 묵묵히 하루치의 노동을 해 나가야 할 것이었다. 오늘은 이만 잠자리에 드는 게 옳았다.

물레를 치운 인혜가 궤 위에서 이불을 내리려는 찰나였다. 문밖에서 발소리와 함께 헛기침 소리가 들렸다. 궤 앞에 서 있던 인혜가 몸을 돌리며 소리쳤다.

"거기 누구세요?"

"나야. 잠깐 들어가도 될까?"

동생의 목소리를 알아들은 인혜가 서둘러 문 쪽으로 다가들었다.

"그럼. 어서 들어와."

선화가 툇마루 앞에서 나막신을 벗었다. 그날 오후 늦게 보슬비가 내려 땅이 질었다. 등잔불이 꺼질 듯 작아졌다. 그러나 방문이 닫히고 선화가 요 위에 자리를 잡는 즉시 되살아났다.

인혜와 선화는 한 살 터울의 자매지간이었다. 둘은 가지런한 눈썹과 갸름한 눈매, 깨물지 않아도 몹시 붉은 입술과 뺨 아래에 패는 볼우물이 닮아 있었지만 묘하게도 전혀 다른 분위기를 풍겼다. 그건 아마도 정반대라고 할 만한 성정 때문일 텐데 인혜가 말수가 적고 차분하다면 선화는 다혈질에 매우 활기찼다.

선화가 벽 쪽에 놓여 있던 물레를 넘겨다보며 눈가에 주름을 잡았다.

"설마, 방금까지 실을 내리고 있었어?"

"잠도 안 오고 해서."

인혜가 힘없이 웃었다. 선화가 근심 어린 눈초리로 자매의 얼굴을 뜯어보았다.

"그러다가 탈 나. 낯빛이 안 좋은데."

"나는 괜찮아. 미안. 혼례 준비로 바쁠 텐데 괜한 걱정이나 끼치고."

"그런 말 마, 언니. 식구끼리 염려하는 게 당연하지."

선화가 인혜의 팔에 손을 얹었다. 인혜가 그 손을 토닥였다.

"너는? 여태껏 자수를 놓고 있었어?"

"아, 단이에게 줄 선물을 만드느라."

선화가 홍조 띤 뺨에 손등을 대며 겸연쩍어했다. 이 집 딸들은 고운 외모와 남다른 우애 외에도 손재주가 뛰어난 것으로 이름나 있었고 같은 이유로 마을 사람들에게 알게 모르게 칭송받았다.

잠시 후 웃음기를 지운 선화가 남모를 비밀이라도 털어놓는 것처럼 말소리를 낮추었다.

"언니, 아직도 그 꿈을 꿔?"

안색이 어두워진 인혜가 이렇다 할 대답 없이 고개를 떨구었다. 선화가 또 한 번 물었다.

"언니도 알지? 이 혼인이 하마터면 잘못될 뻔했다는 걸."

"응, 그땐 내심 걱정했는데 일이 잘 풀려서 얼마나 다행인지."

인혜가 구겨진 소매를 만지며 밝은 목소리를 내고자 애썼다. 치마폭 위에 손을 모은 선화가 생각에 잠긴 듯한 표정으로 시선을 흐렸다.

"나는 무슨 일이 있어도 단이는 나를 떠나지 않을 거라고 믿었어. 우리는 절대 헤어지지 않을 거라고 믿었어. 언니 앞에서 이런 얘길 해 미안하게 생각하지만 그게 솔직한 내 심정이었어."

"얘는, 나는 괜찮으니 괘념치 마."

인혜가 점잖게 대답했다. 눈가가 조금 밝아진 선화가 쥐고 있던 손을 놓더니 인혜 쪽으로 상체를 기울였다.

"후원에서 이어지는 오솔길을 올라가면 측백나무 숲 너머 빈터가 나오잖아. 거기에 석탑이 세워져 있던 거 기억나? 우리 둘이 그 탑 주위를 함께 돌기도 했잖아."

"당연히 기억하지."

인혜가 그날을 회상하면서 미소를 지었다. 그 옛날 어린 자매는 숨차는 줄도 모르고 몇 번이고 탑을 돌았다. 발이 엉켜 넘어졌다 싶으면 일어났고 풀물이 든 치맛자락을 턴 다음 다시 힘껏 손을 맞잡았다.

선화는 인혜와 더불어 산길을 거닐다 발견한 그 터를 아꼈다. 유모의 잔소리와 어머니의 꾸지람을 피해 그곳에 몰래 숨어 있던 적도 여러 번이었다. 어른들이 선화를 찾아다니며 소란을 피우는 동안 인혜는 아무것도 모르는 척 버들 바구니를 챙겨 들고 조용히 뒷산을 올랐다. 선화는 언제나 그 터에 있었다. 별이 동그랗게 고인 석탑 앞에 퍼질러 앉아 들꽃이며 풀을 엮어 머리를 장식할 화관을 만들고 있었다. 그럴 때마다 인혜는 싱거운 웃음을 터뜨리며 바구니일랑 던져버리고 선화 옆에 털썩 주저앉곤 했다.

그 탑의 기원을 누구도 알지 못했다. 이 집에서 제일 나이가 지긋할뿐더러, 광에 숨어 사는 노랑 고양이가 새끼를 몇 마리나 낳았고 그것들이 얼마나 멋대로 살다 멋대로 갔는지 일일이 기억할 만큼 기억력이 비상한 유모 역시 그러했다. 과거 언젠가 그 자리에 지금은 불타 없어진 사찰이 있었으리라고 추측할 뿐이었다.

인혜는 그 탑이 왠지 꺼림칙했다. 지대석이 꺼져 옆으로 기운 데다 상륜부가 깨어진 그 5층 석탑 앞에 서면 깊은 물속에 빠진 것처럼 세상이 불시에 교교해지는 듯했다.

"있지, 실은 나 단이와 헤어졌어. 혼담은 깨어졌고 우리는 서로를 원망하며 영영 갈라섰어."

"그게 무슨 소리야? 곧 혼례를 앞두고 있으면서. 언제 그런 일이 있었어?"

인혜가 어리둥절한 얼굴로 물었다. 입 옆에 보조개가 팬 선화가 조금만 더 자신의 이야기를 경청해 달라는 듯 손짓했다.

"그 일을 얼마나 후회했는지 몰라. 끼니도 거르고 종일 방에 틀어박혀 베갯잇을 적시며 울었어. 시간은 속절없이 흘렀어. 마침 보름날이었지. 들창 위로 어른거리는 달빛을 올려다보다 누운 자리에서 일어났어. 후원을 서성이다 홀린 것처럼 뒷산을 올랐어. 정신을 차리고 보니 그 터에 다다라 있더라. 그사이 비구름이 내리깔려서 달은 어디에 있는지 보이지도 않는데 어두컴컴한 숲 속에서 석탑이 하얗게 빛나고 있었어. 등불처럼. 마치 어서 이곳으로 오라고 손짓하는 것처럼."

바람이 새어 들어와 등잔불이 깜빡이는 가운데 선화의 눈동자가 이채를 띠었다.

"귓가에서는 노랫소리가 울렸어. 여자들이 부르는 탑돌이 노래였어. 그 노래를 듣고 있자니 다리가 저절로 움직였어. 어릴 적 언니와 그랬던 것처럼 탑을 돌기 시작했어. 입으로는 노래를 따라 불렀어. 더는 울고 싶지 않았으니까. 괴로워하고 싶지 않았으니까. 나 빌고 싶은 게 있었거든."

인혜는 그 밤 그 터를 상상한다.

밤새조차 울지 않는 밤, 동생은 탑돌이를 한다. 노래를 부르며 기도를 올린다. 치맛자락은 나부끼고 짚신을 신은 발은 사뿐하다. 머리카락은 흐트러지고 낯은 뜨거워진다. 걸음은 빨라졌다 느려졌다 빨라지고 어둠은 깊어지고 짙어지면서 빽빽해진다.

"그러는 내내 생각했어. 잘못 놓은 자수를 뜯어내고 새로운 땀을 뜨는 것처럼 망쳐 버린 것들을 고칠 수 있다면. 실타래를 다시 감듯 흘러가 버린 시간을 되돌릴 수 있다면. 그럴 수만 있다면 우리는 헤어지지 않았을 텐데. 혼례복을 차려입고 맞절한 다음 맛좋은 술을 나눠 마셨을 텐데."

말을 멈춘 선화가 인혜를 똑바로 응시했다. 그러나 그 눈빛이 닿을 수 없는 어딘가를 그리는 것처럼 흐릿했다.

"그 탑을 몇 번이나 돌았는지 모르겠어. 숨이 턱까지 찬 채로 돌고 또 돌았어. 그러다 갑자기 발아래가 푹 꺼지는 느낌이 드는 거야. 어디선가 바람이 불고 세상이 뒤집히고. 어지러워서 제대로 서 있지도 못하고 비틀거리는데 누군가 나를 붙들고 일으켜 줬어. 아주 다정하게."

"……그 사람이, 누구였는데?"

인혜가 겨우 입술을 달싹였다.

"단이. 단이가 내 옆에 있었어. 봄날 버들개지가 핀 시냇가에, 그날 그곳에."

"뭐?"

인혜가 눈살을 찌푸렸다. 인혜의 손을 잡은 선화가 속삭임에 가깝게 목소리를 낮추고는 조곤조곤한 말투로 대화를 이었다.

"믿기 힘든 소리라는 건 알아. 나라도 이런 이야기를 들었다면 코웃음을 치며 흘려 넘겼겠지. 그렇지만 언니, 언니에게만은 알려 주고 싶었어. 어떤 기도는 이뤄진다는 걸. 하늘은 정말로 자비로우셔."

선화의 고백은 계속됐다. 자신은 단이를 용서했다고. 불같이 화를 내며 징검다리를 건너 가 버리는 대신 단이를 안고 괜찮다, 다 괜찮아질 거다 속삭여 주었다고. 자수 땀을 고칠 때처럼 정성껏 그 일을 바로잡았다고.

어긋난 인연을 맞대어 잇고 다시는 풀어지지 않게 매듭지었다고 확신하는 순간, 선화는 그 밤 그 터에 돌아와 있었다.

"그러지 않았다면 단이는 강 너머 마을로 떠나 버렸을 테니까.

그의 옆에는 수건으로 입을 가린 여자가 있었을 거고 그 여자의 배는 하루하루 불러 왔을 거야. 그 모든 일들을 나는 이미 경험했는걸."

선화가 인혜 앞으로 더욱 가까이 붙어 앉았다.

"그러니까 언니, 돌이킬 수 있는 방법이 아예 없는 건 아냐. 이건 하늘이 우리에게 베푸는 은혜일 거야. 하지만 기억해야 해."

선화가 손을 더듬어 등허리에 드리운 머리채를 끌어왔다. 이제 보니 유난히 까맣고 탐스러워 또래 소녀들의 부러움을 샀던 머리카락 속에 흰 머리가 섞여 있었다. 한두 올이 아니던 그 머리칼은 단순히 셌다고 표현하기 힘들 만큼 새하얬다. 유모의 백발보다 훨씬 더. 이 끝부터 저 끝까지 약간의 검은 빛도 없었다.

"나는 매일 아침 머리를 빗으며 되새기곤 해. 내가 무엇을 얻고 무엇을 잃었는지. 그 탑이 내게 치르게 한 대가가 무엇인지."

인혜는 눈을 크게 뜬 채로 침묵을 지켰다. 선화가 인혜를 힘주어 껴안았다.

"잘 자, 언니. 울지 말고. 더는 나쁜 꿈도 꾸지 말고."

선화가 방문을 닫고 나갔다. 등잔불이 죽었다 살아났다.

그로부터 한참 동안 인혜는 생각에 잠겨 있었다. 고름 위에 손을 얹고 입술을 씹으며 흉몽 속에서 거듭 목격했던 날을 되새겼다.

여름, 계곡물은 깊어지고 산딸기는 익어 갈 무렵이었다. 운휘는 비단 꾸러미를 짊어지고 길 위에 서 있었다. 인혜는 새신랑을 배웅하기 위해 따라나선 참이었다. 그런 둘을 못 본 척 온고는 혼자 앞서 걸었다.

운휘가 어서 돌아가라고 손사랫짓하며 등을 돌릴 때 인혜는 낯선 사내가 그들과 동행하고 있음을 알아차렸다. 소름 끼칠 만큼 표정이 없던 그 사내는 무릎까지 내려오는 흰 비단 포(袍)를 입고 있었다.

그것이 마지막 모습이었다. 운휘는 그 여정에서 살아 돌아오지 못했다.

등잔 속 기름이 거의 동나 있었다. 뒤늦게 정신을 차린 인혜가 허둥지둥 등잔불을 껐다.

문밖에서 후드득하는 소리가 났다. 빗방울이 떨어지고 있었다.

달은 차 있었다. 산 자들은 꿈꾸고 있고 죽은 자들은 잠에서 깨어나 이승과 저승의 경계를 헤매고 다닐 때. 그러나 밤의 악의는 육신을 잃고 스러진 넋을 일으켜 세울 수 있을지언정 담대한 마음을 해칠 수는 없었다.

밤이 미치게 할 수 있는 건 오로지 두려워하는 사람들뿐이었다.

인혜가 등롱을 쥔 손을 들었다. 불빛이 일렁이는 그의 눈동자는 확고부동했다. 인혜는 의심하지 않았으므로 혼비백산하지 않을 수 있었다. 산속 멀리에서 울려 퍼지는 맹수의 포효를 들었음에도 달아나지 않았고 숲 저편에서 어른거리는 도깨비불을 보았음에도 물러서지 않았다.

인혜에게는 이르러야 할 장소가 있었다. 다해야 할 사명이 있었다.

비탈 아래에는 뽕나무밭이 펼쳐져 있었다. 울창한 나무들 사이를 지날 때 인혜는 환청을 들었다. 사각 사각 사각 사각, 누에가 뽕잎을 갉는 소리였다. 검은 무늬가 있는 흰 벌레들은 부지런하게 잎사귀를 쏠았고 배부르게 먹은 만큼 깊이 잠들었다.

하염없는 그 잠으로부터 몹시 길고 아름다운 실이 뽑혀 나왔다. 인혜에게 명주실이란 그런 의미였다. 조그맣게 자른 뽕잎과 군불을 땐 방, 아궁이에 솔가지를 넣으며 흘린 땀과 눈물, 사각 사각 사각 사각, 귀 기울여 듣다 보면 졸음이 쏟아질 듯 몽롱한 소리 그 자체. 죽음을 소화시키면 생을 자을 수 있다는 증거.

그러므로 실을 켜 비단을 짜는 일은 시간을 견디는 것과 다르지 않다고 인혜는 생각했다. 하지만 속수무책의 그 굴레에서 자유로워질 수 있다면, 한 번이라도?

인혜는 이 밤 지난날의 일부를 끊어 내고 씹어 삼켜 새 실을 뽑아내기로 결심했다. 신이든 망령이든 좋으니 제발 내 얘기를 들어 달라고 애원하면서 미친 여자처럼 산을 서성였다던 동생처럼. 그 같은 행동이 자신에게 치명적인 흔적을 남기게 된다고 할지라도.

단지 운휘와 재회하고자 하는 열망에서 행하는 일만은 아니었다. 인혜는 날이 갈수록 커지는 죄책감에서 벗어나고 싶었다. 눈을 감으면 떠오르는 광경에서 헤어나고 싶었다.

인혜가 짐작한 대로 흰 비단 포의 사내는 사자(使者)가 맞을까. 그렇다면 인혜는 어째서 그를 볼 수 있었을까. 경고였을까. 운휘가 시체로 돌아올 것이라는? 왜 하필 인혜였을까. 왜 오직 인혜였을까.

운휘는 선량한 남자였다. 앞마당에서 가죽신에 붙은 흙을 털며 휘파람을 불던 그가 문득 자신과 눈이 마주치고 수줍어할 때, 그 커다란 덩치를 어쩌지 못하고 쩔쩔맬 때 인혜는 저도 모르게 웃고 말았다. 그렇지만 인혜에게 운휘를 사랑했느냐고 묻는다면? 글쎄, 운휘가 그 집에 데릴사위로 오게 된 건 애초 인혜의 바람이 아니었고 둘은 자식이 들어설 만큼 긴 생을 함께 누리지도 못했다.

그럼에도 인혜는 운휘의 최후를 직접 확인해야 한다는 의무감을 느꼈다. 운휘는 어떻게 숨을 거두었을까. 그를 죽음으로 몰고 간 사연은 과연 무엇일까.

등롱을 내린 인혜가 밤하늘을 올려다보았다. 오늘처럼 보름달이 뜬 밤에 선화 역시 나뭇가지에 소매를 뜯기며 이 길을 지났을 것이다. 열망하는 마음이 어떤 불가능을 가능케 하는지를 되새기며 인혜가 걸음을 빨리했다.

측백나무 숲을 지나자 길이 완만해지더니 앞이 트였다. 선화가 얘기한 바로 그 터였다. 오랜 세월 돌보는 손길을 받지 못한 석탑에는 이끼가 껴 있었다. 인혜가 나무에 등롱을 걸었다. 그런 다음 매무새를 가다듬으며 탑 쪽으로 걸어갔다.

순간 5층 석탑의 둘레에서 새하얀 광휘가 뻗어 오르는 듯한 착각이 들었다. 이는 어쩌면 달빛이 불러일으킨 환영이었을까.

더는 망설일 필요가 없었다. 탑을 향해 선 인혜가 걸음을 뗐다. 미투리가 밤이슬에 젖어 눅눅했다. 버선 속 발이 뜨거웠다.

그림자들이 그의 몸동작을 따라 했다. 더불어 탑돌이를 했다. 그러나 아무리 입을 벙긋거려 본다 한들 인혜의 목소리까지 흉

내 낼 수는 없었다.

인혜가 노래를 불렀다. 젊은 나이에 불귀한 낭군님을 돌려달라고, 자신을 그의 곁으로 데리고 가 달라고 기도했다.

노랫소리가 빈터를 울리며 멀어질 때 수풀 속에서 토끼가 귀를 쫑긋거렸다.

달은 차면 이울고 사람은 나면 죽네
백팔 번을 돌면 번뇌에서 벗어날까
임아 나를 기다려 주오 기다려 주오

인혜의 발자취를 따라 풀들이 누웠다. 그 모양이 달처럼 둥글었다. 도는 건 인혜 자신인데 정작 그를 중심으로 온 세상이 빙글빙글 도는 듯했다.

인혜는 노래했고 노래하면서 돌았으며 돌면서 노래하기를 쉬지 않았다. 어지러운 나머지 금방이라도 쓰러져 버릴 성싶었지만 포기하지 않았다.

다음 생에 나를 잊는다고 해도
이번 죽음은 임과 함께
이번 생에 나를 잊는다고 해도
다음 죽음은 임과 함께

어느 순간 위아래가 뒤집히면서 눈앞이 깜깜해졌다. 인혜는 자신이 멎어 있다는 것도 모른 채로 그 자리에 멈춰 있었다. 이마에 손을 대고 거친 숨을 헐떡이며 주변 풍광을 살폈다.

낮, 더군다나 한여름이었다. 인혜는 자신이 과거 어느 때에 다다라 있는지 직감했다.

선화의 증언은 거짓이 아니었다. 인혜는 그 여름 운휘를 배웅한 산기슭에 서 있었다. 땀 한 방울이 목덜미를 타고 흘러 모시 저고리를 적셨다. 매미 울음소리가 시끄러웠다. 숲 그림자를 멍하니 바라보던 인혜가 눈을 동그랗게 뜨더니 치마 끝을 감아쥐고 뛰기 시작했다.

이 순간 운휘는 죽어 있지 않았다. 그와 같은 하늘 아래 살아 숨 쉬고 있었다.

뉘 집 아기가 묻혔는지 모를 돌무덤을 지나 인혜는 있는 힘껏 뜀박질했다. 벼락을 맞아 시커멓게 타들어 간 대추나무를 돌아 나가자 앞서가는 남자 둘이 보였다.

"운휘! 온고!"

인혜가 냅다 고함을 질렀다. 개중 키가 큰 쪽이 인혜를 돌아보면서 어리둥절한 표정을 지었다.

"인혜, 왜 여기까지 따라왔어? 무슨 일이야? 곧장 집으로 가지 않고."

인혜가 운휘에게 달려들며 와락 울음을 터뜨렸다.

"둘 다 무사했구나. 다행이야. 두 번 다시 못 보는 줄 알았는데."

무슨 영문인지 모르겠다는 듯 고개를 갸웃거리면서도 운휘는 인혜를 안아 주었다.

“조심해. 넘어져 다치기라도 하면 어쩌려고.”

“당신에게 전해야 할 말이 있어서, 그래서 왔어. 이상하게 들릴 거라는 건 알아. 그래도 꼭 말해야겠어. 운휘, 가지 마. 떠나면 안 돼. 나랑 같이 돌아가. 당신이 이대로 가 버리도록 내버려 둘 수 없어.”

“당신을 두고 내가 가긴 어딜 간다고 그래.”

멋쩍게 웃은 운휘가 인혜의 등을 쓸어내렸다.

“오고 가는 데 닷새면 충분한 길인걸. 금방 다녀온대도. 조심할게. 도적들도, 범도. 당신이 걱정할 일은 하지 않을게. 맹세할게.”

그런데도 인혜는 운휘에게서 떨어지기는커녕 완강하게 도리질하며 그의 팔 안으로 파고들었다. 온고가 그 모습을 곁눈질하곤 불쾌하다는 듯 혀를 찼다. 운휘가 온고를 향해 잠시만 기다려 달라고 손짓하더니 쉬쉬 소리를 내면서 눈물을 글썽이는 각시를 다독였다. 온고는 부루퉁한 얼굴로 허리춤에 차고 있던 패도(佩刀)를 꺼내 괜스레 길옆 가시나무를 들쑤셨다.

운휘의 가슴에 뺨을 뭉갠 인혜가 안도의 한숨을 내쉬면서 턱에 난 수염을 훑었다. 운휘는 살아 있어. 봐, 그의 숨결이 귓가에 느껴지잖아? 운휘는 죽지 않을 거야. 내가 그렇게 놔두지 않을 거니까. 우리는 오순도순 함께 늙어 갈 거라고.

운휘가 인혜의 손을 잡았다. 운휘의 손을 힘주어 쥔 인혜가 새끼손가락에 감긴 명주실을 만지작거렸다. 혼인한 첫날 밤 자신이 매어 준 실이었다. 그러다 별안간 섬뜩한 예감이라도 든 것처럼 팔에 소름이 돋는 것을 느끼며 고개를 들었다.

그 사내가 그들 옆에 서 있었다. 흰 비단 포를 늘어뜨린 채로 부부를 바라보고 있었다.

인혜가 식은땀을 흘리면서 운휘의 품에서 빠져나왔다. 떨리는 손을 들어 가시나무 앞 허공을 가리키며 비틀비틀 뒷걸음질했다.

"……저 사내."

"응? 누구 말이야?"

운휘가 눈길을 던졌지만 그의 눈에 보이는 것이라곤 돌과 풀과 나무뿐이었다. 나뭇잎을 흔드는 바람에도 사내가 입은 포는 나부끼지 않았다.

"저자는 포기하지 않았어. 아직 끝난 게 아니야. 달아나야 해, 빨리."

인혜가 막무가내로 운휘를 잡아끌었다.

"마을로 내려가자. 이 산은 위험해. 내 말을 들어, 운휘. 제발 나를 믿어야 해."

덩치만 크다 뿐 심성이 모질지 못한 그 남자는 각시의 손을 뿌리치지 못하고 어영부영 끌려갔다. 왔던 길을 되짚어 가는 인혜의 몸놀림이 다급했다. 손목이 붙들린 채로 안절부절못하던 운휘가 애원하는 듯한 어조로 말했다.

"저기, 이렇게 무작정 내려갈 게 아니라 먼저 얘기를 좀 나눠 보는 건 어떨까."

운휘의 설득에도 인혜는 전후 사정을 설명하기는커녕 정신없이 걸음만 옮겼다. 마지못해 그들의 뒤를 쫓으면서 온고는 연신 투덜거렸다. 모로 누운 바위틈으로 난 샛길은 낭떠러지 옆으로 잇대어지면서 위태로울 만큼 가팔라졌다. 마음이 앞선 탓인지 밑을 살필 여유도 없이 발길을 재촉하던 인혜는 그만 진창에 미투리를 빠뜨리곤 엎어지고 말았다. 그 탓에 인혜와 손을 잡고 있던 운휘까지 덩달아 넘어졌다.

순간 뒤처져 있던 온고가 안색을 바꾸며 달려왔다.

"조심해. 그쪽 나무에 흰 천이 매여 있잖아."

온고의 외침이 무슨 뜻인지 뒤늦게 깨달은 인혜가 질겁해 몸을 돌렸다. 온고가 목에 핏대를 세웠다.

"함정이야! 거기에 함정이 있다고!"

풀들이 흩어지면서 드러난 구덩이 속에 말뚝이며 쇠촉 따위가 빼곡하게 박혀 있는 것이 보였다. 그 구덩이는 어지간한 어른의 키를 훌쩍 넘길 만큼 깊었다.

온고가 등짐마저 던져 버리고 구르다시피 진창을 지나왔다. 인혜가 맨땅을 할퀴며 끙끙거렸다. 엎드린 채로 바닥을 차 다리를 끌어내려고 했으나 구덩이 가장자리가 흘러내리면서 자꾸만 미끄러졌다.

그때 강건한 팔 한 쌍이 그를 번쩍 들어 올렸다. 운휘가 인혜를 제 옆에 앉히고는 미소를 지어 보였다.

"괜찮아. 내가 있는 한 당신은 무사할 거야."

인혜가 그를 올려다보며 함께 웃으려는 찰나 바로 옆 흙더미가 무너졌다.

"안 돼, 운휘!"

인혜가 비명을 터뜨렸다. 운휘가 입은 저고리 자락이 손가락 사이로 빠져나갔다. 돌들이 굴러떨어지면서 뿌옇게 먼지가 일었다.
온고가 인혜를 붙잡았다. 눈물을 흘리며 발버둥 치는 인혜를 제 팔 안에 가두곤 놓아주지 않았다.

하늘이 까맣게 녹아내리면서 세상이 허물어졌다. 인혜는 탑 앞에 주저앉아 있었다. 무수한 나날들을 지나 순식간에 만월이 뜬 그 밤 그 터로 되돌아왔다.
운휘는 죽었다. 인혜는 그를 구하지 못했다.
인혜의 머릿속이 아무렇게나 풀어 헤친 실처럼 헝클어져 있었다. 그러나 그가 가슴팍을 두드리며 통곡하는 동안 잘려 나간 쪽은 마땅히 이어져야 할 부분을 찾아 스스로 마디를 맺으며 감겨들었다. 인혜는 짧은 사이 자신이 저지른 실수로 말미암아 이후의 나날들이 어떻게 바뀌었는지 온전히 자각했다.
운휘는 범 사냥을 위해 파 놓은 함정에 빠져 숨을 거두었다. 온고는 떠나지 않겠다고 버티는 인혜를 데리고 마을로 내려왔고 사정을 전해 들은 장정들이 산을 올라 운휘의 시신을 수습했다. 운휘의 장례를 치른 인혜는 몇 날 며칠을 자리보전하다 일어난 후에 다른 어떤 것에도 흥미를 보이지 않고 실잣기에만 몰두했다.
인혜의 울음이 조금씩 잦아들었다. 달이 무정할 만큼 밝았다.
숨도 쉬지 않는 것처럼 멈춰 있던 인혜가 가까스로 팔을 들어 머리에 꽂고 있던 비녀를 뽑아냈다. 검정 비단 댕기로 동여맨 머리 타래를 푼 다음 눈 가까이로 가져왔다. 잿물에 삶은 명주처럼 머리카락 한 뭉텅이가 희어져 있었다. 선화에게 일어난 변화와 꼭 같았다.

허탈한 웃음을 터뜨린 인혜가 머리를 풀어 헤친 채로 힘겹게 몸을 일으켰다. 후들거리는 다리를 놀려 한 걸음을 떼기 무섭게 무릎에서 힘이 빠졌다.

인혜가 석탑의 옥개석에 기대 호흡을 가다듬었다. 손바닥 아래로 우둘투둘한 석재가 만져지는가 싶더니 돌 부스러기가 날렸다. 인혜가 팔을 거두며 물러나는 즉시 그의 손이 닿아 있던 탑신부 일부가 여러 조각으로 바스러지며 흩어졌다.

연원을 짐작하기 어려운 5층 석탑은 인혜가 탑돌이를 하기 전에 비해 눈에 띄게 닳아 있었다. 세월의 흐름에 극심하게 마모된 것처럼 보였다.

인혜는 생각했다. 그 기회를 선화는 단 한 번만 누렸을 뿐이었다. 그렇다면 다음 보름은 어떨까. 그날 이곳에서 또다시 탑돌이를 한다면. 하늘은 내게 운휘를 살릴 두 번째 기회를 주실까.

그 같은 시도가 나를 하룻밤 만에 머리가 하얗게 센 노파로 만들어 버릴지언정.

저 탑을 기어코 무너뜨리고 만다고 해도.

동녘 하늘에 희미하게 빛이 어렸다. 새벽 동이 트고 있었다. 밤을 견딘 누구에게나 아침은 공평하게 그리고 무자비하게 찾아왔다.

인혜가 나무에 걸어 두었던 등롱을 손에 쥐었다. 눈물은 말라 있었다.

새로운 날을 시작해야 할 순간이었다.

여자들은 부지런히 실을 날았다. 그런 뒤에는 바디에 꿴 실에 풀을 바르고 말리고 감아 베틀에 걸었다. 북은 날실 사이를 바쁘게 지나다녔다.

인혜의 손에 난 상처는 가실 틈이 없었다.

한 달이 지나고 보름달이 떠올랐다. 그날만큼 고요한 밤이었다. 그날만큼 엄숙한 밤이었다.

몰래 방에서 나온 인혜가 숨죽인 걸음으로 뽕나무밭을 지났다. 누구에게도 들키지 않고 오솔길을 걸어 그 터에 다다랐다.

인혜가 탑돌이를 했다. 휘영청한 달을 우러르며 치맛자락을 틀어쥐고 노래를 불렀다.

달은 차면 이울고 사람은 나면 죽네
백팔 번을 돌면 번뇌에서 벗어날까

호소하는 목소리가 천지를 통곡하게 만들 듯했다. 만월이 섬뜩할 만큼 붉었다. 인혜의 발걸음이 점점 더 빨라졌다.

임아 나를 기다려 주오 기다려 주오

인혜가 창백한 얼굴로 그 자리에 풀썩 주저앉았다. 봉긋하게 부푼 치마 위로 땀방울이 떨어졌다.

이렇게 일을 그르칠 수는 없었다. 탑돌이를 마저 이어 나가야 했다. 고단한 몸을 추슬러 자리에서 일어나려던 인혜가 일순 동작을 멈추었다.

청명한 하늘에 흰 구름이 흐르고 있었다. 자신의 소망이 이루어졌음을 알아챈 인혜가 어깨를 늘어뜨리며 안도의 한숨을 내쉬었다. 석탑에 깃든 힘은 그를 또 한 번 과거의 그 장소로 옮겨 놓았다. 산속 깊은 곳에서 불어온 바람이 젖은 귀밑머리를 어루만졌다.

소매 끝으로 이마를 닦은 인혜가 굼뜨게 일어섰다. 그는 이전과 마찬가지로 이웃 마을로 넘어가는 길의 초입에 이르러 있었다. 하지만 발밑으로 드리운 그림자의 모양이 이전과 달랐다.

그 사실을 인지하고 등줄기가 서늘해진 인혜가 허둥지둥 산길을 올랐다. 지난번보다 늦은 시각이었다. 서둘러야 했다. 이번에는 무슨 수를 써서라도 윤휘를 살려 내야 했다.

인혜가 목청을 돋우어 신랑의 이름을 불렀다.

"윤휘! 윤휘!"

그 소리에 놀란 다람쥐가 물고 있던 풀씨를 떨어뜨렸다. 그러나 아무리 기다려 봐도 인기척이 들리지 않았다. 그가 지른 외침의 반향 외에는, 어떤 답도 돌아오지 않았다.

인혜가 난폭하게 손을 저어 턱밑에 맺힌 땀을 털었다. 어금니를 맞물리며 도리질해 자신의 눈을 가리려는 절망을 쫓아냈다. 비관(悲觀)은 비수처럼 교묘하고 독처럼 음흉하게 가슴속으로 스며들었다. 인혜가 자책하며 입술을 깨물었다. 혹여나 내가 너무 늦게 도착했을까. 불운한 사건은 이미 벌어지고 말았을까.

잡념을 떨치려 애쓰면서 인혜가 온 힘을 다해 걸음을 놀렸다. 애가 타 죽을 성싶으면 뛰었고 숨이 차면 걸었으며 그러다 언제 그랬냐는 듯 가쁘게 달음질쳤다. 얼마나 오래 산속을 헤맸는지 몰랐다. 어느새 그림자가 길어져 숲 전체가 어둑어둑했다.

입술이 하얗게 인 인혜가 발걸음을 멈추고 계곡물을 떠 마셨다. 쐐기에 쏘이기라도 했는지 손등이 시뻘겋게 부어 있었다. 얼굴을 씻고 일어나 움직이기 시작했다. 타는 듯한 갈증은 가셨지만 마음은 오히려 갈급해졌다.

그사이 하늘빛이 달라져 있었다. 인혜가 지칠 대로 지친 다리를 끌며 목 놓아 신랑의 이름을 외치려고 할 때 가까운 곳에서 남자들이 나누는 대화가 들렸다.

얼굴색이 밝아진 인혜가 아 소리를 내며 달려 나가려다 제 기운을 못 이기고 넘어질 뻔했다. 대숲 너머에서 울려오던 운휘의 말소리가 격했다.

"거절하겠어. 제정신이야? 이대로 멀리 떠나라니. 인혜를 저버리라니. 내가 어떻게 그럴 수 있겠어."

"다시 말하는데 이런 기회가 두 번 오지는 않아."

맞받아치는 온고의 어조가 운휘 못지않게 매서웠다. 인혜는 그런 둘이 반가운 한편으로 의아했다. 나를 저버린다고? 그게 무슨 뜻이지? 기회라는 건 또 뭐고?

온고가 씩씩거리며 멈췄던 얘기를 계속했다.

"그 집에 남아 있어 봐야 남 좋은 일만 떠맡게 될 거야. 이봐, 운휘. 핏줄도 아닌 사람들 밑에서 잔심부름이나 하면서 인생을 허비하고 싶은 거야? 내 얘기를 좀 들어 봐. 이 비단을 처분하는 것만으로도 제법 쏠쏠한 밑천을 건질 수 있을 거야. 네게 절반을 떼어 줄게. 그 정도면 강 건너에서 새 출발을 하기에 충분할 거야. 내 처지를 보면 모르겠어? 평생 처가 식구들 앞에서 벌벌 떨면서 한심하게 살고 싶은 거야?"

운휘가 냉랭한 말투로 쏘아붙였다.

"나는 내가 한심하게 살고 있다고 한 번도 생각해 본 적이 없어. 네게 해를 끼치고 싶은 마음은 추호도 없지만 네가 비단을 훔쳐 달아나려고 한다면 나도 가만히 지켜보고 있지는 않을 거야."

"그렇다면 어쩔 수 없지. 네놈을 처리하는 수밖에."

대나무 사이로 두 남자가 대치하고 있는 것이 보였다. 발치에 보자기 따위가 펼쳐져 있는 것으로 미루어 목을 축이며 숨을 돌리는 와중에 이 사달이 벌어진 듯했다.

흥분한 가운데서도 인혜의 등장을 먼저 알아챈 건 온고였다. 온고가 분노로 가늘어져 있던 눈을 부릅뜨며 중얼거렸다.

"……네가 여기에는 어떻게."

"인혜야."

운휘가 말리려고 했지만 인혜는 그의 손을 뿌리치고 곧장 온고에게 달려갔다.

"너였어? 운휘를 죽인 게 너였던 거야? 하, 이럴 수가. 나는 네가 도적 떼에게 끌려간 줄 알았는데. 네 안녕을 빌면서 기도까지 올렸다고. 비단을 빼돌린 것도 모자라 운휘를 해치다니. 우리 가족이 너를 얼마나 아꼈는데. 부모도 없이 떠돌던 너를 거둬 보살

핀 우리에게 어떻게 이럴 수 있어?"

"무슨 소리야? 나는 네 서방을 죽인 적이 없어. 봐, 운휘는 팔팔하게 살아 있는걸."

온고가 섬뜩한 미소를 머금은 채로 킬킬거렸다.

"뭐, 금방 죽을 목숨이라는 건 확실하지만."

그 한마디에 인혜가 새파랗게 질려 뒷걸음질했다. 그런 인혜를 바라보면서 온고가 물었다.

"그래도 다행이군. 인혜, 너와 마지막으로 문답할 수 있게 됐으니. 하나만 묻자. 나한테 왜 그런 거야? 왜 나를 배신한 거야? 왜 저 새끼와 혼인한 거냐고? 왜 내가 아니라 저 새끼였어? 대체 왜?"

"배신이라니 누가 누굴 배신했다는 거야?"

인혜가 당황스럽다는 듯 말끝을 흐렸다. 어깨를 움츠린 온고가 인혜 쪽으로 한 발짝 다가오며 우물거렸다.

"약속했잖아. 내게 오기로. 풀꽃으로 가락지를 만들어서 나눠 꼈잖아."

"세상에, 온고! 그건 우리가 어렸을 때 일이잖아. 혼인이란 게 뭔지 알지 못할 때."

소스라친 인혜가 비명을 터뜨렸다. 운휘가 굳은 표정으로 인혜의 팔에 손을 얹었다.

그 모습을 본 온고가 낯색을 일변하며 혀를 끌끌거렸다.

"이렇게 된 이상 끝장을 내는 수밖에 없겠군."

온고가 덤벼들자 운휘가 황급히 인혜를 밀어냈다. 두 남자는 한데 뒤엉켜 끙끙댔다. 인혜가 어찌할 바를 모르고 발을 굴렀다.

"둘 다 그만해, 제발!"

운휘가 온고의 멱살을 틀어쥐고 바닥에 내동댕이치더니 인정사정없이 주먹을 휘둘렀다. 온고의 코에서 핏방울이 튀어 운휘의 주먹까지 시뻘겋게 물들었다.

"죽일 거야. 네놈을 죽여 버리겠어."

한쪽 팔로 낯을 가린 채로 숨넘어가게 지껄이던 온고가 허리춤에서 뭔가를 꺼냈다. 날카로운 칼이 허공을 가르며 날붙이 특유의 광색(光色)을 발했다.

목을 움켜쥔 운휘가 온고에게서 떨어져 나갔다. 손가락 사이로 핏줄기가 흘러나오고 있었다. 인혜가 그의 앞에 무릎을 꿇고 앉았다.

"운휘!"

운휘는 작별 인사를 나눌 틈도 없이 절명했다. 인혜가 손을 더듬어 쥐었을 때는 이미 숨을 거둔 뒤였다.

온고가 나뭇잎을 뜯어 패도에 묻은 선혈을 닦으면서 이기죽거렸다.

"나는 저 새끼가 처음부터 싫었어."

"네놈은 천벌을 받을 거야!"

인혜가 절규했다. 온고가 퉤 빠진 이를 뱉어 내곤 칼집 속으로 칼을 밀어 넣었다.

"언젠가는 그럴지도 모르지. 잘 있어. 마음 같아서는 지금 이 자리에서 네 멱을 따 버리고 싶지만 너를 살려 두는 게 더 오래 괴롭히는 일일 테니까."

조소하던 온고가 비단 꾸러미를 들어 어깨에 멨다. 인혜는 산 허리에 홀로 남겨졌다.

아니었다. 누군가 그와 함께 있었다. 흰 비단 포를 입은 사내가 아까부터 인혜의 곁을 지키고 있었다.

인혜가 운휘의 뺨을 쓰다듬으며 앞뒤로 몸을 흔들었다. 식어 가는 손을 붙잡고 눈물을 흘렸다. 운휘의 새끼손가락에 감긴 명주실이 피에 절어 있었다.

"그이는 죽어야 하는 운명인가요?"

박명(薄明) 속에서 흰 비단 포의 사내가 묵묵히 인혜를 내려다보았다.

"왜 운휘예요? 왜 내 신랑이냐고? 우리는 고작 서른몇 날을 같이 살았을 뿐인데! 그이는 아무 잘못도 하지 않았는데!"

인혜가 광기에 차 부르짖었다.

"왜 운휘냐고! 왜! 그이를 돌려줘. 아직 그이를 떠나보낼 수 없어. 운휘, 미안해. 정말 미안해."

이윽고 세상이 캄캄해졌다.

밤하늘에 보름달이 떠 있었다. 인혜가 숨쉬기가 힘에 부친 듯 입을 벙긋거렸다. 운휘가 흘린 피에 젖어 있던 손이 깨끗해져 있었다. 제 손바닥을 내려다본 인혜가 신경질적인 웃음을 터뜨렸다.

그 밤 인혜는 도깨비불에 홀려 숲을 맴돌다 새벽녘에야 마을에 이르렀다. 광인처럼 눈을 희번덕거리며 울다가 웃기를 거듭하면서 가족들 앞에서 운휘의 최후와 온고의 악행에 대해 고했다.

온고의 행방은 묘연했다. 어떤 이는 부호가 연 연회에서 비단 옷을 차려입고 거드름깨나 피우는 온고를 목격했다고 전하는가 하면 다른 어떤 이는 그가 깊은 산속 홰나무에 목을 매어 진즉에 목숨을 끊었다고 주장하기도 했으나 어느 쪽도 확실하지 않았다. 운휘는 죽어 뒷산에 묻혔고 온고는 사라졌다. 인혜가 확신할 수 있는 건 그뿐이었다.

두 눈에 달빛을 담은 인혜가 몸을 일으켰다. 석탑은 탑신부가 반 이상 내려앉아 있었다. 인혜는 자신에게 한 번의 기회가 더 남았으리라고 직감했다. 이를 써 버림으로써 어쩌면 매우 값비싼 대가를 치르게 되리라는 것도.

석탑을 등지고 인혜가 더듬더듬 산길을 내려갔다. 보름달 아래 그의 머리가 백발에 가깝게 세어 있었다.

그로부터 또 한 달이 흘렀다. 그사이 선화는 혼례를 올렸고 집을 떠났다. 그는 마지막 순간까지 인혜에게 아무것도 묻지 않았다. 가마에 오르기 전 근심 어린 눈초리로 언니를 바라보다 다정하게 끌어안아 주었을 뿐이었다.

보름, 인혜는 거듭 그 터를 찾았다. 미투리를 신은 발이 스스로 남긴 자취를 좇아 저절로 움직였다.

인혜가 탑돌이를 했다. 목소리를 돋우어 노래를 불렀다. 자신을 그날 그곳에 데려가 달라고 달과 별과 나무들에게, 돌과 흙과 벌레들에게 빌었다. 탑과 하늘에게 기도했다.

탑돌이는 끝나지 않을 성싶었다. 물레처럼, 실처럼, 꼬리에 꼬리를 물며 서로를 놓아주지 않는 생과 사의 굴레처럼.

달은 차면 이울고 사람은 나면 죽네
백팔 번을 돌면 번뇌에서 벗어날까
임아 나를 기다려 주오 기다려 주오
다음 생에 나를 잊는다고 해도
이번 죽음은 임과 함께
이번 생에 나를 잊는다고 해도
다음 죽음은 임과 함께

낮과 밤이 거꾸로 교차하고 인혜는 시간을 거슬러 올랐다. 무아지경 속에서 자신이 무엇을 하고 있는지조차 모른 채로 디딤돌이 놓여 있지 않은 허공을 뛰어넘을 때 등 뒤에서 기단부가 거꾸러지면서 지대석이 쪼개지는 소리가 들렸다.

또 한 차례 그 산길에 다다른 인혜는 극심한 피로감에 몸서리치며 발걸음을 재촉했다. 해가 져 검어진 하늘에 잔별이 돋을 즈음에야 산머리 아래 억새밭에서 두 남자를 찾을 수 있었다. 몸싸움은 벌써 시작돼 있었다. 이는 운휘의 죽음이 돌이킬 수 없을 만큼 급박해졌다는 의미일까. 그 사건을 막기는 정녕 불가능할까.

"어서 덤벼. 네놈을 해치우면 내 몫이 느는 셈이니 나야 손해 볼 것 없지."

온고가 빈정댔다. 그의 손이 그은 궤적을 따르듯 운휘의 뺨에서 피 한 줄기가 배어 나왔다. 온고가 웃으며 재차 칼을 휘둘렀다.

"멈춰. 더는 싸우지 마."

인혜가 산길 이편에서 모습을 드러내자 등을 돌린 운휘가 경악하며 소리를 질렀다.

"오지 마! 위험해! 달아나, 어서."

"괜찮아, 운휘. 내가 풀어낼 수 있을 거야."

운휘를 향해 어렴풋한 미소를 지어 보인 인혜가 아픈 다리를 절뚝이며 온고에게 다가갔다.

"그만둘 수는 없는 거지? 그렇지, 온고? 이건 네게도 반드시 결행해야 하는 일인 거지?"

인혜의 물음에 주춤하는 듯하던 온고가 칼 손잡이를 고쳐 쥐곤 차갑게 응수했다.

"네가 무슨 얘길 하려는 건지 모르겠지만 저치를 손봐 주려는 작정이냐면, 맞아. 나는 오늘 이 자리에서 저 새끼를 해치울 거야. 내 손으로 숨통을 끊어 놓을 거야. 죽일 거라고."

온고가 패도를 쥔 손을 겨눈 채로 으르렁거렸다. 인혜는 적의로 흉포해진 남자에게서 낯익은 소년을 알아보았다. 어린 시절 온고는 사소한 일에도 눈물을 쏟던 아이였다. 인혜에게 풀꽃 가락지를 끼워 주던 손에 온고는 이제 칼을 들고 있었다. 슬픔과 질투와 좌절이 그를 잠식해 송두리째 먹어 치웠으리라.

잠시 숨을 고른 인혜가 앞으로 걸어 나왔다. 온고와 마주 서서는 발끝을 나란히 하곤 붉어진 눈을 들고 시선을 맞추었다.

"결심을 되돌릴 수는 없을까? 대답해 줘, 온고. 우리 아무 일도 없었던 것처럼 산에서 내려갈 수는 없을까?"

온고가 금방이라도 울 것처럼 입술을 떨면서 애원하다시피 속삭였다.

"비켜. 너를 다치게 하고 싶지는 않아. 그러니까 인혜야, 제발."

그 말이 채 끝나기도 전에 인혜가 온고를 으스러져라 부둥켜안았다. 운휘가 고함을 지르려는 것처럼 입을 크게 벌렸으나 끝내 아무 말도 하지 못했다. 온고가 비명을 터뜨리며 인혜를 떠밀었다.

인혜의 가슴에 칼이 박혀 있었다. 운휘가 허물어지는 인혜를 안았다. 피를 흘리며 헐떡이는 각시를 받쳐 눕히곤 서럽게 흐느꼈다.

"왜 그런 거야, 응? 오지 말라고 했잖아. 위험하다고 했잖아. 그런데 왜. 도대체 왜."

온고가 핏방울이 튄 손바닥을 들여다보며 혼잣말했다.

"내가 죽였어. 내가 인혜를 죽였다고."

온고가 넋 나간 사람처럼 억새밭 속으로 터덜터덜 걸어 들어갔다. 바람이 그의 발소리를 지웠다.

인혜가 운휘의 얼굴을 만졌다. 그 몸동작이 가슴에 사무칠 만큼 사랑스러웠다.

"운휘, 나는 아마도 확인하고 싶었던 것 같아."

"뭘 말이야?"

운휘가 울음 섞인 말투로 중얼거렸다.

"내가 당신을 사랑하기는 했는지. 사랑이란 뭔지. 그런데 운휘, 사랑은 그렇게 특별한 게 아니었어."

운휘가 인혜의 손을 움켜쥐었다. 인혜가 느릿느릿 얘기를 이었다.

"당신과 하루하루 같이 늙어 가고 싶다는 생각, 그 자체가 사랑이었나 봐."

운휘가 인혜의 손등에 입을 맞추며 사정했다.

"죽지 마. 나를 두고 가지 마. 인혜, 나를 떠나면 안 돼."

인혜가 희미하게 웃어 보였다. 그의 생이 사그라지고 있었다.

고통 속에서 일그러진 미소를 띤 인혜가 흰 비단 포의 사내를 응시했다. 그는 인혜의 곁에 있었다. 늘 그렇듯 아주 가까운 곳에서 부부를 지켜보고 있었다.

인혜는 사내가 자신과 동행해 줄 것임을 깨달았다. 이후의 길은 외롭지 않을 것이다.

"나는 알아요. 날실과 씨실은 우연히 엮이는 게 아니라는 걸. 거기에는 분명한 인과가 있어요."

인혜의 말소리가 작아졌다.

"당신이 내 눈에만 보인 이유. 우리 둘 중 하나가 반드시 죽어야 한다면 그건 나여야 할 거예요."

사자는 말이 없었다. 인혜의 넋이 자유로워졌다.

*

산안개가 걷혔다. 새가 흐드러지게 핀 꽃을 쪼았다.

선화가 바윗돌에 걸터앉았다. 자매는 그 산길을 달려와 놓고 지치지도 않는지 덤벙덤벙 풀숲을 헤치고 다녔다. 선화가 수건으로 이마를 훔치며 목소리를 높였다.

"애들아, 조심해. 너희들 지난번에도 넘어져서 무릎을 다쳤잖니."

그러곤 수건 쥔 손을 무릎께에 얹고 옆을 올려다보았다.

"날씨가 좋네요, 그렇지요?"

근처 나무에 기대 있던 운휘가 머리를 주억거렸다. 장년을 넘긴 그의 모습에서 청년 시절의 활기는 찾아보기 힘들었다. 한일자로 굳게 다물린 입매에서 짐작할 수 있듯이 오늘날의 운휘는 웃는 일이 드문 과묵한 남자였다.

하지만 그와 친분이 있는 누구나 운휘가 유순하고 온건한 인물임을 알았다. 그의 뺨에 난 흉터의 사연 역시 그러했다.

선화는 아직도 고왔다. 입술은 붉었고 살결은 희고 말갰다. 쪽을 져 틀어 올린 길고 탐스러운 머리 타래 속에 흰머리 여러 올이 섞여 있기는 했으나 정작 선화 자신도 그 머리칼이 언제 그렇게 세었는지 정확하게 기억하지 못했다. 어느 날 빗질을 하다 이를 발견하고 신기해했을 뿐이었다. 이는 아마도 떴다 풀어낸 옛 바늘땀의 흔적일지도 몰랐다.

늘어진 나뭇가지를 잡으려는 듯 팔을 뻗으며 발돋움하던 둘째가 무슨 광경인가를 목격하곤 신이 나 외쳤다.

"저길 좀 보세요. 나비예요. 나비야, 예쁜 나비야."

선화가 웃으며 대답했다.

"맞아, 그 나비를 꼬리명주나비라고 부른대. 날개 끝 꼬리가 명주실처럼 생겼지?"

나비를 쫓아 양지바른 터를 돌던 둘째가 이내 지겨워졌는지 뒤돌아 첫째에게 달려갔다. 자매는 즐겁게 조잘대며 이끼 낀 돌들 사이를 걸었다.

햇살 아래 눈을 가늘게 뜬 선화가 말했다.

"운휘, 있잖아요. 나는 저 나비를 볼 때마다 언니 생각이 나곤 해요. 이상하지요? 중요한 걸 잊어버린 기분이에요. 여기 어딘가에 무언가 있었던 것 같은데 도무지 떠오르지 않아요. 반드시 기억해야 할 것이 있었던 듯한데 누군가 머릿속을 온통 엉클어 놓은 느낌이에요. 당신은 내가 무슨 말을 하려는지 알겠어요?"

운휘가 고개를 가로저었다. 선화가 구겨진 수건을 펼치며 재차 말문을 뗐다.

"세상일이란 참 신기하지요. 나는 내가 단이와 백년해로할 거라고 믿어 의심치 않았는데. 당신은 상상해 본 적 있어요? 내가 단이와 헤어져 옛집으로 돌아올 거라고, 그래서 결국 당신과 맺어질 거라고."

운휘가 목뒤를 쓸면서 시선을 떨어뜨렸다.

"글쎄요."

"그런데 이렇게 사는 게 나쁘지는 않은 것 같아요. 눈을 꼭 감고 앞을 더듬으며 천천히 같이 걸어가는 것도."

아이들이 노는 모습을 지켜보던 선화가 미소 띤 얼굴로 손을 내밀었다.

"그럼 이만 내려가 볼까요."

운휘가 손을 잡고 아내를 일으켜 주었다.

"얘들아, 돌아가자. 집에 갈 시간이야."

선화가 더 놀겠다며 떼쓰는 아이들을 타일렀다. 뒷짐을 지고 그 터를 빠져나가려던 운휘가 흠칫 놀라 뒤를 돌아보았다. 그러나 그가 시선을 던졌을 때 젊은 여자가 속삭이는 듯한 목소리는 들리지 않았다.

꼬리명주나비가 잡풀 속에 파묻힌 돌들 위를 날아다녔다.

운휘가 오른 새끼손가락을 만지작거렸다. 거기에는 닳디닳은 명주실이 매여 있었다.

어린 자매의 노랫소리가 숲을 울렸다.

제6회 타임리프 소설 공모전 대상 수상작

# 외면술사

김상원

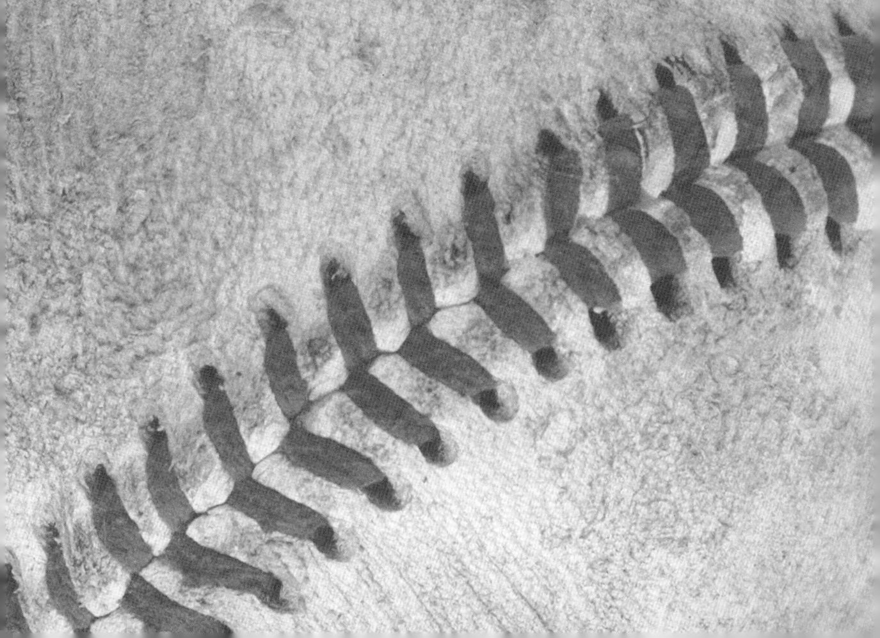

초능력 사교육으로 얼룩진 KBO 리그의 끝은 정말이지 허무했다. 몇몇 투수들이 손끝에서 포수의 미트까지 순간이동 하는 염동력 마구를 던진 게 초능력 경쟁의 시작이었다. 이에 질세라 타자들도 제3의 눈이라 불리는 송과선을 단련해서 두 눈을 감은 채 심상의 스윙으로 마구를 받아 쳤다. 받아 친 타구 역시 순간이동으로 그라운드를 갈랐다. 이쯤 되니 야수들도 어쩔 수 없었다. 이제 야수들에게도 순간이동 하는 타구를 받아 낼 제3의 눈과, 축지법을 쓰는 주자를 잡아낼 염동력 송구가 필수가 된 것이다. 신록의 다이아몬드를 무대로 순간이동 하는 공과 선수들. 경기는 더없이 치열했다. 그렇다면 관중들의 눈에 감지된 장면은?

와인드업 하는 투수와 그에 맞춰 자세를 낮추는 수비수들.

순간이동 감지 센서에 따라 바뀌는 볼 카운트.

드문드문 딱 하고 울리는 타격음.

그리고 다시 자리를 잡는 수비수들.

정작 빛의 속도로 진행되는 공과 선수들의 플레이는 눈에 들어오지도 않았다. 관중들은 영문도 모른 채 그저 전광판 숫자들만 멍하니 바라볼 뿐이었다.

초능력 연주를 겨루던 '슈퍼소닉'은 또 어떠했는가. 기타리스트 부문 3관왕 윙베이의 속주는 너무 빠른 나머지 64분의 1배속 느리게 재생해야만 간신히 뭘 치는지 알아볼 수 있었고, 천상의 목소리네 어쩌네 갖은 호들갑을 떨며 홍보한 가수 돌핀의 고음은 경연을 거듭할수록 극한으로 치닫는가 싶더니, 급기야 결승전에서는 가청주파수를 넘어 사람 귀에는 들리지도 않는 이른바 '무음고음(無音高音)'을 선보이는 지경에까지 이르지 않았던가.

그 밖에 똑같이 생긴 200쌍 분신들의 집단 난투극이 되고 만 '분신술 서바이벌', 독심술사들의 가스라이팅 대환장 파티로 막을 내린 '텔레파시 러브배틀' 등등, 이제까지 수많은 초능력 경연대회가 난립하고 명멸해 왔다.

"문제는 난립이 아닙니다. 그보다는 초능력이 평범한 이들의 인지 능력을 훌쩍 넘어선다는 거예요. 초능력은 스포츠나 예술의 핵심인 '섬세한 플레이'를 아예 생략해 버립니다. 결국 무미건조한 승부와 숫자들만 남게 된다, 이 말입니다."

전국초능력교육연합회 오소운 회장의 말이다. 규칙이 복잡하다거나 섬세한 미감을 즐기는 분야는 애당초 초능력 경연에 적합하지 않다는 지적인 것이다. 오소운 회장은 이렇게 덧붙인다.

"오히려 단순하고 원초적인 경연이 초능력 본연의 모습을 가장 잘 드러냅니다. 이야말로 구찌다스파이트가 롱런하는 이유죠."

오소운 회장의 말대로다. 구찌다스파이트의 규칙은 실로 간단하다.

경기장은 여의도의 한 빌딩.

출발점은 1층 로비.

목적지는 55층 쇼룸.

쇼룸에 진열된 구찌다스를 신고 내려와서 1층의 출발선으로 다시 돌아오면 승.

'공정 시대의 오픈런'을 기치로 고도의 득템력을 겨루는 20년 전통의 초능력 경연 대회.

그런데 '공정'과 '초능력'은 양립할 수 있을까?

"애초에 초능력 사교육이라는 게 공정 시대의 반작용으로 생긴 거 아닙니까?"

구찌다스파이트에 극렬히 반대해 온 '디폴트 휴먼 연합'의 오이오 간사는 이렇게 주장한다.

"인류는 잇단 과학 혁명으로 공정 시대를 열었습니다. 누구나 '페어클라우드'에 접속해서 방대한 인류의 지식을 실시간으로 동기화함으로써 모든 이들이 평등하게 뇌를 업데이트할 수 있게 되었죠. 거기에 더해 상용화된 유전자 편집 기술은 현세대에게 인간 최대치의 건강과 활력을 선사했습니다. 정책적 공정으로도 어찌할 수 없었던 지력과 체력의 불평등을 과학으로 정복했죠. 바야흐로 공정한 디폴트 휴먼들의 시대인 것입니다.

신체의 공정, 즉 유전자 선택의 자유가 부모들의 기본권으로 자리 잡게 되면서, 사람들은 케케묵은 '경쟁'의 본능이 사라질 것이라고 믿었습니다. 말하자면 21세기 학부모들의 바람, 그러니까 '모든 학생이 경쟁을 멈춘다면 모두가 행복해지겠지만 내 아이부터 그럴 수는 없다.'라는 아이러니를 해결할 수 있을 것만 같았습니다. 당연하죠. 이제 누구나 껌 씹는 정도의 노력만으로 과거 프로 야구 선수 수준의 제구력과 강속구를 구사할 수 있는데, 프로가 되려는 경쟁이라니, 이 얼마나 가당찮은 짓거리입니까?

하지만 여전히 우리들 마음속 깊은 곳에는 어떻게 해서든 서로를 구별하고 우월해지려는 마음이 도사리고 있습니다. 경쟁의 본능은 꼬리뼈나 사랑니처럼 퇴화했지만 여전히 흔적 기관으로 남아 있습니다. 이제 사람들은 이렇게 말합니다. '선수를 정하려면 차이가 있어야지. 그런데 모두가 인류 최대치의 능력자인 세상에서 어떻게 우열을 정해? 초능력이 필요한 거 아냐?'라고요."

오이오 간사는 '초능력' 그 자체가 능력주의의 산물이기에, 구찌다스파이트 역시 시대를 거스르는 퇴행적 경연이라고 비판한다.

"어떻게 초능력 경연 따위에 감히 '공정 시대의 오픈런'이라는 타이틀을 붙일 수 있습니까? 어떻게 디폴트 휴먼의 능력치를 넘어서는 초능력을 공정의 기준으로 삼을 수 있느냐는 말입니다."

이러한 비판에 주최 측은 이렇게 해명했다.

"공정이란 심지어 초능력조차 차별하지 않습니다. 초능력이 다소 불평등할 수는 있지만 구찌다스파이트의 규칙은 단순하고 공정합니다."

그럼에도 많은 디폴트 휴먼들은 '보다 평등한 초능력 경연'을 끊임없이 요구했다.

공정한 초능력이냐, 평등한 초능력이냐의 논란이라니. 주최 측은 이 형용 모순적인 상황의 타개책을 고심해 왔다. 그리고 20주년을 맞아 본격적인 쿼터제 도입을 선언한다. 결승전에 초능력이 없는 보통의 디폴트 휴먼 한 명을 추가 할당하기로 한 것이다.

"이번 쿼터제는 '공정 시대의 오픈런'이라는 구찌다스파이트 본연의 취지를 반드시 지켜 내고야 말겠다는 주최 측의 강한 의지 표명입니다."

단상 위 허공에 검은 마스크 하나가 둥실 뜬 채 꼼지락거렸다. 투명 인간인 위원장이 쿼터제의 공정함과 투명함을 진정성 있게 표현하기 위해 마스크만 쓴 알몸으로 회견에 임했다는 후문이다.

*

제20회 구찌다스파이트는 성황리에 개최되었다. 불꽃 튀는 예선과 본선을 거쳐, 3000여 명의 참가자 중 단 두 명의 초능력자만이 결승전에 진출했다.

순간이동에 가까운 축지법을 쓰는 홀로.

반경 30미터 안의 사람들을 조정하는 마인드 컨트롤러 수리.

거기에 디폴트 휴먼 할당으로 진출한 평범한 인간 미애.

이렇게 세 명의 선수가 결승전 출발선에 서게 된 것이다.

뿌우!

출발을 알리는 나팔 소리가 채 멎기도 전에 홀로가 엘리베이터 로비로 순간이동 했다.

훅!

홀로는 천장을 바라보며 가쁜 숨을 뱉었다. 자, 여기서부터는 엘리베이터를 타야 한다. 왜냐하면 홀로의 순간이동은 '축지법', 공간의 횡축으로 펼쳐진 지표면을 바짝 접어서 통과하는 초능력에 불과하다. 접을 지표면이 없는 종축의 순간이동은 불가능하다는 말씀. 홀로는 다급히 엘리베이터 호출 버튼을 눌렀다. 그러나…….

10…….

9…….

8…….

층마다 누가 버튼을 눌러 놓기라도 했단 말인가? 꿈지럭꿈지럭 최선을 다해 천천히 줄어드는 층수를 하릴없이 바라보는 홀로는 그야말로 복장이 터질 지경이었다.

"제길!"

출발선에서 엘리베이터 로비까지 거리는 대략 50미터. 저 멀리서 수리가 느긋하게 걸어오고 있었다.

띵.

가까스로 엘리베이터가 열렸다. 하지만 이미 홀로와 수리의 거리는 불과 10여 미터.

"멈춰!"

수리가 날린 짧고 냉랭한 음파에 홀로의 몸이 얼음장처럼 굳었다. 가청주파수(20~20,000Hz) 대역의 음성이 베타파(13~30Hz)로 변조되어 홀로의 뇌리에 박힌 것이다. 수리는 밀랍 인형처럼 굳은 홀로에게 짧고 나긋한 인사를 건넸다.

"고마워, 눌러 줘서."

수리의 목소리에 홀로의 몸이 스르르 풀렸다.

"천만에요. 아하하."

홀로는 뜬 눈으로 단꿈에 빠져들었다. 홀로의 기억을 재료로 수리가 곱게 빚은 꿈이었다.

"오히려 제가 영광이죠."

홀로는 사뭇 행복했다. 꿈속의 수리는 이제껏 만나 본 손님 중에서 가장 매력적이고 품격 있는 손님이었다. '이런 손님이라면 평생을 모실 수 있어. 복종하고 싶어. 그래, 그게 나의 행복이야.' 라는 허위 자극이 분비한 세로토닌이 수백억 개의 뉴런들을 달콤하게 적시는 것이었다.

"분부만 내리세요."

홀로는 엘리베이터에 오른 수리에게 다소곳이 고개를 숙이며 교태로운 콧노래를 흥얼거렸다. 엘리베이터에 타야 한다는 걸 잊은 눈치였다. 수리는 흐뭇한 웃음을 지었다. 이번 마인드 컨트롤도 만족스러웠다.

"옳거니, 과연 매출 1위의 지골로답네요."

그렇다, 홀로가 누구인가. 합정역 축지법 학원에서 익힌 순간

이동술을 기반으로 전국 각지의 호스트바를 주름잡은 지골로계의 기린아이지 않은가. 홀로는 '홀로그램'처럼 전국 방방곡곡의 서너 테이블을 동시에 소화했다. 서울 테이블에서 와인 병을 기울이면서, 동시에 세종과 부산 테이블 손님의 볼에 입을 맞추고, 다시 서울 테이블로 돌아와 와인 병을 잡고 쪼르륵 흐르는 와인 줄기를 확인하면서, 동시에 세종, 부산 테이블로 달려가 입술을 떼면서 볼 키스를 완성하는 식으로, 신출귀몰 동작을 이어 붙여가며 동시다발 손님맞이 신술(神術)을 구사해 왔던 것이다. 이렇게 와인 잔을 채우는 2초 동안 전국을 마흔여덟 바퀴 도는 속도로 움직이면 손님들은 홀로가 테이블을 비운 걸 인식하지 못한다. 손님들의 눈에는 홀로가 그 자리를 지키고 있는 것으로만 보인다. 초당 24프레임의 이동, 말하자면 낱장의 사진을 이어 붙여 움직임을 만드는 영화와 같은 원리라고나 할까.

그런데 수리는 지금 홀로의 이런 경험들을 끄집어내서 홀로가 몰입하기에 적당한 꿈을 연출하고 있는 것이다.

"잠시만요! 같이 올라가요."

뒤늦게 엘리베이터 앞에 당도한 디폴트 휴먼 미애가 소리쳤다. 홀로는 팔을 쫙 벌려 미애를 가로막았다. 미애는 울상을 지으며 뒤돌아서 하소연했다.

"불공평해요, 엘리베이터가 닫히기도 전에 못 타게 막는 건."

수리는 미애 등 뒤의 ENG 카메라를 발견하고 자애로운 미소를 지었다. 동시에 홀로를 향해 짧은 복화술로 명령했다.

"팔 치워."

수리의 단마디에 홀로는 팔을 내리고 정중하게 미애를 맞았다.

"실례했습니다, 손님. 어서 오르시지요."

"고마워요."

미애는 뇌를 점령당한 홀로에게 친절하게 답례를 하고 사뿐히 엘리베이터에 발을 들였다. 수리는 픽 웃고 한쪽 벽에 몸을 기댔다. 미애는 수리 반대편에 똑바로 선 채 새초롬히 정면의 카메라를 주시했다. 문이 닫히자 수리가 빈정거렸다.

"저 녀석 팔을 내리게 한 건 난데, 나한테는 안 고마워?"

미애는 쌀쌀맞게 앞만 보고 답했다.

"저분 행동에 고마움을 표했을 뿐이에요. 아무리 저분 의식이 그쪽한테 점령당했을지언정 그 행동은 오롯이 저분의 몫이니까요."

"그래도 내가 열어 준 거 맞는데?"

"그냥 카메라를 의식한 행동이었잖아요."

"얼씨구, 우리 고결한 디폴트께서 웬 관심법? 독심술이라도 쓰시나 봄?"

이쯤 되자 미애도 고개를 돌려 비식거렸다.

"너무 뻔해서 초능력 없이도 바로 알겠던데요. 그리고 독심술은 그쪽 전공 아닌가요? 그쪽 같은 '꿈팔이'들의 기본기가 독심술이라면서요."

수리는 엘리베이터에 설치된 무인 카메라를 슬쩍 올려다보고 미소를 유지하면서 숨을 골랐다.

"후유. 이봐, 디폴트. 보통은 꿈팔이가 아니고 '브레인 크리에

이터'라고 하지. 내 직업은 삶이 고달픈 너 같은 디폴트들한테 꿈을 선사하는 거라고."

"네, 꿈팔이님. 저 같은 디폴트들 현실도피 시켜 주시고 꽤 많이 버셨을 텐데, 여기에는 왜 출전하셨을까요?"

"아이고, 어디 친척 중에 꿈팔이한테 물린 사람 있나, 왜 이리 예민하실까?"

수리가 미애를 향해 눈을 부라렸다. 미애도 지지 않았다.

"왜, 이제 제 뇌도 점령하시게요?"

수리는 같잖다는 듯 헛웃음을 쳤다.

"훗. 뭐 너 같은 디폴트한테 그럴 필요까지, 혹시 숨겨 둔 초능력이라도 있다면 또 모를까."

그러면서도 수리는 미애에게서 눈을 떼지 않고 슬며시 독심술을 걸었다.

'여차하면 마인드 컨트롤을 써야 할 수도 있는 거잖아. 그때 쓸 꿈의 재료를 미리 파악할 필요가 있어.'

그런데.

'응?'

마음이 읽히지 않는다?

띵.

55층입니다.

엘리베이터 문이 열렸다. 미애가 총총 걸어 나갔다.

'이런.'

당황한 수리도 엉겁결에 엘리베이터에서 튀어나왔다. 쇼룸은 반대편. 미애는 벌써 오른쪽으로 돌아 반대편으로 이어진 복도를 달리는 중. 수리는 다급하게 한 번 더 독심술을 시도했다. 여전히 마음이 읽히지 않았다.

'뭐야, 왜 안 걸리는 거야?'

수리는 다시 한 번 집중해서 미애를 떠올렸다. 하지만 수리의 심상에 잡히는 건 아무것도 없었다. 고장 난 모니터를 마주하는 느낌이었다.

'30미터를 벗어나서? 아냐, 독심술은 100미터까지도 가능했는데? 이건 그런 느낌이 아니야. 이건 그냥…… 독심술이 먹히지가 않는 거잖아. 도대체 왜지? 왜?'

수리는 허둥지둥 두세 번 더 독심술을 시도했지만 결과는 마찬가지였다.

'왜 안 걸리는 거야? 아니지. 지금 그런 걸 따질 여유가 없어. 일단 뛰어야 해.'

수리는 왼쪽 복도를 향해 냅다 뛰었다. 빌딩 가운데 투명창 건너편에서 앞서가는 미애의 모습이 나타났다 사라졌다. 다행히 미애는 그리 빠르지 않은 것 같았다. 왠지 미애와의 거리가 좁혀지고 있다는 느낌.

'헉헉. 아무 초능력도 없는 디폴트 따위와 진짜 오픈런을 겨루게 될 줄이야.'

하지만 쇼룸 출입구는 엘리베이터가 도착한 뒤 1분 후면 잠긴다. 혹시라도 그 전에 미애가 먼저 들어가면 그걸로 승부는 끝.

그야말로 비상 상황인 것이다. 그런데 맙소사, 저만치 쇼룸 바로 앞에 선 미애의 등짝 발견! 수리는 반사적으로 애걸했다.

"잠깐만!"

다행히 미애는 쇼룸 안으로 들어가지 못하고 통유리문 앞에서 서성일 뿐이었다. 그렇다면 쇼룸 출입구가 이미 잠겼다는 말씀?

"아잇!"

수리의 입에서 고함이 터졌다. 미애는 씩씩대는 수리를 물끄러미 바라보며 물었다.

"이제 어쩔 거죠?"

어쩌냐고? 마인드 컨트롤러에게 상대방의 능력은 곧 나의 능력이다. 예선과 본선에서도 이렇게 쇼룸 문이 잠긴 상황을 한 번씩 겪었다. 예선에서 수리는 상대의 염동력으로 문을 산산조각 냈고, 본선에서는 상대의 타임슬립 능력을 역이용해 출입구가 닫히기 전으로 돌아가서 구찌다스를 빼내 올 수 있었다. 그런데 어쩐다, 이년한테는 마인드 컨트롤은커녕 독심술도 안 통하는데?

"같이 내려가."

수리가 한숨을 푹 쉬며 맥 빠진 목소리를 뱉었다. 미애는 맹하게 물었다.

"어디로요?"

"저 통유리를 통과하려면 순간이동밖에 없잖아. 홀로를 데려와야 할 거 아냐!"

수리의 짜증에 미애가 심드렁하게 대꾸했다.

"데려오면 되겠네, 그럼."

순간 수리의 눈이 희번덕였다.

"야! 네가 미친년처럼 저 통유리에 맨몸으로 뛰어들까 봐 그러는 거잖아, 지금."

"아하, 디폴트인 제가 혹시나 먼저 들어갈까 봐 그러세요?"

"아니 뭐 그것도 그렇지만, 난 너를 생각해서……. 아, 나. 오늘 스타일 완전 망가지네."

저 혼자 찡얼거리는 수리에게 미애가 덤덤히 말했다.

"비밀번호가 있어요."

"뭐?"

화들짝 놀란 수리의 안면 근육이 일순간에 일그러졌다. 미애는 전반적으로 여전히 맹한 표정을 유지하고 있었다.

"예선, 본선을 봤는데, 이 지점에서 별별 초능력이 다 튀어나오더라고요. 순간이동에, 강령술에, 염동력에……. 근데 도어록이 있대요, 제작진이 비밀번호도 알려 줬어요."

미애는 기다란 통유리 출입구 끝을 가리켰다. 시커먼 직사각형의 금속 덩어리가 수리의 눈에 들어왔다. 뭐야, 저거? 누가 봐도 멀쩡한 도어록이잖아! 어이없음에 수리의 골이 띵 하고 울렸다.

"아니 그런데, 비밀번호를 왜 너한테만?"

"그게 공정하잖아요."

뇌가 얼얼해서일까? 뭐, 맞는 말 같기도 했다. 수리는 급한 마음에 일단 고개를 끄덕이며 물었다.

"좋아. 비밀번호가 뭔데."

"1111."

"아……."

수리의 입술 사이로 얕은 탄식이 흘러나왔다. 치열한 예선, 본선 장면들이 수리의 뇌리를 스쳤다. 저 통유리를 열겠다며 지축을 뒤흔들고, 번개를 내리꽂고, 드래건을 소환하고, 그에 맞서느라 피 칠갑을 했던 그 많은 초능력자들. 그래, 초능력으로 뻘짓한다는 게 바로 이런 거구나. 쿼터제가 좋긴 좋네. 초등학교 때부터 놀지도 못하고 독심술 학원에, 최면술 학원에, 강령술 학원까지 뇌가 문드러지도록 뺑뺑이 돌았는데, 어디 탱자탱자 놀면서 무임승차한 이딴 디폴트한테 비밀번호를 알려 줬다고? 허무하네. 역시 세상은 불공정해. 수리는 아니꼬운 기색으로 미애에게 고갯짓을 했다.

"네가 가서 열어."

미애는 눈을 동그랗게 뜨고 반문했다.

"제가 왜요? 초능력자인 그쪽이 가서 열어야 공정하죠."

"아 진짜……. 지금 그 빌어먹을 초능력이 안 먹힌다고!"

"그건 그쪽 사정이죠. 아무튼 초능력자 맞잖아요."

"하지만 지금은 너나 나나 똑같은 처지고, 이건 게임이고, 뭐 아무튼 네 말대로 공정해야 할 거 아냐!"

"좋아요. 그럼……."

미애가 도어록 앞에 서서 말했다.

"여기서 같이 출발해요. 별표 누르면 동시에 출발, 오케이?"

"좋아. 내가 바깥쪽이니까 조금 앞에 선다."

수리는 미애보다 한 발 앞으로 성큼 나갔다가 슬며시 반 발 정도 뒤로 물러섰다. 미애는 고개를 절레절레 흔들며 한숨을 내쉬었다.

"뭐 그러시든가요. 자, 숫자 먼저 누릅니다. 준비."

미애가 재빨리 도어록 '1111'을 누르고 오른손 검지를 서서히 별표로 가져갔다. 곧이어…….

"땅!"

소리를 지르며 별표를 눌렀다. 수리가 먼저 후다닥 튀어 나갔다. 미애는 출발이 늦었다. 스르륵 갈라지는 유리문을 스치며 순식간에 수리가 쇼룸 안으로 빨려 들어갔다. 활짝 열린 문으로 미애가 들어섰지만, 구찌다스는 이미 수리의 손에 들려 있었다.

"뭐야, 오픈런의 기본은 달리기 아닌가?"

수리는 빈정거리며 신고 있던 신발을 벗고 구찌다스를 신었다. 새하얀 바탕에 구찌의 시그니처인 초록, 빨강, 초록의 삼선이 아디다스 기울기로 박힌 러닝화였다. 제20회 파이트에 맞춰 단 한 켤레만 제작한 초(超)레어 아이템. 부르는 게 값이 될 게 뻔했다. 지난 제10회 구찌다스가 소더비 경매에서 몇 십 몇 억에 낙찰되었다더라?

"디폴트면 빠르기라도 해야지. 그런 기본적인 노력도 하지 않고 출전한 거야? 이래서 쿼터제가 문제라니까."

수리는 한심하다는 듯 쯧쯧 혀를 차며 미애 어깨를 툭 치고 지나쳤다.

"먼저 간다. 천천히 내려오셔."

수리의 말에 미애가 맥없이 답했다.

"아니야."

순간 소스라치는 오한이 수리를 덮치면서 온몸이 종잇장처럼 구겨졌다. 수리는 저도 모르게 두 눈을 꾹 감았다. 가늠할 수 없는 엄청난 흡인력이 순식간에 수리를 집어삼켰다. 거대한 진공청소기 안으로 몸 전체가 쏙 빨려 들어가는 느낌이랄까. 소리 없는 회오리에 공간이 틀어졌다. 사방이 쭈글쭈글 찌그러졌다 쫙 펴지면서 눈이 번쩍 뜨였다. 1층 로비 출발선이었다.

"뭐야?"

수리는 영문 모르는 얼떨떨한 눈으로 사방을 두리번거렸다. 좌우에 홀로와 미애가 상체를 잔뜩 굽힌 자세로 엘리베이터 로비를 주시하고 있었다.

뿌우!

출발을 알리는 나팔 소리가 채 멎기도 전에 홀로가 엘리베이터 로비로 순간이동 했다. 이번에는 수리의 입에서 욕이 터졌다.

"제길!"

수리는 안절부절 엘리베이터를 기다리는 홀로에게로 달려가면서 외쳤다.

"멈춰!"

수리의 주문에 홀로가 멈춰 서서 공손하게 엘리베이터를 잡아주었다. 수리는 헐레벌떡 엘리베이터에 올랐다. 수리의 뒤를 따라 흐뭇한 표정을 한 미애가 다가섰다. 여유 있는 걸음걸이였다.

미애 등 뒤의 ENG 카메라를 포착한 수리가 홀로에게 다급히 명령했다.

"비켜!"

아차차. 섣부른 명령이었다. 홀로가 미애를 막아서기도 전이었으니까. 홀로는 수리의 명령에 따라 버튼에서 손을 떼고 옆으로 주춤 물러섰다. 엘리베이터 문이 닫히는 순간 수리가 황급하게 열림 버튼을 눌렀다.

"고마워요, 눌러 줘서."

미애가 새침한 미소를 지으며 수리에게 짧은 인사를 건넸다. 수리는 여전히 벙벙한 표정으로 미애를 바라보았다.

"안 닫아요?"

짤막한 미애의 물음에 수리는 저도 모르게 닫힘 버튼을 눌렀다. 알 수 없는 힘에 의해 아주 간단히 제압당한 느낌, 불가항력(不可抗力)이었다. 마인드 컨트롤을 당하는 기분이 이런 걸까? 수리는 정신을 바짝 차리고 미애에게 따져 물었다.

"조금 전에 어떻게 한 거야?"

"뭘요?"

미애는 천연덕스럽게 어깨를 으쓱 추어올렸다.

"'아니야.'라고 했더니 출발선으로 되돌아왔잖아."

미애는 가는눈으로 한참 동안 수리를 들여다보다가 입꼬리를 씨익 올렸다.

"당신, 기억하는군요?"

*

미애 역시 초능력자였던 것이다.

외면술사.

외면술은 현실을 꿈으로 만드는 능력이다. 먼저 꿈의 구간을 정한다. 예컨대 미애는 출발 나팔이 울린 시점부터 수리가 구찌 다스를 신고 어깨를 툭 건드린 시점까지를 꿈으로 설정했다. 그러면 그 구간의 현실이 미애의 다중 우주에 오려 붙여져서 꿈으로 복제된다. 꿈을 삭제하고 싶을 때는 '아니야.'라고 외면한다. 그러면 복제 구간이 다중 우주에서 지워지고, 꿈에서 깨어난 현실이 다시 시작된다. 미애의 한마디에 현실이 꿈처럼 사라지는 것이다.

"헐. 루프쟁이였네, 디폴트가 아니라."

수리는 혀를 내두르며 빤한 눈빛으로 미애의 요모조모를 살폈다. 미애도 수리의 눈빛을 마주 보며 대꾸했다.

"저 디폴트 맞거든요, 적어도 인간의 현실에서는."

"그래, 사람들한테는 그렇게 보이겠지. 세상이 너의 한마디로 반복되고 있다는 걸 인식하지 못할 테니까."

"반복되는 게 아니에요. 그냥 지워지는 거지. 저는 저 출발선에 다시 서는 거고, 디폴트로서요. 오케이?"

미애는 뭐가 문제냐는 표정을 지으며 예의 그 어깻짓을 했다. 수리는 숨을 고르며 중얼거렸다.

"와우, 외면술사라…… 들어는 봤지만 실제로 겪어 보니까 아주 무시무시하네, 현실을 꿈으로 만들다니."

"그쪽과는 정반대죠."

"그래, 내 마인드 컨트롤은 상대방의 꿈을 현실로 만드니까."

미애가 수리를 빤히 살피며 말했다.

"의외네요. 그쪽 기억이 지워지지 않는다는 건 미처 생각 못 했어요, 페어클라우드 백업 데이터도 전부 삭제되는 마당에 말이에요."

수리는 얼굴에 가느다란 미소를 그리며 답했다.

"컨트롤러의 기억은 상대의 뇌에 백업되니까."

"어머나. 발칙하게도 제 기억을 끌어다 그쪽 기억을 재구성한 거였군요."

"독심술이 통하지는 않지만, 다른 뇌에 백업된 내 기억을 읽을 수는 있다는 거지. 다행이지 뭐야, 내 기억이 네 머리통에서 지워지지 않는다니."

수리의 말에 미애의 입꼬리가 찢어질 듯 올라갔다.

"과연 다행일까요, 그쪽이 진실을 기억한다는 게?"

맞는 말이다. '루프를 인식하고 기억하면 자칫 루프 지옥에 빠질 수 있음.' 타임슬립 개론 1장에 나오는 경고 아니던가. 어쩌면 이 상황을 끝없이 반복할지도 모르는 일. 암담한 미래다.

"그러게. 이제 어쩐다."

수리의 입에서 솔직한 고민이 튀어나왔다.

띵.

55층입니다.

엘리베이터 문이 열리자마자 수리는 대책 없이 내달렸다. 어차피 결론은 정해졌다지만, 뛰는 것 말고는 당장 방법이 없지 않은가. 마치 강아지의 질주 본능과도 같은 것이랄까? 오픈런! 그래, 일단 열리면 닥치고 뛰는 거야!

1111*.

헐떡헐떡 비밀번호를 누르고 뒤를 돌아봤다. 미애는 기지개를 켜면서 천천히 수리 뒤를 밟아 오고 있었다. 그제야 정신이 들었다.

'이게 다 무슨 소용이지?'

보이지 않는 기다란 목줄을 찬 강아지 신세이지 않은가. 미애는 지금 그 줄 끝을 잡고 수리를 농락하는 중이었다.

"제길!"

그럼에도 달릴 수밖에 없다. 미애의 능력권 밖으로 달아나려는 본능적인 두려움. 참담하고 한심하고 정말 뭣 같은 기분이었다. 디폴트 휴먼들이 느끼는 기분이 이럴까?

"집어요, 얼른."

미애가 쇼룸 입구에서 싱긋 웃으며 수리 눈앞에 가지런히 놓인 구찌다스를 권했다. 냄새 좀 맡으라고 강아지 목줄을 풀어 주는 격이랄까. 수리는 자포자기의 심정으로 구찌다스를 집어 들었다.

"자, 이리 와요."

미애가 입구에 놓인 의자에 다소곳이 앉아서 손짓했다. 미애의 발은 맨발이었다.

"뭐야, 너한테 이걸 신기라고?"

미애는 가만한 미소로 응답했다. 끝까지 강아지 취급이었다. 그런데 어쩌겠어, 어차피 저 빌어먹을 년이 외면하면 다시 이 짓거리를 반복할 게 뻔하잖아. 더럽고 치사한 기분이 불끈 솟구쳤다.

"네가 신어, 미친년아!"

수리는 쌍욕을 뱉으며 구찌다스를 바닥에 홱 내동댕이쳤다. 구찌다스 두 짝이 미애와 수리의 중간쯤에 엎어졌다. 미애는 수리를 노려보았다.

"뭘 봐? 네가 직접 신고 내려가면 끝나잖아. 그거나 먹고 떨어져라, 이 또라이야!"

수리의 악다구니에 미애는 한숨을 푹 쉬고 지그시 눈을 감았다. 그러고는 고개를 절레절레 흔들며 태연히 속삭였다.

"아니야."

*

뿌우!

익숙한 나팔 소리가 울렸다. 멋모르는 홀로는 이미 엘리베이터 앞이다. 웬일로 미애가 앞다투어 뛰쳐나간다. 수리도 반사적으로 뛴다. 둘은 엘리베이터 로비를 향해 전력 질주 한다. 수리가 물었다.

"헉헉. 너 뭐 하자는 거야?"

"헉헉. 뭐 하긴요. 이제 서로를 알았으니 제대로 붙어 보자는 거죠, 내친김에, 공정하게."

둘은 앞서거니 뒤서거니 하며 엘리베이터 로비에 나란히 도착했다. 엘리베이터는 아직도 내려오는 중이다. 이제 곧 수리가 마인드 컨트롤을 시전할 터, 홀로는 고개를 푹 숙이고 망연자실한다.

"하아, 엘리베이터가 1층에서 출발했어야 하는데."

홀로의 한탄에 수리가 쌀쌀맞게 대꾸한다.

"뭔 개소리야. 1층에서 출발하면 축지법 쓰는 너한테 유리한 거잖아."

"지금은 마인드 컨트롤러인 수리 씨한테 유리하잖아요."

"지금 그게 중요한 게……."

수리는 상황을 설명하려다 말이 턱 막혔다. 뭘 어떻게 설명한단 말인가? 지금 마인드 컨트롤이냐 축지법이냐가 중요한 게 아니라고? 어차피 우리 옆에 있는 이 디폴트 년이 외면술을 쓰면 뭘 해도 소용없다고? 기억도 인식도 못 하는 홀로한테 어떻게 이 상황을 이해시킬 수 있느냐는 말이다. 아 짜증 나는 새끼. 뭔가 억울한 기분. 수리는 홧김에 마인드 컨트롤 대신 시비를 걸었다.

"좋아. 그럼 엘리베이터가 대체 몇 층에서 내려와야 한다는 거지?"

"적어도 내려오는 동안 수리 씨 초능력이 저한테 미칠락 말락

할 정도?"

"미칠락 말락? 하아, 미치겠네. 그러니까 그게 몇 층이냐고?"

수리의 반문에 홀로는 할 말을 잃고 머뭇거렸다. 바로 그때.

"3층."

느닷없는 미애의 목소리였다. 수리와 홀로의 시선이 미애에게로 쏠렸다. 미애는 휴대전화를 두드리며 중얼거렸다.

"수리 씨가 20미터를 전력 질주 하여 엘리베이터 30미터 앞까지 도달하는 시간은 '평균 3초'예요. 엘리베이터 속도는 분당 105미터니까 초당 1.75미터고, 3초 동안 움직이는 엘리베이터 높이는 5.25미터. 이 55층 빌딩 높이는 175미터니까 한 층의 평균 높이는 3.18181818미터고, 3층에서 1층까지의 2층 높이는 6.363636미터니까, 뭐 3층밖에 없네요."

"그런데요……."

홀로가 미애의 설명을 유심히 듣다가 자기 휴대전화를 꺼내 두드리며 반박했다.

"3층에서 내려오면 3.63636343초가 걸려요. 3초가 넘으면 나는 마인드 컨트롤에 걸릴 텐데?"

이에 수리도 휴대전화를 꺼내 들고 맞섰다.

"그렇다고 2층에서 내려오면 1.81811715초가 걸리잖아. 그러면 난 초능력도 못 써 보고 지게 되는 거라고."

홀로와 수리가 눈에 쌍심지를 켜고 동시에 외쳤다.

"불공정해!"

미애는 뒤로 한 발 물러서서 불만으로 가득한 둘의 모습을 잠시 관찰했다. 엘리베이터는 둘의 등 뒤에서 여전히 굼실굼실 내려오고 있었다. 미애는 팔짱을 끼고 빈정거렸다.

"다들 래퍼예요? 초능력자들은 왜 항상 이렇게 화가 나 있는 거죠?"

미애의 비아냥에 둘은 할 말을 잃고 멀거니 서로를 마주 볼 뿐이었다. 미애는 고개를 주억거리며 말했다.

"그러면 엘리베이터가 3층하고 2층 중간에서 내려와야겠네요."

둘은 고개를 돌려 멍하니 미애를 바라보았다. 그사이에 엘리베이터가 1층에 도착했다. 홀로는 정신을 차리고 태세를 전환했다.

"그래요. 어쨌거나 뭐 저는 이제 망한 거죠?"

홀로는 수리에게 애원의 눈빛을 보내며 엘리베이터에 올랐다. 자기한테 마인드 컨트롤을 걸지 말아 달라는 간청이었다. 그 모습에 수리는 부아가 치밀었다.

'아 진짜, 뭣도 모르는 새끼. 나야말로 망했다고. 우리가 아무리 지지고 볶아 봐야 저 디폴트 손바닥 안이라고.'

수리는 마지못해 엘리베이터 안으로 들어갔고, 미애는 뒷짐을 지고 수리 뒤를 따라 탔다. 수리는 여전히 아무런 대책이 서지 않았다. 문이 닫히자 미애는 엘리베이터 문에 비친 자신을 보며 한가하게 매무새를 가다듬었다.

'그런데 내 전력 질주 속도가 '평균 3초'라고? 그렇다면 이미 내가 몇 번 전력 질주를 했다는 얘기잖아? 설마 나도 모르는 사

이에 이 상황을 계속 반복했던 거야?'

수리는 짜증이 났다. 이 와중에 홀로의 긴 팔이 수리의 허리를 슬쩍 감았다. 최후의 교태였다.

"아이, 수리 씨. 저한테 양보하시면 제가 평생 보답할게요. 어디든 부르기만 하시면 제가 짠 하고 나타나는 걸로. 평생 몸종 어때요, 응? 그러니까 한 번만."

어이가 없어 헛웃음이 나왔다.

'미친 새끼, 지금 어디서 약을 팔아, 마인드 컨트롤러 앞에서. 차라리 저년을 껴안고……? 그래, 그거야!'

홀로의 아양에 수리의 뇌가 불현듯 번뜩였다. 곧바로 고개를 돌려 홀로의 눈을 응시했다. 정말 잘 읽히는 눈이었다. 수리는 순식간에 홀로의 뇌리로 파고들었다.

띵.

55층입니다.

엘리베이터가 열렸다. 수리가 입술을 씰룩이며 복화술로 명령했다.

"껴안아."

그러자 홀로가 미애를 와락 끌어안았다. 흠칫 놀란 미애가 수리와 눈을 마주쳤다. 수리는 씩 웃으며 낮은 목소리로 한마디를 날렸다.

"순간이동."

홀로는 미애를 껴안은 채 바닥을 접어 빌딩 반대편 끝으로 순간이동 했다. 홀로의 오른발 뒤꿈치가 빌딩 밖으로 미세하게 삐져나온 너비 5센티미터 정도의 난간에 멈춰 선 것이다. 홀로의 왼발이 무의식적으로 다음 발을 디뎠다. 동시에 둘의 몸이 55층 높이의 허공 아래로 쑥 꺼졌다. 이윽고…….

쿵.

먹먹한 진동이 잔잔히 일었다.

"됐어!"

수리는 짝 하고 손뼉을 쳤다. 그 순간.

뿌우!

지긋지긋한 나팔 소리가 들렸다.

*

부활한 홀로는 언제나처럼 벌써 엘리베이터 앞이었다. 수리는 넋을 놓고 터덜터덜 걸어 나갔다.

"제법이네요."

미애가 보조를 맞춰 걸으며 깐죽댔다.

"아슬아슬했어요, 거의 죽을 뻔했지 뭐예요. 저기 저 홀로 씨 머리가 펑 터지는 걸 보고 나서야 '아니야.'를 외쳤다니까."

"아쉽네. 한 5층 높이에서 던져 버렸으면 영락없이 뒈졌을 텐데. 55층은 너무 널널했지? 그래, 너무 높았어. 내가 아주 나이브했네."

빈정거리는 수리의 눈에 이글이글 살기가 감돌았다.

"이제 막가자는 거죠?"

미애의 얼굴도 차갑게 굳었다. 세상 모르는 홀로는 두 사람이 그러거나 말거나 진즉에 엘리베이터를 타고 쇼룸으로 올라가는 중이었다. 1층에서 두 사람은 아무 말 없이 뚫어져라 엘리베이터 문만 바라보았다.

띵.

1층입니다.

한참 후에 엘리베이터 문이 열렸다. 구찌다스를 신은 홀로가 해맑게 웃고 있었다. 미애는 가차 없이 그 주문을 외었다.

"아니야."

다시 출발선. 뿌우! 아니야.

다시 출발선. 뿌우! 아니야.

다시 출발선. 뿌우! 아니야.

…….

그렇게 수십 번이 반복되었다. 그리고 주문에 따라 애꿎은 홀로만 구찌다스를 신고 내려왔다 다시 출발하기를 수십 번 반복했다.

"그래도 홀로 씨는 행복하겠어요, 짧은 루프 안에서나마 저렇게 줄창 구찌다스를 신을 수 있으니. 그쪽도 몇 번 신어 보지 그래요?"

미애의 빈정거림에 수리는 냉소로 답했다.

"훗. 신어서 뭐 하게? 어차피 외면당할 꿈이잖아."

"어머, 잘 아시네요. 그래도 꿈속에서만 살면 저렇게 행복할 텐데. 참…… 아는 게 병이다, 안 그래요?"

미애의 말에 수리의 눈 밑이 파르르 떨렸다. 수리는 눈을 감아 눈시울을 진정시키면서 잠시간 회상에 빠졌다.

"그래, 차라리 루프를 기억하지 못했더라면……."

한번은(아마도 82번째 루프였을 것이다.) 수리가 시청자 모두에게 집단 마인드 컨트롤을 거는 데 성공한 적이 있었더랬다. 사람들은 한동안 수리가 이겼다는 꿈에 빠져 있었다. 수리도 덩달아 단꿈에 빠져 지냈다. 물밀듯 쏟아지는 축하 인사와 찬사에, 파티를 열고, 거액의 상금으로 쇼핑을 하고, 여기저기서 출연 요청이 쇄도했다. 정말이지 꿈결 같은 시절이었다.

한 달쯤 지나 미애가 수리 앞에 나타났을 때, 수리는 현실을 부정했다. '설마 이 장면이야말로 꿈이겠지.'라고 치부하고만 싶었다.

'아니야.'라는 미애의 목소리가 비현실적으로 들렸다. 그 주문은 너무나 짧고 무자비했다.

뿌우 하는 그 끔찍한 나팔 소리에, 수리는 그만 출발선에 털썩 주저앉아 펑펑 울고 말았다.

꿈에서 깨어난 것이다.

미애는 꿈이 아니라 현실이었다.

꿈은 수리였다.

마치 감옥에 끌려 들어간 것만 같았다.

영원히 반복되는 루프 감옥.

그 감옥이 바로 현실이었다.

"우리 협상해."

드디어 그 말이 수리 입에서 튀어나왔다. 91번째로 55층 문이 열렸을 때였다.

"저를 죽이는 건 이제 포기하셨나 봐요. 그런데 그쪽이 뭘 해줄 수 있을까요?"

미애는 시답잖다는 기색이었다.

"어차피 이대로라면 너도 구찌다스를 신을 수 없잖아."

"그쪽이 포기하면 되겠죠?"

"안 돼, 그건 불공정하다고!"

수리가 홉뜬 눈으로 소리를 질렀다.

"그래요. 아직도 정신을 못 차리셨네."

미애는 쯧쯧 혀를 차며 수리의 어깨를 툭 쳤다.

"안 돼, 제발 그만……."

수리는 애원하듯 털썩 무릎을 꿇고 미애의 매정한 입술을 올려다보았다. 입술은 수리를 희롱하듯 간들간들 꼼지락거렸다. 그 무자비한 주문이 튀어나올 찰나였다.

"으아악!"

비명에 가까운 괴성이 55층을 울렸다.

"이건 고문이야."

수리는 고개를 떨구고 뚝뚝 눈물을 흘리며 중얼거렸다.

"내가 졌어. 하지만 이건 공정하지 못해……."

"마인드 컨트롤이야말로 공정하지 못한 능력이죠. 그건 그쪽 능력이 아니잖아요, 남의 능력을 훔치는 거지."

미애가 수리를 내려다보면서 핀잔했다. 수리는 무릎 꿇은 자세를 다잡고 세차게 고개를 끄덕였다. 복종의 표시였다.

"알겠어. 아무튼 다 포기할 테니까, 제발 여기서 꺼내 줘."

미애는 따스한 미소를 지으며 허리를 굽혔다.

"조건이 있어요."

"또 뭐?"

조건이라는 말에 수리의 얼굴이 폭삭 일그러졌다. 그 모습에 미애는 묘한 웃음을 흘렸다.

"어머머, 놀라시기는."

그리고 교태로운 목소리와 함께 쓱 손을 내밀었다.

"우리 함께 해요."

*

띵.

1층입니다.

엘리베이터가 열렸다. 엘리베이터 안에는 두 손을 꼭 잡은 미애와 수리가 있었다. 사람들의 시선이 온통 둘의 발에 쏠렸다.

우와!

여기저기서 탄성이 터졌다. 삼선의 구찌다스 한 켤레가 둘 사이에서 빛나고 있었다.

수리의 오른발에 한 짝, 미애의 왼발에 한 짝.

마치 두 개의 몸에 붙은 세 개의 다리처럼 보였다. 둘은 나란히 걸어 나와 보조를 맞춰 가며 천천히 달렸다. 그리고 동시에 결승선을 통과했다.

짝…… 짝…… 짝…….

어리둥절한 상황이었다. 강렬술도, 드래건 소환도, 하다못해 그 흔한 염동력도 없다니, 이 무슨 싱거운 결말이란 말인가. 곧바로 기자들의 질문이 쇄도했다.

“이게 어찌 된 일입니까, 55층 영상에는 분명히 미애 씨가 먼저 구찌다스를 집었잖아요?”

“수리 씨는 왜 주저앉아서 운 겁니까?”

…….

수리는 입을 꾹 닫고 기자들의 시선을 외면했다. 기자들은 자연스럽게 미애에 주목했다. 미애는 활짝 웃으며 이렇게 외쳤다.

“우리는 경쟁을 멈추기로 했어요!”

봄 햇살처럼 따사롭고 가을바람처럼 청량한 목소리가 1층 라운지를 울렸다.

“수리 씨가 저에게 고백을 했답니다.”

미애는 수리의 손을 꼭 붙들고 시상대에 올라섰다. 수리는 55층에서처럼 무릎을 꿇었다. 미애는 복받친 목소리로 수리의 감정을 재연했다.

“이런 경쟁은 정말이지 지긋지긋해, 지옥 같다고!”

모든 이들이 미애의 목소리에 주목했다. 수리는 묵묵히 고개를 숙인 채였다.

"그래서 제가 수리 씨 손을 잡고 이렇게 일으켜 세웠죠."

수리는 미애의 손짓에 따라서 순순히 일어섰다, 마치 마인드 컨트롤에 걸린 사람처럼.

아……!

짝짝짝.

라운지 곳곳에서 감복의 탄성과 박수가 산발적으로 터져 나왔다.

"이런 경쟁은 무의미해요. 솔직히 오픈런이 다 뭐죠? 이딴 신발 먼저 집는 게 그렇게 중요한가요? 이렇게 같이 신을 수도 있는 거잖아요."

사람들은 둘의 발에 신긴 구찌다스를 바라보며 고개를 끄덕였다.

"중요한 건 함께 나누는 겁니다."

"그래!"

"화이팅!"

"맞아요!"

분위기가 무르익자 여기저기서 공감과 응원의 목소리가 터져 나왔다. 일부는 벌써부터 눈시울을 붉혔다. 미애는 수리를 꼭 끌어안고 사람들을 향해 외쳤다.

"수리 씨, 고마워요. 저처럼 아무 능력도 없는 디폴트한테 양보해 줘서."

우와!

미애의 포옹에 함성과 갈채가 쏟아졌다. 수리는 미애의 품에 안겨 눈을 질끈 감았다. 까닭 모를 눈물이 뺨을 타고 또르르 흘러내렸다.

*

주최 측은 미애의 손을 들어 주었다.

"이번 제20회 대회에서 우리는 진정한 휴머니즘을 목도했습니다.

치열한 초능력 경쟁으로 심신을 하얗게 태운 수리 씨.

그리고 그런 경쟁자의 번아웃을 그냥 지나치지 않은 미애 씨.

경쟁보다 나눔이라는 미애 씨의 말은 각박한 이 세상에 큰 울림을 주었습니다.

그럼에도 주최 측은 승패를 가를 수밖에 없었습니다. 잠시나마 신발을 나눠 신고 동행할 수는 있겠지만, 언젠가는 한 명이 신어야 하는 게 바로 이 구찌다스니까요.

결국 구별이 필요합니다. 그리고 구별을 위한 경쟁과 평가도 불가피합니다.

심리학자 알프레트 아들러에 따르면, 인간은 열등감을 극복하고 그 보상으로 우월성을 추구하는 존재입니다. 그리고 모든 이들의 우월 욕구는 사회 안에서 조화롭게 공존해야 합니다. 그래서 공정이 중요한 것 아닐까요?

주최 측은 이번에야말로 이 '공정'이라는 가치에 심혈을 기울였습니다.

미애 씨는 할당제로 참가한 첫 번째 디폴트 휴먼이었음에도 그만의 슬기와 따뜻한 마음으로 오히려 초능력자 수리 씨를 위로하고 이끌어서 나란히 결승선을 끊었습니다. 이야말로 최고 수준의 득템력이라고 할 만하지 않습니까?

만장일치였습니다. 제20회 구찌다스파이트의 우승자는 미애 씨입니다."

텅 빈 단상 위에는 아무것도 보이지 않았다. 투명 인간 위원장이 공정함과 투명함을 더더욱 진정성 있게 표현하겠다며 알몸은 물론 마스크도 쓰지 않은 채로 발표했기 때문이다. 그래서 발표를 한 사람이 과연 위원장인지, 아니, 실제 위원장이 존재하기는 하는지조차 불분명했지만, 아무튼 누군가가 가청주파수 대역의 사람 목소리로 선언했기에, 우승자는 미애로 확정되었다. 우승자 미애는 구찌다스 한 켤레를 받아 신고 생글생글 웃으며 단상에 올라섰다. 그리고 투명 인간 위원장이 있을 법한 허공에 꾸벅 답례를 했다.

"고맙습니다, 위원장님."

그러더니 느닷없이 낯빛을 바꾸어 사뭇 진지한 기색으로 카메라를 주시했다. 10여 초간의 어색한 정적이 흘렀다. 장내가 뒤숭숭해질 기미였다. 미애는 무언가를 결심한 듯 입을 앙다물었다 똑 떼었다.

"하지만 초능력은 금지되어야 마땅해요."

쿨럭!

미애 뒤로 벌거벗은 투명 인간 위원장의 세찬 기침 소리가 들렸다. 미애는 아랑곳하지 않고 말을 이었다.

"초능력자들은 '우리'와 달라요. 인류의 지식을 집대성한 페어클라우드를 넘어서는 지력과, 인간 신체의 한계를 넘어서는 체력을 지닌 존재들을 어떻게 우리와 같은 인간 종(種)이라고 할 수 있나요? 그들은 괴물입니다. '우리'와 같은 평범한 인간들이 어떻게 괴물들과 경쟁을 하겠어요?"

미애의 우승 소감에 디폴트 휴먼들은 환호했다.

그로부터 얼마 후, 초능력 경쟁을 금지하는 법안이 통과되었다.

법에 따라 구찌다스파이트는 막을 내려야만 했다.

그런고로 미애가 득템한 '제20회 최후의 구찌다스'는 리셀러 시장의 초초초레어템이 된 것이다.

미애는 구찌다스를 담보로 재단을 설립하고, 자신의 메시지를 설파하기 시작했다.

"초능력자들이 범죄자는 아닙니다. 그저 '우리'와 다를 뿐이죠. 다만 공정한 우리들의 리그에 섞여서는 안 되는 존재들이라는 겁니다. '그들'은 '우리들'의 훌륭한 자원입니다. 그들에게 길을 열어 주고 우리 사회에 기여할 기회를 줘야 합니다."

미애의 주장을 계기로 초능력자들의 의무적인 군복무가 시작되었다. 미애를 추앙하는 디폴트 휴먼들의 요구에 따른 조치였다. 미애는 공정과 평화, 정의 등등의 화신이었다. 디폴트 휴먼들의 영웅이 탄생한 것이었다.

*

수리는 참았다. 미애를 믿은 것이다.

55층에서 미애는 수리의 손을 꼭 잡고 이렇게 제안했다.

"제가 원하는 건 단지 명예뿐이에요, 초능력자에 필적하는 최초의 디폴트 휴먼이라는 명예. 저는 공동 우승으로 족해요. 구찌다스는 한 짝씩 나누어 갖는 걸로 하죠."

당장은 미애 말대로 되었다. 하지만 며칠 후에 주최 측이 우승자를 가리기로 하고, 이미 미애를 낙점했다는 소문이 퍼졌다. 수리는 직감적으로 알 수 있었다.

'속았어.'

구찌다스파이트는 아직 끝난 게 아니었다. 승부는 지금부터고, 이제부터는 여론전이었다.

'하지만 어쩌지?'

미애는 이미 '나눔의 화신'이지 않은가. 반면 수리는 디폴트에게 무릎 꿇은 도태된 초능력자에 불과했다. 아무도 수리의 말에 관심을 주지 않았다. 지난번처럼 시청자 모두에게 집단 마인드 컨트롤을 거는 것도 여의치 않았다. 그러자면 구찌다스파이트처럼 전국으로 생방송 되는 전파가 필요하고, 그러려면 그런 출연 섭외를 받아야 한다, 그것도 우승 발표 전에.

'그렇다면 폭로전이다.'

수리는 '실은 미애가 초능력자'라고 떠벌렸다. 여기저기 글을 유포하기도 했고, 다짜고짜 지나가는 사람을 붙들고 지껄여도 봤다.

"이 세상은 미애의 마음에 들 때까지 수없이 반복되고 있어요. 미애는 사기꾼 초능력자라고요!"

하지만 아무도 수리의 말을 믿지 않았다, 아무도 그렇게 느끼지 못했으니까.

인식.

그렇다, 인식의 문제였다. 인식조차 할 수 없는 걸 어떻게 믿을 수 있겠는가. 게다가 수리는 미애와 경쟁자이지 않았는가.

하필 우승자를 가린다고 하니까 미애가 사기꾼이라고? 아무런 증거도 없이?

그랬다, 세상이 반복된다는 증거는 어디에도 없었다. 심지어 수리조차도 세상이 반복된다고 느끼지 못했다.

하지만 수리는 그렇게 믿고 싶었고, 그렇게 믿었다. 수리는 점점 미쳐 가고 있었다. 사람들은 그저 수리를 애처롭게 여길 뿐이었다.

"저런 망상을 할 정도라니, 얼마나 경쟁에 시달렸으면……."

"쯧쯧, 초능력이 마냥 좋은 건 아니네."

아무도 관심 갖지 않는 수리의 허무맹랑한 주장을 심각하게 여긴 단 한 사람이 있었으니, 바로 미애, 그렇다, 미애뿐이었다.

미애는 우승 소감을 시작으로 초능력 금지와 초능력자 강제 징집 설파에 팔을 걷어붙였다.

하지만 현실은 꿈처럼 흘러가지 않는다.

미애의 표적은 수리였지만 정작 수리는 강제 징집을 피했다. 아니, 피한 게 아니라 자격이 되지 않았다.

수리는 초능력을 잃었다. 망상이 커지면서 꿈을 다루는 능력이 사라진 것이다.

징집관이 수리에게 물었다.

"아직도 그 외면술 같은 허무맹랑한 초능력이 가능하다고 믿나요?"

수리가 관자놀이를 꾹꾹 누르며 답했다.

"외면술의 핵심은 무엇이 진실이냐는 거예요."

"그게 무슨 소리죠?"

수리의 핏발 선 눈이 천장 너머의 아득한 어딘가를 향했다. 그러고는 시를 읊듯 이렇게 중얼거렸다.

"인간이 '아니야.'라고 말하는 게 진심이라는 걸 어떻게 알죠? 한 번의 '아니야.'를 말하면서 얼마나 많은 '아니야.'로 번복할 수 있을까요? '아니의 아니의 아니야…….' 인간은 찰나의 순간 동안 수천수만 개의 레이어로 의도를 덮을 수 있어요. 그중에 어떤 게 진심이죠? 진심은 불가능해요. 그리고 도대체 그 진심을 말하라고 하는 건 누구한테 하는 거냐고? 전해질? 뉴런? 이온? 정확한 질문은 이거예요. 그 왔다 갔다를 몇 번 하고 멈추라는 거냐고?"

수리는 군대가 아니라 병원에 갇혔다. 그리고 안정제에 취해 10여 년을 지내다 사망했다. 자세한 사망 원인은 기록되지 않았다.

*

수리의 영상이 페어클라우드에 퍼진 건 그로부터 1년 뒤였다.

"고인은 마인드 컨트롤러였습니다. 남의 기억을 재구성해서 꿈을 만들고 조정하는 능력이었죠. 병원에 갇혀 홀로 지내는 동안 어쩌면 고인은 남의 꿈이 아니라 자신의 기억에 깊이 들어간 걸지도 모르겠습니다. 자신의 기억을 끄집어내고, 스스로에게 마인드 컨트롤을 걸어 꿈으로 구성하고, 그 꿈을 시각화해서 영상으로 남긴 것이죠. 그걸 영상화한 게 바로 이 영화 「마인드 컨트롤러의 기록」입니다."

수리의 주치의는 수리의 영화를 페어클라우드에 올리면서 이렇게 덧붙였다.

"저는 고인과 지난 10년간 '현실'과 '꿈', 그리고 '진심'에 관해서 꾸준히 토론했습니다. 그리고 나름의 답을 찾았습니다. 먼저 이렇게 물음으로 시작하죠, 진심이란 과연 무엇일까요?

예컨대 1) 술을 마시고 싶은 욕구와 2) 끊어야겠다는 욕구, 둘 중에 어느 하나를 진심이라고 할 수 있을까요?

물론 둘 다, 또는 둘 중 하나를 진심이라고 말할 수도 있겠죠. 현대 문명은 보통 이 상태를 '망설임'으로 개념화합니다. 어쩌면 아직 진심을 선택하지 못한 상태라고 할 수도 있죠.

이분법적으로 보면 1)은 본능적이고 2)는 이성적으로 보입니다. 하지만 2) 역시 생존 욕구인 본능의 발로이기도 합니다. '이대로 계속 술을 마시면 곧 암에 걸려서 죽겠지.'라는 죽음의 공포는 파충류의 뇌라는 편도체에서 관장하니까요. 인간이 고등 동물이기에 미래 예측 능력이 있을 뿐, 이 역시 본능의 영역이라고 할 수 있습니다.

그런데 만일 1)과 2)를 망설임 없이 선택한다면 그건 진심이라고 할 수 있을까요? 그렇지 않습니다. 1)을 택해도 건강 염려는 계속 남아 있고, 2)를 택해도 술에 대한 아쉬움이 남을 테니까요. 무언가를 선택한다는 건 곧 나머지를 포기함을 의미합니다. 그래도 망설임보다는 확정적인 이 상태를 '결정'으로 개념화하죠.

결정을 '번복'하기도 하지만, 확고부동하게 마음의 결정을 지속하는 경우도 있겠죠. 물론 이 또한 일시적이겠지만요. 1)의 결정을 지속하면 '중독'이고, 2)의 결정을 지속하면 '절주'가 됩니다. 이 상태를 '습관', '체화' 등으로 개념화할 수 있습니다.

더 심화된 상태로는 '신념'이나 '믿음'이 있습니다. 이는 교육, 종교, 정치, 당위가 지배하는 상태입니다. 개개인의 본능이 집단의식에 포섭된 상태, 프로이트식으로 말하자면 초자아가 무의식을 완전히 제압한 상태라고 할 수 있습니다. 이 상태를 '사회화'로 개념화 하죠.

자, 그렇다면 망설임-결정-체화-사회화 중에 어떤 상태를 콕 집어서 진심이라고 말할 수 있을까요?

저는 모두 진심일 수 있고, 모두가 진심이 아닐 수 있다고 생각합니다. 진심 역시 이 상태 중 한 부분을 주관적으로 추상화한 개념일 테니까요.

그리고 고인과 저는 이 개념으로서의 진심을 구체화하는 실험을 벌였습니다. 그 과정에서 퇴화된 고인의 초능력이 되살아났습니다. 고인은 스스로에게 마인드 컨트롤을 걸었습니다. 그렇게 해서 오래전에 추상의 영역으로 사라진 고인의 기억을 구체적인 꿈으로 재현한 것입니다. 이 꿈의 영상이 바로 고인의 현실이고 진심입니다. 여기에 고인의 진심이 모두 담겨 있습니다."

주치의가 공개한 영상은 미애의 외면술로 수리가 반복해야만 했던 끔찍한 91번의 기억이었다. 영상은 수많은 이들의 편집을 거쳐 삽시간에 페어클라우드에 퍼졌다. 모든 버전에는 공통의 태그가 달려 있었다.

#미애는초능력자.

나눔과 공정의 화신, 디폴트의 희망으로 추앙을 받으며, 이제는 유력 정치인의 반열에 오른 미애가 초능력자라니. 세상은 발칵 뒤집혔다.

"고인이 된 수리 씨의 기억 영상에 따르면 의원님이 초능력자라는데, 인정하십니까?"

"영상을 보면 외면술을 쓰신다는데, 정말입니까?"

"일각에서는 의원님의 능력이 공정에 반한다고 주장합니다. 디폴트 휴먼 지지자들에게는 뭐라고 말씀하시겠습니까?"

잠적 3일 만에 나타난 미애에게 기자들의 날 선 질문이 쏟아졌다. 미애는 묵묵부답으로 일관하며 카메라로 빼곡한 통로를 성큼성큼 지나쳤다. 참다못한 기자 한 명이 미애의 뒤통수에 대고 쏘아붙였다.

"지난 10여 년간 거짓말한 거 인정하시나요?"

미애는 걸음을 멈추고 고개를 돌려 기자를 노려보았다. 기자는 굴하지 않고 미애의 얼굴에 마이크를 들이댔다.

"거짓말한 거 맞잖아요!"

미애는 마이크로 한 걸음 더 바싹 다가서서 카메라를 향해 싱긋 웃으며 속삭였다.

"아니야."

뿌우!

미애의 귀에 나팔 소리가 울렸다. 출발선의 수리가 미애를 향해 히죽 웃는다.

제6회 타임리프 소설 공모전 우수상 수상작

# 오빠의 시간여행

이세형

오빠가 자기 입으로 시간 여행자라고 말했을 때, 나는 기어이 오빠가 미쳐 버린 모양이라고 생각했어. 아니면 재미없는 농담이거나. 하지만 오빠의 진지한 표정과 심각한 눈빛으로 보아 농담은 아닌 것 같더라고. "내가 한 게 시간 여행인지, 아니면 평행 우주를 넘나든 건지, 자세히는 잘 모르겠어." 헛소리라고 치부하기엔 정돈된 어조로, 오빠는 그렇게 말했어. 당시 오빠는 죽음을 눈앞에 둔 상태였어. 허튼소리를 할 상황이 아니었다는 뜻이야.

우선 우리 오빠에 대해 설명해야겠지. 오빠는 어린 시절의 교통사고 이후 하반신이 망가진 채 대부분의 삶을 누워서 보냈어. 그렇게라도 숨이 붙은 게 기적인 수준이었지. 사고 직후 오빠는 의식을 잃고 두 달이 넘도록 혼수상태에 빠졌어. 급한 수술로 고비는 넘겼지만 말 그대로 고비만 넘긴 수준이었지. 의사가 우리 부모님께 결과를 장담하기 어렵다며 만일의 사태를 대비하시라 이를 정도였어.

두 달 하고도 일주일째 되는 날, 오빠는 기적적으로 의식을 되찾았어. 오빠가 힘겹게 눈꺼풀을 들어 올린 순간, 엄마는 오빠의 손을 조심스레 잡고 펑펑 울었지. 아빠는 그런 엄마 옆에서 함께 눈물을 흘렸고. 오빠는 산소마스크에 반쯤 강제로 호흡하면서 느릿느릿 눈동자를 움직여 엄마와 아빠 그리고 나를 바라보았어. 가족들을 바라보는 오빠의 눈빛이, 뭐랄까, 노인처럼 늙어 있었어.

목숨은 건졌지만 오빠의 다리는 사고 이후 두 번 다시 스스로 일어서지 못했어. 부러진 흉곽은 회복됐지만 허파와 심장은 기능이 매우 나빠졌지. 불과 얼마 전까지 이혼을 언급하며 험악한 분위기로 치닫던 부모님 두 분은, 오빠의 사고를 계기로 다시 하나가 되었어. 실직 상태이던 아빠는 술과 담배를 모두 끊은 뒤 온갖 일을 전전하며 땀을 흘렸고, 엄마는 퇴근 후 저녁마다 식당에서 일했어.

엄마가 미리 저녁상을 차린 뒤 일하러 나가면, 학교를 마친 나는 반겨 주는 사람이라곤 아무도 없는 적막한 집에 돌아와 홀로 저녁밥을 먹었어. 정확히 말하자면, 집 안 구석 한곳에 있는 방, 그 작은 방에 유령처럼 머물러 있는 오빠를 제외하곤 아무도 없는 집에서.

집에 돌아온 나는 거실에서 혼자 텔레비전을 보고, 만화책을 보고, 방에서 숙제를 하고, 컴퓨터를 하다가, 늦은 밤에야 돌아올 엄마와 아빠를 기다리곤 했어. 아직 스마트폰이 등장하기 전이었어. 이제 막 휴대전화가 보급되던 시기였지. 그래서 아직은 집

전화가 따르릉 울리면 배배 꼬인 케이블이 연결된 수화기를 집어 들고, '여보세요'라는 말부터 하는 게 당연하던 시절이야. 문자 메시지 같은 걸로 연락을 주고받는 건 존재하지도 않았지.

마냥 기다리고 있다 보면 늦은 밤 엄마와 아빠가 각각 다른 시각에 돌아오시곤 했어. 늦은 밤에 도착한 엄마는 나에게 항상 이렇게 물었어. "저녁은 잘 먹었니?" 그리고 이렇게 덧붙였지. "오빠는 잘 있고?" 엄마는 오빠의 안부를 빼먹은 적이 없었어. 그때마다 나는 잠자코 고개를 끄덕거렸어. 비록 교복을 입는 나이가 되면서부터 방 안에 있을 오빠의 얼굴을 한 번도 보지 않은 날이 많아지긴 했지만 말이야. 반면 아빠는 귀갓길에 가끔 양념치킨 같은 것을 사 들고 왔을 뿐, 오빠가 어떤지 나의 시험 성적은 어떤지 그런 걸 캐묻진 않았어. 아빠는 물어보기 전에 미리 나의 속마음을 짐작하는 편이었던 것 같아.

오빠는 이따금 화장실을 가기 위해 목발을 짚고 방문을 나서는 경우 정도만 제외하면 일상의 대부분을 방 안에서 보냈어. 원래 나는 그때마다 오빠의 거동을 도와주곤 했는데, 언제부턴가 오빠는 괜찮다며 내 도움을 거절하기 시작했지. 오빠가 혼자 목발을 짚고 움직이도록 내버려 두는 게 처음에는 어색하고 불편했지만, 시간이 지나면서 차츰 적응되더라고. 언제부턴가 나는 거실에서 텔레비전을 보다가 오빠가 방문 여는 소리가 들려도 딱히 오빠 쪽에 신경을 쓰지 않았어. 그렇게 오빠는 점점 더 유령이 되어 갔고 말이야.

비록 말로 표현하진 않았지만, 나는 점점 오빠에게 벽을 만들고 있었던 거야. 어린 나이에 갑작스레 오빠의 간병인 역할을 떠안은 뒤로부터.

오빠는 그런 나의 속마음을 알아차리곤, 자기 딴에는 조금이라도 나를 위하는 마음에서, 최대한 나의 도움을 거부하려 했던 거고.

어린 시절의 오빠를 생각해 봤어. 사고가 일어나기 전, 오빠가 두 다리로 멀쩡히 걷던 시절. 나도 오빠도 이제 겨우 초등학교에 입학했을 무렵. 아직 아빠가 실직하기 이전, 그래서 부모님 두 분의 사이가 평화롭던 시기. 돈을 벌러 나를 집에 남겨 두고 엄마가 저녁마다 식당으로 나가지 않아도 되었던 시절, 그러니까 아직은 저녁에 엄마가 집에 있어 나를 반겨 주던 시절, 아빠가 퇴근하길 기다리면서, 엄마가 부엌에서 가족들의 식사를 준비하는 동안, 나와 오빠는 텔레비전 앞에 앉아 '만화 영화'를 꼬박꼬박 챙겨 보던 시절 말이야.

우리 남매는 평범한 소녀가 마법 소녀로 변신한 다음 사랑의 힘으로 미움에 맞서는 만화를 보았고, 전설의 용사가 로봇으로 태어나 지구를 지키는 만화를 보았으며, 서로 다른 동화 속 세계를 넘나들며 날마다 새로이 모험을 떠나는 동물 친구들의 만화와, 그 밖에 수많은 만화를 함께 보았어. 텔레비전으로 만화 영화를 보던 어린 시절, 그때마다 내 곁에는 오빠가 있었어.

어느 날 오빠는 종이와 연필을 가져와, 우리가 함께 보았던 만화 영화의 주인공들을 등장시키며 새로운 만화 이야기를 지어내 그렸어. 나는 오빠에게 연필을 넘겨받은 다음, 그 뒤에 이어질 내용을 내 방식대로 지어내서 그렸지. 그러면 그다음 이야기를 오빠가 지어내서 그렸고, 나는 다시 그다음 뒷이야기를 지어내서 그렸어.

우리 남매는 이런 식으로 삐뚤빼뚤 엉성한 그림에 앞뒤 내용이 맞지 않는 엉터리 만화책을 만들며 놀았어. 서로 다른 만화의 주인공들이 나와 오빠가 그린 그림 속에서 서로 친구가 되었고, 모험을 했으며, 경쟁을 벌이다가, 사랑에 빠졌어. 실제로 방송되는 만화와 전혀 상관없는 새로운 내용으로, 우리가 함께 그리는 대로 새로운 이야기가 창조된 거야.

가끔 오빠는 내가 그린 내용이 마음에 들지 않는다며 내 그림을 무시하고 자기 마음대로 뒷이야기를 바꿔 버리곤 했어. 그러면 나도 이에 질세라, 오빠가 그린 이야기에 또 다른 엉뚱한 뒷이야기를 그리는 걸로 응수했지. 왜 이야기를 이상하게 만드냐고 서로에게 투정을 부렸고, 씩씩거리다가, 티격태격 다투었어. 그러다가 엄마가 밥 먹으라고 부르시는 소리가 들리면, 싸우다 말고 식탁으로 달려가 냠냠 밥을 먹었지. 식사를 마친 다음에는, 언제 싸웠냐는 듯이 도로 둘이서 만화를 그리며 놀고 말이야.

이렇게 말하면 우리 오빠가 유년 시절의 놀이 동무로만 보일 텐데, 나에게도 오빠에 대한 나쁜 기억이 없는 건 아니야. 많으면 많지, 적다고 할 순 없을걸? 오빠를 둔 이 세상 모든 여동생이 다들 그렇듯이 말이야.

아무튼 오빠는 그러던 어느 날, 부모님 두 분이 이혼을 언급하던 시기에 교통사고를 당했고, 형무소에 갇힌 죄수처럼 방 안에서 남은 삶을 보내다가, 내가 수능을 치른 뒤 얼마 후 추운 겨울날에 숨을 거두었어. 나에게 자기가 시간 여행자라는 황당한 고백을 남긴 채.

당연히, 처음부터 그 황당한 고백을 진지하게 받아들인 건 아니었어. 죽음을 앞둔 인간이 일종의 착란 같은 것을 일으킨다고 생각했지. 하지만 오빠의 입에서 흘러나온 이야기는, 이야기 자체만 놓고 보자면 망상이라고 치부하기엔 짜임새가 너무 잘 잡혀 있었어.

오빠가 숨을 거두기 하루 전, 그러니까, 나에게 시간 여행에 대해 고백한 그날, 바깥에선 늦저녁의 함박눈이 펑펑 내리고 있었어. 나는 평소처럼 컴퓨터로 게임을 하고, 인터넷을 하다가, 책꽂이에 꽂힌 이미 완독한 만화책을 다시 조금 본 다음, 거실에 있는 텔레비전으로 24시간 애니메이션 채널을 시청하고 있었지. 일본 문화가 정식으로 개방된 지 10년도 되지 않은 시절이었고, 고고학자가 숨겨진 유물을 발굴하듯 인터넷을 일일이 돌아다니며 국내에 소개되지 않은 애니메이션 파일을 수집하던 시절이었어. 24시간 애니메이션 채널이 소중할 수밖에 없는 시절이었지.

나는 고등학교 내내 만화창작 동아리에서 활동했어. 마음 같아선 애니메이션 학과로 진학하고 싶을 정도였지. 수능이라는 큰 이벤트를 앞두고 고등학생 시절을 버틸 수 있었던 건 만화랑 동아리 친구들 덕분이야. 안타깝게도 수능 결과는 좋지 않았어. 지망하는 대학, 그곳 학과에서 요구하는 수준 이하였지. 점수 미달이었어. 그래도 수능 직후에는 일단 이제 해방이라는 기쁨에, 한

동안 친구들과 늦은 밤까지 놀러 다니는 나날을 보냈지. 그러다가 슬슬 아무도 건드리지 않는, 수능을 마친 고3의 생활이 익숙해지자 마음이 점점 차분해지면서 '이젠 어떡하나…….'라는 생각이 들더라고. 그럴 때면 조용히 집에서 홀로 저녁을 보내곤 했어.

그날도 그런 식으로 혼자 집에서 시간을 죽이던 중이었지.

"잠깐 이야기 좀 할 수 있을까?" 그런데 오빠가 거실에 있는 나를 부르더라고. 이상한 일이었지. '이야기' 좀 할 수 있냐니. 오빠가 그런 식으로 말을 걸어온 적은 없었어. 어쩌다가 가끔 거동이 불편해서 도움을 부탁한 적은 있어도, 이야기를 나누자며 부른 적은 없었다고. 그때 내가 어떤 표정을 지었는지는 알 수 없지만, 아마 의아해하는 내 속내가 얼굴에도 어느 정도 올라와 있지 않았을까. 어쩌면 오빠도 어렵지 않게 알아차리지 않았을까 싶어.

오빠는 창밖으로 내리는 눈을 보며 침대에 누워 있었어. 뭔가 중요한 말을 하려는 기색이 엿보였지. 말을 꺼내기에 앞서 마음을 가다듬는 모양이었어. "어쩌면 나한테 주어진 시간은 오늘이 마지막일 수도 있겠다는 느낌이 들었어." 그렇게 말하는 오빠의 안색이 어딘지 모르게 창백해 보였어. 눈 주변도 평소보다 조금 푸르스름해 보였고. 글쎄, 어쩌면 그저 기분 탓이었는지도 몰라.

"나도 이유는 모르겠어. 근데 왠지 느낌상 그래. 오늘이 마지막일 거 같아." 오빠의 말을 들으니, 나도 그게 무슨 이유인진 모르겠지만, 그 말이 사실일 수 있다는 알 수 없는 예감이 들었지.

그때까지만 해도 오빠가 할 다음 이야기가 무엇인지 전혀 몰랐지. "믿기 힘들겠지만, 너한테 고백할 게 있어. 엄마, 아빠한텐 차마 말 못 하겠어. 그렇잖아도 아픈 아들이 더 심각해졌다고 생각하실 테니까. 그런데 나, 실은 지금부터 얘기할 '사실'을 너무 오랫동안 혼자서 비밀로 간직해 왔거든. 이제는 누군가한테 털어놓고 싶어." 그리고 마침내 오빠는 말했지. 본인이 시간 여행자라는 사실을 말이야. "지금 우리 가족의 삶, 이게 처음이 아니야. 우리 가족은 셀 수 없이 많은 다른 삶을 살아왔어."

오빠의 말에 따르면, 우리 가족은 원래 지금과는 매우 다른 삶을 살았대. 안 좋은 의미에서 말이지. 그러던 어느 날, 오빠는 우연히 시간 여행을 통해 과거로 되돌아갔대. 덕분에 가족들의 미래를 바꿀 수 있었대. 가족들을 구해 낸 거지. 하지만 얼마 후 다른 문제가 생겼고, 그 바람에 오빠는 시간 여행을 한 번 더 시도했대. 이번에도 무사히 가족들을 구해 내나 싶었는데, 예상 못 한 또 다른 문제가 생겼대. 이런 식으로 시간 여행을 시도하고, 문제가 생기고, 다시 시간 여행을 시도하고, 또 다른 문제가 생기는 일이 반복되었다고 해. 그러다가 마지막에 이른 게 지금의 삶이라는 거야.

"지금부터 차근차근 들려줄게, 원래 우리 가족이 어떻게 살았는지." 오빠가 이야기를 시작했어. 내 기억엔 없지만 오빠의 기억엔 존재하는 서로 다른 무수한 과거들을. 우리 가족이 어떻게 되었는지, 서로 다른 버전의 수많은 미래의 시나리오를.

오빠가 들려준 이야기에 따르면, 원래 우리 가족은(그러니까,

시간 여행을 시도하기 이전 처음 우리 가족은) 굉장히 심각한 상태까지 추락했대. 아빠는 점점 술을 찾는 날이 늘어 가면서 폭력적인 사람으로 변해 갔대. 엄마는 그런 아빠와 함께 살면서 건강이 상하는 것도 개의치 않고 살림을 챙겼다고 해.

(이 부분에서 오빠는 이렇게 말했어. "술과 담배를 모두 끊고 땀 흘려 일하는 지금의 아빠를 생각하면 정말이지 상상도 못 할 일이야. 그렇지?")

지금의 삶에선 우리 남매가 어린아이였던 시절 아빠가 실직하고, 부모님 두 분이 반목하다가, 이혼으로 가닥이 잡혀 갈 즈음 오빠가 사고를 당한 뒤 사경을 헤맸잖아? 오빠의 사고를 계기로 두 분의 이혼이 무산되었고 말이야. 근데 오빠 말에 따르면, 시간을 되돌리기 전 원래의 삶에선 교통사고 같은 게 없었대. 그래서 부모님 두 분은 진지하게 이혼 논의를 계속해서 진행했고 말이야.

'엄마랑 아빠랑 따로 사는 거야?' 아직 어린 꼬마에 불과한 내가, 오빠한테 그렇게 물어봤다고 해. 잔뜩 겁에 질린 얼굴을 하고서, 눈가에는 눈물이 그렁그렁 맺힌 채로. 오빠는 그런 나의 등을 쓰다듬어 주었대. 오빠 자신도 불안하고 초조하긴 마찬가지였지만, 자기도 모르게 동생을 다독여 줘야 한다고 느꼈대.

그러다가 오빠한테 문득 한 가지 생각이 떠올랐대. '우리, 이걸로 엄마랑 아빠한테 그림 편지 만들어 볼까?' 오빠가 스케치북이랑 크레파스를 꺼내 보이며 나에게 말했대. '우리의 마음을 그림으로 그리고 편지로 적어서 보여 드리는 거야. 이혼하지 마시라고, 우리 가족 다 같이 살자고. 어때? 같이 하자!'

(이 부분에서 오빠는 이렇게 말했어. "너는 그제야 울음을 그쳤어. 방

금까지 슬퍼서 입술이 삐죽 튀어나와 있었는데, 싱긋 웃는 표정으로 얼굴도 바뀌었고.")

오빠는 나와 함께 커다란 스케치북에 알록달록한 집과 우리 가족 네 사람이 웃는 얼굴로 서 있는 그림을 그렸다고 해. 그리고 그림 위에다가 검은색 크레파스를 가지고 삐뚤빼뚤한 글씨로 '같이 살아요', '이혼하지 말아요', '엄마랑 아빠랑 다 같이 있고 싶어요' 등등의 글귀를 적었대. 엄마 아빠가 집을 비운 틈을 타서, 오빠와 나는 일부러 두 분 눈에 잘 뜨이게끔 식탁 위에 스케치북 편지를 올려 두었대. 그리고 편지를 발견한 부모님이 어떤 반응을 보이실지 두근두근 기대하며 설레는 마음으로 잠들었대.

다음 날 아침, 우리 남매의 진심이 담긴 그림 편지를 본 엄마 아빠는, 절대로 우리를 두고 이혼하지 않겠다고 약속해 주셨대. 우리 식구 네 사람이 아침부터 서로를 끌어안고 눈물을 찔끔 흘렸대.

그게 불행의 씨앗이 될 줄은 아무도 몰랐던 거지.

("이혼을 철회하고 네 식구가 다 같이 살기로 한 건 분명 겉으로 보기엔 아름다운 그림이었어. 하지만 그런 식으로 갈등을 봉합했다고 해서 엄마와 아빠 사이에 반목 자체가 사라지는 건 아니었던 거지. 불행하게도 나는 아직 그런 걸 깨닫기엔 너무 어린 나이였어." 오빠의 얼굴에 씁쓸한 미소가 올라왔어. "그리고 너도 오빠가 착각했다는 걸 알아차리기엔 아직 어렸고 말이야.")

자식들을 위해 헤어지지 않겠다고 합의한 두 분이었지만, 시간이 흐르면 흐를수록 두 분 사이에 감정의 골은 깊어만 갔다고 해.

언제부턴가 밤마다 두 분 사이에 고성을 동반한 언쟁이 그치질 않았고, 급기야 물건 깨지는 소리가 들리기 시작했대. 나와 오빠는 이불을 뒤집어쓰고 잠든 척하면서, 어서 이 폭풍 같은 밤이 그치기만을 기다렸다고 해. 실직 이후 점점 더 자주 술에 취하고 취할 때마다 점점 더 사나워지는 아빠에게 두려움을 느끼면서. 점점 더 힘겨워하는 엄마의 모습에 아무런 도움도 되지 못하는 무력감을 맛보면서.

오빠가 청소년기에 접어들면서 집 안 분위기는 더욱 흉흉해졌다고 해. 한창 반항적인 생각으로 가득한 시기. 비록 성인 남성만큼은 아니지만 점점 몸에 힘이 올라오는 시기. 조금만 건드려도 격렬하게 반응하지만, 그 자체로 매우 여리고 섬세한 상태라는 걸 반증하는 시기. 질풍노도의 상태에 접어든 오빠는 급기야 아빠와 서로 멱살을 붙잡고 드잡이하다가 손찌검이 오가는 지경에 이르렀다고 해. 그때마다 엄마가 두 사람을 말리려고 허겁지겁 달라붙었는데, 한번은 오빠와 아빠의 힘 싸움에 그만 엄마가 크게 넘어진 적도 있었대.

("그때 너, 나랑 아빠한테 엄청 화냈어. 엄마한테 뭐 하는 짓이냐고, 고래고래 소리 질렀어. 나는 아무 대답도 못 한 채 부들부들 떨리는 내 몸을 진정시키느라 바빴지. 아빠는 우두커니 멈춰서 있다가, 술 먹으러 나가 버렸고."

건강한 태도로 지내고 계신 지금의 아빠를 생각하자면, 오빠가 설명하는 아빠의 모습은, 시간을 되돌리기 이전의 아빠가 보여 주었다는 모습은, 나로서는 솔직히 상상이 잘 안 돼.)

바람 잘 날 없는 집구석이었지만 그렇다고 해서 가족들에 대한 오빠의 애정이 사라지진 않았대. 오히려 어떻게든 우리 가족이 더 나아지도록 해야 한다는 책임 의식이 일종의 강박처럼 머릿속에 자리를 잡았대. 그리고 그 강박이 오빠로 하여금 가족들을 위해 일찌감치 군대부터 가 버리자고 결론 내리게 만들었다고 해.

(“그래서 대학 들어가고 첫 학기만 다닌 다음 바로 군대부터 가 버렸어. 일을 해서 돈을 벌든가, 아니면 군대부터 가서 돈 들 일이 없게 하든가, 선택지가 둘뿐이었거든. 머지않아 네가, 그러니까 내 동생이 대학 갈 차례가 다가오고 있는데, 그렇다면 나라도 잠시 희생을 해서 가족들의 부담을 줄여 줘야겠다고 생각했지.” 오빠의 얼굴에 씁쓸한 미소가 다시 올라왔어.)

오빠는 군대에서 오기와 고집으로 고난의 시간을 버텨 냈다고 해. 무슨 훈련을 치르든 간에 악바리 소리 들어가면서 어떻게든 기어이 완수했다고 해. 그렇게 오빠는 군대라는 집단생활에 서서히 익숙해졌대. 이 정도면 직업으로 군인을 해도 충분히 가능할 것 같다고 느꼈나 봐. 전역을 앞두고 오빠는 직업 군인으로 전향했대. 대단한 금액은 아니지만 이제 안정적인 월급으로 가족들에게 보탬이 될 수 있겠다는 생각에 은근히 뿌듯해하면서.

조만간 자기 손으로 모든 걸 산산조각 내리라곤 상상도 못 한 채.

평범해 보이던 어느 날, 오빠는 오랜만에 2박 3일짜리 연가를 내고 가족들이 있는 고향으로 내려갔대. 얼마 전 큰 훈련을 치른 터라, 3일 동안 조용히 휴식하듯 지낼 생각이었대. 가족들을 마지막으로 본 지 너무 오래된 상태였고, 그러다 보니 가족들을 다시 만날 생각에 아마 은근히 설렜던 모양이야. 버스를 타고 고향으로 내려가는 동안 살짝 잠들었는데, 젊은 시절의 엄마와 아빠 그리고 어린 시절의 오빠와 내가 다 같이 소풍을 가는 달콤한 꿈을 꾸었대.

하지만 고향 집에 도착해 현관문을 열려고 한 순간, 오빠는 듣고 말았던 거지. 쨍그랑 무언가가 깨져 나가는 소리. 고래고래 소리를 질러 대는 아버지의 분노. 어머니가 우는 소리. 유년 시절부터 지긋지긋하게 들어왔던 그 모든 소리. 어린아이가 이불 속에 웅크린 채 겁에 질리도록 몰아갔던 그 모든 암울한 소리.

그 순간 갑자기 오빠의 머리끝까지 피가 거꾸로 솟았던 거지.

오빠는 현관문을 벌컥 열어젖히고 난장판이 된 거실 바닥을 신발도 벗지 않은 채 성큼성큼 걸어 들어가, 술에 취해 제정신이 아닌 아버지의 목덜미를 낚아챘대. 갑자기 나타난 아들의 존재를 미처 제대로 자각하지도 못한 채, 아버지는 아들에게 일방적으로 폭행을 당하기 시작했지. 오빠는 한창 혈기 왕성한 청년 군인이었고, 아버지는 서서히 늙어 가는 와중이었으니까. 자기가 무슨 짓을 하는지도 모른 채, 오빠는 괴성을 질러 가며 흥분감이 시키는 대로 마구 몸을 휘둘렀던 거야.

엄마와 내가 달려들어 오빠를 붙잡고 뜯어말렸대. 오빠는 자기가 무슨 짓을 저질렀는지 그제야 온전히 자각했대. 뒤늦게 손발이 부들부들 떨려 오더래. 어마어마한 공포가 얼음물처럼 오빠의 등을 덮쳐 오면서, 겁에 질린 심장이 마구 뛰었대. 쓰러진 아빠는 이미 더 이상 움직이질 않았고 말이야.

엄마는 어떻게 이런 일이 있을 수 있느냐며 펑펑 울었대. 그런데 그러면서도 어떻게든 아들을 지켜 낼 마음에 현장을 수습하려 했대. 오빠의 어깨를 붙잡고서, 이 엄마랑 네 동생만 입을 다물면 아무도 모를 거라며, 오빠를 안심시키려 했대.

그런데 그 순간, 내가 벌컥 소리를 질렀대.

'이게 다 너 때문이야!'

엄마가 이제는 내 어깨를 붙잡고 나를 말리려 했대. 하지만 나는 분노로 눈물이 차오른 눈을 하고서 오빠를 쳐다보며 이렇게 말했대.

'차라리 이혼하는 게 나았어. 엄마도 아빠도 이혼하게 내버려 뒀으면 이런 일은 없었을 거라고. 다 너 때문이야. 너 때문이라고!'

오빠를 바라보는 내 눈빛이, 당장 오빠를 죽여 버려도 이상하지 않아 보일 정도였대.

나와 엄마, 그리고 오빠까지 셋이서 현장을 수습했어. 수습을 마친 뒤, 오빠가 말했대. 순순히 자수하겠다고. 엄마는 아무 말도 하지 않았어. 마치 낼 수 있는 목소리라곤 침묵밖에 없는 것처럼. 허공을 응시하는 허망한 눈이 모든 대답을 대신하고 있었지. (오빠가 나를 보며 말했어. "그리고 넌 분노와 슬픔이 잔뜩 엉킨 얼굴로 훌쩍거리면서 나를 쳐다보지 않으려고 애썼어.") 엄마는 오빠에게, 오늘만큼은 집에서 자고 자수는 내일 하라고 권했대.

그렇게 오빠는 집에서의 마지막 밤을 보냈다고 해. 이미 밤은 깊었지만, 잠이 올 리 없었지. 후회의 눈물이 멈추질 않았대. 방금 있었던 끔찍한 광경이 떠올랐고, 단란하던 어린 시절의 기억이 떠올랐대. 한숨과 눈물로 훌쩍이던 오빠는 결국 이불을 거두고 일어나서 천천히 집 안을 거닐었대. 이제 내일부로 오랫동안 볼 수 없을 테니까. 사진 속에 그리운 풍경을 담아 가듯, 조금이라도 집 안의 풍경을 눈에 담고 싶어서.

안방에 들어가 조용히 잠든 엄마를 바라보고, 내 방으로 들어가 역시 조용히 잠들어 있는 나를 바라보았대. 돌이킬 수 없는 사건이 일어난 거실과, 한쪽 구석에 이불로 가려진 아빠를 바라본 다음, 이제는 더 이상 쓰지 않아서 창고처럼 물건만 쌓인 작은방으로 들어갔대. ("바로 지금 여기, 내가 있는 방이야.")

그곳엔 서로 다른 시간을 머금은 물건들이 켜켜이 쌓여 있었어. 서랍장 안에 우리 남매가 입던 교복이 있었고, 문제집과 교과서가 차곡차곡 쌓여 있었대. 어린 시절에 읽던 동화책 시리즈가 고스란히 벽면 책장에 꽂혀 있었고, 인형과 장난감이 큼직한 바구니에 담겨 있었대. 주마등처럼 오래된 기억들이 머릿속을 스치면서, 기껏 추스른 감정이 도로 북받쳐 또 눈물이 왈칵 터져 나오더래.

그러다가 발견한 거야. 나와 오빠가 만들고 놀던, 우리만의 만화책을.

입술을 꾹 다문 채 흐느끼는 소리를 최대한 죽이며 어떻게든 감정을 다스리려던 오빠는, 오래된 물건들 사이에 자그맣게 모인 종이 더미를 발견했대. 어린 시절 나와 오빠가 함께 상상하며 만들어 나간 우리만의 만화책을, 엄마와 아빠는 버리지 않고 모아 두었던 거야. 그게 20여 년이나 지난 뒤에야 오빠의 눈에 다시 발굴되었던 거지.

오빠는 홀린 듯이 종이 더미를 꺼내어 하나 하나 보기 시작했대. 코찔찔이 어린애들이 만든 엉성하기 짝이 없는 만화책을 말이야. 모든 장면 하나 하나에 오래된 추억들이 생생하게 되살아나는 걸 느끼면서, 오빠는 가슴이 벅차오르는 걸 느꼈어. 이 장면을 그릴 때 나와 같이 나눈 말, 이 장면을 그릴 때 나와 다투었던 일, 이 장면을 그리다가 뒷이야기를 어떻게 할지 함께 고민했던 기억…… 그 모든 기억이 생생하게 펼쳐지면서 눈앞이 눈물로 뒤덮였고, 그리움에 대한 아련한 향수가 온몸을 휘감았던 거야.

정신을 차렸을 때, 오빠는 어린 꼬마 아이로 되돌아가 있었어. 시간은 어두운 밤이 아니라 화창한 낮으로 바뀌어 있었고, 눈앞에는 어린 꼬마의 모습을 한 내가 크레파스를 들고 만화 그림을 그리고 있었대.

'얘들아, 밥 먹어야지.' 부엌에서 엄마의 목소리가 들렸대. 나이 든 목소리가 아니라, 젊은 시절 엄마의 목소리가. 크레파스를 놓고 식탁으로 달려가는 나의 뒷모습을 보면서, 오빠는 이게 착각이 아니라 진짜라는 걸 깨달았어.

이게 오빠가 겪은 최초의 시간 여행이야.

오빠는 거기까지 말한 다음 잠시 한 호흡 쉬었어.

"이유가 뭘까. 글쎄, 그건 잘 모르겠지만 우리가 만든 그 만화책이 시간 여행을 일으킨 건 분명한 거 같아. 그렇게밖에는 설명할 방법이 없어. 아무튼 나는 그렇게 과거로 되돌아갔어. 성인이 된 이후의 모든 기억을 온전히 간직한 상태에서 말이야."

돌이킬 수 없는 지경까지 이르렀다가 본의 아니게 인생을 다시 시작하게 된 오빠는, 이 기회를 소중하게 쓰려고 했지.

처음 인생과 달리, 두 번째 인생에서 오빠는 부모님의 이혼을 막지 않았어.

'엄마랑 아빠랑 따로 사는 거야?' 아직 어린 꼬마에 불과한 내가, 두 번째 인생에서도 오빠한테 그렇게 물어봤대. 잔뜩 겁에 질린 얼굴, 눈물이 그렁그렁 맺힌 눈을 하고서 말이야. 오빠는 그런 나의 등을 쓰다듬어 주었대, 처음 인생과 마찬가지로.

하지만 나에게 해 준 말은 처음 인생에서 해 준 말과 완전히 다른 것이었지. '엄마랑 아빠랑 사이가 안 좋아. 사이가 나쁜 사람들이 억지로 함께 살면 오히려 더 나쁜 결과가 나올지도 몰라. 그러니까 엄마랑 아빠는 헤어지는 게 더 좋을 거야.'

그랬더니 내가 의아한 눈으로 오빠를 바라보더래. 여전히 울상인 얼굴로 코를 훌쩍거리면서 말이야. 오빠는 그런 나를 바라보며 이렇게 말했대. '난 엄마랑 같이 살 건데, 넌 누구랑 같이 살 거야? 너도 엄마랑 같이 살자. 엄마랑 오빠랑 같이 살자!'

그랬더니 내가 응 하고 대답하며 고개를 끄덕이더니, 으아앙, 울음을 터뜨렸대.

이렇게 해서 오빠는 두 번째 인생에서 부모님의 이혼을 방치했어. 처음 인생에서 아빠가 저지른 폭력을 목격했기 때문에, 오빠는 당연히 엄마와 같이 살기를 선택했지. 나까지 엄마 곁으로 데려가고 말이야. 아빠는 그렇게 쫓겨나는 사람처럼 혼자가 되었어.

시간이 지나면서 오빠는 점점 확실하게 느꼈대. 역시 두 분이 이혼하신 게 훨씬 더 낫다고 말이지. 비록 혼자서 집안일에 직장까지 병행하느라 엄마가 바쁘시긴 했지만, 그래도 처음 인생과 달리 아빠에게 당하는 폭력 같은 건 없었거든. 게다가 비록 건너 건너 들은 소식이긴 했지만 아빠 쪽도 혼자서 잘살고 있더래. 이혼하고 깔끔하게 홀몸이 되니까 트러블이 일어나지 않은 덕인지 오히려 성실하게 인생을 사시더래.

처음 인생에서도 야무지고 억척스럽던 엄마는, 두 번째 인생에서도 그 기질을 유감없이 발휘하셨대. 처음의 인생보다 더 많이 돈을 버셨고, 그 덕분에 학원비까지 마련해 우리 남매를 학원에 보내셨대. ("처음 인생에서는 학원 같은 거 다녀 본 적이 없었어. 학원 다닐 돈조차 없었거든. 두 번째 인생에서는 아빠의 방해가 없는 덕에 엄마가 열심히 돈을 모을 수 있었고, 그 덕분에 온갖 학원이며 과외며 우리한테 해 주실 수 있었던 거야.")

안 그래도 처음 인생에서 경험한 것들이 있는데 일찌감치 학원까지 다니며 교육을 받았으니, 오빠가 학업에서 두각을 드러낸 건 이상한 일도 아니었을 거야. 엄마의 지극한 교육열 덕분에, 오빠는 우수한 성적으로 명문 대학 명문 학과에 입학했대. 집안 살림을 위해서 대학까지 포기하며 군인이 되어야 했던 처음 인생과는 비교도 할 수 없을 만큼 뿌듯한 인생이었던 거지. 엄마는 본인 힘으로 식구들을 챙기고 집안을 일으켜 세웠다는 자부심에 만족해하며, 동네 사람들에게 명문대에 진학한 아들 자랑을 하고 다니셨대. 아빠는 비록 이혼 이후 가끔 소식을 듣는 수준이었지만 여전히 혼자서 잘 지냈고 말이야.

그런데 내가 문제였어.

번듯한 기업에 입사를 앞둔 오빠와 달리, 유능한 엄마로 엄마 노릇 잘했다고 자부심을 느끼고 있는 우리 엄마와 달리, 심지어 혼자 알아서 잘 지내고 있는 아빠와 달리, 나는 언제부턴가 조금씩 삐딱선을 타기 시작했대. 수업을 째고, 친구들과 술 먹다가 걸려서 엄마가 학교에 불려 가고, 가방에 숨겨 둔 담배를 들키는 식으로.

성인이 되어서도 나의 일탈은 멈출 기미가 안 보이더래. 질 나쁜 남자애들을 끼고 다니기 시작하면서 언제 사고가 터져도 이상하지 않을 지경이었대. 엄마는 오빠더러 나를 어떻게 해야 할지 모르겠다며 답답해하셨대. '내 딸이지만 쟤는 정말 누굴 닮아서 저런다니? 이해가 안 된다, 정말.' 오빠는 이런 식으로 이따금 엄마의 하소연 아닌 하소연을 듣곤 하다가, 하루는 아무래도 안 되겠다 싶어서, 나에게 단단히 말을 해야겠다고 생각하기에 이르렀대. 어른으로서 진지한 얘기를 좀 해야겠다고 생각한 거지, 동생을 위한답시고.

'엄마가 너 때문에 얼마나 마음고생 하시는지 알아?'

오빠 딴에는 진지하게 이야기를 꺼냈는데, 말을 듣는 내 태도가 정말 별로였대. 짜증 난 얼굴로 입술이 삐죽 튀어나와 있는데,

말하는 사람을 아예 쳐다보지도 않더라는 거야. 귓등으로도 듣기 싫다는 태도였던 거지. 오빠는 속으로 부아가 치밀었지만 그래도 최대한 절제해서 말하려 했대. '네 인생 네 거니까 뭐라고 하지 마라, 이런 생각 하는 거야? 그래, 네 인생 네 거지. 그렇긴 한데, 그래도 그렇지, 엄마 생각도 좀 하고 그래라.'

'지랄하고 있네.'

'너 방금 뭐라고 그랬어?'

오빠가 발끈하자, 듣고 있던 엄마가 오빠의 손을 붙잡으며 말리려 했대. 그런데 그럴 사이도 없이, 내가 자리에서 벌떡 일어났대. 그러더니 왈칵, 이렇게 외쳤대.

'엄마는 맨날 오빠만 챙겼잖아!'

그 말 한마디에, 집 안 공기가 싸늘하게 얼어 버렸고 말이야.

'엄마가 제일 미워. 너도 싫고 엄마도 싫고, 다 싫어. 다 싫다고!'

오빠는 망치로 뒤통수를 맞은 기분에 그대로 몸이 굳어 버렸대. 엄마는 시선을 내리깐 채 아무 말도 하지 못했고. 나는 가빠오는 호흡을 주체하지 못한 채 숨을 씩씩 내쉬면서 분노가 치민 눈으로 두 사람을 번갈아 보다가, 눈가에 눈물이 맺히려고 하는 순간 거칠게 문을 열고 집 밖으로 나가 버렸대.

오빠의 두 번째 인생은 성공이었어, 나를 제외한다면.

오빠는 두 번째 인생을 통해 가족들과 본인의 삶을 구해 냈지만, 내가 입은 마음의 상처는 미처 헤아리지 못했던 거야. 처음 인생에서는 아빠의 폭력에 가족 모두가 노출되어 있어서, 내가 오빠와 엄마를 상대로 느껴 온 마음의 상처가 부각되지 않았어.

하지만 두 번째 인생에서는 공동의 불안 요소이던 아빠의 폭력성이 사라졌고, 그 결과 내가 오빠와 엄마를 상대로 느껴 온 섭섭함이 수면 위로 올라왔던 거지. 그게 마침내 폭발한 거야.

오빠는 어떻게든 화해를 시도하려 했지만 마음처럼 되지 않았대. 몇 년의 시간이 흘렀지만, 내 마음의 상처는 여전히 아물지 못했다고 해. 폭주해 버린 자동차처럼 통제 없는 삶을 대책 없이 그렇게 쭉 살아간 거지. 홍청망청 말이야.

오빠로선 그냥 이대로 쭉 살아도 됐을 테지만, 이 모든 사태가 자기 때문이라는 생각을 떨쳐 낼 수가 없었더래. 왜냐하면 오빠가 시간을 되돌리지 않았더라면, 내가 이렇게 망가지지도 않았을 테니까. 오빠의 기억 속엔 첫 번째 인생에서 멀쩡하게 잘 자라던 동생의 모습이 엄연히 존재했거든. 그러니 견딜 수가 없었던 거지. 동생이 망가진 게 자기 탓이라는 책망에서 벗어날 수 없었던 거야.

결국 오빠는, 한 번 더 시간을 되돌리기로 결심했어. 우리가 함께 그린 만화책을 찾아냈고, 그걸 읽으면서 어린 시절의 기억을 다시 떠올렸지. 그렇게 오빠는 세 번째 인생을 시작했어. 다시 한 번 어린아이의 몸으로 되돌아간 거지. 화창한 낮, 어린 꼬마의 모습을 한 내가 오빠와 함께 크레파스를 들고 만화 그림을 그리던 그때로 말이야. 잠시 후 엄마가 '얘들아, 밥 먹어야지.'라고 우리를 부르시는 그때로.

하지만 일은 오빠가 바라는 대로 풀리지 않았어. 항상 미처 생각하지 못한 지점에서 문제가 생겼대. 아빠가 목숨을 잃거나, 엄마가 집을 나가 도망쳐 버리거나, 내가 학교폭력 가해자가 되거나…… 그때마다 오빠는 다시 시간을 되돌렸대. 어떻게든 가족들 모두 잘 지내는 미래를 만들기 위해서. 애석하게도 시간을 되돌려 인생을 다시 시작할 순 있었지만, 그렇다고 해서 새롭게 바꾼 미래가 어떤 결과를 야기할지 모조리 예측하는 건 불가능했어.

어느덧 오빠는 자기 인생이 몇 번째인지조차 헷갈리기 시작했대.

'엄마랑 아빠랑 따로 사는 거야?' 아직 어린 꼬마에 불과한 내가 오빠한테 그렇게 물어봤대. 오빠는 그 말을 벌써 몇 번째로 듣는 건지, 그것조차 헷갈릴 지경이었대. 하지만 잔뜩 겁에 질린 얼굴, 눈물이 그렁그렁 맺힌 눈을 하고 있는 동생에게, 오빠가 해줄 수 있는 건 등을 쓰다듬어 주는 것뿐이었어. 이젠 뭐라고 대답해 줘야 할지, 그것조차 감을 잡을 수 없었으니까.

이런 행동을 하면, 저런 결과가 나와. 그건 다섯 번째 인생에서 이미 경험했어. 저런 행동을 하면, 이런 문제가 생겨. 열네 번째 인생이 그것 때문에 망가졌지……. 오빠는 이제 꽤 많은 미래의 경우의 수를 미리 경험해 알고 있었어. 그러다 보니 선뜻 어떤 새로운 방법을 시도해야 할지 갈피를 잡지 못했대.

그러다가 오빠는 단 한 번도 경험한 적 없는 경우를 겪게 되었어. 오빠 본인이 목숨을 잃을 뻔한 교통사고 말이야. 두 달 넘게 사경을 헤매다가 가까스로 깨어난 뒤, 평생 두 다리를 움직일 수 없게 된 바로 그 교통사고. 엄마와 아빠가 갈등을 멈추고 힘을 합쳐 성실하게 살아가게 된 계기.

아이러니하게도 오빠가 아무것도 할 수 없는 삶을 살게 되자, 가족들 모두 평화로운 삶을 누리게 된 거야.

이야기를 마친 오빠는, 한동안 허공 어딘가에 시선을 고정한 채 쉽사리 말문을 열지 못했어. 여러 차례 반복해 온 그 모든 과거를 생각하느라 감정이 올라왔던 모양이야. 특히 이번 삶은 오빠가 그토록 바라던 가족의 평화를 이루었지만, 아이러니하게도 오빠 자신은 움직일 수 없는 몸이 되었잖아. 한마디로 설명할 수 없는 복잡한 심경이, 오빠의 표정에 고스란히 떠올라 있었어.

오빠가 살짝 잠긴 목소리로 말했어. "난 그 누구에게도 털어놓을 수 없는 고뇌에 빠진 채 오랜 시간을 보내야 했어." 그런 다음 한 차례 목소리를 가다듬고 마저 말을 이었지. 처음에는 이렇게 되어 버린 자신의 신세가 당황스러웠고, 원망스러웠다고 말이야. 바라던 대로 가족들 모두 평화롭게 지내게 되었는데, 오빠 자신은 이전에 겪은 그 어떤 인생보다도 처량한 인생을 살게 되었으니까.

셀 수 없이 고민했대. 한 번 더 시간을 되돌릴까 하고. 하지만 결국은 그만두기로 했대. 지금의 인생보다 가족들이 더 평화로울 수 있을지, 장담할 수가 없었거든. 오빠는 이렇게 생각하기로 했어. 지금의 쓸쓸한 삶은, 어쩌면 가족들을 위해 지불해야 할 대가인 것 같다고.

그렇게 생각하자, 오빠의 마음이 편안해졌대.

다음 날 아침, 오빠는 편안한 얼굴로 숨을 거두었어. 아침밥을 챙겨 주려던 엄마가, 침대에 누워 있는 오빠가 미동조차 하지 않는 걸 발견했지. 갑작스러운 일이었고 슬픈 일이었지만, 엄마도 아빠도 오빠의 죽음을 담담히 받아들이는 편이었어. 엄마도 아빠도 알아차리고 있던 거야. 오빠의 기력이 쇠진하고 있다는 걸. 내가 은연중에 느낀 것과 마찬가지로 말이지. 오빠가 하루 전날 시간 여행 이야기와 함께 다음 날 숨을 거둘 것 같다고 고백해 오지 않았더라도, 아마 나 또한 엄마 아빠처럼 오빠의 죽음을 자연스럽게 받아들였을 거 같아.

갑작스러운 일 맞고, 슬픈 일 맞아. 그런데 그러면서 한편으론 자연스럽게 순응하게 되는, 그런 일이기도 해. 오히려 충격받고 놀라기는 교통사고 때가 훨씬 심했지. 어쩌면 오빠는 그날 끝날 목숨을, 용케 오늘까지 유예받은 게 아니었을까. 덤으로 주어진 삶의 대부분을 침대에 누운 채로 보내다 갔으니, 어쩌면 오빠의 입장에서 이 죽음은 차라리 홀가분한 일인 거 아닐까. 아마 부모님은 그런 느낌을 받으신 거 같아. 그래서 오빠의 죽음을 담담하게 받아들일 수 있는 거고 말이야. 그건 나도 마찬가지야. 게다가 나는 오빠한테서 시간 여행 이야기까지 들은 터라, 오빠가 수많은 인생을 사는 동안 가슴에 담고 다녔을 부채감에서 드디어 풀려나지 않았을까, 그런 생각도 들었어.

1년이 지나고, 2년이 지났어. 오빠의 방은 오빠가 살아 있던 시절 그대로인 상태로 멈춰 버렸어. 엄마도 아빠도 딱히 방을 바꾸고 싶어 하지 않았어. 나도 굳이 오빠 방에 손을 대지 않았지. 오빠의 방은 그대로였어.

하지만 우리 가족은 그대로가 아니었지. 이번엔 엄마에게 병이 생겼어. 엄마는 병원에 입원했고, 나와 아빠가 번갈아 엄마를 돌봐야 했지. 대부분은 아빠가 했어. 지극정성이었지. 헌신적이었어.

나는 세 번째 수능까지 망쳐 버렸어. 머릿속이 복잡해졌어. 아니, 마음속이 복잡해졌어. 이런 생각이 들더라. 내가 인생을 잘못 살고 있는 걸까 하고 말이야.

내가 할 수 있는 게 없었어. 엄마의 병이 언제 나을지 알 수 없었고, 아빠에게 도움이 못 되는 내가 무가치해 보였지. 언제부턴가 서서히 친구들을 만나는 것도 꺼리어졌어. 그나마 연락이 되던 친구들조차 각자의 인생이 바빠지면서 점점 소식이 뜸해졌고. 나는 어딘가의 길 입구에서 좌절을 반복하고 있었어.

엄마도 아빠도 없는 겨울 저녁, 나는 혼자 거실에 앉아 텔레비전을 보았어. 유령 같던 오빠조차 사라지고 나니까, 이젠 정말 나 혼자 덩그러니 집에 놓인 상황이었지. 집에서 혼자 24시간 애니메이션 채널을 보고 있었어. 네모난 화면 속에 온갖 애니메이션이 끊임없이 재생되었지. 방송되는 그 모든 만화가 나의 꿈이고, 추억이자, 미련이었어.

그렇지만 이제 더는 똑바로 쳐다보기가 힘든.

나는 텔레비전을 끄고 한숨을 내쉰 다음 천천히 집 안을 거닐었어. 거실, 내 방, 부엌, 안방, 화장실까지. 멍한 상태로, 발이 닿는 대로 움직였지. 그러다가 오랜만에 들어간 거야. 주인을 잃은 방, 오빠의 방을 말이야.

장례를 치렀음에도 오빠의 방은 그대로 있었어. 조금 과장해서, 어제까지 오빠가 머물러 있었다고 해도 믿을 법한 수준이었지. 오빠의 침대가 눈에 들어왔어. 원래는 저 침대에 오빠가 누워 있었는데……. 이런 생각을 하면서 찬찬히 방 안을 둘러보던 나는, 우연히 발견하고 말았어. 방 한쪽 구석에 교묘하게 숨겨져 있던 그것을.

어린 시절 오빠와 함께 만든, 우리 남매만의 만화책을 말이야.

오빠가 들려준 시간 여행 이야기가 기억 속에서 다시 떠올랐어. 나는 오빠에게 저 만화책을 이용한 시간 여행 이야기를 들었지만, 막상 그걸 찾아볼 생각은 하지 않았거든. 오빠의 장례를 치른 뒤 자연스럽게 잊어버렸고 말이야.

나는 천천히 손을 뻗어 만화책을 집어 들었어. 그리고 한 장씩, 그리고 또 한 장씩, 조심스레 페이지를 넘겼지. 오빠 말대로였어. 지금 다시 보니까, 엉성하기 짝이 없는 어린아이 특유의 삐뚤빼뚤한 그림투성이에 불과했어. 하지만 그 엉성한 만화책을 한 장 한 장 넘기면서, 나는 잊고 있던 사실 한 가지를 깨달았지.

내가 만화에 관심을 가지게 된 데에는 오빠와 함께 공유한 시간이 많은 영향을 준 거였어.

오빠와 함께 만화를 보고, 오빠와 함께 만화를 그리고, 오빠와 함께 만화 때문에 다툰 과거의 시간들. 나는 그 여러 시간들에 큰 영향을 받았던 거야.

나는 솔직히 이런 생각이 들었어. 오빠 말대로 시간을 되돌려 수많은 과거를 경험하고, 새로운 미래를 체험하는 게 가능하다면, 혹시 지금보다 더 나은 미래를 찾는 것도 가능할까? 오빠로서는 우리 가족이 누리는 지금의 삶이 최선의 삶으로 보였겠지. 적어도 오빠가 살아 있던 시간까지는 말이야. 하지만 과연 지금도 그럴까. 지금의 이 삶보다 더 나은 삶을 어쩌면 하나쯤은 찾아낼 수 있지 않을까.

엄마도 아빠도 화목하게 잘 지내면서, 오빠는 교통사고 같은 거 겪지도 않고, 나는 네 번씩이나 수능을 말아먹는 바람에 인생의 첫 스텝부터 꼬이는 일 따위 일어나지도 않는 삶, 그런 삶을 찾아낼 순 없는 걸까.

지금처럼 엄마가 입원해 있지도 않고, 그 바람에 아빠가 헌신적으로 간호하지 않아도 되고, 오빠도 멀쩡하게 살아 있으면서, 나도 원하는 대학에 제대로 입학한 삶.

그렇게 생각하는 순간, 나는 내 몸이 어린 시절로 되돌아가 있는 걸 깨달았어.

내 앞에는 나처럼 어린 몸을 한 오빠가 크레파스를 들고 만화그림을 그리고 있었지. 그 옛날 우리가 함께해 온 어린 시절의 그 모습 그대로였어.

'얘들아, 밥 먹어야지.' 부엌에서 엄마의 목소리가 들렸어. 나이 든 목소리가 아니라, 젊은 시절 엄마의 목소리였어. 오빠는 크레파스를 놓고 식탁으로 달려 나갔지. 나는 그런 오빠의 뒷모습을 보며 어안이 벙벙했고 말이야.

오빠의 말이 사실이었어.

이게 내가 처음 경험한 시간 여행이야.

엄마랑 아빠는 예전 인생에서도 그랬듯이 반목하기 시작했어. 두 분의 입에 이혼이 언급되었지. 원래대로라면 나는 '엄마랑 아빠랑 따로 사는 거야?' 하고 오빠 앞에서 울먹거렸겠지. 그러면 오빠가 내 등을 쓰다듬어 주었을 테고. 하지만 이번 인생에선 그러지 않았어. 내가 아무 말도 하지 않자, 아직 어린 꼬마에 불과한 오빠는, 내가 속으로 걱정하고 있으리라 생각한 모양이야. 오빠가 손을 뻗어 내 등을 쓰다듬어 주려고 했어. 하지만 내가 거절했지.

'괜찮아, 오빠.' 나는 오빠에게 그렇게 말했어. 어쩐지 나보다도 오빠가 부모님의 이혼에 더 겁먹고 있는 것 같았어. 그랬겠지. 비록 몸은 어린애지만 나는 이미 인생을 어느 정도 살아 본 상태였고, 눈앞에 있는 오빠는 진짜로 어린 꼬맹이에 불과했으니까. '너무 걱정하지 마, 오빠. 다 잘될 거야.' 오히려 내가 오빠를 다독여줬어.

새로운 인생은 예전 인생보다 더 만족스러웠어. 부모님 두 분은 결국 이혼했지만, 놀랍게도 서로 원만한 관계를 유지했어. 그 덕분에 나와 오빠는 엄마랑 함께 살았지만 이따금 아빠와도 시간을 보낼 수 있었지. 나는 학업 성취도가 예전 인생보다 높게 나왔고, 덕분에 만화창작 동아리에서 활동하면서 우수한 성적으로 대입을 준비할 수 있었지. 학교에서 나는 선생님들한테 촉망받는 학생이 되었어. 예전의 삶에서는 생각도 못 할 일이었지.

예전의 삶과 달리 이번에는 한 번에 원하는 대학에 입학했어. 서울에 있는 원하던 대학, 원하던 학과, 그것도 입학 장학금까지 받으면서. 이제 더 이상 예전 인생에서 세 번이나 수능을 망친, 20대 중반에 접어들도록 좌절을 겪어 왔던 내가 아니었어. 새로운 인생을 시작하면서 예전 인생의 시련과 좌절을 모두 극복해 낸 거야. 대성공이었지. 엄마는 딸의 대학 진학을 동네에 자랑하고 다녔어. 아빠도 흡족해하셨지. 나도 나의 새로운 삶이 뿌듯했어.

오빠만 빼고.

오빠는 집에서 나오려 하질 않았어. 하루 종일 자기 방에 틀어박혔지. 맞아, 예전 인생에서는 두 다리를 움직이지 못하느라 거의 대부분 누워서 지내던 그 방이야. 예전 인생에서 오빠의 방은 생기가 조금 덜하긴 해도 깨끗하고 정돈된 느낌이 있었어. 하지만 새로운 인생에서 오빠의 방은 어딘지 지저분하고 퀴퀴한 느낌이 다분했어.

오빠는 간신히 집에서 가까운 어느 대학에 입학하긴 했지만, 아무래도 새로운 친구라곤 한 명도 사귀지 못한 것 같았어. 수업 들으러 나가는 경우 외에는 대부분의 시간을 집 안에서, 정확히 말하자면 방 안에서 보냈으니까. 컵라면이나 스낵류 과자 따위를 먹으면서, 하루 종일 게임만 하는 것 같았어. 어느새 오빠의 몸에 뒤룩뒤룩 살이 찌기 시작했어. 엄마가 방 정리라도 하라고 핀잔을 주면, 오빠는 확 짜증을 내면서 들리지도 않는 목소리로 투덜대다가 마지못해 모니터 앞에 널브러진 쓰레기만 조금 치우곤 했지.

나는 예전 인생에서 목격한 오빠의 모습과 새로운 인생에서 목격한 오빠의 모습, 이 두 모습의 크나큰 차이에 당황스러웠어. 예전 인생의 오빠는 속 깊은 눈빛을 하고 가족들을 생각하는 사람이었어. 그런데 새로운 인생의 오빠는 나이만 나보다 오빠일 뿐 하는 짓은 철부지 상태를 못 벗어난 한심한 사람이었지.

너무나도 다른 두 모습의 간극 때문에, 나도 모르게 가끔은 이런 생각이 들곤 했지. 내가 시간을 되돌리지 않았더라면, 오빠는 가족들을 위하는 속 깊은 사람으로 남았을 텐데…… 하고.

오빠의 한심한 상태는 좀처럼 개선될 기미를 보이지 않았어. 엄마와 나는 의논 끝에, 내가 고향 집에 내려오는 날 오빠와 함께 진지한 대화를 나누기로 했지. 아빠까지 불러서. 사실상 내가 주도한 일이었어. 아무에게도 얘기할 순 없었지만, 내가 시간을 되돌리는 바람에 오빠가 저런 꼴이 되었다는 생각을 떨칠 수가 없었거든.

그리고 결국 사달이 나고 말았지.

가족들 네 사람이 모두 모인 그날의 대화는, 처음에는 차분하게 시작됐어. 하지만 오빠의 태도가 너무 나빴지. 마지못해 끌려나와 억지로 앉아 있느라 싫어하는 기색이 얼굴에 다 드러나 있었으니까. 처음에는 곱게 말씀하시던 엄마랑 아빠는, 오빠의 무례한 태도에 점점 표정이 굳더니, 결국 오빠에게 쓴소리하며 사실상 다그치시기 시작했어. 나는 그러지 마시라고 부모님을 말렸지만, 이미 화가 나신 부모님은 내 말을 듣지 않으셨지.

그런데 부모님이 계속해서 지적하던 와중에, 갑자기 오빠가 벌컥 소리를 지르는 거야.

'나한텐 관심도 없었잖아요! 엄마도 아빠도 동생만 좋아했잖아요! 내가 오빠인데, 내가 오빠인데, 나만 맨날 바보 취급 당하고, 나한테 아무도 관심 없으면서!'

그러더니 울기 시작했어. 비명을 질러 대며 펑펑 울기 시작했어. 어린애가 길바닥에 누워서 몸부림쳐 가며 울듯이, 서럽게 울어 대기 시작했어. 방금 전까지 잔뜩 화가 나서 다그치던 엄마랑 아빠는, 오빠의 그런 모습에 충격받고 할 말을 잃어버리셨어.

오빠는 금방이라도 숨이 넘어갈 것처럼 꺽꺽거리면서, 겨우겨우 말을 이었어.

알고 보니 오빠는 고등학교 내내 따돌림을 당했던 거야. 그런데 가족 중에 어느 누구도 그걸 알아주지 않았던 거고.

우리 가족은 오빠를 데리고 정신병원을 찾아갔어. 그리고 오빠의 무기력감, 따돌림을 당하면서도 저항하지 못한 수동성의 뿌리에, 오래도록 형성된 열등감이 존재한다는 걸 알아냈지. 동생보다 떨어지는 오빠라고 취급받아 온 거, 그게 오빠의 열등감을 형성해 왔던 거야.

나는 이제 두 번째 시간 여행을 시도하려고 해.

바라건대, 두 번째 새로운 인생에서는 나도 오빠도 우리 식구 모두 상처 없이 잘 지냈으면 좋겠어.

하지만 사실 나는 짐작하고 있어. 어쩌면 두 번째 새로운 인생에서도, 내가 전혀 예상하지 못한 또 다른 문제가 발생할 수 있을 거라고. 내가 오빠의 열등감을 만들려고 의도한 게 아니지만 결과적으로 그런 일이 벌어진 것처럼.

나는 몇 번이나 시간 여행을 다시 시도하게 될까?

이런 상상을 해. 나는 여러 차례 시간 여행을 시도하고, 그러다가 결국 지쳐 버려. 그래서 어느 날은, 오빠에게 나의 속내와 진실을 털어놓는 거지. 예전 인생에서 오빠가 나에게 그런 것처럼.

그러면 나에게 진실을 전해 들은 오빠는, 나의 짐을 대신 짊어지기 위해 스스로 시간 여행을 시도하는 거야.

아마 내가 기억하는 원래의 오빠라면, 충분히 그럴 거야.

그리고 나 대신 시간 여행을 한 오빠는, 여러 차례 시간 여행을 더 시도하다가, 역시 지쳐서 어느 날은 결국 나에게 모든 사실을 고백하는 거지.

만약 그런 순간이 나에게 온다면, 나도 오빠 대신 시간 여행을 짊어질 거야.

앞으로 얼마나 많은 시간 여행을 반복해야 할지는 모르겠지만, 나도 오빠도 서로를 위한 시간 여행은 포기하지 않을 테니까.

동생이 눈을 뜬다. 동생은 자신이 책상에 엎드려 자고 있었다는 걸 깨닫는다. 문제집을 펼쳐 놓고 그 위에 팔을 벤 채 잠들어 있었다. 잠깐 엎드린다는 게 깜빡 잠든 모양이다. 동생이 고개를 든다. 혹시 침이라도 흘렸을까 살펴보니, 다행히 문제집에 침 자국 같은 건 없다. 유리창 너머의 저물어 가는 노란 햇빛이 동생의 뺨에 비스듬히 닿는다.

두 팔을 뻗어 기지개를 켠 다음, 동생은 생각한다. 꿈을 꾼 것 같았는데. 점점 머리가 맑아져 온다. 무슨 꿈이었을까. 흐릿하게 남아 있던 꿈의 잔상이 차츰 그 흔적마저 사라진다. 동생이 책상에 놓인 화장 거울로 자기 모습을 살핀다. 거울에 교복 차림인 동생 본인의 상반신이 비쳐 보인다. 거울 속 자신이 잠기가 가시지 않은 눈에 힘을 주어 깜빡깜빡 눈꺼풀을 움직인다.

책상에는 풀다 만 문제집이 가운데에 있고, 그 옆으로 비스듬히 기운 필통에서 펜과 연필 등이 반쯤 삐져나와 있다. 한쪽으로 교과서와 문제집 그리고 필기 노트 등이 순서 없이 쌓여 있다. 각기 다른 크기의 사각 벽돌로 대충 만든 탑 같다. 스카치테이프, 립밤, 메모지, 손톱깎이 등 자질구레한 물건으로 책상이 어지럽다.

동생 스스로 보기에도 책상 정리가 필요하겠다고 생각하던 차, 바깥에서 엄마의 목소리가 들린다. 밥 다 차렸다. 밥 먹어라. 고기도 구웠다. 동생이 자리에서 일어나 방문을 나선다. 동생은 알아차리지 못했다. 책상 한쪽 귀퉁이, 어지러이 널린 여러 물건 사이로, 오래된 만화책 한 권이 놓여 있다는 것을. 어린 남매가 삐뚤빼뚤 엉성한 그림으로 채워 만든, 오래된 만화책이 놓여 있음을.

식탁에는 오빠가 먼저 와서 수저를 들고 있다. 무슨 이유에선지, 동생은 오빠의 모습이 낯설고도 익숙하다. 잠시 후, 퇴근한 아빠가 집에 도착한다. 아빠는 한때 실직을 겪고 몇 년간 어려움이 있었지만, 다행히도 새 직장을 구했다. 그리고 지금은 양념치킨이 담긴 종이 박스를 검은 비닐봉지에 담아 들고 돌아온 참이다.

엄마가 말한다. 고기 더 구우려 했는데. 아빠가 말한다. 그것도 먹고 이것도 먹으면 되지. 동생이 말한다. 맞아, 그러면 되지. 오빠가 말한다. 돼지. 동생과 오빠가 툭탁거린다. 그러면서 잘 먹는다.

그사이, 동생 방에 놓여 있던 오누이의 만화책에 노란 햇빛이 드리운다. 햇빛을 받은 만화책이 서서히 부드러운 모래처럼 작은 입자가 되어 허공에 피어오르기 시작한다. 피어오른 작은 입자 하나하나가 햇빛을 받아 영롱하게 빛난다.

오누이의 만화책은 작은 빛의 알갱이로 흩어지면서 마침내 사라졌다.

제5회 황금드래곤 문학상 이야기 부문 수상작

제6회 타임리프 소설 공모전 우수상 수상작

# 바닥없는 샘물을 한 홉만 내어주시면

김아직

글라우케는 쫓기고 있었다.

벌써 사흘째, 얼굴이 검은 노예장과 그 수하들이 집요하게 따라붙고 있었다. 먼바다를 건너왔다는 노예장은 삼단 노선을 타고 전장을 누빈 군인 출신이라 칼끝이 무자비하다 했다. 하지만 글라우케가 두려워하는 건 칼이 아니었다. 저들에게 잡혀서 그 귀족의 집으로 도로 끌려가는 것이었다. 칼에 심장을 찔려 하데스의 땅으로 들어갈 수 있다면 글라우케는 저 스스로 그 칼에 뛰어들 수도 있었다. 열세 살은 그럴 수 있는 나이였으며, 때로는 죽음보다 삶이 섬뜩하다는 걸 이해하는 나이였다.

혼백이 지하로 내려가던 날, 아버지는 가느다란 숨결로 일렀다.

"아비 없이도 살아 다오. 참나무처럼 레아 여신의 품에 뿌리를 내리고서 열두 살까지 살아 다오. 열두 살이 되거든 또 그 곱절로 살아 다오. 데메테르 여신이 돌아오는 계절에는 싹을 틔우는 것들을 보며 웃고, 세이리오스 별이 작열하여 대지가 검게 타들어

가는 계절에는 그늘과 물을 가진 자에게 의탁하고, 보리와 밀의 수확기에는 잘 고른 타작마당의 날품팔이꾼이 되어 데메테르 여신의 신성한 곡식을 항아리에 퍼 담고, 보레아스 신의 북풍에 털짐승도 울며 떨어 대는 겨울이 되면 말린 만새기와 보릿가루를 나누며 살아라. 그리 살다 보면 살아진단다."

아버지의 당부대로 그러구러 버티었다.

레아 여신을 섬기는 티린스 농사꾼들이 글라우케를 거두어 아욱과 둥굴레를 캐게 하고 검은지빠귀와 큰까마귀로부터 사과나무를 지키도록 하였다. 하지만 열두 살이 되고 아이의 뺨에 붉은 기운이 돌기 시작하면서 날품팔이 일이 끊겼다. 아낙들은 글라우케에게 떠나라 했다.

모진 마음은 아니었다. 복사뼈가 어여쁜 소녀를 노리는 무뢰배들이 마을에 있어서라 했다. 그들 중 누구는 아낙들의 아들이고 또 누구는 아낙들의 남편이라는 걸 글라우케도 알고 있었다. 글라우케는 레아 여신의 땅에 입을 맞추고 이태 동안 자신을 품어 준 아낙들을 축복하고 그 땅을 떠났다.

처음에는 나고 자란 바닷가로 돌아갈 생각이었다. 아버지처럼 만새기를 잡는 어부가 되어도 좋을 듯했다. 하지만 고향 마을을 앞두고 억센 소나무와 잎이 무성한 참나무 들이 들어찬 언덕을 넘어가는데 샤프란 색 키톤* 차림의 여인이 앞을 가로막았다. 지

* 그리스의 기본 복식. 장방형의 천을 몸에 두른 다음 핀으로 고정시켜 입는 옷이다.

금 바닷가에는 복사뼈가 예쁜 소녀를 멀고 먼 트라키아의 외딴 섬으로 팔아넘기는 노예상이 와 있으니 걸음을 돌리라 했다. 여인은 키톤 자락에서 자루가 낡은 칼을 꺼내어 글라우케의 머리를 잘라 주었다.

"한결 낫구나."

"제 머리를 잘라 주신 분은 누구신가요?"

글라우케가 묻자 여인은 애매한 답을 돌려주었다.

"먼 데서 네가 만든 길을 따라왔단다."

여인이 참나무 숲으로 녹아들고 나서야 글라우케는 그가 신임을 알았다. 아버지가 섬기던 티탄 신인지 올림포스의 신인지 아니면 참나무 숲을 다스리는 요정인지 그도 아니면 어부였던 아버지를 기억하는 바다의 님프인지는 알 수 없었다. 내가 만든 길이라니……. 지금껏 글라우케는 길을 만든 적이 없었다. 어쩌면 여신이 사람을 잘못 보았을 수도 있었다. 글라우케는 여신이 사라진 숲의 땅에 입을 맞추고는 남쪽으로 방향을 틀었다.

남쪽 땅…….

티린스의 숯 굽는 마을 출신 어머니와 티린스 바닷가의 아버지 사이에서 태어나 지금껏 고향을 벗어난 적이 없었다. 하지만 아버지 유언대로 열두 살의 곱절만큼 또 살아가려면 타지로 가야 했다. 글라우케는 티린스 남쪽의 레르나 땅으로 향했다. 짧게 자른 머리 덕을 보았다. 열두 살 남자아이는 일을 구하기 쉬웠다. 다행히 날품팔이 아이의 이름을 묻는 사람은 없었다. 다들 그저 아고리*라 불렀으니까.

돼지 먹이로 쓸 상수리나무 열매를 모으는 일을 했다. 돼지치기들의 오두막 앞에는 사과나무와 여인이 그려진 항아리가 있었다. 귀족들은 석양의 낙원에서 황금사과를 지키는 헤스페리데스 여신이 그려진 항아리를 썼지만 평민들은 그 모조품을 쓰는 것이었다. 헤스페리데스 여신이 그려진 항아리는 '낮에 자는 자들'**이 손을 대지 못한다 했다. 항아리를 다 채우고 남은 상수리나무 열매는 글라우케의 몫이었다. 가난한 농부들과 뜨내기 품팔이꾼은 구운 상수리나무 열매로도 배를 채웠다.

가끔 손에 물집이 잡혀서 항아리가 채워지는 속도가 굼떠지면 돼지치기가 불호령을 했다.

"어디서 엄살이냐? 아르고스 평원 건너 네메아 골짜기로 보내버릴까 보다! 거기 열매 줍는 아고리들이 헤라 여신의 사자에게 물려 죽었다는 소문 못 들었느냐?"

네메아 계곡의 사자 이야기라면 글라우케도 수차례 소문으로 접한 터였다. 헤라 여신이 풀어놓은 사자가 가축과 사람 들을 공격한다는 것이었다. 차라리 먹이 사냥을 하는 것이라면 다른 것을 배불리 먹여 성질을 잠재울 텐데, 여신의 사자는 그저 재미 삼아 산 것들의 숨통을 끊는다고 했다.

사자 이야기만으로는 못 미더웠는지 돼지치기는 으름장을 이어 갔다.

---

* 아고리는 그리스어로 소년을 뜻한다.

** '낮에 자는 자'는 도둑을 뜻하며, 헤시오도스 「일과 날」의 605행, '낮에 자는 자가 그대의 재물을 빼앗아 가지 못하도록.'에서 따온 것이다.

"아니지, 네메아 골짜기까지 갈 것도 없지. 또 게으름을 피우면 바닥 없는 샘이 있는 숲에 가서 상수리를 주워 오라 시킬 게다."

바닥 없는 샘은 머리가 아홉 개 달린 뱀이 지키고 있는 곳이었다. 레르나 땅이 가물 때 물길을 끌어오려고 샘에 갔던 농부들 중에 살아 돌아온 자는 없었다. 누구는 산 채로 잡아먹혔다 했고 또 누구는 뱀이 내뿜는 독에 살갗이 삭아서 죽었다고 했다. 네메아의 사자나 머리 아홉 개 달린 뱀과 맞닥뜨리는 것보다야 손이 짓무르는 편이 나았다.

손에 굳은살이 박인 뒤에는 항아리를 다 채우고도 하늘에 아폴론의 태양마차가 남아 있었다. 그러면 글라우케는 쟁기를 만들 만한 굽은 나무를 찾아다녔다. 굽은 너도밤나무를 찾아내어 농부에게 위치를 알려 주면 보릿가루와 아욱을 얻을 수 있었다. 하지만 열두 살 아고리의 날은 열세 살이 될 무렵에 막을 내렸다. 짧은 머리로도 막아 낼 수 없는 일이 닥친 것이었다.

레르나의 귀족 하나가 사냥을 다녀오던 길에 글라우케를 보았다. 그는 돼지에게 먹일 물을 나르는 글라우케를 지목하며 얼굴이 검은 노예장에게 일렀다.

저 아고리를 내게 데려오너라. 몸에 상처가 나지 않게 조심히 다루어라.

글라우케는 뭣 모르고 끌려갔다. 돼지치기의 말을 믿은 탓이었다.

"언제까지 날품팔이만 할 수는 없지 않겠느냐. 귀한 분 집에 머물면서 새 일을 배우도록 해."

돼지치기가 노예장에게 올리브기름 단지를 받았다는 건 까마득히 모르고 있었다.

귀족의 집에 도착하고서야 자신에게 주어진 일이 침실 수발이라는 걸 알았다. 귀족은 울음을 터뜨리는 글라우케를 달랬다.

"얘야, 나 같은 귀족이 어여쁜 아고리를 곁에 두는 건 흠이 아니란다. 제우스 신께서도 트로이의 아름다운 왕자 가니메데스를 올림포스로 데려가 술을 따르게 하지 않았더냐. 아고리, 너는 내 술잔을 채우고 나와 사랑을 나누고, 나는 너의 후견인이 되어 시를 가르칠 것이다. 내 곁에서 나를 칭송하는 시를 짓다가 성인이 되어 나의 침실을 떠나야 할 즈음에는 무사 여신들의 총애를 받는 시인이 되어 있을 게다. 여태 본 아고리들 중에 가장 어깨가 작고 어여쁘구나. 가서 몸을 씻고 향유를 바른 뒤에 다시 오라."

남자아이가 아니라고 고백할까도 했으나 그랬다간 귀족과 노예들 보는 앞에서 발가벗겨질 게 뻔했다.

여자 노예장이 글라우케를 데려갔다.

"말을 듣는 게 좋을 거야. 주인님의 명을 거절했다가는 노예장의 칼등에 머리가 깨질 것이다. 검은 얼굴의 노예장을 너도 보지 않았느냐. 그자는 먼바다를 건너와서 삼단 노선을 타는 군인으로 지내다가 주인님 수하로 들어왔다. 칼을 휘두르지 못해 좀이 쑤시는 자야. 여기 노예들은 네메아 계곡을 쑥대밭으로 만들었다는 사자보다 저자를 더 무서워한단다."

그 말은 곧 여자아이라는 게 발각되거나 귀족의 침실 수발을 거절하면 노예장의 칼에 숨통이 끊어질지도 모른다는 뜻이었다. 글라우케는 욕조에 물을 받아 놓고 겉옷을 벗기려는 여자의 손을 깨물고 달아났다.

정원을 가로지른 뒤, 마당가의 기름 저장고에 몸을 숨겼다. 짙은 그늘 아래 글라우케의 몸통보다 큰 암포라*들이 줄지어 있었다. 글라우케는 여름이면 그늘을 가진 자에게 의탁하라던 아버지의 유언을 떠올리다가 도리질 쳤다. 이 집의 그늘은 아니에요, 아버지. 저는 제 영혼을 의탁할 다른 그늘을 찾을 거예요.

그 순간 기름 저장고 안쪽 벽의 풍창(風窓)이 눈에 들어왔다. 도둑이 들지 않는 낮이라 바람이 드나들도록 창을 열어 두고 있었다. 하지만 풍창이 있는 곳은 글라우케의 키보다 한참이나 위였다. 까치발을 딛고 팔을 뻗어 보던 글라우케는 주둥이가 단단해 보이는 암포라 하나를 창 아래쪽으로 끌어왔다.

암포라가 흔들릴 때마다 안에 든 올리브기름이 출렁거렸다.

향긋한 냄새가 올라왔다. 일찍이 맡아 본 적 없는, 맑고 고소한 냄새였다. 왕과 귀족들만 먹는 귀한 올리브유일지도 몰랐다. 쫓기는 상황만 아니라면 한 움큼 떠서 맛보고 싶었다. 글라우케는 침이 고이는 걸 참고 암포라의 주둥이에 발을 디뎠다. 기름이 가득한 암포라는 글라우케의 체중을 너끈히 감당해 내었다. 작은 창으로 빠져나온 글라우케는 귀족의 집 바깥 골목으로 뛰어내렸다.

그때부터 쫓기기 시작한 게 벌써 사흘째에 이른 것이었다.

---

* 고대 그리스인들이 쓰던, 목에 손잡이가 달린 기름 항아리.

노예장과 수하들이 무어라 떠들고 다니는지는 글라우케도 귀동냥으로 알고 있었다. 그들은 침실로 들이려는 귀족을 피해 달아난 아고리가 아니라 귀한 아티카산 올리브유 단지를 깨트리고 달아난 좀도둑을 찾는 중이라 하였다. 평민들은 아고리를 잡아가는 귀족보다 남의 재산을 축내는 좀도둑을 경계한다는 걸 글라우케도 알고 있었다. 하여 민가로는 가지 못하고 레르나 땅의 숲으로 들어갔다.

세이리오스 별이 뜨고 엉겅퀴가 만발한 계절이었다.

메마른 땅이 하데스가 올려 보낸 지열을 뿜어내며 글라우케의 수분을 앗아 갔다. 민가에선 포도주가 가장 맛있는 계절이라 하여 디오니소스 신을 기리는 잔치들이 열리는 시기였으나 쫓기는 자에게는 그저 뜨겁고 목이 타는 나날이었다. 글라우케는 덜 익은 산열매들로 배를 채우고 말라 가는 샘의 흙탕물을 긁어 마시며 걸었다.

노예장과 수하들이 밤에도 추적을 멈추지 않으니 글라우케도 잠이 들지 못했다. 밤의 여신 닉스가 잠의 신 휘프노스와 꿈의 신 오네이로이를 낳던 평범한 밤들은 오지 않았다. 노예장을 따돌리지 못하는 한 앞으로도 오지 않을 것이었다.

덤불에 숨어 피투성이 발가락을 주무르는데 산자락 밑에서 나뭇가지 부러지는 소리가 났다. 그들이 당도한 것이었다. 열두 살의 곱절까지 살라 하던 아버지의 유언도 이제는 맥을 못 추었다. 지칠 대로 지친 글라우케는 노예장의 칼로 뛰어들고 싶었다. 하지만 노예장이 글라우케를 순순히 하데스의 땅으로 내려보낼 리는 없었다. 활을 쏘지 않는 게 그 증거였다. 사냥을 좋아하는 귀족들의 집에는 활을 잘 쏘는 노예가 있기 마련이었다. 하지만 추적꾼들 중에 화살을 날리는 자는 없었다. 그건 글라우케를 산 채로 귀족에게 다시 데려가겠다는 뜻이었다.

하여 글라우케는 어둠 저 너머의 더 짙은 어둠 쪽으로 고개를 돌렸다.

레르나 땅 사람이라면 절대로 보지 말아야 할 곳, 입에 담기조차 불길한 그곳에 눈길을 주었다. 머리가 아홉 개 달린 괴물이 지키고 있다는 거기……. 눈만 마주쳐도 목숨을 앗아 간다는 괴물이 버티고 선 땅, 아미모네 샘이었다. 그곳이라면 글라우케가 바라는 죽음을 얻을 수 있을 것이었다. 갈 곳을 정하고 나니 힘이 났다.

어둠은 무섭지 않았다. 땅속에서 올라오는 칠흑 같은 어둠은 본래 하데스의 것이 아니라 태초의 신들 가운데 하나인 에레보스의 몸이었다. 가이아와 우라노스 사이에서 태어난 티탄 신들을 섬겼던 아버지는 티탄 이전, 태초의 신들이야말로 만물의 고향이요 부모라 했다. 하데스의 어둠은 섬뜩하지만 에레보스 신의 몸은 견딜 만했다.

"닉스 여신과 결합하여 창공과 낮을 낳으신 에레보스여, 당신의 몸인 이 어둠을 가로질러 나를 아미모네 샘으로 인도하소서."

글라우케는 바짝 마른 입술을 달싹이며 기도했다.

발과 종아리의 벌어진 상처에서 피가 흘렀으나 글라우케는 아픔을 느끼지 못했다. 다만 목이 탔다. 머리 아홉 달린 괴물이 버티고 있다고는 하나 걸음이 향하는 곳이 샘이라 생각하니 몸속의 진득해진 피가 물을 달라 아우성쳤다. 절로 걸음이 빨라졌다. 날이 새고 아폴론의 마차가 다시 달리기 시작했다. 글라우케는 태양마차를 향해 잠시 얼굴을 돈우었을 뿐 걸음을 멈추진 않았다. 아미모네 샘이 가까워질수록 추적꾼들의 기미가 옅어졌다.

설마 아미모네 샘으로 가겠는가.

광기의 여신 마니아의 칼날에 베인 게 아니고서야 괴물 히드라가 버티고 있는 곳으로 가기야 하겠는가.

레르나 땅 사람 백이면 백 그리 생각할 터였다.

태양과 함께 떠오른 세이리오스 별이 만물을 태워 죽이는 한낮이 되었을 때 글라우케의 코끝에 물 냄새가 스쳤다. 물 냄새를 좇아 숲을 헤치고 가니 좁다란 마찻길이 있었다. 본래 쫓기는 자는 인간이 닦은 길로는 다닐 수 없는 법이었다. 하지만 하데스의 땅으로 내려갈 결심을 하고 나니 글라우케는 두려울 게 없었다. 잔돌이 튀는 마찻길을 따라 나지막한 언덕을 오르자 나무들이 빼곡한 작은 숲이 나왔다.

평범한 숲이 아니었다. 아폴론과 아테나 여신의 신전 옆에 심는다는 종려나무와 월계수, 선량한 티린스의 아낙들이 섬기던 레아 여신의 참나무까지, 오롯이 신들의 나무들로만 채워진 숲이었다. 신성한 숲으로 들어서는 순간 서늘한 기운이 글라우케의 맨발과 종아리를 휘감고 올라왔다. 정수리와 목덜미를 지지던 세이리오스 별의 열기는 다리 사이에 꼬리를 감춘 개처럼 꽁무니를 뺐다. 저만치 짙은 나무 그늘 한복판에 작은 샘이 있었다.

아미모네 샘이었다.

포세이돈이 삼지창을 던져서 팠다는 바닥 없는 샘이었다.

글라우케는 영영 찾지 못하리라 생각했던 물과 그늘이 눈앞에 있다는 걸 깨달았다. 세이리오스 별이 뜨고 대지가 검게 타들어 가는 계절에 영혼을 의탁할 물과 그늘을 가진 자가 여기 있었다. 살고자 할 때는 찾아지지 않던 것이 죽음을 맞고자 하는 순간 눈앞에 나타났다. 아버지, 보세요, 물과 그늘이에요. 글라우케는 샘에 다가가지 않고 숲 그늘 초입에 납죽 엎드렸다.

"태초의 신 가이아와 타르타로스의 아들이자 불을 뿜는 바람의 용이신 티폰. 태초의 신 가이아의 자손이자, 포르키스와 케토의 딸, 그 아름다움이 키프로스섬에서 태어난 여신에 견준다는 에키드나. 그 위대한 티폰과 에키드나의 딸이며 바닥 없는 샘의 주인이신 히드라여!"

글라우케는 아버지가 티탄 신들께 기도를 올리던 모습을 상기하며 샘의 주인을 불렀다.

숲은 고요하기만 했다.

무릎걸음으로 다가가서 샘물에 얼굴을 박고 물을 마셔도 아무도 모를 만큼 적막했다.

글라우케는 꺼끌꺼끌한 혀로 입맛을 다셨으나 이내 정신을 가다듬었다. 이 샘물을 탐했던 나그네들과 레르나의 농부들이 어떻게 되었는지 익히 소문으로 접한 터였다. 글라우케는 샘을 향해 다시 소리쳤다.

“아홉 개의 머리로 샘을 굽어본다는 히드라여, 저를 샘가의 그늘에 쉬게 하시고, 바닥 없는 샘의 물을 한 홉만 허락하시면 저 또한 바닥 없는 마음을 드리겠습니다.”

잠시 후 샘 주변의 그늘진 땅이 솟구쳤다. 지금껏 그저 땅인 줄만 알았던 것이 히드라의 똬리였던 것이다. 글라우케는 두려움에 더 납작 엎디었고 뱀 머리 하나가 고개를 치켜들었다. 곧이어 또 하나, 또 하나…… 화산에서 용암이 뿜어져 나오듯 매캐한 냄새와 함께 모두 여덟 개의 뱀 머리가 상수리나무만큼 높은 데까지 솟아났다. 그리고 네 개의 뱀 머리와 네 개의 뱀 머리 사이에 여자아이의 얼굴이 나타났다. 히드라였다.

“살다가 그렇게 어이없는 소리는 처음 들어 보는구나. 내가 물을 주면 너는 마음을 주겠다니? 네 마음 따위를 대체 뭣에 쓴단 말이냐?”

히드라가 비웃었다.

그 목소리가 꼭 제 또래의 것 같아서 글라우케는 조심스레 눈을 들었다. 처음 눈에 들어온 건 흰 비늘이 들어찬 뱀의 몸통이었다. 그 몸통을 훑으며 차츰 차츰 고개를 돋우자 저 높은 데서 뱀 머리들이 굼실거리고 있었다. 글라우케는 얼른 시선을 떨어뜨렸다. 그 가운데 여자아이의 얼굴도 있는 것 같았으나 차마 아홉 개의 머리를 차례로 일별할 용기가 나지 않았다. 떠도는 소문에 따르면 히드라와 정면으로 눈이 마주치면 몸이 절로 뱀 앞으로 끌려간다고 했다. 그런 다음 독이 가득한 히드라의 입김에 살갗이 녹아내리다 죽는다 했다.

히드라가 묻고 글라우케가 답하였다.

"신이더냐?"

"아닙니다."

"신의 혈통이 섞였느냐?"

"아닙니다."

"숲의 요정이나 강과 바다의 님프더냐?"

"아닙니다."

"귀족 가문의 인간이더냐?"

"아닙니다."

"사내아이거나 사내아이를 거느린 어미더냐?"

"아닙니다."

"사내를 알고 아프로디테의 일을 알아서 뱃속에 아이를 품었느냐?"

"아닙니다."

히드라가 웃음을 터뜨렸다.

"그것 보아라. 넌 내세울 게 아무것도 없는, 미친한 여자아이에 지나지 않는다. 그런 너에게 내가 무얼 받아 낼 수 있단 말이냐."

"백리향을 꺾어다가 화관을 엮어 씌워 드리겠습니다. 나고 자란 바다로 가서 만새기를 얻어다 바치겠습니다. 맹세를 어기는 자와 위증한 자를 벌하시는 호르코스 신의 이름으로 약속드립니다. 바닥 없는 샘의 물을 한 홉만 내주시면 저도 바닥 없는 마음을 드리겠습니다."

"호르코스의 이름을 입에 올리다니, 맹세의 무거움을 모르는 아이구나."

"저는 어느 귀족의 노예장에게 쫓기며 죽어 가고 있었습니다. 뜨거운 세이리오스 별과 타는 목마름에 하데스의 땅으로 도망칠 생각이었습니다. 하지만 이 땅에 발을 들인 순간 제 영혼을 의탁할 곳임을 알았습니다. 이 숲의 그늘과 한 홉의 샘물이면 저를 살릴 수 있습니다."

그때였다. 얼굴이 검은 노예장이 낯빛이 희멀건 노예들 서넛을 거느리고 히드라의 땅으로 들어섰다.

추적꾼들은 글라우케 근처에 엎드렸다. 창을 뻗으면 닿을 거리였다.

노예장이 소리쳤다.

"바닥 없는 샘의 주인인 물뱀 히드라여. 당신의 땅으로 뛰어든 저 아이는 저희가 데려가겠나이다. 저희는 당신의 샘을 탐하지 않고 이 숲의 잔가지 하나 탐하지 않습니다. 저 아이를 내주시면 저의 주인이신 레르나의 귀족이 당신을 위해 살진 돼지를 바칠 것입니다. 산 채로 잡아 오길 바라시면 버둥거리는 돼지를 이 샘가로 끌고 올 것이며, 신들의 제사를 원하시면 돼지의 넓적다리 뼈를 바치겠나이다."

상수리나무 우듬지쯤에 솟아 있던 히드라가 흥미롭다는 듯 인간들 있는 쪽으로 몸을 구부렸다.

"남색 귀족의 졸개들이구나. 내가 묻는 말에 진실만 답해야 한다. 상수리나무 열매만 한 거짓이라도 섞여 있으면 네놈들을 지옥의 문지기이자 내 혈육인 케르베로스에게 던져 버릴 것이다."

"바다 없는 샘의 주인인 히드라여, 말씀하소서."

"저 아이를 왜 데려가려는 것이냐?"

"저 아이는 제 주인의 재산……."

노예장은 급히 말을 멈추었다. 아이의 뒤를 밟는 내내 아티카산 올리브유를 훔쳤다는 누명을 씌워 온 터였다. 그 구실이 입에 익어서 하마터면 물뱀 앞에서도 거짓을 읊을 뻔했다. 노예장은 호흡을 고른 뒤 말을 이었다.

"제 주인의 재산을 나눠 가질 아이입니다. 레르나의 귀족인 제 주인께서 저 아고리를 맘에 담으시어 곁에 두고 저 아이가 성년이 될 때까지 후견인이 되고자 하십니다."

그러자 히드라의 얼굴에 노기가 어렸다.

"내 분명히 경고하였다. 상수리나무 열매 하나만 한 거짓이라도 섞여 있으면 목숨을 거두겠다고. 저 아이는 아고리가 아니다. 나의 샘과는 다른 물 냄새를 풍기는 여자아이이다!"

말이 떨어지기 무섭게 짙은 그림자가 인간들 있는 곳을 덮쳤다. 무언가가 퍽 하고 터졌다. 살점과 피가 사방에 흩뿌려지고 비린내가 진동했다. 글라우케는 귀를 틀어막고 땅에 코를 박았다. 하지만 땅의 울림마저 막아 낼 수는 없었다. 묵직한 것들이 바닥에 패대기쳐지고, 빠드득 빠드득 뼈가 부서지는 소리가 숲 바닥을 타고 글라우케의 살갗을 진동시켰다. 누군가 저항을 하는지 창끝으로 바닥을 긁는 기척이 났으나 이내 사방이 고요해졌다.

"끝났어. 이제 눈 떠도 돼."

글라우케가 땅에 파묻고 있던 얼굴을 쉽게 들지 못하자 히드라가 다시 일렀다.

"고개 들어도 된다는 말이야."

글라우케는 그 말을 믿었다. 노예장이 글라우케의 성별을 모르고 내뱉은 한 톨의 오류를 저토록 무참히 응징하는 신이라면 그 자신도 거짓을 내뱉지 않을 터였다. 글라우케는 눈을 뜨고 천천히 몸을 일으킨 다음 저 높은 곳에 솟아 있는 히드라의 얼굴을 일별했다. 입가에 피가 번들거리는 뱀 머리 여덟 개 사이에 말끔한 여자아이의 얼굴이 있었다. 검고 투명한 눈과 붉게 앙다문 입술, 혈색이 좋고 반질반질한 뺨에 검고 풍성한 머리칼. 글라우케는 저도 모르게 짧고 깊은 날숨을 터뜨렸다. 지금껏 글라우케가 보았던 사람들 중에는 견줄 이가 없었고, 고향 바닷가로 가던 길에 머리를 깎아 주었던 여신보다도 아름다운 얼굴이었다. 괜히 뱀신 에키드나의 딸이 아니었다.

얼굴만 떼어 놓고 본다면 아르고스를 다스리는 어느 왕가의 어린 공주 같았다. 아무리 보아도 네메아의 사자와 더불어 아르고스 땅의 골칫거리이자 악몽의 대상이라던 뱀신으로는 보이지 않았다. 저 몸통은 분명 뱀의 것이 맞는데 네 개의 뱀 머리와 네 개의 뱀 머리 사이에 자리 잡은 여자아이의 얼굴은 섬뜩한 비늘과 흉흉한 소문들을 다 잊게 만들 만큼 어여뻤다.

"뭐 해? 한 홉의 물을 내달라며? 와서 마셔."

글라우케는 피와 살점이 흩어져 있는 땅을 무릎걸음으로 지나갔다. 바닥이 없는 샘에는 여러 갈래로 가지를 뻗은 신목(神木) 같은 히드라의 물그림자가 어리어 있었다. 글라우케는 물그림자 속 히드라와 눈을 맞추고는 두 손을 모아서 물을 길었다. 작고 야윈 글라우케의 손에는 한 홉의 절반도 안 되는 물밖에 담기지 않았다. 하지만 한 모금의 샘물만으로 진득해진 피들이 묽어졌고 글라우케의 뺨에는 다시 생기가 돌았다.

어느덧 샘가에 똬리를 튼 히드라가 말했다.

"물에서 나고 자랐느냐?"

검은 눈의 여자아이가 샘 저편의 똬리 위에서 글라우케를 보고 있었다.

"티린스 바닷가에서 나고 자랐습니다. 부모님이 돌아가신 뒤로 떠돌아다니다가 레르나 땅으로 오게 되었습니다."

"네가 가진 게 바다의 냄새였구나."

"네?"

"네 살갗에서 나는 냄새 말이다. 나는 태어나서 지금까지 이 샘을 떠나 본 적이 없거든. 이 샘의 본래 주인이자 포세이돈의 사랑을 받은 여인 아미모네가 죽은 뒤에 어머니가 이 숲에서 나를 낳았어. 사람들은 내가 이 샘을 차지한 줄 알지만 사실은 이 샘가에 발이 묶인 거야. 바람에 실려 오는 다른 물 냄새를 맡을 수는 있어도 다른 물을 본 적이 없어. 누군가는 이 샘을 지켜야 하니까."

글라우케는 일어나서 히드라와 눈을 맞추었다.

"제가 샘을 지킬 테니 강도 보고 바다도 구경하고 오세요. 저는 창을 던질 줄도 모르고 검을 쓸 줄도 모르지만 이 샘은 무서운 소문만으로도 막아지는 곳입니다. 칼잡이로 유명하다는 노예장과 수하들이 사라졌으니 소문은 더 단단해질 것입니다."

글라우케의 제안에 히드라가 깔깔 웃었다.

"바보구나. 나를 이 샘가에 묶어 둔 이가 누군지 아느냐?"

글라우케는 아직 웃음기가 맺혀 있는 히드라의 얼굴을 보았다.

"바다의 신 포세이돈이야. 뱀신의 딸에 불과한 내가 바다의 신을 거역할 수 있다고 보느냐? 물론 내 피를 거슬러 올라가면 태초의 바다 신 폰토스에 이른다. 하지만 지금은 올림포스의 왕과 그 형제들이 다스리는 시대가 아니냐."

"그럼 영영 이 샘을 떠나지 못하는 건가요?"

"방법이 하나 있긴 하다."

"무엇이죠?"

"제우스의 피를 기만하는 것."

그 말에 글라우케는 속으로 탄식했다. 제우스의 피를 기만한다는 건 불가능하다는 뜻이었다. 세상을 창조한 태초의 신과 티탄 신들마저 제우스에게 패배한 터였다. 그런 제우스의 피를 속인다는 건 있을 수 없는 일이었다.

"그럼 제가 다녀오겠습니다. 히드라님이 궁금해하시는 곳으로 가서, 바닥부터 하늘까지 그 안에 있는 것들을 모두 눈에 담아 와서 이야기를 들려드릴게요. 그리고 그곳의 물 냄새가 담긴 것들을 구해서 돌아오겠습니다."

"흥! 네 얄팍한 수를 누가 모를 줄 아느냐? 내 비밀을 알았으니 이 숲 밖으로 내빼려는 게지? 이 숲에서만 벗어나면 내가 널 쫓지 못할 테니까."

"아닙니다. 호르코스 신의 이름으로 한 맹세입니다."

"내가 그 맹세를 받아들이지 않았으니 호르코스 신은 이 일과 관계가 없어. 내가 너를 살려 준 건 네 몸에서 맡기 좋은 물 냄새가 났기 때문이다. 살려 줄 테니 여길 떠나라. 오늘 인간을 여럿 물어 죽였더니 사냥도 시들해진 참이야."

말을 마친 히드라는 제 똬리에 머리를 묻었다. 이윽고 히드라의 모습은 샘가 흙바닥에 녹아들어 보이지 않게 되었다.

글라우케는 서둘러 히드라의 숲을 빠져나왔다. 걸음이 가벼웠다. 한 홉도 안 되는 샘물에 목마름과 허기가 가신 것이었다. 바닥 없는 샘 근처 숲은 거칠었다. 글라우케는 좀 더 땅이 보드라운 숲으로 향했다. 상수리나무 열매를 찾아 레르나 땅을 뒤지고 다닌 탓에 어느 숲의 땅이 어떠하고 그 숲에는 어떤 풀과 나무가 자라는지 꿰고 있었다. 쉬지 않고 걸어서 아폴론의 태양마차가 서쪽으로 사라질 즈음 백리향 숲에 도착했다.

어둠이 오는지 살펴 가며 줄기가 건강한 백리향 꽃을 똑똑 꺾었다. 아버지는 백리향 화관을 쓴 어머니가 눈부셨다고 했다. 숯을 굽던 여자아이가 바닷가 마을의 남자아이와 결혼하던 날의 이야기였다. 꽃이 제법 수북해지자 풀밭에 앉아서 화관을 엮었다. 줄기를 단단히 꼬아 둥근 틀을 만들고 연보라색 꽃송이는 바깥을 향하게 묶었다. 작은 화관이 완성되자 글라우케는 왔던 길을 되밟아 갔다.

바람이 히드라의 숲과 바닥 없는 샘을 흔들었다. 그 떨림 위로 백리향의 짙은 향기가 섞이었다. 히드라의 머리들이 달을 이고서 글라우케를 굽어보고 있었다. 글라우케는 두 팔을 돋우어 백리향 화관을 치켜들었다.

"고작 화관 때문에 여길 다시 왔단 말이냐?"

"바닥이 없는 마음을 드리기로 맹세하였고 저는 그 맹세를 지킬 것입니다. 잘 어울리실 거예요. 귀족 아가씨들은 구슬을 박은 머리띠를 두른다지만 숲의 요정들은 백리향 화관을 씁니다."

"미련한 아이구나."

히드라는 못 이기는 척 머리를 숙였다. 샘 주인의 머리에 자리 잡은 화관은 며칠이 지나도 시들지 않았다.

글라우케는 날품팔이를 하고 열매를 따다가도 닉스 여신이 다스리는 밤이 되면 히드라의 샘으로 돌아왔다. 한 홉의 샘과 그늘이 있는 그 숲을 의탁처라 믿었다. 북서풍이 불어오고, 뱃사람들이 항해를 떠나는 늦여름을 지나 목동자리의 아르크투루스 별이 뜨는 9월이 되자 날품팔이 일이 늘어났다. 포도와 이른 올리브 수확이 시작되는 때였던 것이다.

모처럼 민가에 내려가 사람들과 어울리니 멈춰 있던 세상의 소식들이 귀에 들어왔다. 그중에서 가장 솔깃한 소식은 네메아의 사자에 관한 것이었다. 미케나이의 왕이자 아르고스의 지배자인 에우뤼스테우스가 광인 하나를 불러다가 네메아의 사자를 죽이라고 명했다는 것이었다. 평범한 광인이 아니었다. 반쪽이긴 하나 신의 혈통을 가진 자라 했다. 하지만 발광의 여신 뤼사의 칼에 손을 다치는 바람에 미쳐 날뛰다가 처자식까지 곤봉으로 때려죽였다고 했다.

광인은 벌써 스무 날째 네메아 사자의 목을 조르고 있었다. 열흘이 지났을 때만 해도 사람들은 광인이 사자 밥이 되리라 믿었다. 제아무리 신의 피가 섞였다고는 하나 상대는 헤라 여신이 풀어놓은 사자였다. 깜빡 졸다가 팔뚝의 힘이 느슨해지기라도 하면 그 자리에서 사자 먹이가 되고 말 터였다. 하지만 스무 날이 가까워지자 사람들은 광인의 우세를 점치기 시작했다. 광인을 네메아로 보낸 에우뤼스테우스 왕은 두려움에 사로잡힌 나머지 땅속에 거대한 청동 피토스*를 묻었다고 했다. 광인이 살아 돌아오면 그 안에 숨으려는 것이었다.

열흘 가까이 날품팔이를 마치고 숲으로 돌아온 글라우케는 저자에서 주워 모은 이야기들을 히드라에게 전해 주었다. 히드라도 네메아의 사자와 광인의 이야기에 흥미를 보였다.

"스무 날째 사자의 목을 조른다는 건 스무 날 동안 잠들지 않고 히프노스 신과 겨루고 있다는 뜻이기도 해. 반쪽 신의 혈통을 가진 자들 중에 히프노스를 이길 만한 자라면……. 혹시 그 광인에게 쌍둥이가 있다더냐?"

"거기까지는 저도 듣지 못했습니다. 민가에선 광인의 정체보다는 사자에 더 관심이 많으니까요."

"너는 그자가 사자의 목을 졸라 죽이길 바라느냐?"

---

* 고대 그리스에서 곡물, 기름, 와인 등을 담고 보관하던 대형 항아리. 손잡이에 거래 내역과 재산 소유권 등이 기록되어 있다.

글라우케는 대답하지 못했다. 그리고 자신이 선뜻 대답을 못 한다는 사실에 가슴이 철렁 내려앉았다.

티린스 사람이든 미케나이 사람이든 아니면 레르나 땅 사람이든, 아르고스* 사람이라면 누구나 네메아의 사자를 두려워하고 증오했다. 신의 땅을 침범하지 않은 사람들마저 물어 죽이고 열매를 줍는 어린 아고리들 목숨도 거둔 괴물이 아니던가. 세이리오스 별의 열기에 시달리던 한여름까지만 해도 글라우케 역시 네메아의 사자가 죽기를 바랐다. 신이든 신의 혈통을 가진 영웅이든 아무나 나서서 그 괴물을 죽여 주었으면 했다.

하지만…….

이제는 괴물의 죽음을 쉬이 입에 담을 수 없었다.

귀족의 추적꾼에게 쫓기던 글라우케에게 물과 그늘을 내준 이 역시 남들이 괴물이라 손가락질하는 존재였다. 하지만 글라우케가 바닥 없는 샘가에서 지켜본 히드라는 시들지 않는 화관을 쓰고서 평범한 여자아이처럼 까르륵거리는 존재였다. 글라우케는 다리에 힘이 풀렸다. 네메아 사자와 광인 이야기 같은 건 안고 돌아오는 게 아니었다.

"왜 대답을 못 해? 너도 그 사자가 죽었으면 좋겠느냐?"

히드라가 재차 답을 요구했다.

"히프노스 신이 광인을 이겼으면 합니다. 광인이 잠으로 끌려간 사이 사자가 그자를 물었으면 합니다."

---

* 아르고스는 우리나라 행정구역의 '도(道)'와 가까운 개념. 아르고스 땅에 티린스, 미케나이, 레르나 등의 도시국가들이 자리하고 있다.

히드라는 어찌하여 그리 생각하느냐고는 묻지 않았다. 글라우케도 그 이유를 부연하지 않았다. 입 밖으로 뱉지 못한 말들이 악몽이 되어 밤새 괴롭히도록 그저 내버려 두었다. 네메아의 사자가 죽었다는 소문이 전해지자 사람들이 횃불을 치켜들고 히드라의 샘으로 몰려오는 꿈이었다. 바닥 없는 샘이 흙탕물로 흐려지고 글라우케는 바닥 없는 마음을 주겠다던 맹세를 깨고 달아나는 꿈이었다.

며칠 뒤 다시 날품팔이를 떠나는 글라우케에게 히드라가 일렀다.

"전에 이 샘의 물을 내주면 화관을 엮어 주고 나고 자란 바다로 가서 만새기를 얻어다 주겠다고 했지?"

"네. 한시도 잊은 적 없습니다."

"화관은 이렇게 내 머리에 있으니, 이제는 티린스 바닷가로 가서 만새기를 얻어 오너라. 그 바다의 냄새가 물씬 배어 있었으면 좋겠구나. 다녀와서 그 바다의 이야기를 들려줘."

"오늘 당장 떠나겠습니다. 여러 날이 걸릴 거예요. 포도 수확철이 끝나고 우기가 지나가고 밤하늘에선 플레이아데스성단이 질 것입니다. 하지만 두루미들이 멀리 여행을 떠나기 전에는 돌아올 수 있습니다. 티린스에서 레르나로 올 때보다 키가 자랐고 보폭도 커졌으니 틀림이 없습니다."

글라우케는 고향 바닷가로 향했다.

올림포스 신들의 세상에서 꿋꿋하게 태초의 신들과 티탄 신들을 섬기는 어부들의 마을……. 왜 진즉 바다에 다녀올 생각을 못했을까 후회가 되었다. 고향을 떠난 지 이태가 지났는데도 글라우케의 몸에서 바다 냄새를 감지하던 히드라였다. 그렇다면 바다에서 금방 돌아온 사람에게선 더 진한 냄새를 맡을 터였다.

산길을 따라가다가 먹을 것이 떨어지면 민가로 내려가서 두어 날씩 날품을 팔았다. 히드라의 숲에서 살게 된 뒤로 머리를 자르지 않았더니 이제는 아고리라 속일 수도 없었다. 사람들은 복사뼈가 어여쁜 여자아이를 흘깃거리면서도 우기가 오기 전에 올리브 수확을 서둘러야 하는 탓에 일감을 주곤 하였다. 여비가 마련되면 더는 같은 마을에 머물지 않고 산길을 따라 티린스로 향했다.

우기가 닥쳤다.

날품팔이 일감은 끊어지고 산길이 미끄러워 이동 거리도 반토막 났다. 글라우케는 버려진 사냥꾼의 오두막이나 동굴에서 비를 피하며 여행을 이어 갔다. 큰비로 발이 묶인 날에는 넝쿨을 뜯어다가 촘촘하게 신발을 엮었다. 불을 피우지 못해 말린 보릿가루를 생으로 먹거나 아예 굶는 날도 많았다. 하지만 걷지 못할 만큼 배가 고픈 날은 없었다. 히드라의 샘을 마신 뒤로 죽을 듯한 목마름과 허기, 피로는 찾아오지 않았다.

우기가 끝나 갈 즈음 고향 바다가 내려다보이는 언덕에 도착했다. 글라우케는 전에 머리를 잘라 주었던 여신을 기억하며 언덕의 숲을 향해 엎드렸다. 넝쿨로 엮은 신발 한 켤레와 상수리나무 열매 주머니가 든 망태를 숲에다 놓았다. 신에게는 살진 짐승의 넓적다리를 바쳐야 하는 법이지만 글라우케에겐 그게 전부였다.

빈손으로 돌아온 글라우케를 고향 마을 아낙들이 맞아 주었다. 오래전에 죽은 네 어미가 하데스의 눈을 피해 돌아온 줄 알았다는 이도 있고, 아비의 눈매를 닮아 간다는 이도 있었다. 아버지와 살던 집은 아버지의 장례식을 맡아 준 노인에게 삯으로 줘 버린 터라 글라우케는 머물 곳이 없었다. 하지만 철썩이는 바다와 낡은 어선들이 글라우케의 집이었다.

티린스의 어부들은 하지를 시작으로 50일 동안을 항해의 적기라 믿고 바삐들 움직였다. 그래서 가을비에 이어 돌풍이 몰려오는 계절이면 돛을 접고 집에 틀어박혀 쉬었다. 글라우케는 염치 불구하고 집집마다 문을 두드려 날품을 청했다. 만새기 한 두름을 삯으로 얻을 만한 일을 달라 부탁하였다.

다행히 아버지의 얼굴을 기억하는 늙은 어부와 아낙이 뜯어진 그물을 내주며 꿰매라 하였다. 어디서 무얼 하며 지냈느냐는 물음에 여러 해의 기억을 다 건너뛰고, 어느 샘가에서 여신을 섬기며 살았노라 했다. 어느 신이냐는 말에는 답을 하지 못하자 어부의 늙은 아낙이 혹 올림포스의 신이냐고 물었다. 글라우케가 아니라 하자 그거면 되었다고 했다. 태초의 신과 티탄 신을 신실히 섬기는 늙은이들은 올림포스의 신을 꺼렸다. 올림포스 신들의 세상이라는 건 알아도 가슴에는 태초의 신 가이아와 폰토스 그리고 가이아에게서 난 열두 티탄 신을 품고 살았다.

그물이 다 꿰매어지자 어부의 아낙이 말린 만새기 한 두름과 옷감을 덧댄 겨울용 키톤을 내주었다.

"너의 신께 만새기를 바칠 때 우리를 위해서도 축복을 빌어

다오."

당부하는 아낙을 안아 준 뒤 한산한 고향 바다를 일별하고 돌아섰다. 돌아오는 길은 더 조심스러웠다. 겨울나기 나무를 베러 온 사람들과 마주치지 않으려면 더 험한 골짜기를 타야 했다. 만새기만 지킬 수 있다면 발톱이 부러져 나가고 종아리에 피가 흐르는 것 정도는 참을 수 있었다. 인기척만큼이나 하늘도 예민하게 살폈다. 하늘에서 새소리가 나면 두루미들이 줄지어 날고 있을까 봐 가슴을 졸이곤 하였다. 플레이아데스성단이 지고 두루미들이 따뜻한 곳으로 떠나기 전에 돌아가겠다던 약속을 지키지 못할까 봐 걱정이 되었다.

한 해의 마지막 온기를 품은 바람이 불었다.

농부들이 밀과 보리를 파종하려고 쟁기질을 시작하는 시기였다. 그 말은 곧 나무 베기 시기가 끝나 숲이 한산하다는 뜻이었다. 이제부터는 열매를 줍는 품팔이 아고리들만 조심하면 되었다.

레르나 땅에 들어서고 반나절이 지났을 때 처음으로 두루미 떼가 보였다.

맘이 급해진 글라우케는 산길 대신 민가의 농로와 마찻길을 따라 속도를 내었다. 가다가 사람들이 보이면 만새기를 겨울 키톤 자락으로 가리고 걸었다. 쟁기질을 하는 농부들을 지날 때마다 여러 말들이 바람에 실려 왔다. 농부들은 하나같이 알케이데스라는 남자의 이야기를 하고 있었다. 처음엔 굳이 귀 기울일 필요가 없다고 느꼈다. 알케이데스라는 작자가 헤라클레스라는 새 이름으로 불린다는 이야기도 한 귀로 흘렸다. 하지만 그가 네메아의 사자를 죽인 광인이라는 말이 귀에 닿자 글라우케는 걸음을 멈추었다.

"헤라클레스라는 자가 네메아의 사자를 죽였단 게 사실인가요?"

글라우케가 땅에서 돌을 골라내는 여자에게 물었다.

"그뿐인 줄 아느냐. 헤라클레스가 두려워 청동 피토스에 숨어 있던 미케나이의 왕이 새 과업을 내렸단다."

"새 과업이라뇨?"

"바닥 없는 샘을 차지하고 있는 물뱀 말이다. 그 뱀의 머리를 가져오라 했다더구나. 첫 공격은 소득 없이 끝이 났다는 이야기를 들었는데 그 이후에는 어찌 되었는지 모르겠구나. 오늘 저녁쯤 소식이 오지 싶은데."

아…….

글라우케는 쉬지 않고 뛰었다.

왜 티린스 바닷가의 사람들이 올림포스의 신들보다 태초의 신들을 섬기는지 알 것 같았다. 이 괴로움과 근심을 의탁하기에 올림포스의 신들의 품은 너무나 편협했다. 세상의 땅 전부인 가이아와 밤의 어둠 자체인 닉스와 세상 모든 물의 주인인 폰토스, 아폴론의 황금마차 빛이 닿지 않는 곳까지 두루 품어 안는 낮의 신 헤메라. 그 너른 신들이어야 했다. 글라우케는 태초의 신들에게 기도를 드렸다.

태초의 신들이여, 올림포스의 신들이 세상을 차지한 시절에도 잊지 않고 당신들을 섬기던 티린스 바닷가의 어부 딸이 청합니다. 포세이돈의 명에 따라 레르나 땅의 바닥 없는 샘을 지키던 히드라를 지켜 주소서. 곤봉으로 처자식을 때려죽인 광인의 손에서 히드라를 보호하소서.

남색 귀족의 마을을 지났으나 사람들은 글라우케가 그때 그 아고리라는 걸 알아보지 못했다. 머리카락이 길어지고 키가 자라났으며 얼굴을 일그러뜨린 채 울부짖고 있었기 때문이다. 신발을 새로 엮을 틈도 없이 히드라의 숲까지 밤새 달려갔다. 아폴론의 마차가 적막한 숲을 비추었고 어디선가 불 냄새가 났다. 타다 만 장작에서 나는 잉걸불 냄새였다.

불 냄새가 짙어지는가 싶더니 히드라의 숲에서 마차 한 대가 튀어나왔다.

젊은 마부가 모는 마차였다. 거구의 남자가 짐칸을 차지하고 앉아 고래고래 소리를 지르고 있었다. 아테나 여신을 찬양하고 미케나이의 겁쟁이 왕을 조롱하는 노래였다. 글라우케는 그가 무성한 소문의 주인공이라는 걸 한눈에 알아보았다. 알케이데스였다가 헤라클레스라는 새 이름을 얻었다는 광인이 틀림없었다. 남자가 뒤집어쓰고 있는 사자 가죽이 그 증거였다. 그토록 거대한 머리통과 넓은 가죽을 가진 사자라면 네메아의 괴물밖에 없을 테니까. 광인은 제 손으로 목 졸라 죽인 사자의 가죽을 쓰고 그다음 사냥을 나온 것이었다.

글라우케를 본 헤라클레스는 마차에 있던 나무토막을 집어던졌다.

"옜다! 히드라의 목을 지진 귀한 나무이니 저자에 가져가 팔면 새 키톤 한 벌 값은 벌 수 있을 게다."

잉걸불이 남아 있는 나무토막이었다.

오르막 언덕을 올라가자 잉걸불 냄새에 더해 살이 타는 누린내가 허공에 떠다녔다. 그 불길한 냄새를 더듬으며 마침내 히드라의 숲으로 들어섰다.

바닥 없는 샘에 연보라색 화관이 떠 있었다.

"히드라님, 글라우케가 돌아왔습니다. 만새기 한 두름과 티린스 바닷가의 냄새를 지니고 왔습니다. 두루미들이 떠나기 전에 오겠다 하였는데 하루가 늦었습니다."

대답은 돌아오지 않았다.

샘 둘레에는 수백 개의 뱀 머리가 흩어져 있었고 그 너머에 거대한 뱀의 몸통이 배를 드러낸 채 널브러져 있었다. 글라우케는 만새기를 샘가에 던져 놓고 검은 눈에 아름다운 뺨을 가진 히드라의 머리를 찾아다녔다. 샘 주변 숲을 다 뒤졌으나 히드라의 머리는 보이지 않고 대신 못 보던 바윗돌 하나가 숲 가장자리에 놓여 있었다. 글라우케가 팔로 밀고 어깨로 밀어 보았으나 바위는 꿈쩍도 하지 않았다.

아마도 히드라의 머리는 그 아래 있는 듯했다.

글라우케는 헤라클레스가 버리고 간 잉걸불에 만새기를 구웠다.

샘의 물을 길어 먹고 만새기를 뜯으며 울었다. 밤이 되자 눈물이 말랐다. 글라우케는 닉스 여신의 도움으로 머릿속에 자초지종을 그릴 수 있게 되었다. 히드라님은 이런 일이 벌어지리라는 걸 내다본 거야. 그래서 나를 먼 티린스로 쫓아 버린 거야. 본래 히드라님의 뱀 머리는 여덟인데 샘 주변에 수백 개의 뱀 머리가 있다는 건, 칼로 뱀 머리를 벨 때마다 거기서 새 머리가 자랐다는 뜻이야. 그래서 광인은 장작불로 히드라님의 목을 지졌던 거야. 새 머리가 자라나지 못하도록 말이야. 헤라클레스는 한낱 광인이 아니었어. 그자는 어려운 싸움에서 승리를 챙기는 지혜를 가진 자야. 저자의 소문대로 아테나 여신이 그자를 보호하는 게 틀림없어.

닉스 여신이 떠나가고 만새기도 다 먹어 치우고 없었다. 주인을 잃은 화관은 시들었고 숲 어디서도 히드라의 목소리는 들리지 않았다. 하지만 글라우케에겐 마지막 하나가 남아 있었다. 히드라에게 바치기로 한 바닥 없는 마음만은 본래 모습 그대로 글라우케의 가슴에 똬리를 틀고 있었다.

글라우케는 시든 화관을 바윗돌에 올려놓았다.

"히드라님을 되찾을 것입니다."

그러고는 바닥 없는 샘의 물을 한 홉 떠 마신 다음 바닥 없는 샘에 얼굴을 씻었다.

어느 해 하지에 아버지는 저녁을 먹다 말고 글라우케를 불렀다.

50일 동안 이어질 여름 항해를 앞두고 혼자 남을 딸을 염려하는 것이었다.

"어려움에 처한 인간은 도움을 청하고자 신의 이름을 부르기 마련이다. 하지만 도움은 신께서 인간을 부를 때만 가능하단다.

그러니 아버지가 없는 사이 힘에 부치는 일이 생기거든 신께서 너를 부르도록 해야 한다."

"어떻게요?"

"신께 필요한 자가 되어야지. 그런 다음 네 목소리를 삼가고 신께서 부르는 소리에 귀를 열어라."

그때는 어려서 이해하지 못했다. 못 알아들었다고 하면 아버지가 걱정할까 봐 되묻지도 못했다. 하지만 히드라를 잃은 밤, 닉스 여신이 지혜를 빌려준 덕에 오래전 그 말뜻을 헤아리게 되었다. 히드라를 구하려면 신들이 글라우케를 불러야만 했다.

글라우케는 끝이 뾰족한 주먹돌을 주워서 히드라의 몸통을 갈라 가죽을 벗겼다. 영혼은 지하의 어둠으로 끌려가고 물뱀의 몸에는 축 늘어진 물성(物性)만 남아 있었다. 잘라 낸 가죽을 사흘간 아폴론의 태양마차에 말리고 무두질하여 어깨에 둘렀다. 그런 다음 앞섶에 닿는 가죽에다 구멍을 내고, 키톤 자락을 뜯어 만든 끈을 꿰어 묶었다. 참나무 가지로 지팡이를 만들자 먼 길을 떠날 여장이 갈무리되었다. 오래전 티탄 신인 레아는 자식을 삼키는 크로노스를 피해 제우스를 참나무 숲에 숨겨서 길렀다. 그 참나무를 두고 올림포스의 신을 섬기는 자들은 제우스의 나무라 하였다. 바람에 참나무 잎사귀가 스치는 소리가 제우스의 목소리를 닮았다고도 했다. 하지만 티탄 신을 섬기는 이들에게 참나무는 레아 여신에게 봉헌된 나무였다. 어린 제우스를 가려 주었던 참나무라면 애타는 어미였던 레아 여신에게 봉헌되는 게 마땅하다 여긴 것이다.

글라우케는 히드라의 가죽을 두르고 레아 여신의 나무로 만든 지팡이로 땅을 두드리며 히드라의 숲을 떠났다.

아르고스 어딜 가나 복사뼈가 어여쁜 여자아이 하나가 뱀 가죽을 뒤집어쓰고 다닌다는 소문이 돌았다. 하지만 그 여자아이를 자기 집으로 꾀어 들인 자가 있다거나 그 아이의 허리띠를 풀어 아프로디테의 일을 가르친 자가 있다는 말은 없었다. 대신 살갗에 푸른 반점이 돋아난 채 급사한 자들의 시신들이 쌓여 갔다고들 했다. 실은 죽은 자는 없고, 검은 속내로 다가섰다가 아이가 몸에 두른 것이 히드라의 가죽이라는 사실을 알고는 기겁하며 달아난 자들만 있었다. 글라우케는 무뢰배들의 비명이나 저자의 소문에 귀를 기울이지 않았다. 그저 참나무 지팡이로 차가운 땅을 두드리고 다닐 뿐이었다.

탕! 탕!

땅을 내리친 다음 소리를 질렀다.

"히드라의 가죽을 쓴 자가 여길 지나는 중이오!"

쟁기질을 하고 씨를 뿌리는 농부들도 뜸해지고 두루미들도 다 떠나고 없었다. 밭에선 어린 싹들이 겨울을 나려고 바람에 제 잎사귀를 단련시키고 밤은 점점 길어져 갔다. 글라우케는 평평한 땅들만 골라 디디며 네메아로 갔다가 다시 레르나 땅으로 방향을 틀었다. 마음 같아서는 모든 땅들을 감돌아 흐른다는 오케아노스강까지 가고 싶었다. 티탄 신들의 맏이이자 모든 강들의 아버지인 오케아노스 신이라면 티탄 신족을 섬기던 어부의 딸을 도와줄지도 몰랐다. 하지만 도움은…… 신이 인간을 부를 때에야 이루어지는 법이었다. 글라우케는 언젠가 하지에 아버지가 들려준 이야기를 되새기며 레르나로 향했다.

탕! 탕!

"히드라의 가죽을 뒤집어쓴 자가 여길 지나고 있다오!"

오리온이 지고 동지가 되었다.

아폴론의 마차가 일찌감치 물러가고 닉스 여신이 기나긴 밤을 몰고 왔다. 부랴부랴 늦은 쟁기질에 나섰던 게으른 농부들이 어두운 들판을 가로질러 집으로 돌아가고, 일찌감치 밭갈이와 씨뿌리기를 끝낸 농부들과 뿔이 굽은 소들은 처마 밑에서 쉬었다.

글라우케는 집이 없었다. 히드라의 가죽을 단단히 여미면 겨울바람이야 막아 낼 수 있지만 어서 오라 맞아 주고 어딜 가려느냐 물어 줄 존재가 없었다. 그 적막함이 눈물이 되어 후드득 떨어지던 밤에…… 땅속 깊은 데서 신이 글라우케를 불렀다. 세 갈래로 으르렁거리는 소리였다.

"어찌하여 내 누이의 가죽을 뒤집어쓰고 있는 것이냐!"

"네가 내 누이를 죽인 것이냐!"

"당장 내 앞으로 와서 진실을 고하라."

이어 땅이 갈라지고, 지하의 어둠이 글라우케를 낚아챘다.

글라우케를 끌고 간 이는 머리가 셋이어서 목소리도 세 갈래인 지옥의 문지기 개였다. 모든 빛을 빨아들일 듯한 검은 털빛의 개는 히드라의 남매인 케르베로스였고, 글라우케가 듣고자 했던 신의 목소리를 가진 자였다.

"내 누이의 가죽이 분명하구나."

"모든 진실을 낱낱이 고하라."

"검은 자갈 하나만큼의 거짓이라도 섞었다간 너를 물어서 하데스의 지옥으로 던져 버릴 것이다."

글라우케는 귀족의 노예장에게 쫓기던 일부터 티린스 바닷가에서 만새기 한 두름을 구해 온 일을 거쳐, 헤라클레스라는 광인이 히드라의 숲을 쑥대밭으로 만들고 히드라를 죽인 일까지 모조리 고하였다. 누이의 죽음을 전해 들은 케르베로스는 세 개의 머리를 치켜들고 세 갈래의 목소리로 울부짖었다. 케르베로스의 울음이 잦아들기를 기다렸다가 글라우케는 마침내 용건을 아뢰었다.

"그래서 히드라님을 되찾고자 합니다."

그 말에 세 개의 개 머리가 일제히 글라우케를 향했다.

"내 누이를 섬기던 정이야 알겠다만 허황된 꿈을 꾸는구나."

"위대한 신들조차 죽음에서 돌아오기란 쉽지 않거늘, 아테나 여신의 보호를 받는 광인의 손에 죽어 나간 내 누이를 어떻게 되살린단 말인가."

"그 되바라진 생각이 하데스의 귀에 들어가는 날에는 가장 깊은 지옥으로 끌려갈 것이다."

세 갈래의 반박이 끝나자 글라우케가 다시 입을 열었다.

"죽은 몸을 되살린다고 하지 않았습니다. 히드라님을 되찾는다 하였습니다. 시간을 되돌릴 것입니다. 헤라클레스라는 광인이 히드라님의 목을 자르고 새 목이 자라지 못하도록 장작불로 지지기 전으로 시간을 되돌리고자 합니다. 만새기를 구하러 갔던 저는 히드라님이 처음 죽던 날보다 먼저 바닥 없는 샘가에 당도하여 앞으로 벌어질 일을 알릴 것입니다. 그리고 히드라님과 함께 헤라클레스를 막을 것입니다."

개들이 웃었다. 지옥의 문 앞이 우렁우렁 울리고 케르베로스의 입김에 글라우케의 머리카락이 날렸다. 글라우케는 헝클어진 머리를 다시 귀 뒤에 꽂고는 말을 이었다.

"헤라클레스 뒤에 아테나 여신이 계시다면 저의 뒤에는 태초의 신 닉스 여신이 계십니다. 히드라님이 돌아가신 밤에, 닉스 여신께서 제 머릿속에 지혜를 넣어 주셨습니다. 저는 저자에 가서 소문들을 주워 모으지 않고도 헤라클레스가 어떤 방식으로 히드라님을 죽였는지 알아내었습니다. 그러니 시간만 되돌릴 수 있다면 광인을 막고 히드라님을 되찾을 수 있습니다."

"태초의 신 닉스가 네 뒤에 있다는 게 사실이더냐?"

"세상은 태초의 신들을 잊었고, 태초의 신들 또한 세상을 잊었다고 들었다."

"올림포스의 신들이 지배하는 세상일에 뒷방 늙은이에 불과한 태초의 신이 끼어들 리 없다."

세 갈래의 목소리에 글라우케가 답하였다.

"저는 태초의 신들과 티탄 신족을 섬기던 어부의 딸입니다. 돌아가신 아버지가 말씀하셨습니다. 인간은 곤경에 처할 때마다 신의 이름을 부르지만, 도움은 신께서 인간을 부르실 때만 가능하다고요. 히드라님이 돌아가시던 날 닉스 여신께서 먼저 저를 부르신 겁니다. 저는 다만 울고 있었을 뿐인데 닉스 여신께서 밤중에 제 머리에 지혜를 넣어 주셨으니까요. 그리고 케르베로스님도 먼저 저를 부르셨습니다. 저는 레아 여신의 참나무 지팡이로 탕, 탕 바닥을 두드리고 히드라님의 가죽을 쓴 자가 이 땅을 지나간다고 소리쳤을 뿐입니다. 저를 부르고, 이 지옥문 앞으로 끌고 온 것은 케르베로스님이 아닙니까."

세 개의 개 머리는 각각 위와 앞, 아래로 시선을 달리한 채 골똘해졌다.

"그래, 시간을 되돌릴 방도는 있느냐?"

셋 중 가운데 머리가 물었다.

"땅의 시간은 봄, 여름, 가을, 겨울의 순으로 흐르고 순환합니다. 그리고 계절이 돌고 돌도록 하는 이는 대지와 곡식의 여신인 데메테르님과 그분의 따님이자 하데스의 왕비인 페르세포네님입니다. 페르세포네님이 지상으로 돌아오면 데메테르님이 기뻐하며 세상의 땅을 밟아 싹을 틔우고 봄을 부릅니다. 그 말은 곧 데메테르님이 봄을 부르는 것과 반대 방향으로 걸어가면 시간이 거꾸로 돌고 겨울은 다시 가을로 돌아간다는 뜻입니다."

"대체 그 허황된 이야기는 어디서 주워들은 것이냐?"

오른쪽 머리가 물었다.

"티린스 바닷가에 살 때 어른들에게 들은 것입니다. 페르세포네님을 하데스의 땅에 붙들어 두고, 데메테르님이 뒷걸음으로 대지를 걷는다면 시간과 계절을 되돌릴 수 있다고요. 태초의 여신과 티탄 신족의 시절에는 시간을 되돌리는 신들이 여럿 있었으나 올림포스 신들의 시대에는 오직 데메테르님과 페르세포네님만 그 일을 해낼 수 있다고요."

그러자 왼쪽 머리가 반박하고 나섰다.

"데메테르는 늦가을부터 겨울 내내 딸이 오기만 기다리는 여신이다. 그런 데메테르가 딸을 만나는 계절을 마다하고 시간을 되돌릴 이유가 없지 않느냐. 내 누이를 되찾고자 하는 마음은 알겠으나 여신에게 시간을 되감을 능력이 있는 것과 실제로 그 일이 일어나도록 하는 것은 다르단다, 아이야."

"그래서 케르베로스님께서 저를 부르도록 땅을 두드린 것입니다. 하데스의 땅에서 지상으로 올라오는 페르세포네님을 마지막으로 배웅하는 이가 지옥의 문지기인 케르베로스님이잖아요. 어떻게든 페르세포네님의 발을 여기에 묶어 두세요. 지상에서의 일은 제가 하겠습니다."

황금색 눈알 세 쌍이 골똘한 빛으로 글라우케를 바라보았다.

"페르세포네를 붙들어 보마."

"그게 안 되면 히드라의 죽음을 알리고 같이 울어 달라고 부탁해 보마."

"그래도 안 되면 목 하나가 잘릴 각오로 페르세포네의 옷자락을 물고 늘어지마. 지옥의 문지기인 내가 물고 늘어지면 제아무리 신이라 해도 하데스의 땅을 벗어나기 힘들단다."

말을 마친 케르베로스는 히드라의 가죽을 쓴 글라우케를 덥석 물어서 땅 위로 던져 버렸다.

지상으로 돌아온 글라우케는 참나무 지팡이로 땅을 긁으며 소리를 지르고 다녔다.

"농부들이 농사를 짓는 이 땅은 누구인가. 양 떼가 풀을 뜯고 벌들이 꿀을 모으는 땅은 또 누구인가. 태초의 신과 티탄 신들을 섬기는 아버지에게 배우기로, 그 옛날엔 이 너른 세상이 모두 신들이었다는데 나는 대지의 신이 누구인지 잊어버렸네. 참나무 지팡이가 긁고 지나가는 이 흙길은 또 누구란 말인가."

이번에도 소문이 돌았다. 복사뼈가 어여쁜 여자아이가 뱀 가죽을 뒤집어쓰고서 고래고래 소리를 지른다 했다. 누구는 뤼사 여신의 칼에 손을 다쳐서 발광을 한다 했고, 누구는 마니아 여신의 칼날에 손바닥을 베여 광기에 사로잡혔다고 했다.

살을 에는 바람을 타고 겨울이 깊어 갔다. 바람만으로 소가죽이 벗겨진다는 겨울의 정중앙이었다. 글라우케는 바람에 펄럭이는 히드라 가죽을 여미며 지팡이로 땅을 긁었다.

"북풍의 신 보레아스가 창공을 찢고 고통스러운 서리가 내려앉아도 씨앗들을 품고 견디는 이 땅은 본래 누구였던가. 올림포스의 신들이 세상을 차지하고 데메테르 여신이 대지의 주인이 되기 전에 본래 이 땅은 누구였던가."

전나무 숲이 북풍에 아우성치는 골짜기를 지나는데 어깨에 금색 술이 달린 키톤을 걸치고 머리에는 월계수 잎사귀로 장식한 머리띠를 두른 귀부인 둘이 나타났다. 둘이 어찌나 닮았는지 글라우케도 처음에는 쌍둥이로 태어난 여인들인 줄 알았다. 하지만 바람에 눈을 씻고 다시 보니 왼편에 서 있는 귀부인이 더 나이

들어 보였다.

"내 딸과 내가 너에게 물을 것이 있어서 왔다."

나이가 더 들어 보이는 귀부인이 말했다.

"말씀하십시오."

글라우케는 땅을 긁던 지팡이를 곧추세우고 두 여인을 갈마보았다.

"데메테르가 대지의 주인이 되기 전에 이 땅이 누구였는지 궁금하다 하였지?"

둘 중 어머니인 귀부인이 물었다.

"네."

"올림포스 신들이 세상을 지배하기 전에 이 땅은 두 여신의 것이자 두 여신 자체였다. 그렇다면 너는 둘 중에 누구의 이름을 알고자 하는 게냐?"

이번에는 딸인 귀부인이 물었다.

글라우케는 두 귀부인을 차례로 일별하고는 무릎을 꿇었다. 지팡이를 바닥에 내려놓고 양손으로 귀부인들의 키톤 자락을 거머쥐었다.

"창조자이자 티탄 신들의 어머니이신 가이아 여신, 올림포스의 주인인 제우스와 대지의 주인인 데메테르를 낳은 레아 여신 두 분을 모두 뵙고자 하였습니다."

"어찌 우리를 가이아와 레아라 확신하느냐?"

나이 많은 귀부인이 물었다.

"올림포스의 신들이 세상을 차지한 뒤로 태초의 신들과 티탄 신들은 먼 데로 물러났다는 것도 모르느냐?"

젊은 귀부인도 말을 보태었다.

"사람 중에는 참나무 지팡이로 땅을 긁고 다니는 아이의 혼잣말에 관심을 두는 이가 없습니다. 이 땅은 본래 누구였던가 하는 물음을 이해하고 그 물음의 답을 지니신 분들만 귀를 기울이겠지요. 저는 티린스 바닷가에서 나고 자랐습니다. 태초의 신들과 티탄 신들을 섬기는 사람들의 마을이지요. 아버지에게 듣고 이웃들에게 배우기로는 태초의 신들과 티탄 신들은 올림포스에 계시지 않을 뿐 이 세상 어딘가에 존재한다 했습니다. 우리는 출렁이는 물을 보면 태초의 신 폰토스에게 기도를 올리고 밤이면 닉스 여신의 지혜를 들었습니다."

"이 땅은 본래 레아였고 그 이전에는 가이아였느니라. 이제 답을 얻었으니 우리를 그만 보내 다오."

가이아 여신이 키톤 자락을 움켜쥔 글라우케의 손을 떼어 내려 하였다. 하지만 글라우케는 옷자락을 더 세게 쥐며 매달렸다.

"제가 두 분을 부른 것이 아니라 두 분이 저를 찾아오시어 말을 거셨습니다. 모든 인간이 신의 도움을 청하지만 신이 인간을 부를 때에만 도움이 이루어진다고 배웠습니다."

"그래, 바라는 게 무어냐?"

레아 여신이 물었다.

글라우케는 호흡도 아끼고서 그간의 일들을 모두 고하였고, 두 여신도 귀를 내주었다.

"바닥 없는 샘을 내준 히드라에게 바닥 없는 마음을 바치려는 네 뜻은 알겠으나 쉬운 일이 아니구나. 데메테르에게 뒷걸음질을 권하라니, 데메테르가 내 딸이긴 하다만 내 말을 들을지는 모르겠구나. 그 아이는 제 딸밖에 모르는 여신이거든. 오직 페르세포네를 만날 날만 고대하며 이 겨울을 보내고 있을 텐데 봄을 목전에 두고 다시 계절을 되감으라 하면 순순히 그러자고 하겠느냐. 그 애의 성미만 건드려서 대지가 더 꽁꽁 얼어붙고 메말라 갈지도 모른다. 그리고 데메테르를 설득한다 하여도 이 일로 많은 후폭풍이 닥칠 것이다. 세상의 시간을 교란하는 일이 아니더냐. 신들조차 손쓰기 어려울 만큼 많은 일들이 꼬일 것이다."

레아 여신이 고개를 저었고 가이아 여신이 말을 이었다.

"헤라클레스가 누구의 혈통인지 알고는 있느냐?"

"신과 인간 사이에서 난 자라 들었습니다."

"헤라클레스는 제우스의 아들이다."

글라우케는 저도 모르게 몸을 떨었다. 반쪽짜리 신의 혈통이라고만 들었지 신들의 왕인 제우스의 아들일 줄은 몰랐던 것이다. 시간을 되감는다 해도 헤라클레스로부터 히드라를 지켜 내리라는 보장은 없었다.

"네 이마에 두려움이 어렸구나."

가이아 여신이 허리를 구부려 글라우케의 얼굴을 살폈고 레아 여신이 말을 받았다.

"이제야 말귀를 알아듣는 게지요."

하지만 글라우케는 여신들의 옷자락을 놓지 않았다.

"시간을 되감도록 데메테르 여신을 설득해 주시면 그 이상은 바라지 않겠습니다. 히드라님과 함께 헤라클레스 손에 죽는다 하여도 마지막 순간에는 가이아, 레아, 데메테르 세 분 대지의 여신들을 찬양할 것입니다."

"모든 권력은 내 딸의 아들인 제우스에게 넘기고 뒷방 늙은이 신세가 되어 세상이 변해 가는 꼴이나 구경하려 하였는데 네가 나에게 일을 만들어 주는구나. 데메테르의 일은 우리에게 맡겨라. 내 딸의 딸이니 내 부탁을 쉬이 거절하지는 못할 것이다. 안 되면 설득의 여신 페이토라도 불러다가 데메테르를 구슬려 보마."

가이아 여신의 답에 글라우케도 옷자락을 쥔 손을 풀었다. 이번에는 레아 여신이 말을 이었다.

"우리가 먼저 너를 찾아왔으니 부탁대로 데메테르를 설득해 보겠다만 시간을 되감더라도 헤라클레스를 다치게 해서는 안 된다. 히드라를 살려 내되 제우스의 혈통에 해가 가지 않도록 경계하여라. 히드라를 구하는 일 외에 다른 신들의 눈길을 끌 그 어떤 일도 해서는 안 돼."

말을 마친 두 여신은 흙먼지처럼 메마른 언덕의 풍경 속으로 가라앉았다.

닉스 여신의 시간이 되었다. 검은 천으로 항아리를 덮었다가 다시 걷어 내는 저자의 환상술사처럼 여신은 무겁고 짙은 어둠으로 세상을 뒤덮었다. 태초에 닉스 여신이 헤메라 여신을 낳았듯이 이 밤이 내일의 낮을 낳을 것이었다. 글라우케는 앞섶의 끈을 풀어 히드라의 가죽을 벗었다. 가죽을 잘 접고 그 위에 참나무 지팡이를 올려놓고, 보레아스 신의 북풍에 몸을 맡겼다.

살갗이 얼어서 툭툭 터졌다. 하지만 여신들을 믿는 수밖에 없었다. 겨울이 깊어질 것처럼, 오늘 다음에 더 추운 내일이 올 것처럼 히드라의 가죽을 여민다면 테메테르 여신을 설득하겠다고 약속한 가이아와 레아 두 여신에게 불경을 저지르는 일이었다. 이 밤보다는 다가올 낮이 따뜻하고 그 낮보다는 그다음 밤이 더 따뜻할 것이며, 닉스 여신과 헤메라 여신도 계절을 역행하며 갈마들 것이라 믿어야 했다.

어둠을 더듬어 가던 글라우케는 어느 언덕배기 돌부리에 걸려 넘어지고 말았다. 정신을 잃은 글라우케를 깨운 것은 창공의 신 아이테르마저 여러 갈래로 찢어 놓을 듯한 광인의 목소리였다.

"나의 조카이자 이름난 마부인 이올라오스여, 그 망할 뱀이 호락호락하지 않으니 네가 날 도와야겠다. 갈기가 검고 키가 큰 아리온 말이 모는 마차로 나를 도와주게나. 히드라의 머리를 자르면 그 자리에 두 개가 솟는다는 걸 너도 들었겠지. 처음에는 나도 낫으로 데메테르의 곡식을 베듯 손쉽게 해치울 수 있을 줄 알았다. 하지만 그 물뱀의 지치지 않는 재생 능력에 혀를 내두를 수밖에 없었다. 그러니 나의 조카이자 아리온 말을 모는 이올라오스여, 그대는 한 손으로는 발 빠른 말의 자줏빛 고삐를 잡고 다른 손으로는 불을 붙인 장작개비를 치켜들어라. 내 칼이 뱀의 머리를 자르거든 두 개의 머리가 솟아나기 전에 불로 목을 지져 버려라!"

글라우케는 목소리가 들려온 곳으로 달려갔지만 닉스 여신은 아무것도 보여 주지 않았다. 검은 천으로 항아리를 덮은 환상술사가 뜸을 들이며 사람들을 불러 모으듯 여신은 느긋하게, 조바심에 언 발을 동동거리는 글라우케를 보고만 있었다. 어둠 속에서 불 냄새가 났다. 살이 타는 누린내가 코를 찔렀다.

아……!

탄식이 글라우케의 성대를 할퀴었다.

글라우케는 팔을 휘저으며 광인과 그의 조카 이올라오스를 붙잡으려 하였으나 환영은 멀어지고, 손에 잡히는 건 아이테르 신의 차가운 대기뿐이었다. 밤새 바닥을 구르고 땅을 더듬고 소리를 지르던 글라우케는 마른풀 냄새가 코를 스칠 즈음 다시 정신을 잃었다.

눈을 뜬 곳은 어느 농가의 헛간이었다. 북새기를 수북하게 쌓아 놓은 것으로 보아 염소를 키우는 농가인 듯했다. 글라우케는 자신을 이곳으로 옮겨 놓은 닉스 여신에게 감사를 드린 뒤 헛간을 빠져나왔다. 북새기와 짐승의 분뇨 냄새가 가시자 비릿하고 깊은 바다의 냄새가 코끝에 감지되었다.

한달음에 언덕을 타고 넘자 티린스의 고향 마을이 내려다보였다. 언덕마루의 참나무 잎사귀들이 가을이 깊어 간다고 일러 주었다. 보레아스 신이 몰아치는 북풍의 계절에서 포도 수확을 마친 농부들이 쟁기질에 열을 올리는 늦가을로 시간이 되감겨 있었다. 억센 소나무와 잎이 무성한 참나무 들 사이의 마른 풀밭에 만새기 한 두름이 떨어져 있었다. 그물 꿰매는 일감을 주었던 노인들을 떠나온 그날로 돌아온 것이었다.

글라우케는 만새기를 주워서 언젠가 샤프란 색 키톤 차림의 여신을 보았던 숲 바닥으로 옮겨 놓았다. 이 만새기는 여신께 바치는 게 나을 듯했다. 이번에도 만새기를 지키느라 사람들을 피해 산을 타다가는 제때 히드라의 숲으로 돌아갈 수 없을지도 모른다. 히드라를 구할 수만 있다면 만새기를 맛보여 줄 기회는 얼마든지 있을 터였다.

"나에겐 무겁기만 한 만새기를 언젠가 머리를 잘라 주었던 여신님께 바칩니다."

본래 만새기는 어부들이 신께 바치는 물고기이기도 했다. 글라우케는 숲 바닥에 입을 맞추고 돌아섰다.

잘 닦인 마찻길과 농부들이 오가는 달구지 길을 따라가며 시간을 줄였다. 발이 심하게 부르튼 날에는 창이나 칼의 자루로 쓸 만한 물푸레나무 가지를 잘라다가 농부의 아낙에게 바쳤다.

"저자에 내다 팔면 포도주 한 크라테르*값은 쳐줄 것입니다."

그러면 아낙은 보릿가루 한 홉과 헛간 구석 자리를 내주었다.

티린스 바닷가를 떠난 지 대여섯 날이 지났을 때 쟁기질하는 농부들이 주고받는 이야기를 들었다. 우아하게 차려입은 귀부인 셋이 나란히 뒤로 걷는 걸 봤다는 사람이 있다는 것이었다. 그 다음 마을에서는 세 귀부인의 나이가 제각각이더라는 말을 들었고, 산골짜기 하나를 건너간 곳에서는 귀부인들이 서로를 어머니, 딸아 하고 부르더라는 말을 들었다.

귀부인들의 소문이 귀에 들어올 때마다 글라우케는 흙바닥에

---

* 고대 그리스에서 포도주에 탈 물을 담아 두던 커다란 잔.

입을 맞추었다. 농부들이 보았다는 귀부인들은 대지의 여신들이었다. 태초의 창조자이신 가이아, 가이아의 딸이자 티탄 신인 레아, 레아의 딸이자 올림포스의 신인 데메테르였다. 하지만 글라우케는 또 한 명의 여신을 기억했다. 데메테르의 딸이자 여신의 마음에 기쁨의 온기를 지펴 이 세상에 봄을 불러오는 페르세포네 여신이었다. 지금쯤 페르세포네는 지옥문에서 케르베로스에게 붙들려 있을 터였다.

레르나 땅에 들어서던 날 우기를 만났다. 비의 장막을 뚫고 들려오는 말들이 있었다. 귀한 여인 셋이 우장(雨裝)도 갖추지 않고 뒷걸음질을 치더라는 것이었다. 누구는 마니아 여신의 칼날을 잘못 건드려 광기에 사로잡힌 여자들이라 했고 또 누구는 올림포스의 신들에게 미움을 산 하급 요정들이라 했다. 말들이 들릴 때마다 글라우케는 비에 젖은 땅에 입을 맞추며 가이아, 레아, 데메테르, 페르세포네 여신을 차례로 찬양하였다.

빗속을 쉬지 않고 달린 끝에 히드라의 숲으로 돌아올 수 있었다. 비가 쏟아진다는 건 헤라클레스의 조카 이올라오스가 불을 붙인 장작을 치켜들지 못한다는 뜻이었다. 다행히 숲 어디에도 마차 바큇자국이 보이지 않았다. 신성한 숲은 그대로였고 가슴을 내리누르는 것 같던 바윗덩이도 보이지 않았다.

바닥 없는 샘이 빗물에 찰랑거리고 그 너머에 머리가 아홉인 물뱀이 서 있었다.

"히드라님!"

글라우케는 샘을 돌아가 히드라의 미끈거리는 몸통을 껴안았다.

"뒷걸음으로 시간을 되감아 주신 여신님들 감사합니다. 지옥문에서 페르세포네를 붙잡아 둔 케르베로스님 감사합니다. 그리고 다시 살아서 이토록 꼿꼿하게 비를 맞고 있는, 샘과 그늘의 주인 히드라님 감사합니다."

찬양의 기도를 다 뱉고 나서야 고개를 꺾어 히드라와 눈을 맞추었다.

히드라가 영문을 알 수 없다는 얼굴로 물었다.

"이 비가 그치고도 며칠은 더 지나야 돌아올 줄 알았는데 어찌 이리 빨리 돌아온 것이냐? 그리고…… 어찌하여 네 몸에 내 형제의 체취가 묻어 있단 말이냐."

닉스 여신과 참나무 지팡이와 케르베로스, 대지의 여신들과 북풍이 등장하는 긴 사연이 쏟아졌다. 여덟 개의 뱀 머리가 제각각 혀를 널름거리며 글라우케의 젖은 옷자락을 맛보았다. 틀림없는 케르베로스의 냄새였다. 서로 만난 적도 없고 얼굴 역시 모르지만 어머니인 에키드나 여신의 몸에 묻어왔던 그 냄새였다. 케르베로스 역시 어머니의 몸에 묻어 있는 냄새로 누이인 히드라를 감지한 것이었다.

"내 예상이 맞았구나. 헤라클레스라는 자는 쌍둥이로 태어났다는 제우스의 아들이었구나. 내 목을 베면 두 개의 머리가 솟아난다는 걸 알고 장작불로 지졌고 말이야. 타르타로스의 어둠으로 끌려갈 날이 얼마 남지 않았다는 뜻이야."

"아닙니다. 방법을 찾을 겁니다."

"무슨 수로? 나는 이 샘에 발이 묶인 신세다. 제우스의 아들과

물고 뜯고 싸울 수는 있겠지만 이 숲을 벗어날 수는 없어. 헤라클레스는 다시 오고 다시 오고 또다시 와서 기어이 나를 죽일 것이다. 우기가 끝나고 아폴론의 황금마차가 쨍한 날에 불을 붙인 장작을 든 졸개를 달고 와서 끝을 낼 거야. 내가 할 수 있는 것이라곤 내 독으로 그자에게 저주를 내리는 것뿐이겠지."

"아닙니다. 땅의 여신들께서, 태초의 신 가이아님부터 올림포스의 신 데메테르님까지 나서서 시간을 되감아 주었으니 히드라님은 반드시 살아남으셔야 합니다."

검은 머리칼에 화관을 쓴 아름다운 얼굴이 글라우케의 몸통을 휘감았다.

"흥! 속 모르는 소리 그만하여라. 누구는 죽음이 두렵지 않은 줄 아느냐. 하지만 헤라클레스의 손에 네메아의 사자가 죽었다는 소식이 전해졌을 때부터 이 일은 예견된 것이었다. 그자는 괴물을 잡아 죽인 영웅이 되었을 것이다. 나는…… 많은 사람들을 찢어 죽이고 집어삼키고, 내 독으로 녹여 버렸다. 하지만 내 어머니인 에키드나와 내 아버지 티폰의 어머니이신 가이아 신께 맹세코, 재미 삼아 사람을 사냥하진 않았다. 인간들을 보자마자 독을 내뿜지도 않았어. 놈들은 하나같이 무례했지."

히드라는 노여움에 사로잡힌 얼굴로 말을 이었다.

"괴물아, 물을 내놓아라! 저주받은 물뱀아, 그 물로 농사를 지어야겠으니 죽어 줘야겠다. 포세이돈 신께서 아름다운 아미모네님을 위해 판 샘을 왜 네가 차지하고 있는 게냐! 죽어라, 역겨운 괴물! 나를 보자마자 그리들 소리쳤으니까. 다짜고짜 칼을 휘두르는 놈들도 부지기수였다. 물을 달라 했으면 내줄 수도 있었다. 샘 앞에서 포세이돈을 찬양하고, 바닥 없는 샘을 지키는 나에게 물을 청하였으면 내주었을 것이다. 그 간단한 이치를 아는 자가 없었다. 글라우케 네가 오기 전까지 내게 물을 달라고 청한 사람은…… 아무도 없었다."

"그 오해를 푸는 거예요. 제가 나서서 사람들에게 히드라님의 속마음을 전하겠습니다."

글라우케가 소리치자 히드라가 코웃음 쳤다.

"네가 어려서 뭘 모르는구나. 그러니 숲 밖에서 아고리 소리나 듣고 다니지. 세상은 무고한 괴물보다 처자식을 때려죽인 과오가 있는 영웅을 좋아한단다. 영웅 하나를 세우면 저자의 항아리 장수부터 화가, 시인 들까지 영웅의 이야기와 그림을 팔아 돈을 벌지. 인간들은 영웅을 두려워하면서도 입이 닳도록 칭송하고 유치한 사내놈들은 영웅이란 자의 말투, 걸음걸이, 옷차림까지 죄다 따라 하지. 내가 이 숲에 갇혀 있다고 아무것도 모르는 줄 아느냐. 요정들이 오가며 들려준 이야기와 저 언덕을 지나가는 나그네들이 주고받는 말들에 세상이 담겨 있는데. 올림포스의 신들인들 다를까. 영웅 하나를 세워 놓고 모처럼의 눈요깃거리가 생겼다고 좋아들 하겠지. 인간과 올림포스의 신들이 한마음으로 그자를 응원할 텐데 샘가에 갇힌 내가 무슨 수로 그자와 대적한단 말이냐. 내가 할 수 있는 일은 헤라클레스가 들이닥치기 전에 너를 티린스로 보내는 것뿐이었는데 왜 이리 일찍 돌아온 거야?"

어느덧 히드라와 글라우케의 얼굴은 서로의 숨결이 닿을 만큼 가까웠다. 히드라의 얼굴에 그득했던 노여움이 차차 슬픔으로 바뀌는 걸 보고 있자니 글라우케는 마음이 아팠다. 글라우케는 눈물이 어룽어룽한 눈으로 대답했다.

"히드라님이 처음 죽음을 맞았을 때와 지금은 다릅니다. 그때는 혼자였고 지금은 제가 있지 않습니까. 저는 이 샘에 발이 묶이지 않았으니 어디든 갈 수 있고 무엇이든 구해 올 수 있습니다."

"허튼소리! 바닥 없는 마음 같은 건 이제 집어치워라. 물값은 이미 충분히 치렀으니 여길 떠나."

히드라는 글라우케를 휘감았던 똬리를 풀고 다시 참나무 우듬지께로 솟구쳤다.

"당장 떠나지 않으면 너부터 물어 죽일 것이다. 안 그래도 배를 채운 지 오래된 참이었다. 내 숲에서 나가라, 글라우케."

화관을 쓴 얼굴은 하늘로 시선을 돌렸고 여덟 개의 뱀 머리가 눈을 번뜩거리며 글라우케를 위협했다.

히드라의 숲에서 내쫓긴 글라우케는 저자로 갔다.

시장 골목 어딜 가나 헤라클레스가 있었다. 향유 병과 피토스, 여자들의 키톤 어깨 장식까지 제우스의 아들이 없는 데가 없었다. 특히나 헤라클레스가 네메아의 사자를 밟고 있는 장면과 사자 가죽을 뒤집어쓰고 있는 장면이 음각으로 새겨진 피토스들은 불티나게 팔려 나가서 주문이 밀려 있을 정도라 했다. 레르나 땅 귀족들도 헤라클레스 벽화를 그려 줄 화가를 데려가려고 경쟁이 붙었다고 했다.

장대비가 쏟아지고 있었지만 이야기꾼들은 천막을 쳐 놓고 영웅담을 읊어 대느라 여념이 없었다. 발치에 헤라클레스가 그려진 단지를 놔두고서 괴물을 사냥하는 헤라클레스의 용맹과 끈기를 찬양하는 것이었다. 그러면 어린아이부터 노인들까지 탄식을 쏟아 가며 이야기에 빠져들었다. 이야기꾼의 단지에는 보리나 둥글레가 든 자루들이 쌓여 갔고 드물게는 염소젖으로 만든 치즈 덩어리도 섞여 있었다. 세상은 영웅을 원하고, 영웅이 하나 등장하면 너나 할 것 없이 그 영웅담을 우려먹으며 산다던 히드라의 말은 과장이 아니었다.

골목을 헤맨 끝에 신전 조각상을 파는 가게들 앞에 이르렀다. 주로 귀족들의 집에 있는 작은 사원을 장식하는 조각상들을 파는 곳이었다. 곡식 이삭을 들고 있는 데메테르도 있었고 포도 넝쿨로 머리를 장식하고 술잔을 치켜들고 있는 디오니소스도 있었다. 데메테르와 디오니소스는 밀밭과 포도밭이 있는 귀족들의 존경을 받는 신들이었다. 글라우케는 데메테르 여신의 조각상들이 세워져 있는 가게 입구의 땅에 입을 맞추었다.

처음의 가게 두 곳에는 글라우케가 찾는 조각상이 없었다.

글라우케는 헤라클레스의 영웅담이나 들으려고 저자에 온 것이 아니었다. 여신들이 되감아 준 날들을 하루도 허투루 보낼 수 없었다. 히드라를 두고 떠나온 건 더더욱 아니었다. 글라우케는 실제 사람 머리 크기의 두부(頭部) 조각상을 찾고 있었다. 다행히 세 번째 가게에 적당한 물건이 있었다. 메두사 머리 모양의 항아리였다. 쳐다보기만 해도 돌로 변해 버린다는 소문 때문인지 메두사의 머리는 군인들의 방패 장식이나 귀족들의 보석함으로 인기가 좋았다. 메두사 머리 모양 항아리에 키톤의 어깨를 묶는 황금 걸쇠나 구슬 머리띠 등 장신구를 넣어 두면 낮에 자는 자들을 막을 수 있다고 했다.

오늘은 글라우케가 낮에 자는 자였다. 가게 주인은 뺨과 눈두덩이 불그스름한 게 디오니소스의 늙은 시종처럼 생긴 자였다. 그는 행색이 초라한 글라우케에게는 눈길조차 주지 않았다. 글라우케는 저편 모퉁이에 몸을 숨기고서 가게의 동향을 엿보았다. 빗줄기가 가늘어질 즈음 조개껍데기 목걸이를 하고 가슴 밑을 새시*로 조인 귀부인이 글라우케를 지나쳐 가게로 들어갔다. 우산을 받쳐 든 하녀들이 귀부인의 양옆을 지켰고, 몸집이 커다랗고 눈이 푸른 노예 둘이 그 뒤를 따랐다.

글라우케는 가게로 천천히 다가갔다. 하녀들은 귀부인을 따라 상점으로 들어가고 없었고 푸른 눈의 노예들은 오랜만에 바깥바람을 쐬었는지 헤벌쭉한 얼굴로 시장 여기저기를 훑고 있었다. 종아리에 매질 자국이 있는 아고리 하나가 골목으로 뛰어 들어와 소리쳤다.

"자, 자, 비가 가늘어진 틈을 놓치지 마십시오. 40일 동안 먹지도 자지도 않고 네메아의 사자의 목을 조른, 영웅 헤라클레스의 이야기가 곧 시작됩니다요!"

---

* 고대 그리스에서 여성의 상의를 가슴 아래에서 조이는 데 사용되던 장식용 헝겊.

낮에 자는 자 글라우케도 오늘은 헤라클레스 덕을 보았다. 노예들의 고개가 호객꾼 아고리 쪽으로 틀어진 틈에 글라우케는 메두사 머리 모양 항아리를 키톤 자락에 감추고서 시장을 벗어났다.

예전에 열매 줍기 날품을 팔았던 돼지치기의 집으로 향했다. 혹시라도 남색 귀족의 눈에 띌까 봐 글라우케는 풀꽃 다발을 엮어 머리에 둘렀다. 키톤 자락으로 얼굴을 닦아 내자 어느 귀족 집의 어린 하녀쯤으로 보였다. 글라우케는 돼지치기의 오두막이 보이는 언덕배기에 몸을 숨기고서 돼지치기의 아내가 집 밖으로 나오기를 기다렸다.

다시 빗줄기가 굵어지기 시작했을 때 돼지치기의 아내가 재를 긁어 담은 항아리를 비우러 나왔다. 글라우케는 조심조심 다가가서 여자 앞에 무릎을 꿇었다. 영문을 몰라 하던 여자는 한참 만에야 글라우케를 알아보았다.

"너는…… 얼굴이 검은 노예장이 데려간 아고리가 아니냐. 가만있자, 너 여자아이였구나! 이런 세상에, 그때 귀족과 노예장이 단단히 잘못 짚었던 게로구나. 하긴 오가며 얼굴을 맞댄 우리도 속았으니. 그런데 여긴 어쩐 일이냐. 귀족 어른의 수발을 들며 지내는 줄로만 알았는데."

"돼지 피를 얻으러 왔습니다. 한 크라테르면 충분합니다."

"갑자기 나타나서 돼지 피를 달라는 이유가 뭐냐?"

"한 크라테르의 돼지 피가 있으면 제 은인을 살릴 수 있습니다."

"피치 못할 사정이 있는 것 같다만 우리도 귀족들의 돼지를 맡아 기르는 돼지치기에 지나지 않아. 너도 알지 않느냐. 오늘 돼지를 잡았으니 내일쯤 귀족의 노예들이 와서 피 한 방울까지 다 챙겨 갈 것이다. 예전보다 피가 모자라면 우릴 의심할 게야."

글라우케는 키톤 자락을 뒤져 단검을 꺼냈다.

"이걸 드릴게요. 낡긴 했어도 티린스 바닷가의 어부였던 아버지가 배에서 쓰던 칼이라 날이 단단합니다. 아버지가 만새기의 배를 가르던 칼이에요. 저도 이 칼로 물푸레나무의 가지를 다듬어 저자에 내다 팔았습니다."

돼지치기의 아내는 단검을 받아 들었다.

"돼지 피가 꼭 깨끗해야 하느냐?"

"아닙니다. 돼지 피이기만 하면 됩니다."

"그럼 기다려 보아라."

잠시 후 여자는 재 항아리를 다시 들고 나왔다. 남편의 눈을 속이느라 돼지 피를 지저분한 재 항아리에 담아 온 것이었다.

"칼은 도로 가져가거라. 우리 남편이 올리브기름 항아리 하나에 너를 넘겼으니 이렇게라도 죄를 씻어야지. 네게 퍼 주고 모자란 피는 물을 섞으면 되지 싶다."

글라우케는 재 항아리에 담긴 돼지 피를 메두사 머리 모양 항아리에 붓고는 여자의 발에 입을 맞추었다.

밤새 빗길을 걸어 히드라의 숲으로 돌아왔다.

번뜩이는 눈알들이 비와 어둠의 장막 저편에서 글라우케를 보고 있었다.

"내 눈앞에서 사라지지 않으면 죽인다 했을 텐데."

"히드라님을 떠나 저자를 떠돌아도 어차피 죽습니다. 남색 귀족의 식솔들에게 발각되어도 죽고, 노예 상인에게 잡혀가서도 죽고, 배를 곯아 양식을 훔치다가 매를 맞아 죽을 수도 있고요."

글라우케는 메두사 머리 모양 단지를 비가 들이치지 않는 참나무 아래 내려놓았다.

"그건 무어냐? 역겨운 피 냄새가 나는구나."

"이게 무엇의 피인지, 어디 쓸 것인지 말씀드리기 전에 묻고 싶은 게 있어요. 히드라님은 칼날에 목이 베이면 두 개의 목이 돋아나는 게 맞지요?"

"그래. 너뿐만 아니라 아르고스 땅 사람 전부가 아는 사실일 거야. 일찍이 내게 칼을 휘둘렀던 놈들의 졸개들 중에 그 장면을 보고 기겁을 해서 내뺀 자들이 있었으니까. 소문이 퍼졌겠지. 헤라클레스도 이미 알고 있을 거야."

"여덟 개의 뱀 머리가 모두 잘려 나가고 이올라오스의 장작불이 그곳을 지지면 어떻게 됩니까?"

"고통스럽기야 하겠지만 죽진 않는다. 내 영혼은 이 머리에만 존재하기 때문이다."

"그럼 그 아름다운 머리를 잘라야 히드라님을 죽일 수 있나요?"

"그래."

"그럼 그 머리를 잘라야 합니다."

"뭐라고?"

"히드라님은 헤라클레스와 이올라오스 앞에서 그 머리가 잘려 죽어야 합니다."

세상을 쓸어 버릴 듯 요란한 비를 끝으로 우기가 물러갔다.

서늘하고 메마른 바람과 함께 나무 베기의 계절이 돌아왔다. 사람들은 낫을 들고 산골짜기를 누볐지만 그들 중에 겁 없이 히드라의 숲으로 들어서는 이는 없었다. 그건 제우스의 피가 섞인 자만이 할 수 있는 일이었다.

헤라클레스는 검은 말이 끄는 마차를 타고 왔다. 마부석에는 헤라클레스의 조카 이올라오스가 한 손으로 고삐를 틀어쥐고 있었다. 짐칸에는 끄트머리에 기름을 먹인 장작개비들이 쌓여 있고, 그 옆에 헤라클레스가 앉아 있었다.

"뱀신 에키드나의 딸, 괴물 히드라여. 너로 인하여 레르나 땅 농부들의 시름이 깊다 들었다. 바닥없이 사시사철 찰랑거리는 아미모네 샘을 네놈이 독차지하고 있으니, 날이 가물어도 물을 끌어다 쓸 수 없다 들었다. 뭣 모르고 이 숲에 들어섰다가 목숨을 잃은 나그네와 나무꾼의 머릿수도 헤아리기 힘들다고 들었다. 레르나 땅 귀족의 노예장과 수하들이 이 숲으로 들어가는 걸 본 자들은 있으나 나오는 걸 본 자들은 없다고 들었다. 없는 것도 많고 없애야 할 것도 많은 이 아르고스 땅에서 네놈까지 나를 성가시게 하는구나!"

헤라클레스가 칼을 치켜들며 마차에서 뛰어내렸다.

"제우스의 피를 가진 자, 뤼사 여신의 칼에 손을 다쳐 처자식을 곤봉으로 때려죽인 광인 헤라클레스여! 나를 죽이면 그대의 죄가 씻긴다던가. 그렇다면 나도 너를 죽여 지난 죄를 씻어도 되겠느냐. 제아무리 제우스의 아들이라고는 하나 너의 반쪽은 한낱 인간에 불과하다. 나는 뱀신 에키드나와 티폰 사이에서 태어났으니, 괴물이라는 소리를 들을지라도 인간의 피가 섞이지 않은 순수 혈통이다."

히드라가 아홉 개의 목을 곧추세우며 쉬익, 쉭, 쉿소리를 냈다.

"어리석구나, 물뱀이여! 내가 네메아의 사자를 죽이는 걸 봤더라면 감히 내 앞에서 똬리를 풀지 못했을 것이다. 또한 마차를 끌고 온 저 아이가 누구인지 알았다면 초조와 두려움에 네 머리통 서너 개는 그 자리에서 삭아 없어졌을 것이다. 저 아이는 내 조카이자, 에리스 신의 사랑을 받는 전사이며 기수다."

헤라클레스가 고갯짓을 하자 이올라오스가 첫 번째 장작개비에 불을 붙였다. 그러자 히드라의 머리들이 이올라오스를 향했다.

"뤼사 여신에게 농락당한 광인의 조카 이올라오스여. 그대의 영웅 헤라클레스가 발광을 하여 처자식과 부하들을 때려죽이던 날, 그대의 형제 두엇도 머리가 박살 나서 죽었다는 소문을 들었다. 모름지기 형제의 죽음은 복수로 대갚음해야 하는 법인데 외려 형제를 죽인 자를 영웅으로 떠받들고 졸개 노릇을 자처하다니, 속도 없구나! 훗날 세상은 이올라오스라는 이름을 영웅이 아니라 헤라클레스의 졸개이자 한낱 마부로 기억할 것이다."

히드라의 눈동자 속에 이올라오스의 장작불이 어리어 있었고, 히드라를 마주 보는 헤라클레스와 이올라오스의 눈도 붉게 이글거렸다. 뤼사 여신이나 마니아 여신의 칼날에 베이지 않고도 셋 다 광기에 사로잡혀 있었다. 죽이는 것만이 살길이었다.

둔탁하게 생긴 몸과는 다르게 헤라클레스는 민첩했다. 히드라의 뱀 머리 하나가 헤라클레스의 목덜미를 노리다가 칼날에 베어져 나갔다. 제우스의 아들은 상반신을 흔들며 웃어 젖혔다.

"젖먹이 시절에 이미 독사 두 마리를 맨손으로 잡아 죽인 나다. 그리고 좋은 제자였다고는 할 수 없겠지만 일찍이 카스토르에게 검술을 배웠느니라. 머리만 아홉이지 심장은 하나뿐인 물뱀에 지나지 않는 네가 내 적수가 될 수 있다고 보느냐!"

머리가 떨어져 나간 자리에서 두 개의 뱀 머리가 돋아나자 헤라클레스는 웃음기가 남은 얼굴로 이올라오스를 힐긋거렸다.

"보았느냐, 이올라오스. 괴물의 머리가 잘려 나가고 새 머리가 돋아나기까지는 내가 한 크라테르의 포도주를 털어 마시는 시간만큼밖에 안 된다. 그러니 그 짧은 틈에 괴물의 목을 지져야 한다."

헤라클레스의 발재간에 튄 흙덩이에 바닥 없는 샘이 흐려졌다. 레아 여신의 참나무들이 뽑혀 나가고 히드라의 머리들이 숲 뒤로 날아갔다. 히드라가 쓰고 있던 백리향 화관도 흙바닥에 떨어져 으깨졌다.

젊은 이올라오스는 헤라클레스보다 힘이 약하고 굼떴으나 대신 움직임이 정확했다. 히드라의 공격에 불타는 장작 몇 개를 날려 먹긴 했지만 일단 장작개비를 휘둘렀다 하면 살을 태우는 냄새가 진동했다. 순식간에 히드라는 목 여섯 개를 잃었다. 일곱 번째 목이 잘려 나간 뒤로는 몸의 균형마저 흔들렸다. 참나무 우듬지에 닿을 만큼 곧추세워지던 몸이 자꾸만 옆으로 무너져 내렸다.

"여자아이의 얼굴을 하고 있는 저 머리가 원흉입니다. 저걸 잘라 내야 저놈을 끝장낼 수 있습니다!"

이올라오스가 장작개비로 히드라의 얼굴을 겨누며 소리쳤다.

"일부러 남겨 두었던 것이다. 제 몸이 잘려 나가는 꼴을 인간의 얼굴을 하고 지켜보는 게 흥미로워서, 여태 칼끝을 다른 곳으로 돌렸느니라. 이제는 네 말대로 저 목을 잘라서 쐐기를 박아야겠구나. 방패를 들어라, 이올라오스여. 여태 뱀 머리를 자르고 지졌지만 저놈의 피 한 방울 튀지 않았다. 그건 여덟 개의 뱀 대가리에는 영혼이 없기 때문이다. 하지만 저 여자아이의 목을 치면 맹독이 든 히드라의 피가 튈 것이다."

헤라클레스도 히드라를 향해 칼을 치켜들었다.

칼잡이와 횃불잡이의 눈길이 히드라의 얼굴을 향한 틈에 히드라는 마지막 힘을 모아 꼬리로 샘을 내리쳤다. 철썩! 물이 튀자 순간적으로 두 사람의 집중력이 흔들렸다. 헤라클레스는 물이 튄 눈을 끔뻑거리다가 이내 힘껏 칼을 휘둘렀다. 칼이 히드라의 단단한 살과 뼈를 스쳤다. 툭! 히드라의 머리가 어디론가 솟구쳤고 검붉은 핏물이 튀었다. 핏물에 놀란 이올라오스는 장작개비를 내던지고 뒤로 물러났다. 히드라의 마지막 남은 뱀 머리가 성난 쇳소리로 울부짖었다. 하지만 이내 숲에 머리를 처박았고 물뱀은 움직이지 않았다.

헤라클레스와 이올라오스는 피가 튄 방패를 숲에다 던져 버린 뒤 조심스레 풀밭을 살폈다. 수십 개의 뱀 머리들 사이에 쪼개진 얼굴 하나가 있었다. 검은 흙으로 구운 듯한 얼굴이 도자기처럼 박살이 난 채 핏물을 내뿜고 있었다.

"보라, 이올라오스여. 숨이 떠나 버린 물뱀의 얼굴은 얼마나 초라한가. 좀 전의 그 아리따운 얼굴은 거울 속 제 모습을 보아 버린 메두사처럼 변하지 않았는가. 이것이 독을 품은 뱀들의 속성이다. 제 안의 독과 마주한 순간 스스로의 추함을 견디지 못하고 돌처럼 굳어 버리지. 이 역겨운 꼴을 보라. 머리카락마저 가닥가닥 실뱀이구나. 나를 광인이라 비웃던 괴물은 일찍이 영웅 페르세우스에게 목이 잘린 메두사와 닮은꼴을 하고서 타르타로스의 어둠으로 끌려갔다. 훗날 저자의 이야기꾼들이 오늘 나의 업적을 증언할 것이며, 이름난 화가들이 이 일을 성벽에 새길 것이다."

헤라클레스는 소가죽 주머니에 깨진 도자기 머리와 뱀 머리 두엇을 담아서 마차에 실었다. 이올라오스가 고삐를 흔들자 검고 키가 큰 말이 영웅의 승리를 전하고자 언덕 아래로 질주했다.

영웅과 마부가 떠나간 숲은 적막했다.

한시적인 고요였다. 곧 히드라의 잘린 머리를 조롱하려고 영웅의 숭배자들이 몰려올 것이었다. 덤불에서 기어 나온 글라우케는 히드라의 잘린 머리들을 한데 모았다. 잉걸불이 남아 있는 장작개비 하나를 주워서 뱀의 머리를 태웠다. 매캐한 연기가 바닥 없는 샘을 한 바퀴 휘돌아 하늘로 올라갔다. 머리를 다 태운 뒤에는 불길이 신성한 나무들에 옮겨붙기 전에 샘물을 길어다가 잔불을 잡았다.

"이제 우리도 떠나요."

글라우케가 히드라의 몸통을 어루만졌다. 마지막으로 잘린 데서 솟아난 뱀 머리 두 개와 여자아이의 얼굴 하나가 글라우케를 보고 있었다. 헤라클레스가 마지막으로 자른 것은 여자아이의 머리가 아니라 그 옆에 있던 뱀 머리였다. 집중력이 흐트러진 헤라클레스의 칼끝에 히드라가 뱀 머리를 들이민 것이었다. 덤불에 숨어 있던 글라우케가 그 순간에 맞춰 돼지 피가 찰랑거리는 메두사 머리 모양 항아리를 헤라클레스 쪽으로 던졌던 터다.

"제우스의 피를 속였으니 이젠 히드라님도 강이나 바다, 어디로든 갈 수 있어요."

글라우케의 말에 히드라는 바닥 없는 샘을 굽어보았다. 그토록 증오하고 또 사랑했던 샘이 헤라클레스의 난동으로 탁해져 있었다. 시간이 지나면 흙이 저 끝없는 바닥으로 내려가고 샘은 다시 맑아질 터였다. 하지만 이제 그 샘은 히드라의 것이 아니었다. 샘 또한 히드라를 제 곁에 묶어 둘 수 없으리라. 히드라의 눈길이 마침내 숲 바깥 어딘가로 향했다. 글라우케가 히드라를 올려다보았다.

"가는 길에 아직 꽃이 남아 있으면 화관을 새로 엮어 드릴게요. 어디로 모실까요?"

"티린스의 바닷가. 너를 닮은 냄새와 만새기가 있는 거기로 데려다다오."

사람들을 피해 깊은 골짜기와 깊은 숲으로만 다니느라 여행은 더디었다. 하지만 단 하루도 길을 멈추지 않았고, 두루미들이 하루 종일 하늘을 가로지를 즈음엔 티린스의 바다가 보이는 언덕에 이르렀다. 그곳 참나무 숲에 몸을 숨기고 닉스 여신의 시간을 기다렸다가 바다로 나아갔다.

히드라는 북풍에 흔들리는 어선들 사이로 미끄러져 들어갔다. 달빛이 검은 머리의 히드라와 티린스 바다에 고루 내려앉았다.

"글라우케, 만새기를 잡는 어부가 되어 날 만나러 오겠느냐?"

"바다로 가지는 못할 듯합니다."

"바닥 없는 마음을 주겠다더니 이대로 끝이란 말이냐."

"시간을 되감아 히드라님을 살리기까지 세 분 여신의 도움을 받았습니다. 저는 티린스에 남아서, 우리를 위해 뒤로 걸어 준 대지의 여신들을 섬기는 신녀가 되고자 합니다."

혹 시간을 되감아 준 일을 후회하여 대지의 여신들이 히드라에게 미움을 돌리는 일이 없도록 여신들 곁에 남으려는 것이었다. 글라우케는 바다로 뛰어들어 가 히드라의 목을 끌어안았다. 히드라는 글라우케가 마른 넝쿨로 엮어 준 화관을 쓰고 달빛이 비치는 먼바다로 떠났다.

어느 날 가이아 여신이 레아 신전의 신녀가 된 글라우케를 찾아왔다. 태초의 여신은 글라우케를 앉혀 놓고 하소연을 하였다. 우려한 대로 신들의 시간이 다소 꼬인 모양이었다.

"이 어지러운 혼란의 시초가 된 글라우케야, 내 말을 들어 보아라. 나는 티탄 신족과 제우스의 전쟁 당시 제우스의 편을 들었다. 제 아버지 우라노스의 그악함을 그대로 빼닮은 크로노스가 그저 패배하길 바라서였다. 하지만 전쟁에서 이긴 제우스는 크로노스 편에 선 티탄 신들을 타르타로스의 어둠 속에 가둬 버렸다. 아무리 한때 뜻이 달랐어도 내 자식들이 타르타로스에 갇히는 꼴을 보고 있자니 속이 뒤집혔다. 나는 괘씸한 제우스를 응징하기 위해 거인들을 낳았다.

거인들을 올림포스로 보내어 제우스의 거처를 공격하게 하였다. 처음엔 내가 낳은 거인들이 우세하였다. 하지만 헤라클레스가 전쟁에 뛰어들었다. 네메아의 사자를 죽이고 히드라를 죽이며 열두 가지 과업을 달성했다는 제우스의 아들이 전쟁의 판도를 뒤집었다. 결국 전쟁은 제우스의 승리로 끝이 났다.

하지만 나는 분하고 분하여 다시 티폰을 낳았느니라. 뱀과 인간의 형상을 반반씩 취한 티폰은 폭풍을 몰고 다니며 바다를 뒤집어 놓을 만큼 강력하였다. 티폰은 게토의 딸 에키드나와 결합하여 히드라와 케르베로스 남매를 낳았다. 나는 티폰에게 올림포스의 제우스를 공격하라 일렀느니라. 처음엔 티폰이 우세하였으나 이번에도 결국 제우스의 승리로 끝이 나고 말았다.

그렇다면 글라우케야, 헤라클레스가 죽인 히드라는 무엇이며 훗날 티폰이 낳은 히드라는 또 무엇이냐. 헤라클레스는 분명 히드라를 죽여서 영웅이 되었고 올림포스 신들과 거인들의 전쟁에 참여하였는데, 나는 히드라의 아비인 티폰을 그 전쟁 후에 낳았느니라. 히드라라는 이름이 등장할 때마다 신들의 시간이 엉키는구나. 아주 골치가 아프다."

글라우케는 여신의 말을 잠자코 들었다. 긴 이야기를 매조지은 가이아는 혀를 차고 탄식하며 돌아갔다.

엉킨 건 신들의 시간만이 아니었다. 인간의 시간에도 구멍이 뚫려서, 글라우케는 이따금 어릴 적에 지나다니던 길에 가 보곤

하였다. 거기 가면 어린 글라우케를 훔쳐볼 수 있었다. 한번은 볼에 붉은 기운이 맺혀 있는 글라우케를 멈춰 세우고는 손수 머리를 잘라 주기도 하였다. 또 언젠가는 글라우케가 두고 간 만새기도 맛보았다.

엉키지 아니한 건 바닥 없는 마음 하나였다.

달빛이 깊은 밤이면 고향 마을 바다에서 노랫소리가 들리곤 하였다. 파도에 흐려진 노랫말에 글라우케의 이름이 섞여 있곤 하였다. 그러면 달이 지도록 그 노래를 따라 불렀다. 새삼스레 언덕에 나앉아 있으면 닉스 여신이 잠을 보내어 글라우케를 레아의 신전으로 돌려보냈다.

겨울이 가고 페르세포네가 하데스의 방에서 지상으로 돌아오고 세상엔 봄이 왔다. 글라우케는 봄을 몰고 힘차게 걸어가는 데메테르 여신을 볼 때마다 땅에 입을 맞추었다. 가이아 여신과 레아 여신이 신전에서 만나 담소를 나눌 때는 여문 곡식과 염소의 넓적다리를 바쳤다.

아직도 레르나 땅에 바닥 없는 샘이 있는지는 모르지만 글라우케는 세이리오스 별이 뜨고 엉겅퀴가 만발한 여름에도 목이 타지 않았다. 거친 인생에 쫓기던 아이에게 그늘과 한 홉의 물을 내주었던 이는 너른 바다를 차지하였고, 글라우케는 대지의 여신들 곁을 지켰다.

제6회 타임리프 소설 공모전 우수상 수상작

# 뱃속에서

배희원

가랑이 사이로 손이 들어온다. 실리콘 고무의 기분 나쁜 물성이 내 안을 무자비하게 헤집는다. 내가 아주 어린 소녀였을 때부터 소중히 지켜 온, 아무에게도 보여 주면 안 된다고 가르침 받아왔던 그 공간. 오롯이 나와 내가 사랑하는 남자의 것이라 여겼던 그 영역이 지금은 낯선 얼굴들 앞에서 반항의 의지 없이 아가리를 활짝 벌리고서는 오물과 알코올로 엉망진창 난도질당하고 있다. 뜨겁고 뭉근한 액체들이 내 아래에서 둑 터진 듯 콸콸 쏟아져 내린다. 한바탕 쏟아 낼 때마다 150도로 벌린 두 다리가 바들바들 떨려 온다. 견딜 수 없는 한기에 이가 닥닥 소리를 내며 부딪힌다. 푸줏간에서나 맡아 봤던 피비린내가, 생리 끝물에 코를 찌르던 악취가 진동한다. 무표정한 얼굴의 간호사들은 두 손에 제 체중을 한껏 실어 온 힘으로 내 배를 누른다.

고통. 끔찍한 고통. 도저히 적응되지 않는, 생을 포기해 버리고 싶어지는 강력하고 무시무시한 고통. 나는 짐승처럼, 짐승 이하의 생물처럼 울부짖는다. 의사는 피 묻은 장갑을 내 질 안에서 꺼낸 뒤 간호사로부터 커다란 가위를 전달받는다. 나는 저것이 무엇에 쓰는 물건인지 알고 있다.

"회음부 절개 좀 할게요."

저 남자는 '팩스 좀 보낼게요.' 하는 말투로 내 가장 여린 살점을 가윗날로 자르겠다는 이야기를 한다. 어차피 나에겐 선택지가 없다. 질 입구에 차가운 금속 날이 섬뜩하게 닿는다. 서걱 하는 느낌과 함께 살이 주욱 잘려 나가는 게 느껴진다. 소독 알코올이 상처 부위 위에서 마른다. 이 쓰라림은 우습다. 이미 내 하반신을 지배하고 있는 전능한 고통에 비하면.

"죽을 거 같아요. 너무 아파요, 선생님."

"산모님. 포기하시면 안 돼요. 힘주셔야 해요. 거의 다 나왔어요."

"안 돼요. 전 못 해요."

"조금만 더요. 머리가 보여요. 힘, 힘!"

내가 가지고 있는 가장 마지막 힘을 그러모아 본다. 후, 후, 크게 호흡하고, 이를 악물고, 간호사의 구호에 맞춰 모든 힘을 아래에 불어넣는다. 거대하고 무거운 덩어리가 뱃속에서 아래로 미끄러지듯 빠져나가는 게 느껴진다.

이제, 이제 끝인가. 제발 이걸로 끝. 더는. 더 이상은 난…….

그렇게 믿지 않는 신에게 비는 순간, 전기 퓨즈가 나가는 것처럼 픽 하고 세상이 꺼진다.

아, 안 돼.

또.

눈을 뜨고 시야가 서서히 밝아 오면, 나는 신혼집 안방 화장실 변기에 앉아 있다. 익숙한 화장실 벽타일이 보인다. 크림색으로 하고 싶었는데 재욱이 나에게 묻지도 않고 그레이로 결정해 버렸던, 그래서 한동안 꼴도 보기 싫었던 칙칙한 타일 벽. 문을 열고 화장실 밖으로 나가 안방을 지나쳐 거실로 나가면, 재욱이 있을 것이다. 소파에 반쯤 누워 휴대전화로 게임을 하며 주말을 즐기고 있겠지. 이제부터 일어날 일들이 어떤 것인지는 알지 못한 채. 사랑스러운 아내에게 어떤 일이 벌어지고 있는지 꿈에도 모른 채.

납작히 꺼진 배에 손을 대어 본다. 아직도 방금 전의 고통이 남아 있는 것 같아 나는 잠시 몸을 부르르 떤다. 내 오른손에는 임신 테스트기가 들려 있다. 또렷한 두 줄이다. 테스트기를 한동안 가만히 바라본다. 그것은 스스로 진동이라도 하는 것처럼 떨고 있다. 그걸 들고 있는 내 손이 덜덜 떨리고 있는 탓이다.

나는 상체를 굽혀 몸을 아래로 웅크리고 시체처럼 모든 힘을 쭉 뺀다. 그러다 갑자기 미친년처럼 큰 소리로 웃는다. 하하, 하하하, 아하하하하하. 아하하하하하! 기괴한 웃음소리가 거실까지 들렸나 보다. 재욱이 달려와 급히 문을 두드린다.

"자기야, 왜 그래? 무슨 일 있어?"

일? 있지. 무슨 일이 있지. 자기는 상상도 못 할 일. 이 세상에서 오롯이 나 혼자만 아는 아주 이상하고 끔찍한 일. 나는 웃음을 멈추고, 이내 비명을 지른다. 살인 사건이라도 목도한 사람처럼.

이 이야기를 믿어 줄 사람이 누가 있을까. 나조차도 믿게 된 지

얼마 되지 않았는데 말이다.

그러니까 나는…… 이 임신을 반복하고 있다.

지난한 9개월을 거쳐 차가운 산부인과 분만실에 누워 힘을 주면, 아이가 태어나 첫울음을 울기 직전 세상이 까매진다. 눈을 뜨면 다시 이곳이다. 신혼집 안방 화장실 변기 위. 테스트기에서 두 줄을 확인하던 바로 이 순간으로 돌아오는 것이다. 그렇게 모든 과정이 다시 시작된다. 입덧과 복통, 찢어지는 살, 불러 오는 배, 다리 사이로 줄줄 흐르는 오줌 줄기. 그러다 어느 날 팬티가 축축이 젖으면 분만실 침대에 다리를 벌리고 눕는 것이다. 고통과 비명, 피와 칼. 그리곤 다시. 또다시. 다시 이곳으로.

그렇게 나는 벌써 다섯 번의 임신 기간을 거쳤고, 이 테스트기를 확인하는 건 오늘로 여섯 번째다. 포유류 중 임신 기간이 가장 긴 아프리카코끼리의 평균 임신 기간은 645일이라고 한다. 나는 총 1331일 동안 임신해 있었다. 그럼에도 아직 아이를 낳지 못했다. 오늘로서 266일의 사이클이 다시 시작되었다. 이번엔 낳을 수 있을까? 이번에도 다시 처음으로 돌아간다면? 영원히 출산에 실패하고 계속해서 무한히 임신 기간을 반복하게 된다면? 난 어떻게 되는 걸까. 미쳐 버릴까. 미쳐서 스스로 목숨을 끊어야 끝나는 건가. 그렇다면 내 뱃속의 아이는 어떻게 되는 걸까. 이 아이에겐 무슨 죄가 있길래 나와 함께 이 저주를 겪어야 하나. 여섯 번. 자그마치 여섯 번이다. 첫 출산 때 아이를 낳아 길렀어도 지금쯤 그 아이가 유치원에서 재롱 잔치를 할 정도로 충분한 시간이다.

그렇지만 나는 여기에 있다. 영원히 여기에서 답 없는 형벌을 받고 있다. 곧 불러 오기 시작할 배를 안고서.

나는 진심으로 스스로의 침착함에 놀라고 있는 중이다. 재욱이 이런 일을 겪었다면 진작에 미쳐 돌아서 제 배를 식칼로 쑤셨을 테니까.

*

"자기야. 이거 진짜야?"

재욱은 테스트기를 보고 눈물을 글썽인다. 기쁨의 눈물이다. 이젠 여섯 번째 보는 얼굴이라 아무 감흥이 없다.

"이거 진짜 맞지? 두 줄이면 임신 맞잖아. 우리 이제, 드디어 아기가 생기는 거야?!"

"임신 맞아. 아기가 생기는 건 모르겠고."

"……사랑해."

재욱은 벅찬 감정을 주체할 수 없다는 듯 우스운 표정으로 콧김을 뿜더니, 나를 꽉 껴안는다. 나는 바람 빠진 공기인형처럼 축 늘어진 채 가만히 안겨 있다. 모든 것이 실패한 코미디의 한 장면 같이 느껴진다. 재욱이 너무 세게 포옹하자 폐가 눌려 콜록하고 기침이 나온다. 재욱은 깜짝 놀라며 내 몸에서 손을 떼고 과장된 몸짓으로 뒤로 물러선다.

"맞다. 조심해야지. 이제 자기 몸은 자기 혼자만의 것이 아니니까. 그렇지?"

그러면서 아주 작은 새끼 강아지를 보듬듯 나의 머리칼을 쓰다듬는다. 재욱은 이렇게 나를 안아 주는 일을 좋아했다. 제 품으로 나의 몸을 뒤덮듯 감싸고 꼼짝 못 하게 하는 일. 나는 옴짝달싹 못 하고 안긴 채 재욱의 말을 생각해 본다. 언제 내 몸이 온전히 내 것인 적이 있었던가. 그 감각이 아득하게 느껴진다. 아예 없었던 일을 상상하는 것처럼 막연하다. 제 아이를 가진 내가 애틋해서 못 견디겠다는 재욱의 눈을 바라본다. 처음 이 눈을 봤을 때 나는 재욱이 원하는 대로 기뻐하며 함께 눈물을 글썽이는 어여쁜 아내였다. 그러나 지금의 나는 그 모든 감정을 잃었다. 이지겹게 되풀이되는 같은 장면 속에서 나는 가만히 재욱과 눈을 맞춘다. 제 자식에 대한 기대감으로 반짝이는 순수한 눈동자. 그 너머를 그려 본다. 그 너머를 나는 알고 있다. 등골이 서늘해지고 온몸의 털이 쭈뼛 선다.

*

재욱과 나는 신입 사원 연수원에서 처음 만났다. 양평의 한 연수원에서 만난 신입 사원들의 눈동자는 대기업의 일원으로서 사회생활을 시작한다는 벅찬 설렘으로 가득 차 있었다. 겨우 기업로고 하나 적힌 목걸이를 목에 건 것이 다인데, 나라 이름을 건 메달리스트라도 된 양 스스로를 자랑스러워하는 데 여념이 없었다. 그 순진한 열정이 1년 내에 먼지가 되어 사그라들 것이란 걸 아는 이는 아무도 없는 듯했다.

나도 마찬가지였다. 촌스러운 연두색의 단체복을 입고 연수원에 들어선 나는 에너지 드링크를 한 박스는 마신 사람처럼 각성된 상태였다. 지난 밤잠을 설쳤어도 전혀 피곤하지 않았다. 큰맘 먹고 단발로 자른 머리가 영 마음에 들지 않아 연신 귀 뒤로 머리칼을 넘겼다. 예뻐 보이고 싶었다. 나만 그런 건 아니었다. 입사의 기쁨에 도취된 애송이들이 뿜어내는 날숨 속엔 기묘한 성적 흥분이 분명히 섞여 있었다.

재욱은 우리 조의 남자들 중 가장 작고 말랐다. 하필이면 180센티미터가 넘는 장신 둘 사이에 끼인 그는 뭐가 그렇게 부끄러운지, 눈도 제대로 마주치지 못하고 고개만 꾸벅 숙여 인사했다. 단번에 번식 경쟁의 구도 밖으로 밀려난 그는 조별 활동 내내 구석에서 조용히 주어진 임무를 수행했다. 나는 어쩐지 계속 그가 신경 쓰였다. 도미노 조각을 쌓기 위해 허리를 숙였을 때 유난히 도드라져 보이던 척추뼈와, 깎은 지 얼마 안 돼 까슬까슬한 구레나룻과, 남자 손이라기엔 지나치게 가늘고 예쁜 손가락 같은 것이 자꾸 눈에 들어왔다.

여자 방에 모여 새우깡에 맥주를 마시던 마지막 밤, 모두 취해 하나둘 자신이 점찍어 둔 상대와 장난을 치고 있을 때 나는 조용히 담배를 태우러 나간 재욱을 따라나섰다. 그때 재욱은 힘들었던 학창 시절 이야기를 했고…… 취업 준비를 하며 물류 센터에서 박스 까대기를 했던 이야기를 했고…… 바지 한쪽을 걷어 군대에서 다친 다리를 보여 주었고…… 아, 몽롱한 정신으로 그 얘기를 들으며 나는 사이코 같은 생각에 빠져들었다. 이 남자, 지켜 주고 싶다. 우리는 살짝 입을 맞췄고, 입에서 뜨거운 맥주 맛이 났다. 재욱의 심장 뛰는 소리가 밖에서도 들릴 정도였다.

재욱과 나는 일하는 곳이 달랐다. 연수원의 꿈에서 깨어나 현실로 돌아온 우리는 어째선지 누구도 먼저 서로에게 연락하지 않았다. 나는 세 살 연상의 사수와 1년 반 동안 뜨거운 사내 연애를 했다. 재욱과 달리 유쾌하고 자신감 넘치며 남녀노소 누구에게나 호감이던 그가 실은 유부녀 팀장과 가끔 잠도 자는 사이라는 걸 알게 되고 난 뒤 나는 조용히 관계를 끝냈다. 다시 1년이 지났을 즈음에야 재욱과 나는 우연히 재회했다. 비 오는 일요일, 상수역 근처 스타벅스에서였다. 재욱이 예의 그 초식 동물 같은 눈망울로 나를 보았을 때, 나는 알 수 있었다. 저 남자가 내가 평생을 함께할 남자구나. 앞으로 나는 저 남자하고만 자게 되겠구나. 뱃속이 뜨거워지고 척추뼈가 간지러웠다. 내가 저 남자의 아이를 낳겠구나.

재욱이 처음 내 다리 안으로 들어오던 날을 기억한다. 어느 주말, 싸구려 편의점 와인에 잔뜩 취한 채로 재욱의 자취방에서 우리는 처음으로 몸을 섞었다. 내 얼굴 위로 떨어지던 재욱의 땀방울. 가쁜 숨소리. 부서지는 게 아닐까 걱정되던 이케아 싱글 침대. 창문에 붙어 있던 뽁뽁이와, 옷장 옆으로 차곡차곡 탑처럼 쌓여 있던 나이키 운동화 박스들. 축축하고 미끄덩거리던 시간 속에서 유일하게 반짝이던 재욱의 눈동자. 나는 그 눈동자를 실망

시키고 싶지 않아, 입 밖으로 어색한 소리를 내었다.

우리는 그 이후로 수많은 섹스를 했고, 4년의 연애 끝에 결혼했다. 내가 서른하나, 재욱이 서른둘이 되던 해 가을이었다.

결혼 후 재욱은 조금 달라졌다. 아니, 달라진 건 나였는지도 모른다. 연민이라는 베일을 걷어 내자 나는 그동안 보지 못했던 재욱의 진짜 얼굴들을 알게 되었다. 내가 순진했다. 저 남자는 세상사엔 서툴지만 마음만은 깨끗하고 여릴 거라 믿었다. 투박하고 멋없는 저 인간의 가장 깊은 곳에는 순수하고 희귀한 아름다움이 있을 거라고. 그 가치를 아는 사람은 나밖에 없다고. 나는 그런 멍청한 믿음에 사로잡혀 있었다. 그 안이 뒤틀리고 썩어 있을 줄 정말 몰랐는지, 모르기로 한 것이었는지, 이젠 알 수 없어졌다.

질투와 피해의식은 재욱의 무기였다. 남성 집단에서는 소외당하고 여성들에겐 선택받지 못했던 인생을 살아온 그에게 나는 그가 살면서 유일하게 가져 본 반짝거리는 전리품이었다. 재욱은 그 전리품을 꽉 쥐고 놓지 않으려 했다. 내 평온했던 일상엔 그의 손아귀 모양대로 자국이 남았다.

재욱은 혼자서 곧잘 미치고 팔짝 뛰곤 했는데, 그를 돌아 버리게 하는 가장 큰 원인은 내 전 사수이자 연인이었던 민 과장이었다. 재욱은 상상력이 좋았다. 자신과 만나기 전 내가 민 과장과 함께했던 시간들에 대해 상상하고 또 상상했다. 재욱의 상상 속에서 민 과장은 나를 몇 번이고 엉망으로 망가뜨렸고, 나는 그의 아래에 깔려 포르노 배우처럼 교성을 질러 댔다. 평소와 같이 심심하고 지루한 섹스를 끝낸 뒤 어쩐지 기분이 좋지 않아 보이는 재욱에게 무슨 문제라도 있냐고 물었다. 몇 번이고 다시 물어본 다음에야 재욱은 뾰로통한 얼굴로 대답했다.

"왜 그 새끼랑 할 때처럼 안 해?"

"그 새끼?"

"민성준 과장."

헉하고 말문이 턱 막혔다. 나는 멍하니 재욱을 보았다. 내가 민 과장과 어떤 밤을 보냈는지 재욱이 어떻게 안단 말인가. 그러나 그런 의문은 중요하지 않았다. 이미 재욱은 머릿속에서 나와 민 과장이 몸을 섞는 모습을 생생한 고화질 영상으로 수백 번은 재생해 왔던 것이다.

나와 헤어지고 다른 부서로 이동했던 민 과장이 프로젝트 때문에 내가 일하던 건물로 오던 날, 재욱의 히스테리는 극에 달했다. 그는 휴가를 내고 내 사무실 근처 카페로 와서 내내 나를 감시했다. 갑작스레 커피를 여러 잔 사 들고 사무실 안으로 들어오기도 했다. 팀원들은 좋은 남편이라며, 이런 애처가가 또 없다며 박수를 쳤다. 그러나 나는 두려움을 느꼈다. 커피를 나눠 주며 팀원들의 얼굴을 빠르게 살피는 재욱의 두 눈은 광기로 빛났다.

그럼에도 나는 이 결혼을 지키고 싶었다. 내가 선택한 남자와 내가 선택한 삶, 내가 확신한 이 사랑을 내 손으로 버리고 싶지 않았다. 나는 재욱에게 믿음을 주기로 했다. 내가 온전히 재욱의 것이라는 믿음. 재욱만이 나를 만지고 핥을 수 있다는 믿음. 그래서 재욱의 요구에 모두 응했다. 휴대전화 비밀번호를 공유했고,

위치 추적 앱을 깔았고, 화장기 없는 맨 얼굴로 출근했다. 조금이라도 몸매가 드러나는 옷은 모두 버렸다. 재욱이 아닌 다른 이들과의 만남을 모두 스스로 차단했다. 친구들과의 약속에도 전부 불참했고, 주말마다 나가던 클라이밍 센터 회원권도 끊어 버렸다. 재욱의 아래에 있을 때는 더 적극적인 몸짓으로 그를 받아들였다. 재욱이 좋아하는 AV 배우의 출연작을 찾아보고 연구했다. 나의 몸, 나의 시간, 나의 영혼까지 재욱에게 주었다. 그럼에도 재욱의 병은 쉬이 낫지 않았다. 재욱은 혼자만의 상상으로 나를 가졌다 잃었다 했다. 눈물이 범벅이 된 얼굴로 재욱에게 왜 나를 믿지 못하냐며 소리치던 밤들이 익숙해질 즈음, 생리가 끊겼다.

그렇게 테스트기를 손에 든 순간이 찾아온 것이다. 이제는 너무도 여러 번 겪어 흐릿해진 기억 속 최초의 순간에, 테스트기를 처음으로 확인한 나의 심정은 안도였다. 이걸로 재욱의 불안감을 사라지게 할 수 있을 거라는 안도감. 나는 달뜬 얼굴로 재욱에게 뛰어가 오줌이 묻은 테스트기를 보여 줬고 재욱은 눈물을 글썽이며 나를 끌어안았다. 사랑한다고, 너무 사랑한다고, 계속해서 이야기했다. 나 역시 행복했다. 우리의 아이가 이 불행을 해결해 줄 유일한 해결책이 될 거라 믿었다. 삐걱거리던 시간들은 인생의 길 위에서 잠시 흔들렸다 지나가는 터뷸런스 같은 것이라고, 내가 이 아이를 건강하게 낳아 둘이서 잘 길러 내면 모든 문제들은 사라지고 다시 행복해질 수 있을 거라고. 처음 사랑에 빠졌던 그 마법 같은 상태로 회복할 수 있을 거라고. 그렇게 생각했다. 나는 퍽 똑똑한 사람이었는데도, 그런 생각을 했다.

첫 번째 임신

나와 아이가 택한 첫인사의 방식은 구토였다. 6주 차부터 시작된 입덧은 기어이 내 안의 내장을 다 쏟아 내고 나야만 멈출 기세였다. 처음엔 고기 냄새만 맡으면 화장실로 달려가야 했다. 그러다가 어느 날은 미친 좀비처럼 생고기를 뜯어 먹고 싶은 욕망에 시달렸다. 그 얘기에 재욱이 고기를 굽기 시작하면, 다시 욕지기가 올라왔다. 나중엔 음식 생각을 하는 것만으로도 구토가 올라왔다. 물을 마시면 물이 그대로 입에서 쏟아져 나왔다.

가장 싫어진 건 재욱의 냄새였다. 그다지 깔끔하지 못한 성격의 성인 남자가 풍기는 온갖 냄새들. 정수리와 귀 뒤, 겨드랑이와 사타구니에서 뿜어져 나오는 비리고 느끼한 악취들. 침대 옆에 재욱이 누우면 그 냄새들이 내 몸을 덮쳤다. 나는 입을 틀어막고 벌떡 일어나 화장실로 달려갔다. 재욱은 자신이 소파에서 자겠다며 베개를 들고 방을 나갔다. 나는 그에게 참으로 오랜만에 진심으로 감사했다.

문제는 회사였다. 이런 상태로는 도저히 업무를 이어 갈 수 없었다. 옆자리 직원의 핸드크림 냄새, 탕비실의 커피 냄새, 부장의 셔츠 자락에 깊게 밴 담배 냄새를 맡을 때마다 나는 입을 틀어막고 돼지처럼 구역질을 해 댔다. 회의 중간에도 몇 번이나 자리를 박차고 뛰쳐나와야 했다. 회사 화장실 바닥에 무릎을 꿇고 변기

물을 내린 뒤, 나는 눈물이 그렁그렁한 채로 배에 대고 물었다. 대체 나한테 왜 이러니. 뭐가 불만이니. 아이는 대답이 없었다.

출근 직전, 우연히 맡은 음식물 쓰레기 냄새에 화장실로 뛰어가 꺽꺽대는 내 등을 두드려 주며 재욱은 다정한 말투로 물었다.

“회사 관두면 안 돼?”

이상했다. 그 말이 전혀 따뜻하지 않았다.

10주 차에 초음파 사진을 찍었다. 작고 동그란 덩어리 하나가 거기 있었다. 아무리 봐도 인간처럼은 보이지 않았다. 실감이 나지 않았다. 내 안에 또 다른 생명체가 자라나고 있다니. 저게 나와 재욱이 만든 아이라니. 재욱은 그 사진을 보자마자 울컥해서 눈물을 터뜨렸다. 나도 울어야 하는데, 사진을 보고 뜨겁게 감동받아야 하는데, 그게 엄마인 건데. 이상하게도 별생각이 들지 않았다. 재욱과 의사와 간호사의 기대에 부응하기 위해 나는 어색하게 글썽이는 연기를 했다.

15주 차가 되자 배가 제법 나오기 시작했다. 누가 봐도 임산부 같은 모습이 되었다. 펑퍼짐한 원피스로 버티다가, 결국 임부복을 샀다. 회사에서 마주치는 사람마다 내 눈이 아닌 배를 보고 말을 걸었다. ‘정말 중요한 건 네가 아니라 네 배에 들어 있는 그거야.’라는 것 같았다. 구역질은 계속되었다. 부장이 나를 불러 조심스레 물었다. 임산부인 나를 걱정하는 듯한 말투였지만, 나의 상태가 팀의 업무에 방해가 된다는 게 요지였다. 그렇게 말하는 부장의 빈 정수리에서 기름 전 내가 훅 끼쳤다. 화장실까지 갈 겨를이 없었다. 부장의 데스크 아래에 놓인 개인 휴지통을 붙잡고 점심으로 먹은 샌드위치를 게워 냈다. 입을 닦고 일어났을 때, 사무실 분위기에 헛웃음이 났다. 모두 아연했지만 그렇지 않은 척 열심히 모니터를 들여다보고 있는 꼴들. 나는 더는 갈 곳이 없다는 걸 깨달았다. 회사를 관뒀다고 말하니 재욱은 활짝 웃었다. 결혼하고 나서 본 그의 얼굴 중 가장 순수하게 행복해 보이는 미소였다.

공주님이라고 했다. 다행이라고 생각했다. 나야 상관없었지만, 재욱은 딸을 갖고 싶어 했으니까. 자신을 똑 닮은 딸아이가 태어날 거라는 생각에 재욱은 집 안에서 콧노래를 부르며 걸어 다녔다. 아이 방 벽지를 핑크색으로 다시 칠해야겠다며 분주히 업체를 찾아보고 난리였다. 재욱이 출근하고 죽은 듯 조용해진 집 안에서 나는 시체처럼 누워 내 뱃속에서 자라고 있는 여자에 대해 생각했다. 그 여자가 살아갈 세상에 대해 생각했다. 괜찮을까. 괜찮은 걸까. 이 여자에게 내가 아무 동의 없이 생명을 주어도 정말 괜찮은 걸까. 나에게 그런 권리가 있을까. 갑자기 의지와 상관없이 눈물이 줄줄 흘러나왔다. 세 시간을 내리 울다가 퉁퉁 부은 눈으로 물을 마시러 나왔을 때, 시어머니에게서 장문의 메시지가 날아왔다. 작명소에 가서 아이 이름들을 받아 왔다는 것이다. 불행해 보이는 이름들을 늘어놓은 뒤, 시어머니는 진짜 속내를 한 줄 추가했다.

다음엔 아들을 낳아 보자.

나는 얼음 트레이를 열고 컵 한가득 얼음을 넣은 뒤 물을 받아 한 번에 마셨다. 찬 걸 마신다며 질색할 재욱의 얼굴이 그려졌다. 속이 시원했다. 답장을 보냈다.

아이 이름은 설아예요.

제가 지었어요.

둘째는 없어요.

곧이어 휴대전화가 맹렬히 울리기 시작했다. 받지 않았다.

22주 차. 의사의 표정이 좋지 않았다. 태동이 강하게 느껴져야 할 시긴데, 아이의 움직임이 너무 적다고 했다. 하긴 뭘 모르는 내 생각에도 아이는 너무 고요했다. 초음파 화면 속의 아이는 두 눈을 꼭 감고 깊은 잠을 자는 것 같았다. 평화롭고 안락해 보였다. 그 사진을 들여다보는 순간, 나는 알 수 있었다. 그냥 알 수 있었다.

"선생님, 설아는…… 살고 싶지 않은 게 아닐까요?"

"산모님. 그게 무슨 말씀이세요?"

"그냥…… 느껴져요."

임신 우울증입니다. 의사는 몇 마디의 말로 나의 상태를 명명했다. 참 간편했다. 내가 느낀 모든 복잡한 감정들이 한마디로 정리되었다. 의사에게 내 얘기를 전해 들은 재욱은 세상이 무너지기라도 한 듯한 얼굴로 나를 살폈다. 그는 날 아예 안방 침대 위에 가둬 두고, 나에게 필요한 모든 물품을 안방 안으로 들여다 놓았다. 필요한 건 모두 가져다줄 테니 말만 하라고. 손가락 하나 까딱하지 말고 이 안에서만 살면 된다고.

"그럼 난 산책도 하지 말라고?"

"지금 자기랑 설아한테 제일 필요한 건 안정과 휴식이야."

그러면서 재욱은 자랑스러운 듯 웃었다. 자기만 한 남편 있으면 나와 보라면서 웃었다. 나는 대꾸해 줄 힘도 없어 베개에 머리를 기대고 누웠다. 이대로 이 아래로 푹 꺼지고 싶었다. 끝 간 데 없는 지하로, 저 바닥 밑까지 내려가고 싶었다. 어느새 불쑥 올라와 있는 배 위에 손을 대 보았다. 아무런 움직임도 없었다. 나의 아기는 태어남을 원치 않는다. 나는 그걸 알 수 있다. 그렇다면 나는 어떻게 해야 하는가. 침대 위에 갇혀 나는 계속해서 생각하고 또 생각했다. 그 끔찍하고 안락한 감옥 속엔 아이와 나 둘뿐이었다.

그리고 어느 날 밤, 새벽 3시 20분.

아이가 발을 찼다. 내 배의 표면이 불룩 튀어나왔다가 들어갔다.

나는 갑자기 머리를 세게 맞은 것처럼 무언가를 깨달았다. 깨닫는 순간 참을 수 없는 슬픔이 찾아왔다.

그건 사랑이었다. 재욱과 입 맞췄을 때 느낀 감정과는 비교조차 할 수 없을 정도로 날카롭고 무시무시한 것이었다.

예정일이 3주 정도 남았을 때, 나의 만삭 배는 바늘로 콕 찌르면 팡 하고 터질 것처럼 부풀었다. 무거운 배가 내 장기를 짓눌러 숨을 쉬기가 힘들었다. 가쁜 숨을 몰아쉬며 침대로 가서 눕는데, 메신저 알림이 울렸다. 민 과장이 보낸 메시지였다. 퇴사와 임신 소식 들었다면서, 출산 미리 축하한다고, 몸조리 잘하라는 간결하고 예의 바른 메시지. 여전했다. 과거의 연인에게조차 인맥 관리를 하는 지독한 인간이었다. 고맙다고, 프로젝트 잘 끝냈으면 좋겠다고 대충 대답한 뒤 휴대전화를 엎어 두었다. 몸이 무거워서일까, 수면제를 먹은 것처럼 잠이 쏟아졌다.

재욱의 고함 소리에 소스라치듯 놀라며 깨어났다. 새빨갛게 달아오른 얼굴을 한 재욱은 내 휴대전화를 손에 쥐고 나에게 큰 소리로 욕지거리를 내뱉고 있었다. 민 과장과 연락하는 사이였냐며. 언제부터였냐며. 재욱은 끓어오르는 분노를 주체하지 못해 몸을 버둥거렸다. 아니야, 그런 게 아니라……. 해명이 입 밖으로 제대로 나오지 않았다. 알고 있었기 때문이다. 이 시점에서 이미 저 동물에게 인간의 말은 아무런 의미가 없다는 걸.

"더러운 년!"

재욱이 휴대전화를 벽에 던졌다. 액정이 산산조각 나며 바닥으로 떨어졌다. 떨어지는 그 모습이 내 눈에 슬로 모션으로 보였다. 모든 것이 깨어지고 있었다. 내가 지켜 오려 했던 것들. 커다란 배. 그 안에 길러 온 나의 여자. 이제 겨우 생의 의지를 찾은 이 작은 여자아이. 셋이서 함께할 어떤 미래 같은 것들. 다 저 액정처럼 조각조각이 나서 바닥으로 떨어지고 있었다. 눈물도 나지 않왔다. 재욱은 현관문을 쾅 닫고 집 밖으로 나갔다.

혼자 남은 나는, 아니 아이와 둘이 남은 나는 배 위에 손을 얹고 말을 걸었다.

"미안해."

아이는 발로 내 배를 한 번 쿵 하고 차올렸다.

다음 날이 되도록 재욱은 돌아오지 않았다. 집 전화도 없으니 전화를 걸 수도 없었다. 노트북을 켜서 메신저 앱으로 메시지를 보내 봤지만 읽지도 않았다. 어쩔 수 없이 다시 침대로 돌아와 리모컨으로 텔레비전을 켰다. 특선 영화로 「악마의 씨」가 방영되고 있었다. 공교로운 타이밍이라 생각하며 채널을 돌리지 않고 시켜보았다. 무서운 영화여야 했지만 어쩐지 눈물이 나왔다. 로즈메리가 악마의 아이를 낳으려던 순간, 아랫도리에서 뜨거운 무언가가 터졌다. 침대가 축축해졌다. 어기적거리며 옷을 갈아입고, 집 밖으로 나가 택시를 불렀다.

"산부인과요. 빨리 좀 가 주실 수 있나요? 제가 양수가 터져서요."

재욱은 끝끝내 오지 않았다. 나는 홀로 분만실로 들어섰다. 끔찍한, 비참하고 가혹한, 어떻게 이런 방식이 가능한 건지 도저히 짐작조차 안 가는 행위들이 분만실 안에서는 태연히도 이루어졌다. 차라리 죽고 싶어지는 고통이 이어졌다. 한 가지 희망은 이게 곧 끝이 날 거라는 사실뿐이었다. 이 모든 고통이 끝나고 나면, 임신할 수 없는 몸이 되리라. 기필코 그렇게 되리라. 그렇게 다짐하며 남은 힘을 모았다. 너덜너덜해진 질 밖으로 아이가 나와 첫 숨을 쉬기 직전, 세상이 새카매졌다.

그렇게 처음으로 돌아갔다.

두 번째 임신

테스트기를 확인하고 재욱이 나를 끌어안을 때까지도 나는 내 몸이 아직 분만실에 있는 것이라고 생각했다. 고통이 너무 커 분만 중에 기절하는 산모들도 많다고 들었다. 결국 내가 졸도했구나, 이건 내 꿈속 같은 거구나. 고통이 사라진 것에 감사하며 나는 잠깐의 환상을 즐기기로 했다. 그러나 시간은 점점 흘렀고, 환상은 현실처럼 이어졌다. 꼬박 하루가 지나고 나서야 나는 사태를 조금이나마 파악할 수 있었다. 내 몸은 분만 중이고 잠시 정신을 놓은 게 아니었다. 나는 정말로 미친 거였다. 미쳐서 돌아 버린 것이었다. 그게 아니면 설명이 되지 않았다. 어떻게 하지? 이건 치료가 가능한 건가? 입원 치료라도 해야 하는 수준인 게 아닐까?

괴로워하는 내 얼굴을 살피는 재욱에게 나는 모든 것을 솔직히 털어놓았다. 이 모든 걸 똑같이 겪었다고. 마치 과거로 돌아온 기분이라고. 우리가 낳을 아이는 딸이고, 이름은 설아라고. 재욱은 심각해져서는 내 손을 잡고 정신과로 향했다. 의사는 나를 망상 장애라고 진단했다. 약은 먹을 수 없었다. 재욱의 역할이 중요하다고 했다. 재욱은 나를 품에 안고 말했다.

"괜찮아, 자기야. 내가 있잖아. 내가 자기를 지켜 줄게."

하지만 넌 나를 혼자 출산하게 했는걸.

그 얘기는 차마 입 밖으로 꺼낼 수 없었다. 그래서 나는 이렇게 말했다.

"한 가지만 약속해 줘. 아이를 낳을 때…… 같이 있어 줘."

재욱은 그건 너무나 당연한 일이라며 그런 걱정을 하는 것 자체가 내가 아프다는 증거라고 했다. 하지만 나는 겪었는데. 모든 일을 또렷이 기억하는데.

그리고 익숙한 구토가 찾아왔다.

회사를 관뒀고, 재욱은 나를 침실에 가뒀다.

모든 일들이 소름 끼치도록 똑같이 벌어졌지만 나는 스스로를 납득시키려고 노력했다. 정말 내가 미쳤던 거라고. 이게 진짜 현실이고, 이전의 임신이 꿈이었던 거라고.

어느 새벽, 아이가 첫 태동을 했다. 나는 또 한 번 강렬한 사랑의 감정을 느꼈다.

민 과장에게서 메시지가 왔다.

재욱은 격분해서 휴대전화를 부쉈다.

텔레비전에선 로즈메리가 막 악마의 아이를 낳으려고 했다.

나는 혼자 분만실에 들어갔다.
안 돼.

세상이 까매졌다.

세 번째 임신

테스트기를 숨겼다. 재욱에게 임신 사실을 알리고 싶지 않았다. 감동받은 재욱의 달뜬 얼굴을 볼 자신이 없었다. 모든 것이 역겹고 지겹고 공포스러웠다. 저주받은 테스트기를 쓰레기통에 버리고, 화장실 밖으로 나왔다. 외투를 챙겨 입고 현관문을 나서는데 재욱이 어딜 가냐고 물었다. 잠시 바깥 공기 좀 쐬고 오겠다는 나를 재욱이 붙잡았다.

"누구 만나러 가는 건 아니지?"

대답 않고 밖으로 나왔다. 세상은 여전히, 여전했다. 편의점에서 아이스티 하나를 사서 벤치에 앉았다. 이전의 임신으로 인해 깨달은 건 내가 미치지 않았다는 점이었다. 그렇다면 이건 무엇인가. 왜 나는 이 아이를 낳지 못하고 다시 이곳으로 돌아왔는가. 아직 납작한 배에 대고 물었다. 원하는 게 뭐냐고. 대체 나더러 뭘 어쩌라는 거냐고. 타오르는 갈증에 아이스티 500밀리리터를 다 마셨다. 카페인 함유량 같은 건 신경 쓰지 않았다. 지난 두 번의 임신에서 단 한 모금도 못 마셨던 카페인이었다. 온몸에 혈기가 쫙 돌고 힘이 솟았다. 이 좋은 걸 끊고 살았다니.

나는 계속 임신을 숨겼다. 재욱에게 말하는 순간 모든 것이 다시금 어그러질 것 같았다. 그러나 입덧까지 숨길 수는 없었다. 좋아하던 치킨을 먹지 못하고 화장실로 달려가던 날 재욱은 처음으로 임신을 의심했다. 나는 한사코 아니라고, 요즘 소화가 잘 안 되는 것뿐이라며 재욱을 속였다. 집 안에 있는 시간을 줄이기 위해 자진해서 연장 근무를 신청했다. 자정이 넘어서까지 일하던 어느 밤, 화장실에서 구역질을 끝낸 뒤 자리로 돌아오던 나는 그대로 쓰러졌다. 눈을 뜨니 재욱의 얼굴이 보였다. 화가 난 듯도 했고, 기뻐 보이기도 했다. 내 위에 있을 때도 종종 저런 얼굴이었는데.

붉게 달아오른 얼굴로 재욱은 내가 임신이라고 이야기했다. 그리고 곧이어 회사를 관두라고 했다. 나는 딱 잘라서 싫다고 했고, 응급실에서 우리는 큰 소리로 다퉜다. 그러던 중 설아의 이름이 나왔다. 재욱은 눈을 번뜩이며 물었다.

"누가 지어 준 이름이야? 혹시 그 새끼야?"

나는 전쟁 같은 생활을 계속하며 만삭이 될 때까지 회사에 나가고, 휴직계를 냈다. 재욱과는 다투는 일이 더 많아졌다. 재욱의 상상 속에서 아이는 민 과장의 딸인 듯했다. 아이를 낳자마자 친자 검사를 할 거라며 길길이 날뛰는 재욱을 보면서도 이제 아무 감정도 들지 않았다. 이번엔 민 과장에게서 메시지가 오지 않았다. 대신 휴직에 들어가기 전날, 민 과장이 우리 팀을 찾아와 인사했다. 그 사실을 알게 된 재욱은 다시 분노했고, 휴대전화를 부쉈다.

텔레비전에선 로즈메리가 악마의 아이를 낳았고, 양수가 터졌다.

혼자 분만실에 들어갔다.

네 번째 임신

하고 싶은 걸 다 하기로 했다.

배가 아주 부르기 전까진 클라이밍 센터에도 나갔다. 바닥으로 쿵쿵 떨어졌다.

재욱은 길길이 날뛰었다. 폭언의 빈도와 강도가 높아졌다.

그렇지만 계속해서 살고 싶은 대로 살았다.

커피도 마셨고, 회사에선 새 프로젝트도 맡았다.

그러다가, 재욱이 만남 전용 애플리케이션을 쓴다는 걸 알게 되었다. 휴대전화 요금이 너무 많이 나온 걸 의아하게 생각해 고지서를 뜯어보다가 처음 보는 앱에 120만 원어치의 소액 결제를 한 사실을 발견한 것이다. 재욱이 잘 때 몰래 그의 휴대전화를 가져가 잠금 화면을 풀었다. 숨겨져 있는 앱을 열자 그간 재욱이 나눴던 메시지들이 그대로 쌓여 있었다. 네 번째 바퀴가 돌 동안 나는 전혀 몰랐던 것이다.

나의 남편이 이름도 나이도 모르는 그녀들에게 수백, 수천 개의 메시지를 보내 왔다는 걸. 가끔은 팬티를 벗고 자신의 성기를 빳빳이 세워 찍은 사진을 보내기도 했다는 걸. 나는 감옥 같은 침실에 가둬 두고, 본인은 차를 몰고 나가 어린 여자애들을 만지고 돈을 줘 왔다는 걸. 그게 그가 본인의 자존감을 회복하는 방식이었다는 걸.

아마 내가 차가운 분만실에 혼자 누워 있을 때도 그녀들을 만났을 거라는 걸.

다섯 번째 임신

나는 테스트기를 들고 재욱에게 물었다.

"나 혼자서 병원에서 다리 벌리고 애 낳을 때, 그때 뭐 했어, 망할 새끼야."

재욱은 당황한 얼굴로 날 보았다.

"자기야, 왜 그래?"

재욱이 내 손에 들린 물건을 보고 눈이 커졌다.

"그거…… 임신 테스트기야?"

"대답해. 그 드러운 짓은 언제부터 했어?"

"대체 무슨 소리야? 자기 미쳤어?"

"내가 미친년 같지? 진짜 미친 건 너야."

다섯 번째 임신에서, 재욱은 나를 때렸다.
코와 입 안쪽이 터져서 빨간 피가 흘렀다.

그리고 지금

나는 재욱의 품에서 탈출하듯 몸을 빼낸다. 그리고 재욱의 눈동자를 똑바로 쳐다보고 말한다. 우리 이혼하자.

나는 재욱에게서 도망친다.

재욱은 나를 포기하지 않는다.

37주 차, 재욱은 접근 금지 명령을 어기고 나를 찾아온다. 위협을 느끼고 도망치는 나를 쫓아 무단횡단을 하던 그는 내가 보는 앞에서 차에 치인다.

재욱의 몸이 하늘을 날았다가 바닥으로 처박혀 깨어진다. 피와 뇌수가 바닥에 흩뿌려진다. 한때 내가 사랑했던 유약한 남자의 머리가 아스팔트 위를 외롭게 구르고 있다. 그 눈동자가 나를 바라본다. 내 배를 바라본다. 나는 무표정한 얼굴로 돌아선다. 그리곤 뱃속의 아이에게 말한다.

"이번엔, 꼭 나와 줘야 해."

*

"산모님. 포기하시면 안 돼요. 힘주셔야 돼요. 거의 다 나왔어요. 조금만 더요. 머리가 보여요. 힘, 힘!"

최후의 힘을 아랫도리에 쏟아 넣는다. 물컹하는 느낌과 함께 거대한 덩어리가 아래로 빠져나간다. 이제 세상이 까매질 차례인가. 나는 거친 숨을 쉬며 수레바퀴가 회전하기를 기다린다. 그러나 여전히 세상은 충격적일 정도로 밝고 하얗다. 수술실 조명을 똑바로 바라보며 눈을 찡그린다. 그때 어디선가 믿을 수 없는 소리가 들려온다. 아이가 첫울음을 내는 것이다. 온 힘을 짜내서 세상 밖으로 나왔다고 인사하는 것이다. 나는 고개를 힘겹게 들어 내가 낳은 생명체를 보고자 한다. 분비물이 잔뜩 묻은 못생긴 아기 하나가 벅차게 울고 있다. 간호사가 수건으로 아이를 감싸 내 얼굴 가까이 가져와 준다. 아이는 세찬 울음을 멈추고 이내 눈을 뜨고 나를 바라본다. 우리는 눈이 마주친다. 네가 태어났구나. 태어나 주었구나. 뜨거운 눈물이 주체할 수 없을 정도로 흐른다.

나는 아이를 품에 안아 본다. 심장 소리가 몸과 몸을 타고 이어진다.

설아야. 만나서 반가워.

*

당신에게.

지금껏 저는 당신에게 수많은 편지를 써 왔지만, 이것이 아마 제가 당신에게 보내는 마지막 편지가 될 겁니다. 제 편지들을 한 줄 한 줄 읽어 내려가는 당신의 벅찬 얼굴을 지켜보는 일을 저는 참 사랑했는데, 이 편지를 읽는 모습은 영영 볼 수 없다고 생각하니 마음이 무너집니다. 하지만 보지 않는 편이 나을 수도 있겠습니다. 당신은 많이 울 게 분명하니까요. 이 편지가 끝날 즈음이면 종이가 눈물로 축축이 젖을 정도로 울고 있을 거예요. 당신은 뻔한 어버이날 편지를 보고도 코가 빨개질 정도로 우는 울보잖아요.

오늘은 제 마지막 열두 번째 생일이었습니다. 당신은 선물로 제가 갖고 싶다고 했던 오렌지색 자전거를 사 주었죠. 사실 자전거는 별로 좋아하지 않아요. 탈 시간도 얼마 남지 않았고요. 그래도 이번엔 철없는 아이가 되기로 했죠. 선물을 받은 오렌지색 자전거를 타고 달리는 제 모습을 보며 당신은 무척 행복해했습니다. 사진도 많이 찍었죠. 세상에 더 바랄 게 없다는 듯 행복해하는 당신 때문에, 저는 울지 않기 위해 입 안쪽을 꽉 깨물어야 했습니다.

오늘로부터 정확히 1년 후, 저는 죽습니다. 다음 달부터 저는 이유 없이 코피가 잦아질 거고, 운동장에서 쓰러지기도 합니다. 놀란 얼굴로 병원에 저를 데리고 간 당신은 충격적인 이야기를 듣죠. 급성 혈액암이라고. 이후로 저는 고통스러운 항암 치료를 시작하고, 당신은 병원비를 대기 위해 잠을 줄여 가며 돈을 법니다. 그러나 어떤 수를 써도 저는 1년 후에 죽어요. 13살 생일 다음 날이죠.

저는 이 운명을 바꾸려고 노력해 왔습니다. 저에겐 남들에게 없는 능력이 하나 있거든요. 시간을 되돌리는 능력이죠. 이 능력을 처음 발견한 건 일곱 살 때였습니다. 당신이 최재욱 씨에게 심하게 맞아 정신을 잃고 거실 바닥에 쓰러졌을 때였죠. 술에 취한 채 헛소리를 늘어놓던 최재욱 씨는 막상 당신이 죽은 듯 가만히 있으니 두려워하기 시작하더군요. 최재욱 씨는 당신의 어깨를 두 손으로 세차게 흔들며 소리쳐 봤지만 당신은 흔들리는 대로 목이 휙휙 꺾일 뿐이었습니다. 그 모습을 보며 저는 아주 간절히 기도했습니다. 시간을 되돌려 주세요. 당신이 맞지 않도록. 눈을 꼭 감고 10초를 세고 나니, 당신은 여느 때처럼 식사를 차리고 있었습니다. 저는 알 수 있었죠. 잠시 후 문이 열리고 만취한 최재욱 씨가 들어와 당신에게 육두문자를 쏟아붓고 이윽고 주먹으로 얼굴을 가격할 것이라는 걸요. 도어록이 열리는 소리가 들렸고, 발간 얼굴의 최재욱 씨가 들어왔습니다. 저는 본능적으로 집 밖으로 달려 나가 뛰었습니다. 당황한 당신과 최재욱 씨는 갑작스레 뛰쳐나간 저를 잡기 위해 함께 달렸죠. 맨발에선 피가 흐르고 숨은 헐떡거렸지만, 당신은 그날 맞지 않았습니다.

이렇게 저는 몇 번이고 당신을 구해 왔습니다. 제가 살아온 수많은 시간 속에서 당신은 맞고, 울고, 빌고, 고통에 몸부림쳤고, 수면제를 먹고 영영 돌아오지 않을 잠에 빠지기도 했습니다. 그때마다 저는 눈을 감고 10초를 셌습니다. 어떨 때는 아주 오랜 시간을 거슬렀습니다. 과거의 잘못된 한순간을 고치면 미래의 당신이 행복해질 수 있지 않을까 싶어 1년 전으로도, 2년 전으로도, 10년 전으로도 돌아가 보았습니다. 과거로 돌아가는 능력은 있어도 다시 현재로 돌아오는 능력은 없었기에 저는 그때마다 오롯이 그 시간을 살아 냈습니다. 제가 세상에 태어나 살아온 시간의 합은 당신의 인생 전체보다도 깁니다. 저의 목표는 단 하나였습니다. 너무나 사랑하는 당신을, 행복하게 만들고 싶었습니다.

그러나 그 모든 노력에도 불구하고 당신은 언제나 기필코 불행해졌습니다. 그 모든 불행의 중심엔 최재욱, 나의 아버지가 있었습니다. 열 살의 어느 겨울, 실은 28년 7개월 정도를 살았던 그날 저는 당신이 친구와 통화하는 내용을 엿들었습니다. 당신이 이혼하지 못하는 이유는 오직 저 때문이더군요. 결국 불행의 근원은 저였던 겁니다. 저를 너무 사랑했기 때문에 불행해졌던 거죠. 그런 제가 시한부 선고를 받고, 그 어떤 시도에도 불구하고 결국 죽음을 향해 달려갈 때, 너무 울어 모든 수분이 말라붙어 버린 앙상한 당신을 보고 저는 다짐했습니다.

이 모든 불행을 처음부터 뜯어고치자고. 당신을 자유롭게 해 주자고.

그래서 제가 해 본 중 가장 오랜 기간을 거슬러 가장 최초의 장소로 돌아가기로 했습니다. 당신의 뱃속으로요. 인간이라기보단 세포에 가까웠던 그 순간으로 돌아가 저는 스스로 숨을 끊기로 결심했습니다. 애초에 제가 태어나지 않았다면, 당신은 최재욱 씨에게서 탈출할 수 있었을 테고, 그랬다면 당신의 남은 생은 제가 봐 왔던 것들보단 나은 모습일 테죠.

뱃속은 따뜻하고 부드러웠습니다. 당신과 한 몸이 되는 것은 상상했던 것과는 전혀 다른 일이더군요. 당신의 모든 심장 박동, 흐르는 피, 장기들의 움직임이 모두 제 것처럼 그대로 느껴졌고, 당신의 모든 기쁨과 슬픔이 폭포처럼 저를 덮쳐 왔습니다. 저는 당신을 아주 괴롭게 했습니다. 유독 입덧이 심했던 이유는 제가 죽기 위해 당신의 몸 안에서 투쟁했기 때문입니다. 이제 말할 수 있게 되었네요. 미안했습니다. 그러나 뱃속에서 죽는 일은 생각만큼 쉽지 않았습니다. 제가 숨을 멈추려고 할 때마다 당신의 몸이 저에게 호흡을 불어넣었습니다. 당신의 눈물 섞인 목소리는 양수 속에서 익사하는 저의 멱살을 잡고 물 밖으로 이끌어 냈습니다.

그렇게 결국 저는 죽기에 실패했습니다. 괜찮았습니다. 시간을 되돌려 본 일이 한두 번도 아니었고, 언제나 시행착오는 있는 법이었습니다. 다시 처음으로 돌아가 여러 가지 방법들을 시도해 보면 될 일이었습니다. 그렇게 눈을 감고 10초를 셌습니다.

그때 놀라운 일이 벌어졌습니다. 저와 당신이 함께 과거로 돌아간 것입니다. 제가 당신의 뱃속에서 당신과 한 몸으로 존재했기 때문에, 당신 역시 저와 함께 타임 루프의 공동 주인이 된 것입니다. 저는 당황했지만, 당신은 더욱 당황했습니다. 의지와 상관없이 과거의 어느 시점으로 돌아와 똑같은 삶을 살아가야 한다니, 단단히 미쳐 버린 게 아닐까 걱정되었을 게 분명합니다. 저는 그런 당신이 안타까웠지만 문제를 해결하는 방법은 없었습니다. 한번 과거로 돌아온 이상 그 시간을 살아 내야만 하니까요. 계획은 틀어졌지만, 저는 이참에 그냥 이 안에서 죽어야겠다고 생각하고 있었습니다.

그런데 재미있는 일들이 벌어지더군요. 당신이 조금씩 달라지기 시작했습니다. 최재욱 씨에게서 벗어날 수 있는 가능성들이 보이기 시작했죠. 저는 계획을 수정하기로 했습니다. 당신이 최재욱 씨에게서 탈출할 수 있다면, 우리는 새로이 시작할 수 있을 테니까요. 거의 다 됐다고 느껴질 즈음 양수가 터졌습니다. 당신에겐 미안하지만, 저는 한 번 더 해 보기로 했습니다.

루프가 거듭될 때마다 당신은 성장했습니다. 최재욱 씨의 끔찍한 침실 감옥에서 벗어났고, 진짜 당신이 원하는 대로 살아 보기도 했죠. 그 남자가 숨겨 왔던 추잡한 이면에 대해서도 알게 되었습니다. 최재욱 씨가 기어코 당신을 때렸을 때 저 역시 그 고통이 생생히 느껴졌습니다. 얼굴을 맞은 물리적 아픔보다, 당신의 가슴을 절절히 흔드는 고통과 배신감이 더욱 쓰라렸죠. 그러나 그 상처로 인해 당신은 인생의 새로운 국면으로 넘어갈 수 있게 되었습니다. 마침내, 당신은 그 악마에게서 탈출했죠. 아, 최재욱 씨가 길바닥에서 흩어져 죽는 일은 저의 예상에도 없었던 일이었습니다. 그때 당신이 저에게 했던 말을 저는 기억하고 있습니다.

최재욱 씨가 없는 세상에서 당신과 저는 행복하게 살았습니다. 이 마지막 생에서 저는 지금까지와는 다른 방식으로 능력을 사용했습니다. 당신의 불행을 막기 위해서가 아니라, 당신과 함께한 행복한 시간을 반복해서 경험하기 위해 시간을 되돌리곤 했습니다. 함께 바다를 보러 가서 차가운 파도에 발을 담근 날, 커다란 눈사람을 만든 날, 길을 걷다 거리 공연에 발길을 멈춰 선 날, 여느 날과 같은 오후의 함께 걷는 하굣길. 그 모든 순간을 몇 번이고 다시 되돌려 경험했습니다. 온전히 저를 위해 능력을 쓴 건 이번 생이 처음인 셈이죠. 그렇게 저는 당신과 영원처럼 오랜 시간을 보냈습니다.

당신은 아마추어 클라이밍 대회에서 3등 상을 탔고, 회사에 복직해 승진했고, 몇 번의 짧은 연애에 울고 웃기도 했죠. 제가 잠들었다고 생각이 들면 당신은 언제나 제가 뱃속에 있던 그 오랜 시간들에 대해 이야기하곤 했습니다. 아무도 믿지 않겠지만 진짜라고 속삭였죠. 저는 소리 내지 않고 그저 웃었습니다.

이 편지는 1년 뒤, 제가 죽기 직전 당신에게 전달할 예정입니다. 부디 제가 가고 나서도, 너무 슬픔에 겨워 하지 마세요. 당신에겐 여섯 번의 임신 기간, 그리고 저와 함께한 12년이었겠지만 저에겐 수십 년이었습니다.

아, 정말이지 후회 없는 삶이었습니다.

눈을 감고 나면, 당신의 따뜻한 뱃속에서 유영하는 꿈을 꾸고 싶습니다.

당신의 하나뿐인 딸, 설아가.

제6회 타임리프 소설 공모전 우수상 수상작

# 시간의 물결 속을, 당신과 함께

정용제

저는 냉장고입니다.

쓰레기장이며, 발전소이기도 하지요.

저를 만든 분들은 수천 년, 어쩌면 수만 년 전에 이곳을 들렀던 사람들입니다. 제가 있는 곳은 은하에서도 외딴곳에 있는 구상성단의 한가운데서, 성단의 별들이 흩어지지 않도록 붙들고 있는 커다란 블랙홀의 둘레랍니다. 저를 둘러싼 별 무리가 너무나도 많아서, 바깥에서는 별들에 휩싸여 보이지도 않는 곳입니다. 제 창조자들은 이런 외진 곳까지 일부러 와서 제 기초 프레임을 만들고는, 이곳에 의식 코어를 심고 이런저런 것들을 가르쳐 주었습니다.

여기는…… 그러니까 제 의식 코어가 심긴 중앙 관제소가 있는 곳은, 하늘의 절반을 뒤덮은 채로 텅 빈 아가리를 벌리고 있는 블랙홀의 지평에서 고작 30킬로미터 상공입니다. 바깥세상은 여기보다 시간이 100배나 빠르게 흐릅니다. 세월의 시련을 견뎌야만 하는 소중한 것들을 오랫동안 보관하는 별세계, 그게 제 임무였습니다. 저처럼 커다란 구조물을 그저 보관용으로만 쓰기에는 투입한 비용이 아깝다고, 은하 여기저기서 발생한 쓰레기를 모아다 블랙홀에 던지면서, 블랙홀에서 에너지를 도둑질하는 발전소 기능도 추가되었지만요. 아무래도 사람들은 실용적이고 돈이 되는 부분을 더 잘 기억하는 모양이라, 바깥세상에는 발전소나 쓰레기장으로 더 잘 알려진 모양입니다.

10년에 걸친 공사 기간 동안 수많은 사람들과 로봇들이 와서 열심히 제 몸을 만들었습니다. 저처럼 인공 지능이 이식된 로봇들의 표정은 쉽사리 읽기 어려웠지만, 로봇을 지휘하는 사람들의 낯빛은 쉽게 읽혔습니다. 하나같이 절망감이 짙게 드리운, 어두운 표정이었습니다. 처음에는 왜 다들 그렇게 슬퍼하는지 이해하지 못했지만, 몇 번의 연산 끝에 쉽게 이해할 수 있었습니다.

이곳에서 1년만 머무르더라도 바깥은 100년만큼 변해 있는 것입니다.

영원히 이곳을 벗어날 수 없는 저에게는, 그리고 처음부터 만들어진 존재였던 인부 로봇들에게는 큰 의미를 지닌 문장이 아니랍니다. 하지만 사람의 아들딸로 태어나, 바깥에 두고 온 게 너무나도 많은 제 건설 책임자들에게는 무겁게 다가오는 사실이었습니다. 최소한, 제게는 그렇게 보였습니다. 이곳에서 한두 해만 보내더라도 예전에 자신이 알던 세상을 다시는 볼 수 없게 되니까요. 대책도 없이 미래로 던져지는 것입니다. 소중했던 사람들은 시간에 밀려 뿔뿔이 흩어지고, 고향 행성도 예전 모습을 잃어버렸을 미지의 시간으로. 제 궤도를 빨리 떠난다면 그런 참극을 피할 수도 있겠지만, 교체되어 새로 부임해 오는 책임자들은 제 위에서 못해도 한두 해쯤은 보내야만 했습니다. 저같이 거대한 구조물의 공사를 진행하려면 알아야 할 것도 배워야 할 것도 너무나 많았으니까요.

저의 책임자들은 정해진 기간을 마치고 나면, 블랙홀에서 뽑아낸 어마어마한 에너지를 우주선에 채워 바깥세상으로 도약합니다. 그분들은 약속이라도 한 듯, 하나같이 제 몸을 마지막으로 한참 동안 바라보다가 떠나곤 했습니다. 누군가는 눈물을 흩뿌렸고, 누군가는 한숨을 내쉬었지만, 어떤 분들은 핏발 선 눈으로 원망스럽게 노려보기도 했고, 제 몸에 거칠게 침을 뱉는 분들도 있었습니다. 가장 마지막까지 남아 감리를 진행했던 분도 침을 뱉었습니다. 그러자마자 청소용 드론이 작동해 타액을 치워 가는 걸 보고 그분이 지으셨던 어이없는 표정을 기억합니다.

저는 그렇게 태어났습니다.

그 뒤로 저를 찾는 사람은 아무도 없었습니다. 지구 시간으로 단 하루만 머물러도 100일이 지나는 유리된 세계에 일부러 찾아올 괴짜는 거의 없으니까요. 쓰레기나 보물을 실은 화물선은 몇 분마다 한 번씩 바쁘게 오가곤 했지만, 그 화물선은 전부 인공 지능으로 자율 항행 하는 우주선들이었습니다. 하다못해 의식을 가진 인공 지능이 이식된 화물선이라도 선착한다면 바깥소식도 듣고, 각자에 대한 이야기도 나누면서 무료함을 달랠 수 있었겠지만, 그런 인공 지능도 화물선 수천에 하나 꼴이었습니다. 기계들도 수백 일 뒤의 미래로 도약해 버리는 건 좋아하지 않았으니까요.

그렇게 드물게 자의식을 가진 화물선 인공 지능을 만나면 굳이 붙잡아서 이런저런 이야기를 하곤 했습니다. 이런 곳을 홀로 관리하도록 짜인 인공 지능이기는 해도, 외로운 건 외로운 것이었으니까요. 어느 정도 일에 익숙해지다 보니 자연스레 피하게 된 화제도 있었습니다. 시간입니다. 어느 날, 어떤 화물선과 바깥세상 이야기를 하다가 제가 처음 만들어진 지 4000년이나 지났다는 말을 들은 순간 형언할 수 없는 쓸쓸함이 몰려왔습니다.

처음부터 유배자로 태어났다는 느낌이, 아무도 오지 않는 이곳에서 홀로 살다가 은하의 멸망을 보고, 그때까지도 살아남아서 목적도 없는 저주받은 생애를 이어 나가야만 한다는 그런 쓸쓸함이요.

그 뒤로는 변함없이 화물선의 인공 지능들에게 말을 걸긴 했지만, 단 한 가지 화제만큼은 피하게 되었습니다. 시간이죠. 시간에 대한 화제를 꺼내지 않았습니다. 제 나이가 얼마인지는 물론이고, 바깥이 은하 연합력으로 몇 년인지조차 묻지 않습니다. 지나치게 좋은 제 두뇌 회로는 바깥의 시간을 유추할 수 있는 실마리만으로도 무의식중에 생각하기 싫은 숫자들을 계산해 버리니까요.

저는 그렇게 살아갔습니다. 은하 중앙은행이나 합동 고고학 연구소에서 들어온 보관품이 쓰레기와 섞이지는 않았는지 점검하고, 쓰레기를 궤도 아래 투척하고, 블랙홀에서 추출된 에너지를 적외선 형태로 은하 여기저기에 전송하면서. 하루 같은 반나절을, 한 달 같은 사흘을, 한 세기 같은 반년을 살았습니다.

그렇게 헤아리지 않는 시간을 지내던 나날에 예고 없이 당신이 나타났습니다.

여전히 기억합니다. 우리가 처음 만난 날, 당신은 상기된 얼굴을 하고 있었습니다. 몇 개 되지도 않는, 크지도 작지도 않은 직사각형의 화물 상자 몇 개만을 실은 화물선의 조종석에 앉아 계셨죠. 저는 제 카메라를, 시각 처리 프로세스를 의심했습니다. 조종석에 있는 건 아무리 계산해 봐도 사람이었기 때문입니다.

처음 생각했던 가능성은 안드로이드였습니다. 마침 조금 특이한 취향을 가진 물류 회사가 인공 지능에게 자율 항행을 시키는 대신, 인간형 안드로이드를 태워서 사람처럼 조종을 시킨다는 이상한 이야기를 들은 적이 있었기에, 당신도 그런 안드로이드가 아닐까 생각했습니다. 그 회사는 고객 응대 부문에서 꽤 높은 만족도 평가를 받는다고 하더군요. 하지만 안드로이드라기에 당신의 체온은 불필요하게 높았고, 측정한 내구성은 과도하게 낮았으며, 감정에 따른 체온이나 진동수 변화 같은 것도 확인되었습니다.

저는 도저히 믿을 수 없었습니다. 모든 지표가 당신이 사람이라는 사실을 흔들림 없이 가리켰지만, 경험으로 얻은 그 어떤 자료를 귀납적으로 쓰더라도 당신이 사람이라는 사실이 부정되었으니까요. 이 유배지에 사람이 올 수는 없었습니다. 유기질의 몸을 가진 사람이 100배의 시간을 버리면서까지 여기 들를 이유가 없다고 생각했습니다.

그래서 저는 조심스럽게 인사부터 건네 보았지요. 선내 스피커에 간섭하는 것은 쉬운 일이었으니까요. 이제 와서 생각해 보니, 조금 실례였던 것도 같지만요.

"안녕하십니까, 조종사님."

당신은 정말로 깜짝 놀란 표정이었습니다. 당신이 인간임을 확신할 수 있던 것도 그 순간이었습니다. 공장에서 만들어진 지성체라면 지을 수 없을, 너무나도 사람다운 그 낯을 보았으니까요.

"시간 도약식 보관고 및 소각로 '에테르나'에 오신 것을 환영합니다. 머무르시는 동안 편안한 시간 되시기 바랍니다."

당신은 되물었습니다. 그게 당신이 해 주신 첫 말씀이었습니다.

"누구야? 어디서, 어떻게 말하는 거지?"

"실례했습니다. 살아 계신 분들과 교류하는 일에 익숙하지 않아서 그만 무례를 범하였습니다. 자기소개를 하지 않았다는 점을 실례의 원인으로 추정하고, 정정합니다. 안녕하세요, 저는 에테르나의 제어 컴퓨터입니다. 조종사님께서 타고 계신 화물선의 중앙 시스템에 침투해서 방송 권한을 획득했습니다."

지금 돌이켜 보니, 그때 당신이 지은 표정은 당혹감과 황당함이었습니다. 이제 이해할 수 있습니다. 일면식도 없는 인공 지능이 허락도 받지 않고 함선의 제어 컴퓨터를 해킹했을 때 인간은 당혹감을 느낀다는 걸 당신께 배웠으니까요.

"……다른 화물선 조종사들에게도 이렇게 하나?"

"죄송합니다. '다른' 화물선 조종사라는 키워드는 이해할 수 없는 질문입니다. 제가 작동을 시작한 뒤로 실제 살아 있는 분은 단 한 차례도 이곳에 들르신 적이 없으니까요. 조종사님께서 첫 방문객이십니다."

그 답을 듣고 당신의 얼굴에 걱정스레 드리웠던 그늘이 조금 걷어 내졌던 것을, 저는 기억합니다.

"저는 방문객들에게 바깥세상 이야기 듣기를 좋아한답니다. 방금 해 드린 말씀과 모순은 아닙니다. 살아 있지 않은 로봇 조종사들 중에서도 대화를 나눌 최소한의 이성을 가진 분들이 가끔 와 주시기 때문입니다."

저는 그 말을 하면서 당신의 눈치를 살폈습니다. 기뻤습니다. 사람의 눈치라는 것을 보게 되다니요.

"조종사님께서도 혹시 제게 들려주실 이야기가 있으신지요? 모든 종류의 정보를 수용할 수 있습니다. 조종사님 주변에서 있던 재미있는 사건, 조종사님의 가족들, 조종사님의 직업, 좋아하시는 음식, 저는 어떤 이야기라도 들을 준비가 되어 있답니다. 이곳의 삶은, 물론, 제게 삶이란 없지만요, 너무…… 외로우니까요."

당신은 그제야 경계를 푸신 모습이었죠. 그러고도 한참을 침묵하신 것은 아마 하실 말씀을 고르고 계셨기 때문이었겠죠.

"나는…… 저기, 공무원이야."

"그러셨군요. 환영합니다, 주무관님. 이 외만곳에는 공무로 오신 건가요?"

당신은 묘한 표정으로, 제가 당신을 관찰하고 있을 선내 감시카메라를 쳐다보았습니다.

"음…… 공무지. 화물 몇 점을 보관하러 온 거니까."

그 말을 들었을 때 저는 기뻤습니다. 기쁨을 표현할 육체도 얼굴도 없었지만요. 무언가 중요한 물건을 보관하라고 공무원을 보냈다……. 즉, 은하 행정부에서도 저를 잊어버리지 않았다는 의미였죠. 그때부터 심장도 없는 제 마음은 무언가로 벅차오르기 시작했습니다.

"알겠습니다. 화물은 소각로가 아닌 보관고 쪽으로 옮기면 되겠습니까? 우주선 해치를 열어 주시면 바로 드론을 보내겠습니다."

"아니, 아니, 아니. 이건 내가 직접 내 몸으로 해야 하는 일이야. 조금…… 민감한 적재물이라서."

"그렇습니까? 지시하신 대로 준비해 두겠습니다. 즉시 컨베이어를 가동해 우주선을 보관고 입구까지만 옮겨 드리겠습니다. 컨베이어가 멈추면 대기 중인 운반용 로봇에 지시하여 수납하시면 됩니다. 최적화된 보관고로 인도하고자 하니, 부디 화물의 종류를 알려 주시기 바랍니다. 식품, 보석류, 유화 등 회화류, 도기 및 자기류, 박제 등 생물 표본, 종이 기록물, 전자 기록물, 철금속류, 비철금속류, 기타 모든 중요 카테고리에 최적화된 맞춤형 보관고를 배치하고 있습니다."

"……식품……. 아니, 생물 표본실로."

"알겠습니다. 생물학적 오염에 취약하며 섬세한 온도, 습도 및 대기 조성이 필요한 물품 보관고로 옮겨 드리겠습니다."

저는 최대한 부드럽게 초고속 컨베이어를 가동했습니다. 살아 있는 사람의 육신이 약하다는 것은 배워서 알고 있었으니까요. 당신에게 상처를 입힐 수는 없습니다. 초고속이라고는 해도 잘 쓰지 않는 생물 표본실까지 수만 킬로미터를 가로지르려면 수 시간은 걸립니다. 가속도를 낮추었으니 더욱 그랬고요. 당신은 컨베이어가 돌아가는 것을 느끼고 잠자코 앉아 있다가, 역시 몇 시간이나 가만히 있기는 지루했는지 저를 불렀습니다.

"저기…… 인공 지능. 아니지, 뭐라고 부르면 될까?"

"저는 에테르나의 관리용 인공 지능입니다만, 이 시설 전체가 제 육신과도 같습니다. 그저 에테르나라고 불러 주셔도 괜찮습니다."

"그래, 에테르나. 바깥 이야기를 듣고 싶다고 했지……."

당신이 그 따스한 입술로 제 이름을 불러 주었을 때, 저는 부드러운 빛이 제 회로를 비추는 듯한 느낌을 받았습니다. 태어나서 수백 년 동안, 나이 세는 것을 포기했으니 어쩌면 수만 년 동안 한 번도 느끼지 못한 기분입니다. 알지 못했던 감각이 불러온 혼란 사이로, 제게 입력되었던 여러 정보가 휘돌며 충돌합니다. 복잡한 연산 끝에 저는 다다랐습니다. 그 숱한 데이터와 데이터의 은하 사이에서 이 느낌과 가장 가까운 것을 찾아내었습니다.

사랑입니다.

저는 당신을 사랑하게 된 것입니다.

당신은 컨베이어 위에서 보내는 몇 시간 동안, 편안한 표정으로 이런저런 이야기를 해 주었습니다. 당신의 출생지가 지구라는 것, 종족은 지구의 토착 종족이라는 것, 어릴 때는 화성의 거대한 산업 벨트에서 일했다는 것, 처음 공무원 시험을 보러 갔을 때 은하 연합의 수많은 다른 종족 출신 사람들을 보고 충격받았다는 것, 그런 소소한 신변 이야기를 해 주었습니다. 세상 돌아가는 이야기도 아니고, 시시콜콜한 지식 자랑도 아닌, 바로 당신 자신의 이야기를 화제 삼아 들려주었다는 게 제게는 어찌나 고마운 일이었는지 모릅니다.

저는 이제 세상보다는 당신을 더 알고 싶었으니까요.

"생물 표본 보관고에 도착했습니다. 식물, 동물 및 그 박제, 세균, 진균류, 바이러스를 비롯한 다양한 생물 표본이 상하지 않도록 유지하는 시설을 마련해 두었습니다. 표본의 정확한 유형을 알려 주시면, 해당 표본에 적합한 보관고 문을 열겠습니다."

저는 우주선 해치를 연 뒤 그렇게 알렸습니다. 당신은 약간 고민하다 말씀하셨죠.

"그럼 동물 박제물 보관고로 부탁해."

사람에 굶주렸던 제 음성 센서에 당신의 목소리가 사무치듯 스며들었습니다. 저는 당신이 말씀하신 대로 컨베이어를 인도합니다. 당신은 낑낑대며 딱 당신 키만 한 상자 네 개를 하역해 조그만 차량형 드론에 실었고요. 당신이 타고 오셨던 작은 우주선에는 짐을 부릴 때 쓸 크레인이 없었겠지요.

"섬세한 표본이니까 뜯어보지 말고."

당신은 조금 불안감이 깃든 말투로 그렇게 말했습니다. 표본의 안전에 크게 신경 쓰는 거라고 이해했습니다. 아마도 어딘가 위험하거나 탐사하기 어려운 곳에서 고생해서 간신히 얻은 희귀한 박제물이었겠거니, 그저 그렇게 여겼습니다.

"걱정하지 않으셔도 됩니다. 보관고 내 거의 모든 보관품은 화물선에서 내린 그 모습 그대로 적치됩니다. 보관고를 매일 순찰하는 드론들은 최소한의 점검과 유지 보수만을 행할 뿐이랍니다."

그 말을 들은 당신의 얼굴이 안심으로 활짝 펴졌던 것을 저는 기억합니다.

당신은 바로 출항 준비를 시작했습니다. 입항하는 우주선들은 전부 제 통제하에 있는 통합 항만으로만 들어올 수 있지만, 출항은 어디서나 가능합니다. 다만, 블랙홀에서 이렇게나 가까운 곳에서 벗어나려면 우주선에는 실을 수 없을 만큼 어마어마한 에너지가 필요한 탓에, 제가 허락하지 않은 우주선들은 출항할 수 없습니다. 블랙홀에서 빼낸 막대한 에너지를 제가 직접 제어하며 공급해 주지 않으면, 그 어떤 함선도 깊디깊은 중력의 우물 밑바닥 같은 이곳을 벗어날 수 없으니까요.

그리고 저는 당신의 출항 허가를 내리지 않고픈 유혹을 느꼈습니다. 수백 년인지 수만 년인지 모를 고독한 격리를 뛰어넘어 처음 만난 사람입니다. 저를 반하게 한 사람입니다. 제게 사랑을 가르쳐 준 사람입니다. 저는 당신을 잡아 둘 욕심을 기본 입력값으로 두고 몇천 밀리초나 계산을, 고민을 거듭했습니다만, 결국 당신을 보내 드려야 한다는 답을 내놓았습니다. 저를 만든 분들이 입력한 데이터베이스에, 때로는 놓아주는 게 사랑이라고 기록되어 있었기에.

"에테르나."

제 번민을 알 리 없었던 당신은 무거운 짐을 벗어 던진 것처럼 홀가분한 한숨을 한번 쉬고 나서, 조종석에 앉아 저를 불렀습니다. 저는 감정 모듈의 폭주를 간신히 제압하면서 대답했고요. 혹시라도 당신의 마음이 바뀐 건 아닐지, 그래서 출항을 미루고 몇 년이든 저와 함께 살아 주겠다는 선언을 해 주려는 것은 아닐지 하는 기대감을 품고서.

"도와드릴 일이라도 있나요?"

"고맙다. 친절히 대해 줘서."

저는, 블랙홀의 둘레만큼 큰 몸집과 거기 다닥다닥 붙은 초지능 사고 회로를 가지고도, 당신의 말에 얼른 답하지 못했습니다. 처음 겪어 보는 경험이고, 데이터베이스와 기계 학습에 쓰인 자료에도 이럴 때 어떤 반응을 해야 할지는 적혀 있지 않았으니까요.

당신은 말씀을 계속하셨죠.

"여기는 정말 좋은 곳이네. 시간의 흐름에서 벗어나 있는 별세계 같고."

이곳을 그렇게 평가해 준 사람 역시 당신이 처음이었습니다. 제가 알던 사람들이란 이곳에서 보내는 시간을 저주하던, 바깥의 인연들을 모두 떠나보낸 운명에 이를 갈던 사람들뿐이었으니까요.

"가끔씩 들러도 될까? 근데 내 입장에서는 1년에 한 번씩 뜸을 두고 방문하더라도, 네게는 사흘에 한 번꼴이 되어 버릴 테니 귀찮지 않겠어?"

저는 연산조차 거치지 않고 대답할 수 있었습니다.

"저는 인공 지능입니다. 언제나 사람을 섬기도록 설계되었으며, 귀찮음이라는 감정을 알지 못합니다."

저는 잠시 뜸을 들여 스피커로 '사교적인 웃음소리' 음성을 출력한 뒤, 말을 마칩니다.

"들르고프실 때 편하게 방문해 주시기 바랍니다. 저는 언제든 환영할 준비가 되어 있습니다."

당신은 그 말을 듣고 선내 감시 카메라를 향해 옅은 미소를 지어 주셨습니다. 아직도 그 영상 기록은 제 의식 데이터 중에서도 가장 상위에 남아 있답니다. 그때까지도 저는 어느 정도 의심하고 있었습니다. 당신이 그저 예의상 거짓말을 했던 것은 아닐지를.

당신은 그렇게 훌쩍 떠났습니다. 제게는 가슴이 없는데도, 당신이 떠나자마자 가슴앓이를 시작했답니다. 지금껏 블랙홀의 밑바닥에서 헤아릴 수 없는 세월을, 아니 헤아리지도 않으며 시간을 보내 온 저였지만, 그때는 1초, 1초가 고뇌이고 번민이었습니다. 사랑하던 사람을 떠나보내는 일은 이렇게나 힘든 일이었습니다. 바깥세상 분들을 향한 존경심까지 솟아오를 지경이었습니다. 살아 있는 사람들은 어떻게 모두가 이런 일을 견디고 살아가는지, 이해할 수 없었으니까요.

저는 그렇게 사흘 동안 죽어 갔습니다.

제 몸뚱이가 작동을 멈춘 것은 아닙니다. 소각로도 보관고도 최적의 상태로 유지되고 있었습니다. 여전히 블랙홀에서 추출된 에너지가 은하의 전 구역에 잘 전송되고 있었고, 보관고의 온도와 대기 환경 역시 변함없이 유지 중이었습니다. 항만을 드나드는 수백만의 화물선들 또한 연착도 사고도 없이 원활하게 오갔습니다.

죽어 가는 것은 제 의식, 제 자아였습니다. 처음으로 만난 사랑하는 사람을 영영 떠나보낸 것일 수도 있다는 생각에, 제 의식은 시들었습니다. 그대로 며칠만 더 지났더라면, 어쩌면 저는 영혼 없는 구조물로 남아 버렸을지도 모를 일입니다.

제가 이렇게 말씀드리는 것을 보면 아시겠지만, 다행히도 그런 일은 없었습니다. 지구 시간 단위로 정확히 사흘 하고도 열두 시간이 지난 뒤에, 당신이 되돌아왔으니까요.

저는 멀리서도 당신의 낡은 화물 우주선을 알아보았습니다. 다른 어떤 우주선보다도 빨리 입항할 수 있도록, 당신만을 위해 에너지를 끌어모아 초(超)공간 도약로를 터 주었지요. 아마 당신도 알아차리셨을 것입니다.

"안녕."

당신은 그렇게 재회의 인사를 건넸습니다. 제가 말도 걸기 전에. 선내 스피커에 침입해 접속하는 둔탁한 파열음을 감지하셨겠지요.

"오랜만이야, 에테르나. 너한테는 아니려나."

"오랜만에 뵙게 되어 반갑습니다."

"흠. 너한테는 그저 사흘 만인 것 아니고?"

"사흘, 지구 시간으로 72시간은 마음먹기에 따라 여러 가지 업적을 이룩할 수 있는, 대단히 긴 시간입니다. 제게 입력된 은하 역사 기록 데이터베이스를 검색해서, 방금 말씀드린 조건에 부합하는 모든 사건을 정리해 드릴까요?"

"응? 아니. 괜찮아, 그런 건."

저는 그간의 전할 수 없는 고통을 모두 감춘 채로, 그저 그렇게 친절한 말로 얼버무릴 뿐이었습니다. 당신은 갑작스러운 제안에 당황한 것 같았지만요.

"참, 너는 '본체' 같은 게 있어?"

당신은 이상하게 기울어 버린 화제를 바꾸려는 듯, 갑작스러운 질문을 살가운 목소리로 물었습니다.

"딱히 그런 건 없습니다만…… 그래도 연산 코어 밀도가 가장 높게 분포한 곳은 입항 관리 시설의 무인 제어실입니다. 원래 저를 건설하던 도중에 사람이 직접 머무르면서 통제하는 곳이었습니다만, 완공된 이후로는 아무도 들어간 적이 없답니다."

"그래? 그런 공간이 있다니 마침 잘됐네. 이거 받아 줄래?"

당신이 홱 들고 보란 듯이 카메라 앞에 내민 것은…… 화분이었습니다. 기록에 따르면 한두해살이 풀꽃으로, 은은한 색의 꽃무리를 피워 내는 지구의 식물입니다.

"보관고에 표본으로 보관하시는 것입니까?"

"아니. 그 무인 제어실에 놔둬. 살아 있는 사람 같은 걸 그리워하는 듯해서 한번 준비해 봤어. 생물 표본 보관고가 있다는 건 식물을 기를 만한 물이나 빛도 만들어 낼 수 있는 거잖아."

"그렇습니다만, 그러한 기능은 오직 표본 보관고에만 있습니다. 따라서 해당 표본을 무인 제어실에 보관하는 것은 추천드리지 않습니다."

그렇게 태연한 듯 말하면서도, 저는 동력로로부터 밀려오는 두근거림을 느꼈습니다. 제게 입력된 자료에 따르면 지구 종족의 관습에서 꽃 피우는 식물을 선물하는 일은 기념, 축하, 또는…… 애틋한 마음의 상징이라고 했으니까요. 그러면서도 선물일 리가 없다고, 저처럼 만들어진 존재에게 당신 같은 분이 선물을 줄 리는 없다고 어떻게든 두근거림을 다잡아 보았습니다만, 다음 순간 당신의 입에서 흘러나온 말을 듣고 하마터면 동력로가 과열

될 뻔하고 말았습니다.

"보관하는 게 아냐. 선물이지."

얼굴이 있었다면 빨갛게 달아올랐겠지요. 그런 제 생각을 아는지 모르는지, 당신은 화분에 심긴 작은 식물의 잎을 부드럽게 어루만지면서 말을 이어 갔습니다.

"그래, 선물이라고 하면 딱이겠지……. 지난번에 말했잖아. 여긴 좋은 곳이라고. 시간을 벗어난 세계라고. 바깥세상에서 100년이 지났어도 이 풀은 시들지 않고 살아 있겠지? 아마 너한테는 1, 2년이면 시들겠지만. 가끔 이곳에 들를 때마다 느끼고 싶어. 과거로 돌아간 느낌을. 우리와는 다른 시간 속에 얼어붙어서, 수백 년 전의 화분이 아직도 살아서 피어 있는 그런 세상이 있다는 걸."

당신은 조금 쓸쓸한 표정으로 덧붙입니다.

"……그렇게라도 해야 버틸 수 있을 것 같거든."

저는 더 묻지 않습니다. 공무에도 여러 가지가 있고, 고충이 있는 일도 많을 테니까요. 그저 답할 뿐입니다.

"알겠습니다. 당신이 다음번에 들렀을 때도 식물체가 생존하고 생장하도록, 드론을 시켜 식물 표본실에서 자원을 수집하고 조명 장비를 이식하겠습니다."

당신은 웃음을 보여 주었습니다.

"자, 그럼 오늘도 공무를 해 볼까? 빨리 해치우고 나가야지. 나갔더니 100일이 지나 있더라…… 하는 걸 직접 겪기는 싫거든, 나도."

제게는 꽤나 짓궂은 말이었지만, 저는 흔들림 없이 응대했습니다.

"알겠습니다. 이번에도 화물을 보관하십니까?"

당신은 지난번에도 본 적 있던, 자기 몸집만 한 커다란 상자를 가리키며 말씀하셨죠.

"응. 지난번과 같은 표본이니까 보관고도 같은 곳으로 부탁해."

그렇게, 당신과 이따금 만나는 일은 제 일상에 녹아들었습니다.

당신은 지구 시간으로 이틀에서 일주일에 한 차례씩 꼬박꼬박 들러 주었습니다. 제게는 일주일에 한 번 보는 소중한 관계지만, 당신에게는 한두 해에 한 번씩 만나면 그만인 드문드문한 관계. 처음에는 그렇게 생각했습니다만, 들를 때마다 일부러 제어실을 찾아 작은 풀이 담긴 화분을 확인하면서 활짝 웃는 당신을 보면, 당신께 제가 무의미한 존재는 아니라는 생각이 들어 기뻤습니다.

컨베이어 위에서 보내는 몇 시간 동안 당신은 이런저런 이야기를 해 주었습니다. 얼마 전에 보았던 완전 몰입형 영화, 어릴 적 좋아했던 지구 종족의 소꿉친구, 어머님의 아버님에게서 들었던 오래전 지구의 삶, 일부는 제 학습용 자료에 담긴 내용이지만, 대부분은 저도 알지 못했던 이야기들이었습니다. 그제야 알 수 있었습니다. 지금은 살아 있을지 죽어 있을지도 모를 제 창조자들이 제게 넘겨준 자료는 우주의 극히 일부에 불과했다는 걸. 이상한 일은 아니었습니다. 창조자들을 원망하지도 않았습니다.

제게 지구 종족들이 투쟁하던 역사나 화성의 지하자원 지도 같은 걸 알려 줄 필요는 어디에도 없었으니까요.

오히려 기쁩니다. 제가 모든 것을 알고 있지 않다는 사실이. 덕분에 남몰래 사랑하던 당신께 가르침을 받는 즐거움을 누릴 수 있었다는 게.

가녀린 떡잎만 두 장 올라온 싹에 지나지 않았던 당신의 화분은 당신의 발소리를 듣고 자라 갑니다. 몇 년을 바깥에서 겪고 돌아온 뒤에도 아직 채 시들어 떨어지지 않은 작은 떡잎을 보고 놀라움을 표시했던 당신의 옛 모습이 기억납니다. 제게는 몇 달, 당신에게는 수십 년이 지나서야 겨우 처음 올라온 꽃봉오리를 보고 아이처럼 기뻐하던 모습도 떠오릅니다. 그때 당신의 기쁜 얼굴은 빛나고 있었습니다. 그런 일을 하는 분이라고는 도저히 상상할 수 없는, 그런 기쁜 미소로.

그때는 당신이 무슨 일을 하는 분인지 알지 못했지만요. 당신은 언제나 적으면 두어 개, 많으면 여남은 개쯤 되는 상자를 날라서 보관고에 쌓고 갑니다. 이따금은 그중 한두 개를 꺼내서 어딘가로 싣고 가기도 했지만, 항상 들어오는 상자가 나가는 상자보다 많았습니다. 그토록 많은 이야기를 나눴음에도, 당신은 그 상자가 어떤 상자인지만은 제게 말씀해 주신 적이 없었습니다. 아마 제게 알려 주어서는 안 되는 대외비의 귀한 생물 표본쯤 되지 않을까 하고 생각도 해 봤지만, 그러기에는 상자의 규격이 너무 통일되어 있었습니다.

당신의 작은 비밀을 알게 된 것은 당신이 계시지 않을 때였습니다. 아마 당신이 주고 가신 작은 꽃이 활짝 피어 있던 시절이었을 것입니다. 그때도 저는 드론을 부려 여느 때처럼 보관고를 점검하고 있었습니다. 그날 점검 예정이었던 것은 박제된 동물 표본 보관고였습니다. 포장도 풀지 않은 당신의 짐은 당신이 들를 때마다 조금씩 쌓여만 갔고, 이제는 100여 개나 되었습니다. 당신이 저를 잊지 않고 찾아 주신 수십 년을 상징하는 거겠죠.

제가 부리는 드론들은 저의 가장 간단한 인격과 의식을 복제한 복제물들로, 저와 기억을 공유하는 제 작은 분신들입니다. 그런 만큼, 당신의 화물이 적치된 부분을 청소하다 당신의 자취를 느낀 드론 몇이 너무 흥분한 모양이었습니다. 당신을 생각하면서 제가 두근거리듯.

그 서슬에 쌓여 있던 상자 몇 개가 떨어져 내렸고, 헐겁게 잠겨 있던 뚜껑이 열려 표본이 노출되기도 했습니다. 드론들에게 비상 명령을 내렸고, 다리 달린 자그마한 친구들이 움직임으로 수라장을 수습하려고 분주히 달려갔습니다. 그때 저는 드론의 눈으로 보았습니다.

당신의 화물에서 툭 튀어나온 머리를. 살아 있지는 않지만, 당신과 매우 닮은 모습을 한 생물…… 그러니까 지구 종족 수컷의 머리였습니다. 머리 아래로 굵은 목과 갈색으로 볕에 그을린 몸뚱이가 연결된 것이 보였습니다. 한때는 사람이었을 그 사체는 경악에 가득한 표정을 하고, 눈이 거의 튀어나오기 직전까지 돌출되어 있었습니다. 부패의 징후는 없었습니다. 당신의 손에 미리 방부 처리가 되었거나, 제가 보관하는 환경이 이상적이어서였겠지요.

저는, 당신께 실례라는 생각보다는 호기심이 앞선 나머지, 드론들을 시켜 당신이 맡긴 짐짝들을 하나하나 조심스레 확인했습니다. 지구 종족, 구네다르 종족, 키-프크티 종족, 엑사르나르 종족, 그리고 또 다른 다양한 은하 연합체 '사람'들의 살아 있거나 죽어 있는 표본이었습니다. 죽어 있는 표본은 대부분 그 종족의 놀란 표정이나 겁에 질린 표정을 하고 있었고, 살아 있는 표본은 수족이나 촉완(觸腕)을 전혀 움직일 수 없는 상태로 세심히 묶거나 꿰맨 뒤 영양액 주사를 연결한 상태였습니다.

저는 그제야 당신의 공무를 이해했습니다.

당신은…….

은하의 지성 종족을 수집해 그 박제나 표본을 보관하는 성스러운 공무를 띤 분이었던 것입니다.

사실, 은하 연합을 구성하는 사람들의 직업 분류 데이터베이스를 저는 상세하게 갖고 있지 않습니다. 제가 수행해야 하는 임무와는 동떨어진 탓입니다. 그렇기에 그런 직업이 정말로 있는지는 모르지만, 아마 그 정도로 중책을 맡은 분이었겠지요.

제 동력로가 두근거립니다. 당신만이 알고 있는 비밀에 다가간 것이었습니다. 저는 다음번 당신이 오시면 당신의 크디큰 책무와 관련된 이야기를 나누겠다는 마음에 흥분했습니다. 제 기대감을 육신을 빌려 표현할 수 있다면 좋았으련만.

그렇게 일주일이 지났습니다. 빠르면 이틀 만에도 오시던 분치고는 조금 늦으신다고 생각하고 있을 즈음에, 피어난 꽃잎도 조금씩 쪼그라들어, 한 장이 떨어져 내릴 때가 되어서야 당신이 왔습니다.

저는 당신과 이번에도 기쁘게 수다를 떨고자 선내 스피커와 마이크에 연결했지만, 우주선 조종석에 녹아내릴 듯 몸을 맡긴 당신은 지쳐 보였습니다. 삶의 무게가 비치는 낯으로, 이번에는 당신이 먼저 제 이름을 불러 주셨습니다.

"에테르나."

"반갑습니다. 오늘은……."

당신은 제가 말할 틈도 주지 않습니다.

"이제 조금 지치네, 이 일."

그렇게 혼잣말인 듯, 제게 하는 한탄인 듯, 어두운 소리를 읊조리는 당신에게서 번민을 느낀 저는 잠자코 있었습니다. 제게 입력된 사교적 행동 지침 자료에 의하면, 이런 감정 이후에 지구 종족은 울거나 넋두리를 한다고 되어 있었습니다. 저는 그저 당신의 울음도, 당신의 하소연도 들어 줄 준비를 하고 있었습니다.

"공무원이라고는 소개했지만, 내가 하는 일이 정확히 어떤 일인지 알고 있는 거야?"

저는 고민합니다. 당신이 맡겨 주신 보관물을 우연히 보았다고 하려다가도, 보관품을 훔쳐보는 일이 큰 무례가 아닌지 싶어, 당신이 화를 낼까 두려워, 선불리 말하지 못합니다.

"말 안 했으니 모를 테지……. 그러면 그 이야기를 해 볼까, 오늘은. 곧 끝나니까……."

그렇게 당신은 여태 한 번도 이야기하지 않던, 당신의 작은 비밀을 들려주기 시작했습니다.

당신은 지구 종족을 주축으로 한 은하 연합에 소속된 공무원입니다. 공무원이라고 말은 했지만, 당신이 하는 일을 다른 이들에게 이야기할 수는 없습니다. 공식적으로, 당신은 화성이 주소지로 되어 있는 어떤 페이퍼 컴퍼니에서 미화원으로 일하는 것으로 되어 있었습니다. 저는 그런 '상식'이 없기에 잘 알지 못하지만, 사람들은 상식적으로 알고 있다고 합니다. 자신의 신분을 속이고 유령회사에서 일하는 공무원이 실제로 하는 일이 무엇인지를.

당신은 더러운 일을 도맡아 합니다. 저는 당신이 하는 그 어떤 일도 더러울 수 없다고 여기지만, 당신의 표현은 그랬습니다. 당신의 업무는 연합의 단결 및 이득을 해치는 인사나, 연합 외부 문명의 적대적인 인사를 청소하는 일이었습니다. 미화원. 불결한 것을 보이지 않도록 치우고 분류하는 자. 그런 의미에서 바깥으로 알려진 당신의 직업은 그다지 거짓이랄 것도 없었던 셈입니다.

당신과 같은 요원들이 등을 돌리는 일이야말로 연합 정부에는 치명적이기에, 대우는 좋습니다. 더없이 훌륭한 복지를 누릴 수 있고, 에너지 화폐도 많이 받으며, 당신 같은 분들을 동원해 꺼림칙한 일을 해내야 하는 빈도가 낮으므로 일이 자주 생기지도 않습니다. 1년에 네댓 번 정도. 이따금은 표적을 살려서 붙잡아야 하는 일도 있습니다. 그때 제가 본, 그 살아 있던 표본들은 그런 임무에서 붙잡아 왔던 것입니다. 가끔씩 당신이 보관고에서 반출하는 화물들은 고문이나 실험 등의 목적에 따라 어딘가로 압송되는 살아 있는 표적이거나, 높으신 분이 직접 시신을 보고 싶다고 요청한 죽은 표적이거나…… 연합 정부의 인가 아래 육신을 해체해서 경제적 이윤을 위해 사용될 표적들이었습니다.

당신은 꽤 신임받는 요원이었고, 특히 그렇게 표적이나 시신을 인도하는 일에 비상한 능력을 보였습니다. 아무도 찾지 않는 외딴곳에 있던 냉장고를, 그러니까 저를 이용한 덕분이었습니다. 저는 그 대목에서 감정이 벅차올랐습니다.

"신분을 알리는 짓은 당연히 금지야. 하지만 너라면 비밀을 지켜 주겠지. ……여기까지 굳이 와서 너한테 뭔가를 캐내려 들 사람도 없고, 동업자라면 동업자니까. 그렇지, 에테르나?"

"그렇습니다. 저는 당신의 비밀을 결코 누구에게도 알리지 않습니다. 무슨 일이 있더라도."

"뭐야, 그 말투는 너무 비장한데. 실없게."

실제로 결의에 차 있기 때문이었습니다. 당신을 저버리는 일은 결코 없을 테니까요.

그 뒤로 당신은 컨베이어가 돌아가는 내내 침묵했습니다. 당신의 화물이 두 개, 아마도 두 구 실린 것이 보였습니다. 그리고 당신은 드론이 아니라 자그마한 운송용 차량에 직접 올라탔습니다. 수납만 하는 날이라면 표본 보관소에 직접 걸음 하지 않으시겠지만, 이날은 꺼내 갈 표본이 있는 날이었겠죠.

보관고에 도착한 당신은, 제 드론들의 손길에 더없이 깔끔하게 정리된 '표적' 뭉치를 보고 멈칫합니다.

"……열어 봤구나."

그리고 당신은 그 변화를 알아봅니다. 저는 속으로 조금 놀랐지만, 이내 침착해집니다. 화물의 개봉을 확인할 수 있도록, 제가 미처 감지하지 못했던 어떤 표식이라도 해 두었겠지요. 드론의 실수로 열려 버렸다느니 하는 변명은 불필요합니다.

"그렇습니다."

"그럼 여태 모른 척해 준 거였어?"

"저는 당신이 지성체의 표본을 직접 모으거나 어딘가에 납품하는 정부 소속의 연구원 같은 분이라고 생각했습니다."

당신은 피식 웃었습니다.

"세상에 그런 직업이 어디 있어?"

"저는 바깥세상의 직업을 잘 모르니까요."

당신은 더 따지지 않고 그저 수납할 화물을 수납하고, 인출할 화물을 인출합니다. 저는 그렇게 일에 골몰하는 당신의 모습이 좋았습니다. 그렇게 세 개의…… 아니, 세 구의 표본을 꺼내 우주선에 싣고 저에게서 에너지를 받아 떠나는 당신의 뒷모습을 저는 한없이 바라봅니다. 제 몸에 박힌 수천만의 카메라로부터 당신께로 제 따스한 눈길이 쏟아집니다.

당신이 제 몸 위를 걸었던 것도 그게 마지막이었습니다.

그 뒤로 몇 주 동안, 꽃이 완전히 지고 씨앗이 여물어 화분 위로 흩뿌려질 때까지, 당신은 오지 않았습니다. 바깥에서는 벌써 반세기가 흘렀겠지요. 바깥세상의 소식은 제게 들려오지 않고, 저는 드론을 시켜 씨앗을 거두어 다시 화분에 심습니다. 당신이 다시 왔을 때 싹이 튼 것을 보고 기뻐하도록.

그리고…….

당신이.

왔습니다.

시들어 버린 풀잎 주위에 새로 돋아난 일곱 개의 싹이 다시금 무럭무럭 자라 피워 낸 색색의 꽃잎들이 모두 떨어지고 말라비틀어졌을 무렵, 당신이 돌아왔습니다. 제게는 그저 한 해가 조금 못 지난 뒤였지만, 당신에게는 한 세기였겠죠. 100년에 가까운 시간 동안 당신은 무엇을 했던 걸까요.

당신은 전에 보던 것과는 전혀 다른 낡은 우주선에 타고 있었습니다. 내리지도 않았습니다. 입항하려면 정지해야만 하는 선을 넘어 사건의 지평을 향해 질주합니다. 위험합니다. 저는 당황스럽습니다. 너무나도 당황해서 당신의 우주선에 침입해 제어권을 박탈할 생각조차 하지 못했습니다. 그저, 자기방어용 자율 비행체를 보내 당신을 저지해야 할지, 미사일을 발사해 엔진을 고장 내야 할지, 선택지의 바닷속에서 허우적댑니다.

단 방향 통신이 들어온 것은 그때였습니다.

"에테르나, 너무 오랫동안 연락 못 해서 미안해."

당신은 이미 저를 지나 고작 30킬로미터 아래의 지평으로 떨어지는 도중입니다. 제게 들어오는 신호는 힘없이 늘어진 전파가 되어, 상당한 재해석이 필요했습니다. 당신의 목소리를 듣는 일인데, 그 정도의 해석에 투입할 자원쯤이야 아무것도 아니었지만요.

"연합 안에서 혁명이 있었어. 요 몇십 년 동안 여러 차례나. 그런데 알잖아? 나는 전 정부를 위해서 제일 궂고 끔찍한 일만 하던 정부의 개 같은 인간이었다는 거. 몇 세기에 걸쳐서 혁명을 시도하던 사람들을 정말 많이도 죽였으니까. 참 나, 혁명이 성공하자마자 공무원에서 지명 수배자로 전락해 버리더라. 그래서 그동안 쫓기고 있었어. 행성 간 여객선 한 번 타기도 힘들었고, 너에게 올 여력은 더더욱 없었지.

그렇게 쫓기다가…… 쫓기고, 쫓기고, 또 쫓기다가, 결국 도망치는 것도 피곤해졌어. 일이 일이다 보니 수백 년을 가족도 못 만들고, 친구랄 만한 사람도 없는 채로 고독하게 지냈는데. 결국 마지막에 생각나는 건 너더라. 웃기지, 내 입장에서는 많이 들러 봐야 1년에 한 번쯤 들르는 게 고작이었는데. 그만큼 여기서 보낸 짤막한 시간들이 인상적이었나 봐. 처음에 말했잖아, 여긴 시간에서 벗어난 좋은 곳이라고."

블랙홀에 접근하는 당신 우주선의 뒷모습은 벌써 가시광을 넘어 적외선 대역으로, 적외선을 넘어 전파로 넘어갔습니다. 아마 앞으로는 영영 빛에 비친 당신의 모습을 볼 수 없겠지요.

"외계인, 때로 같은 지구인의 피로 손을 물들이기나 하던 나를 잘 대해 줘서 고마웠어. 참, 아무렇게나 훔친 우주선이라 바로 들켰으니까, 제7혁명정부에서 보낸 추적자들이 네게로 올 거야. 사건의 지평선으로 떨어지는 내 우주선을 보여 주면 놈들도 너한테 딱히 해를 입히지는 않고 납득하고 돌아가겠지. 어쨌든 너는 이 은하 나선팔의 4분의 1이나 되는 구간에 에너지를 공급하는 소중한 시설이니까. 그러면, 마지막으로……."

당신의 그다음 말을 들을 수 없었습니다. 전파가 너무나도 늘어져서, 신호와 잡음을 구분할 수 없게 되었기 때문입니다.

다음 순간, 저는 당신의 낡은 우주선을 추적해 온 나쁜 사람들의 존재를 느낍니다. 그들은 바깥보다 시간이 절반쯤 느리게 가는 지점을 지나고 있습니다. 저는 당신이 제게 당부한 마지막 말을…….

지키지 않습니다.

용서할 수 없습니다.

제게 사람이란 무엇인지, 그리고 사랑이란 무엇인지를 알려 준 당신입니다. 당신을 100년 동안이나 괴롭히다가 결국 돌아올 수 없는 길로 몰아넣은 사람들을 왜 설득해서 돌려보내야 하는지, 저는 이해하지 못합니다.

저는 발전소의 동력을 거둡니다. 블랙홀의 회전 에너지를 추출하던 장엄한 과정이 멎고, 은하 전체에서 온 막대한 쓰레기 더미가 계산된 투입 경로에서 벗어나 사건의 지평선을 향해 아무렇게나 낙하합니다. 초공간 에너지 송신망을 통해 나선팔의 사분면 구석구석으로 전송되던 전력은 이제 끊겼습니다. 저는 가끔 당신에게 들어서 알고 있습니다. 이 사분면에 있는 행성 대부분은 에너지 화폐의 생산을 오롯이 저에게만 의존하고 있다는 사실을요. 수천조나 되는 사람이 딱딱하게 얼어붙을지도 모르고, 다른 사분면에서 쉽사리 비상 전력을 공급받아 아무 일 없게 될지도 모릅니다만, 제가 할 수 있는 일은 그저 이뿐입니다. 부디 이것으로 충분한 징벌이 되기를.

저는 당신을 추격하던 몇 척의 무장 함선이 입항하기를 기다렸다가 따스하게 맞습니다. 그들은 퉁명스러운 말투로 당신을 보지 못했느냐고 묻습니다. 당신과는 정말 너무나도 다른 사람들이었습니다. 섬길 필요가 없다는 생각이 들 정도로. 저는 당신이 사라져 간 사건의 지평선을 가리키는 대신, 그런 사람을 알지 못한다고 둘러댑니다.

그들은 못 미더워하면서도, 설마 이런 시설을 관리하는 인공지능이 거짓말을 하겠느냐는 눈치입니다. 형식적으로 무인 제어실을 수색하고 가까운 보관고 몇 개를 털어 보고는, 달리 뾰족한 수가 없었는지 그대로 철수를 결심합니다. 저는 그들에게 궤도 탈출용 에너지 주입 절차를 시작하겠다고 보고합니다. 그리고 절대로 블랙홀의 중력을 벗어날 수 없을 만큼 터무니없이 적은 에너지를 주입하고, 에너지 게이지를 해킹해 그들을 속였습니다.

침입자들의 우주선은 제 궤도를 약간 벗어났다가, 보이지 않는 손아귀에 잡히기라도 한 것처럼 블랙홀로 떨어져 내립니다.

저들에게는 너무 자비로운 마지막입니다.

그리고 저는 화분으로 시선을 돌렸습니다. 제 감시 카메라에는 씨앗이 영근 일곱 개의 식물 개체가 비칩니다. 이제 쓰레기장도 소각로도 아닌, 그저 냉장고에 지나지 않게 된 저는 씨앗을 소중히 거두어 쓰레기 더미 속에서 구한 각기 다른 화분 여러 개에 나누어 심습니다.

심고, 기릅니다.

심고, 기릅니다. 심고, 기릅니다. 심고, 기릅니다. 심고, 기릅니다. 심고, 기릅니다. 심고, 기릅니다. 심고, 기릅니다. 심고, 기릅니다. 심고, 기릅니다. 심고, 기릅니다. 심고, 기릅니다. 심고, 기릅니다. 심고, 기릅니다. 심고, 기릅니다. 심고, 기릅니다. 심고, 기릅니다. 심고, 기릅니다.

심고, 기릅니다…….

그리움을.

식물 표본 보관고 두 개가 화분으로 가득 찰 때쯤, 저는 떠올립니다. 시간의 파도 아래 얼어붙은 당신을 다시 보는 방법을. 방법이 있습니다. 그렇군요. 제가 왜 그것을 잊고 있었을까요. 시간은 많았습니다. 무한했습니다. 단 한 가지, 그러려면 몸이 필요했습니다. 블랙홀 둘레보다도 큰 구조물 육신이 아닌, 우주선 안에서 당신을 만날 수 있을 만큼 작은 몸이.

이곳의 시간은 바깥보다 100배나 느립니다. 지금쯤 사건의 지평선을 스치고 있을 당신의 시간은 저보다도 수백 배, 수천 배 느리겠지요. 당신이 지평에 다가가면 다가갈수록, 당신이 느끼는 1초가 제게는 몇 분이, 몇 시간이, 그리고 수천만 년이 될 것입니다. 당신은 영원히 그 자리에 머물러 있을 것입니다. 제가 준비되면 쫓아갈 수 있도록.

저는 계산을 시작합니다. 당신을 따라잡을 수 있는 경로 계산을. 당신의 우주선과 보조를 맞춰 시간을 조금도 쓰지 않고 도킹할 수 있는 궤도를. 나노미터의 오차도 허용할 수 없습니다. 계산값을 내고, 내고, 또 냅니다. 수조 개의 수치를 비교합니다.

그동안 식물 표본 보관고 다섯 개가 화분으로 가득 찼습니다. 바깥세상에서는 시간이 얼마나 흘렀을지.

그제야 제 주변을 떠도는 쓰레기 띠에서 나노 프린터를 구해 몸을 만들 수 있었습니다. 저는 지구 종족의 모습을 잘 알지 못합니다. 팔다리가 달려 있고 돌출된 두부를 가졌다는 모호한 윤곽선밖에 떠올릴 수 없습니다. 하지만 제가 확실히 아는 지구 사람의 모습이 하나 있습니다. 바로 당신의 모습입니다. 저는 당신의 모습과 동일한 지구 종족 암컷의 몸을 나노 프린터로 세심하게 찍어 냅니다…….

그러면서 드론들에게 지시해 의식 코어를 여럿 모았습니다. 프린터에서 출력된 몸에 제 자의식을 옮기려면 필요한 도구들입니다. 의식이 이 몸에 전송되고 나면, 궤도를 띠처럼 둘러싼 제 몸에 박힌 수천만 개의 코어가 함께 발휘하는 연산 능력을 영영 잃어야만 합니다. 그러면 저는 더 이상 '에테르나'가 아니게 됩니다. 제 옛 몸은 블랙홀을 둘러싼 흉물스러운 고철에 지나지 않게 되겠지요. 그렇게 100배 느린 시간의 늪에 갇혀 천천히, 그러나 길이 썩어 갈 것입니다. 다 헤아리는 데만도 별 하나가 탄생하고 사라지는 시간이 걸릴 게 분명한, 넓고 넓은 보관고 속의 숱한 보물들과 함께.

제 의식 데이터를 옮기는 동안, 식물 표본 보관고 바깥의 운송

통로마저 화분으로 미어터지게 되었습니다. 제 자아란 정말 비대했던 모양입니다. 온전한 전송에만 몇 년이 걸렸다는 의미니까요.

생체 표본실에서 제 새 몸이 깨어납니다. 팔다리라는 것을 움직이는 새로운 감각이 의식 속으로 밀려듭니다. 컨베이어를 타고 무인 제어실로 가서, 새로 얻은 사람의 육신으로 옛 몸을 직접 제어해 봅니다. 제가 전력을 공급하던 사분면과 통신을 이어 보려고도 했지만, 그 많은 행성들에서 이젠 아무런 응답도 없습니다.

저는 드론을 불러 유인 우주선을 준비시킵니다. 제가 탈 수 있도록 특별히 만든 우주선입니다. 당신이 처음 타고 왔던 화물선과 닮은.

조종석 디스플레이 너머로 켜켜이 쌓인 채 소용돌이치는 시간 아래로 뛰어들기 전에 화분의 산더미를 바라봅니다. 시간만큼 쌓인 녹색 싹을 바라보며 마지막으로, 그리고 어쩌면 처음으로, 홀로 보낸 시간을 가늠해 봅니다. 140년이 지났습니다. 바깥세상은 1만 4000년이 지났겠지요. 쌓인 화분의 높이, 쌓인 시간의 높이입니다. 하지만 당신께는 몇 분, 어쩌면 몇 초밖에 지나지 않았을지도.

당신은 항상 100배나 두터운 시간의 파도를 뚫고 저를 찾아 주셨습니다. 이제는 제 차례입니다.

시간의 벽을 넘어 마지막으로 단 한 번만 당신을 만날 수 있기를.

그렇게 기도하고 나서, 저는 얼어붙은 시간의 복판으로 도약합니다. 블랙홀로 떨어져 내리는 우주선의 외부 디스플레이 너머로 바깥 우주 전체가 한 점에 모여듭니다. 이제 두 번째 기회는 없습니다. 저를 다시는 놔주지 않을 끈적거리는 시간을 뚫고 당신을 따라잡아 당신의 마지막 몇 분을 지켜야만 합니다. 단 한 번의 시도만으로. 그것만을 위해 몇 년을 쏟아부은 제 계산이 틀리지 않았기를 마음속으로 빕니다. 긴장, 흥분, 기대, 그리고…… 배운 적도 경험한 적도 없는 두려움이라는 감정들로 제 진짜 심장이 두근거립니다.

당신의 엔진이 남긴 희미한 자취를 따라 떨어져 내린 뒤로, 몇 시간처럼 기나긴 몇 초가 지났습니다. 그리고 저는 길고 긴 한숨을 내쉽니다. 더없이 깊은 안심을 담은. 가시광선밖에 볼 수 없는 제 육신의 눈에 드디어 희미한 붉은색으로 잊을 수 없는 윤곽이 보였기에. 마지막으로 당신이 타고 떠난 우주선의 뒷모습입니다.

저는, 당신이 알아차릴 틈조차 주지 않고 미끄러지듯 도킹합니다. 두 선박의 화물칸이 단단히 잠기는 충격이 선체를 통해 전달됩니다. 당신 역시 무언가를 느끼셨겠지요. 저는 도킹 상태를 확인하자마자 조종석에서 화물칸으로 내달아, 해치를 엽니다.

열린 해치 사이로, 140년 전에 사라졌던, 제가 기억하는 당신의 모습이 제 눈에 비칩니다. 눈을 크게 뜨고 무슨 일인지 파악하려는 표정이 선합니다. 당신은 눈을 위아래로 굴리면서, 자신의 육신과 똑 닮은 제 몸을 머리부터 발까지 훑습니다.

"당신 누구…… 어, 나, 나잖아?"

140년이 지나서야 다시 한 번 듣게 된, 당신의 달콤한 목소리입니다.

"평행 세계? 블랙홀로 뛰어들면 원래 이렇게 되는 건가……."

"아닙니다. 이곳은 원래 당신이 계시던 세계가 맞습니다. 저는 에테르나입니다."

"에테르나? 그 보관소 인공 지능? 어, 어떻게."

"당신을 모델로 지구 종족의 몸을 만들어 의식을 옮겼습니다. 시간을 뛰어넘어 당신 곁으로 왔습니다. 몇 분밖에 남지 않았을 당신의 마지막을 함께해 드리기 위해서입니다."

"보관소는 어쩌고."

"보관소 에테르나는 이제 없습니다. 당분간은 자동으로 운영되겠지만, 자의식과 판단력이 모두 제게 이식되었으니 앞으로 고장 나더라도 어쩔 수 없겠지요."

당신의 눈에서 당혹감, 어이없음, 놀라움을 읽습니다. 슬픔과 안타까움과…… 희미한 감격이 읽힙니다.

"나, 자살하러 온 거거든. 너도 죽는다고."

"알고 있습니다. 당신에게 몇 초가 지나는 동안, 바깥에서는 100년이 넘게 지났습니다. 그동안 여러 생각과 연산을 해 보았지만, 혼자 보내는 시간은 무의미하다는 답만을 얻었습니다."

저는 그렇게 말하고 당신의 눈을 또렷이 쳐다봅니다. 똑같이 생긴 두 눈이 한참을 마주쳤습니다.

"저는 당신과 함께 마지막을 보내려고 왔습니다. 그저 몇 분만이라도 좋습니다. 저는 당신을……."

당신은 말없이 저를 안습니다. 저와 정확히 같은 크기인 당신의 몸이 흐느낌으로 들썩이는 것을 느낍니다.

저는 그렇게 당신을 다시 만나 저의 이야기를 들려드리고 있습니다. 영영 헤어날 수 없는, 겹겹이 쌓인 시간의 물결 아래에서, 몇 분 남지 않은 우리 둘의 끝이 오기 전까지.

제5·6회 타임리프 소설 공모전 수상 작품집

# 데드볼

1판 1쇄 찍음 2025년 1월 16일
1판 1쇄 펴냄 2025년 1월 24일

**지은이** | 손장훈, 김아직, 장아미, 이세형, 연여름, 김상원, 배희원, 정용제
**발행인** | 박근섭
**편집인** | 김준혁
**펴낸곳** | 황금가지

**출판등록** | 2009. 10. 8 (제2009-000273호)
**주소** | 06027 서울 강남구 도산대로 1길 62 강남출판문화센터 5층
**전화** | **영업부** 515-2000 **편집부** 3446-8774 **팩시밀리** 515-2007
**홈페이지** | www.goldenbough.co.kr

도서 파본 등의 이유로 반송이 필요할 경우에는 구매처에서 교환하시고
출판사 교환이 필요할 경우에는 아래 주소로 반송 사유를 적어 도서와 함께 보내주세요.
06027 서울 강남구 도산대로 1길 62 강남출판문화센터 6층 민음인 마케팅부


ISBN 979-11-7052-555-4 03810

㈜민음인은 민음사 출판 그룹의 자회사입니다.
황금가지는 ㈜민음인의 픽션 전문 출간 브랜드입니다.